숲의 애가

눈물을 마시는 새

팬픽 앤솔러지

숲의 애가

눈물을 마시는 새

팬픽 앤솔러지

황금가지

목차

숲의 애가

서여로

흑사자의 노호가 광야를 진동하고
맹진하는 거목이 보답할 증오를 약속하는
그리고 그런 것들에 누구도 신경쓰지 않는
고대의 전설이 살아 춤추는 시대에

한 남자가 숲속을 걷고 있었다.

1.

오라비가 찾아왔다. 돌아온 지 이틀 만이다. 들어서자마자 대뜸 절을 올리기에 눈살을 찌푸리고 물었다.

'뭘 하는 겁니까?'

'신은 이곳을 떠나겠습니다, 폐하. 부디 강녕하십시오.'

'떠나다니요. 난데없이 무슨 말입니까?'

오라비는 대답하지 않았다. 곧 그 말뜻을 깨달았다. 헛웃음이 났다.

이것이 오라비의 답인가. 왕족의 의무를 저버린 채 적의 입장을 대변하고, 전사의 본분을 망각한 채 화친을 부르짖고, 아무도 제 목소리에 귀 기울이지 않자 모든 도리와 책임을 외면하며 도망치는 것이 오라비가 내린 선택이란 말인가.

나약하고 비겁한 자. 이런 자를 오라비랍시고 따랐던 내 유년조차 경멸스럽다.

'그래, 가.'

그에게 차갑게 말했다.

'그렇게 떠나. 우리의 어머니가 물려준 나라를, 영웅왕이 세우고 선조들이 갈고 닦은 나라를, 우리의 백성이 피를 흘리며 지킨 나라를, 겁난다고 동생인 내게 떠맡긴 이 나라를! 나 혼자 아등바등 붙들게 내버려 두고 마음대로 가. 도망쳐서 세상일에 눈 감고 귀 막고 평화롭게 살아. 그 대신 다시는 내 눈앞에 나타나지 않는 게 좋을 거야. 왕으로서 내가 오라버니에게 무슨 명령을 내릴지 나도 모르겠으니까!'

오라비는 끝내 말없이 물러갔다. 영민한 전사 하나가 그를 따라가 감시하오리까 물었다. 그럴 필요 없다고 답했다.

— 전란 중에 소실되어 현전하지 않는, 현대어로 번역된 극연왕 436년의 기록

하늘을 까맣게 뒤덮은 먹구름이 북쪽으로 올라와 숲의 머리 위로 그림자를 드리웠다.

구름은, 그러나 보다 남쪽에서 그러했듯이 세찬 빗줄기를 쏟아붓지는 않았다. 숲의 두꺼운 지붕은 그것을 허락하지 않는다. 풍성한 수관에 떨어진 빗방울 중 오직 일부만이 다시 굵은 물방울을 이루어 나뭇잎 틈새를 뚫고 지상으로 도달하는 길을 찾아냈다. 톡, 토독, 톡. 풀과 바위, 나무뿌리를 퉁기는 빗방울 소리는 무규칙성에 담긴 거대한 규칙을 노래하는 가야금 연주 같다.

빗방울은 사냥꾼의 콧잔등과 어깨, 손등 위로도 떨어졌다. 사냥꾼은 당황하지 않았다. 예상한 비였기 때문이다. 숲의 지붕이

얼마나 튼튼한지 익히 아는 사냥꾼은 이 정도 비는 자신의 행로를 방해하지 않을 거라고 판단했고, 따라서 성긴 빗방울이 콧잔등과 어깨, 손등을 적시도록 내버려 둔 채 숲속의 한 지점을 주시했다. 숲은 설익은 밤에 잠겨 있었지만 사냥꾼의 밝은 눈은 어둠 속에서도 희끄무레하게 움직이는 인영을 알아보았다. 사냥꾼의 시선이 향하는 곳에서는 어떤 인간 남자가 걸어오고 있었다.

이 깊은 숲은 인적이 드문 편이다. 길이 험준해 여행자들에게 인기가 없으며, 맹수의 출몰이 잦은 탓에 나무꾼들도 들어오기를 꺼린다. 간혹 타지에서 사냥꾼이 흘러들어 오는 일은 있지만, 남자의 행색은 어떻게 보아도 사냥꾼의 그것은 아니었다. 어떤 사냥꾼도 활이나 창 대신 1미터가 족히 넘는 대검을 땅에 끌고 다니지는 않을 것이다. 물론 검사라도 그러지는 않는다. 날붙이 무기를 그런 식으로 다뤘다가는 얼마 안 가 새 무기를 구해야 할 테니까. 하지만 남자는 칼날이 상하는 것쯤은 개의치 않는 태도였다. 더 정확히 말하면, 올바른 무기 관리법 같은 것에 신경 쓸 겨를이 없는 듯했다. 한눈에 보기에도 남자는 지친 기색이 역력했다.

먼발치에서 처음 남자를 발견했을 때, 사냥꾼은 그가 길을 잃고 숲속으로 잘못 들어온 여행자이리라 생각했다. 그리고 잠시 후에는 저 여행자가 강도를 만난 다음 길을 잃은 것이 아닌가 의심했다. 남자는 커다란 칼 외에 여행에 필요한 소지품이라고는 일절 지니지 않은 것처럼 보였다. 이 근방에는 강도가 없으므로 남자는 꽤 먼 곳에서 강도를 당하고 이곳까지 걸어와야 했을 것이다. 그러나 남자는 지치고 느린 걸음걸이로나마 멈추거나 두리번거리는 법 없이 꾸준히 숲 안쪽으로 들어왔고, 깊고 어두운 숲속을 혼자 헤맨다는 사실에 겁먹은 것 같지는 않았다. 사냥꾼은 남자가 좀 더 겁을 내는 편이 좋을 거라고 생각했다. 머잖아 진짜 밤이 찾아오면 칠흑 같은 어둠이 숲을 뒤덮을 것이다. 한밤중에 홀로 맹수를 맞닥뜨리면 노련한 사냥꾼이라도 생사를 장담하기 어렵다. 검을 제대로 들 힘도 없는 남자는 십중팔구 목숨을 부지하지 못할 것이다.

사냥꾼은 망설였다. 남의 일에 참견하는 버릇 같은 것은 사냥꾼에게 없었고, 사냥꾼의 동료들 또한 마찬가지였다. 그러나 남자를 그대로 두고 떠나기에는 마음에 걸리는 점이 있었다.

결국 사냥꾼은 개입하기로 마음 먹었다. 사냥꾼은 남자 앞에 모습을 드러내며 말했다.

"여긴 외지인이 혼자 다닐 만한 곳이 아닌데."

사냥꾼은 남자가 칼자루를 움켜쥐며 칼을 끌어당기는 것을 눈여겨보았다. 사냥꾼의 차림새를 살핀 남자는 긴장을 완전히 풀지는 않았지만 얼마간 안심한 듯했다. 남자가 입을 열었을 때 그 음성은 비교적 차분했다.

"당신은 아마도 키탈저 사냥꾼이겠군요."

사냥꾼은 눈썹을 치켰다.

"기다렸다는 투로 들리는군."

"당신들을 만나기 위해 왔습니다. 만날 수 있다는 확신은 없었지만."

"우리를 왜?"

남자가 입을 다물었다. 칼자루를 쥔 손에 다시 힘이 들어갔지만 공격 의사의 표현이 아니라 망설임의 표현인 것 같았다.

상대가 침묵하는 동안 가까이에서 그를 관찰한 사냥꾼은 남자가 고급스러운 의복을 입었다는 것, 그러나 의복의 원래 형태를 찾아보기 어려울 정도로 볼썽사나운 몰골을 하고 있다는 것, 머리부터 발끝까지 젖은 흔적이 남아 있다는 것, 곳곳에 핏자국이 배어 있다는 것 등을 알아볼 수 있었다. 희미하게 나던 피 냄새가 착각이 아님을 알게 된 사냥꾼은 얼굴을 조금 찡그렸다. 아마도 남자는 숲에 들어오기 전에 이미 한바탕 비를 맞은 듯했다. 피 냄새를 멀리까지 풍기던 것 또한 습기 때문일 것이다.

한참을 주저하던 남자가 어렵게 말문을 떼었다.

"당신들의 일원이 되고 싶습니다."

남자는 눈을 들어 사냥꾼을 보았다.

"방법을 알려 주시면 고맙겠습니다."

사냥꾼은 고개를 비스듬히 기울였다.

"우린 사교적인 사람들이 아닌데."

"그렇다고 들었습니다. 그래서 온 겁니다."

남자가 고개를 조금 떨어뜨렸다. 남자의 얼굴에 미약한 미소가 떠올랐다. 사냥꾼은 그 미소가 자조보다는 체념에 가깝다고 생각했고, 그것이 마음에 들지 않았다. 남자가 꺼져 가는 잿불 같은 목소리로 말했다.

"……달리 갈 곳이 생각나지 않았습니다."

남자를 물끄러미 응시하던 사냥꾼이 한 손을 펴 보였다. 손짓의 의미를 이해하지 못한 남자가 어리둥절해하자 사냥꾼이 설명했다.

"미안하지만 무기를 든 사람을 등 뒤에 매달고 마을에 갈 수는 없어. 당신도 이해하겠지."

"무슨…… 날 당신들의 마을로 데려간다는 말입니까?"

"혼자 결정할 문제는 아니니까."

남자는 이해했다. 하지만 사냥꾼의 말대로 검을 넘기지는 않았다. 남자가 주저하는 모습을 본 사냥꾼은 한결 누그러진 어조로 말했다.

"마을에 도착하면 돌려준다고 약속하겠어. 상대의 신뢰를 얻으려면 먼저 신뢰를 보여야 한다고 생각하는데. 당신은 신뢰할 수 있는 사람인가?"

짧지 않은 시간을 지체한 후 남자는 사냥꾼에게 다가가 칼자루 방향으로 칼을 내밀었다. 어쨌든 남자는 어려운 부탁을 하는 입장이었고 사냥꾼의 요구는 정당했다. 쌍신검은 크기만큼이나 무게도 상당했지만, 사냥꾼은 어렵잖게 칼을 받아 갈무리하고는 남자에게 따라오라는 손짓을 했다. 이번엔 남자도 무슨 뜻인지 바로 이해했다.

능숙하게 숲을 타는 사냥꾼의 뒤를 따르며 남자는 무슨 말을 할 것처럼 입을 열었다가 도로 닫았다. 사냥꾼은 남자에게 이름이나 신원을 묻지 않았다. 남자는 물으려던 말 대신에 다른 질문을 꺼냈다.

"나는 당신을 뭐라고 부르면 됩니까?"

사냥꾼은 뒤돌아보지 않은 채 짤막하게 대답했다.

"여름."

키탈저 사냥꾼 마을은 키탈저 숲에 위치한다. 그 사실은 키탈저 사냥꾼이라는 이름만큼이나 널리 알려져 있지만, 외지인이 그들의 마을을 찾아가기는 쉽지 않다. 숲이 넓고 험한 데다가 마을은 숲의 가장 깊은 곳에 위치해 찾아가려고 해도 길을 잃기 십상이다. 외지인을 살갑게 맞이하는 마을이 아닌 까닭에 방문하려는 이가 많지도 않다. 키탈저 사냥꾼이 바깥사람과 접촉할 때는 주로 그들 편에서 외부의 마을이나 도시를 찾아 나서는 방식으로 이루어진다. 오랜 세월 동안 숲속에서 살아온 키탈저 사냥꾼들은 상당 수준의 자립적인 생활을 영위했지만 그들도 외부에서 필요한 물품을 구해다 써야 하는 경우가 없지 않았고, 이 때문에 사냥꾼들은 종종 고기나 가죽, 질 좋은 수렵 도구를 팔러 나가곤 했다. 때로는 사냥이라는 용역 자체도.

키탈저 사냥꾼 여름이 남자를 데려간 곳은 바로 그 마을이었다. 남자가 오랫동안 제대로 먹지도 쉬지도 못한 것이 분명한 몰골을 하고 있었으므로 사냥꾼들은 남자에게 먹을 것과 쉴 곳을 내주는 친절을 베풀었다. 구석진 자리에 앉아 모닥불에 몸을 말리며, 남자는 이따금 우울한 눈을 들어 마을 중앙에 둘러모인 사냥꾼들을 보았다. 거리가 떨어져 있었기에 참석자들이 나누는 대화를 알아들을 수는 없었다. 남자는 자신에게 검을 돌려준 여름 또한 회의석에 함께하고 있음을 알아볼 수 있었다.

"솔직히 말하면 저는 좀 찜찜합니다."

젊은 남자 사냥꾼이 내키지 않는다는 얼굴로 말했다.

"저자가 진실을 말했다는 것을 어떻게 압니까? 왕자를 죽이고 검을 빼앗은 걸지도 모르잖습니까."

"강도가 저런 옷을 입는다고?"

"이를테면 그렇다는 거지요. 어쩌면 저 검이 위조품인지도 모르고요. 제 말은, 거짓을 말했다 하더라도 우리는 확인할 방법이 없다는 겁니다. 이야기가 너무 황당하잖아요."

"거짓은 아닐 거야."

남자를 데려온 경위를 설명한 이후로 줄곧 침묵을 지켜 왔던 여름이 말했다.

"속일 작정을 했다면 오히려 그럴싸한, 우리의 호감과 신뢰를 얻기 쉬운 이야기를 들려주었겠지. 영웅왕의 검을 훔쳐 나가들에게 바치려고 했다는 황당한 소리를 늘어놓는 대신."

젊은 남자 사냥꾼은 불편한 표정을 지었다. 참석자 중 우두머리로 보이는 자가 여름을 향해 말했다.

"여름. 너는 저자의 요청을 듣고 이곳으로 데려왔지. 그건 네가 저자를 받아들이는 것에 찬성한다는 뜻이겠지?"

"물론 그래요."

"삼가 이유를 듣고 싶군."

여름은 무표정하게 주위를 둘러보았다.

"우선, 정황으로 볼 때 저자의 말은 사실일 가능성이 높습니다. 왕궁에서 젊은 왕자가 사라졌다는 소문이 있었고, 나이로 보나 차림새로 보나 저 남자는 조건과 일치하죠. 영웅왕의 검이 함께 실종되었다는 이야기는 듣지 못했지만, 그야 왕궁에서 함구했을 겁니다. 저잣거리에 알려져서 좋을 게 없으니까."

회의석에 앉아 있던 사냥꾼 몇 명이 고개를 끄덕였다. 여름이 이어서 말했다.

"만약 왕자가 아닌 자가 우연히 바라기를 손에 넣었다면, 바라기의 잘 만들어진 위조품이라고 해도 마찬가지인데, 장물을 가장 효과적으로 활용하는 방법은 팔아넘기는 겁니다. 구매 희망자를 찾기는 어렵지 않겠지요. 도난품을 되찾고 싶은 왕궁도, 좋은 물건을 취급하고 싶은 장물아비도, 왕국의 콧대를 눌러 주고 싶은 나가들도 영웅왕의 검을 원할 테죠. 팔지 않을 거라면 바라기의 효용 가치는 많이 낮아져요. 기껏해야 벽에 걸어 자랑하거나 영웅왕의 검을 앞세워 기로틴 이후로 없었다는 반란 세력을 일으키는 것 정도인데, 숲속을 헤매거나 키탈저 사냥꾼이 되는 것은 그런 목적 달성에 도움이 되지 않죠. 따라서 우리가 판단해야 하는 것은 저자가 도망친 왕자가 맞는지가 아니라, 도망친 왕자를 우리가 받아들일지 여부입니다. 그런데 저는 여기서 한 가지 사실에 주목하게 되더군요."

"그게 뭐지?"

"우리가 저자를 받아들인다면, 역사상 최초로 드라카와 케이건이 손잡는 일이 될지도 모른다는 거죠."

좌중이 침묵했다. 참석자들 중 드라카와 케이건이 의미하는 바를 알아듣지 못하는 사람은 없었다.

누군가가 미심쩍은 투로 말했다.

"달아난 흑사자를 흑사자라고 부를 수 있을지 모르겠군."

"두고 보면 알게 되겠죠. 흑사자가 아니라면 얘기는 더 간단해요. 갈 곳 없는 사람을 거두고 사냥꾼 하나를 얻는 거니까. 아라짓 왕족에 대한 소문이 사실이라면 제법 쓸 만한 사냥꾼으로 만들 수도 있겠죠."

"만일 불순한 의도로 우리에게 접근한 거라면?"

"그것도 두고 보면 알겠지만, 그땐 우리 방식으로 처결하면 돼. 도망자 신세인 왕자가 우리에게 어떤 해를 가할 수 있을지 잘 모르겠지만."

"글쎄. 왕자라면 왕궁에 알려야 하지 않을까? 네 말대로, 검과 사람 모두 찾고 있을 텐데."

"저도 그 생각을 해 봤죠."

여름이 빙그레 웃었다.

"그런데 그들에게 무언가를 내주고 싶지는 않더군요."

여름의 의도가 분명해졌다. 여름은 왕가와의 화합 가능성을 제시하는 동시에 사냥꾼의 오만한 긍지를 지킬 것을 말하고 있었다. 그 두 가지는 상반되는 것처럼 들리지만, 모순은 그들이 숭상하는 힘이다.

우두머리로 보이는 자가 회의석을 둘러보았다.

"여름의 의견에 이견이 있는 사람이 있나?"

참석자들은 공감하거나 생각하는 표정, 또는 회의가 빨리 끝나길 바라는 표정을 짓고 있었고, 반대 의사를 표시하는 사람은 없었다. 잠시 기다리던 우두머리는 고개를 끄덕였다.

"그럼 결정되었군."

모닥불을 쬐던 남자는 시야가 가려지는 것을 느끼고 고개를 들었다. 여름과 다른 사냥꾼 하나가 그의 앞에 다가와 있었다. 회의를 주재했던, 우두머리로 보이는 자였다. 여름은 당신이 하라는 표정으로 우두머리를 쳐다보았다. 그러자 우두머리 사냥꾼이 걸걸한 목소리로 입을 열었다.

"아젤키버다. 사냥꾼들의 수장 자리를 맡고 있지."

자신을 소개한 아젤키버는 남자에게 간결한 어조로 말했다.

"용의 자손이 된 것을 환영하네."

2.

여전히 바라기를 찾지 못했다. 오라비 또한. 수색대를 지휘한 전사는 송구스러워하며, 왕자가 변복을 하여 숨어 지내리라고 짐작된다고 보고해 왔다. 그야 그럴 것이다. 오라비는 순진하지만 우둔하지는 않으니까. 지상 유일의 왕이요, 저 용맹한 전사들을 거느리고도 사람 하나를 찾아내지 못한다는 사실이 한편으로 우습게도 느껴진다.

수색이 난항을 겪는 데엔 그 대상을 공공연히 밝힐 수 없다는 까닭도 있다. 조신들 사이에서는 영웅왕의 검을 훔쳐 달아난 왕자에게 반역죄를 물어 널리 수색해야 한다는 주장이 나오고 있다. 터무니없는 소리다. 왕자가 나라를 배반했다는 추문이 퍼진다면 왕실의 명예가 실추되는 것은 물론이요, 전사들의 사기가 크게 꺾이고 민심이 동요할 것이다. 어느 틈에 적이 침공해 올지 모르는 이 때에 그런 위험을 감수할 수는 없다. 전날 전사의 말대로 그를 감시했어야 했으리라. 일찍이 사도의 간언대로 그를 유폐시켰어야 옳았으리라. 모두 뒤늦은 후회다.

일몰 무렵 전령이 달려와 전선의 위급함을 알렸다. 적이 근래에 보지 못했던 대군을 이끌고 올라와 남쪽의 도시 세 곳을 위협한다고 했다. 어리석은 오라비도 오라비거니와, 저 비늘 덮인 괴물들이 아니었다면 이 같은 일은 애당초 벌어지지 않았으리라고 생각하니 새삼스레 괘씸하게 생각되었다. 장수들을 불러 모아 영을 내렸다.

'상장군은 선발군을 이끌고 가 다급한 곳을 도우라. 짐은 대장군과 함께 친정하겠다.'

어마마마도, 아바마마도, 하나뿐인 형제마저 나를 떠나간 지금, 내게 남은 것은 나와 함께 싸우는 전사들, 그리고 그들과 함께 싸워야 할 적뿐이다. 영웅왕의 검은 내게 없으나 나와 생사를 같이해 온 전사들은 나를 따르리라.

'목표는 구원이 아니라 말살이다.'

— 전란 중에 소실되어 현전하지 않는, 현대어로 번역된 극연왕 436년의 기록 中

왕자는 토끼를 바라보고 있었다.

왕자가 토끼를 처음 보는 것은 아니다. 왕궁은 아라짓 전사들을 위한 연무장뿐만 아니라 사냥터도 소유하고 있었다. 어떤 이들에게는 생존 수단이거나 여흥거리인 수렵은 전사들에게는 좋은 훈련 방법이기 때문이다. 경험을 바탕으로, 또한 상식에 의거해 왕자는 토끼를 사냥하려면 지금이 적기임을 알았다. 토끼는 앙증맞은 입을 오물거리며 식사에 매진하느라 몇 발자국 떨어진 곳에 있는 인간을 발견하지 못하고 있었다. 그러나 두 팔을 무릎 위에 얹은 자세로 산비탈에 앉아 토끼가 풀 먹는 모습을 지켜보는 왕자의 태도는 한가롭기 짝이 없었다.

머리 위에서 목소리가 들렸다.

"그건 사냥이 아니라 감상 같군요."

왕자는 놀라지 않았다. 어느덧 그는 사냥꾼들의 조용한 발소리에 익숙해져 있었다. 소리를 듣고 두 사람을 발견한 토끼가 놀라 풀숲으로 달아났지만 왕자는 원망하는 기색 없이 머리 위를 올려다보았다.

"언제부터 있었습니까, 여름?"

"토끼가 오찬을 들기 시작했을 때부터요."

거의 처음부터 보았다는 뜻이다. 왕자는 조용한 목소리로 말했다.

"쉽지 않군요."

"토끼 사냥요?"

여름은 왕자를 흉내 내듯 비탈면에 풀썩 앉았다.

"케이건은 모두 전사라고 들었는데. 왕자님을 보면 꼭 그렇지만도 않은 모양이군요."

"전장에 나가 싸우는 것은 두렵지 않습니다. 나 자신의 죽음 또한."

"다른 이에게 죽음을 선사하는 일은?"

왕자가 여름을 돌아보았다. 여름은 먼 곳으로 시선을 보내며 말했다.

"아젤키버가 그러던데요. 당신은 실력에 대한 자신은 있지만, 그 실력을 활용해 목숨을 빼앗는 행위에는 거부감을 느끼는 것 같다고."

"아젤키버나 당신이 생각하는 그런 이유는 아마 아닐 겁니다. 나는 무슨 이타심 같은 것으로 그러는 게 아닙니다. 나는……."

왕자가 입을 다물었다. 어두운 얼굴로 발치에 돋아 있는 토끼풀을 보던 그는 가라앉은 음성으로 말했다.

"상대를 해칠 생각에 골몰하다 보면 내 시간의 중심이 상대방이 되고 맙니다. 상대방이 죽기 전에는 나도 편안할 수 없습니다. 어느 순간부터 나라는 사람은 사라지고 상대를 향한 분노와 증오만이 나를 대변합니다. 나는 증오에 매몰되어 나를 잃는 것이 싫습니다. 살생에 소극적인 것은 그 때문입니다. 이기적인 이유지요."

여름은 왕자의 옆얼굴을 빤히 보았다. 전해 들은 것뿐이지만 여름은 왕자가 누구를 이야기하는지 짐작할 수 있었다.

"그건 전사들의 방식인가요?"

왕자는 맥없이 웃었다.

"모르겠습니다. 아마 그런가 봅니다."

무릎을 감싼 팔에 뺨을 붙이고 왕자를 보던 여름이 다시 앞을 보았다.

"난 전사들의 방식은 잘 모르겠군요. 내가 아는 건 사냥꾼의 방식뿐입니다. 사냥꾼에게 사냥은 세상을 살아가는 수단이지요. 나무꾼이 나무를 하고 대장장이가 쇠를 달구듯이 우리는 짐승을 사냥하죠. 내가 연장한 삶이 내가 죽인 짐승들의 피를 대가로 얻어 낸 것이라도 어쩔 수 없어요. 모든 생물은 피를 마시며 살아가니까."

"네 마리 새의 이야기군요."

"그 이야기를 알아요?"

왕자는 짧게 대답했다.

"들은 적 있습니다."

"뭐, 그런 얘기죠."

여름은 무심한 동작으로 풀을 뜯었다. 왕자는 거친 손가락에 휘감기는 풀들을 바라보며 사냥꾼이 하는 이야기를 들었다.

"사냥에도 간혹 복수심이 개입할 때가 있지요. 대호 사냥이 그렇죠. 산노인은 다른 짐승들과는 좀 달라요. 사람을 습격하는 일도 빈번하고, 숲에 사는 다른 짐승들을 독차지하기 일쑤이니 사냥꾼에겐 숙적 같은 존재지요. 가족과 동료를 죽인 원수가 되기도 하고. 우리도 그 원한은 결코 잊지 않아요. 하지만 어느 때라도 그 중심은 '나'여야 하죠. 내가 살아가기 위해 피를 마시는 거죠. 피를 마시기 위해 내 삶을 연장하는 게 아니라. 나는 그렇게 생각해요. 별비의 간을 먹지 않았다면 나도 이런 말을 할 수 없었을지도 모르지만."

여름이 담담한 어조로 말한 탓에 왕자는 알아차리는 것이 조금 늦었다. 왕자가 고개를 들어 여름을 보았다.

"별비라고 했습니까? 자보로의 성벽을 뛰어넘은 그 대호 별비?"

"그래요. 그 대호 별비."

"그럼 당신도……."

왕자의 말꼬리가 사그라들었다. 키탈저 사냥꾼들이 별비를 하모리 마립간에게 바친 것은 벌써 십수 년 전 일이다. 가족을 잃었을 때 여름은 꽤 어린 나이였을 것이다. 왕자가 머뭇거린 까닭을 짐작한 여름이 말했다.

"아홉 살이었어요, 가족을 모두 잃었을 때 내 나이가. 지금은 가족들 얼굴도 희미하지만 그땐 달랐겠지요. 별비에게 가족들

24

을 빼앗긴 사람은 적지 않았고, 주위의 모든 사냥꾼이 대호에게 복수할 것을 꿈꾸고 있었어요. 물론 그동안 별비만 쫓았던 것은 아니지만 수십 년 동안 쌓인 원한은 깊었지요."

여름은 자신의 손을 내려다보았다. 여름의 눈은 과거의 어느 시간을 바라보는 듯했다.

"놈이 죽었을 때 나는 열두 살이었어요. 날 빼고 의식을 치르려고 한다는 이야기를 듣고 미친 듯이 화가 나더군요. 놈의 간을 먹지 못하느니 차라리 죽어 버리겠다고 생각했죠. 그 순간엔 내 생이 단 하나의 의미만을 위해 존재하는 것 같았어요. 결국 어른들을 설득해 나도 의식에 참가했죠."

여름이 침묵했다. 하지만 여름의 손은 무심히 풀들을 뒤적이고 있었다. 잠시 기다리던 왕자가 물었다.

"어땠습니까?"

여름이 무슨 뜻인지 모르겠다는 얼굴로 왕자를 보았다. 눈을 한 번 깜박인 여름은 다음 순간 피식 웃어서 왕자를 조금 놀라게 했다.

"사실 맛은 별로 기억나지 않아요. 뭔가 기막힌 복수의 맛 같은 것이 날 줄 알았는데, 집에서 늘상 먹던 것이랑 다름없었어요. 시시했지요."

멍한 기분 속에서, 왕자는 별비가 이 말을 들으면 섭섭해하리라는 생각을 했다. 어쨌든 상대는 반백 년 동안 자보로 사람들을 공포에 떨게 만들고 온 왕국에 위엄을 떨친 대호였다. 여름은 바람이 흐트러뜨리는 머리를 쓸어 넘기며 말했다.

"모르지요. 내가 직접 별비를 죽인 게 아니라서 그럴지도. 아니, 복수든 뭐든 날로 먹는 간이 맛있어 봐야 사실은 거기서 거기겠죠. 그래도 한동안은 왠지 억울해서 5년, 아니 3년만 일찍 태어났더라도 나도 별비 사냥에 참가했을 텐데, 하고 생각했어요. 3년 뒤엔 별비 같은 대호를 쓰러뜨리려면 얼마나 노련한 사냥꾼이어야 하는지, 또 그만한 대호를 만나는 일이 얼마나 드문지 알게 되었지만. 그래도 죽기 전에 한 번쯤은 대호를 상대할 기회가 오기를 소망한다는 사실을 고백해야겠군요. 복수심 같은 건 아니에요. 레콘들의 표현을 빌리자면 숙원 같은 거죠. 사냥꾼의 숙원."

여름이 문득 왕자를 돌아보았다.

"어때요? 싸움이나 죽음이 두렵지 않다면, 왕자님은 대호를 상대할 수 있을 것 같아요?"

왕자는 신중하게 말을 골랐다.

"대호를 쓰러뜨릴 자신이라면 물론 없습니다. 대호를 본 적도 없고. 하지만……"

"하지만?"

왕자는 토끼가 사라진 수풀 쪽으로 시선을 주며 말했다.

"토끼보다 무섭지는 않을 것 같군요."

여름은 실소를 터뜨렸다.

"과연 자신감은 대단하군요. 뭐, 의기소침한 것보단 낫지."

여름이 자리에서 일어나 손을 툭툭 털었다.

"산노인은 아무 때나 만날 수 없다지만, 이 숲에 대호만 사는 건 아니죠."

여름은 왕자를 내려다보며 쾌활한 어조로 말했다.

"그 대단한 자신감으로 뭘 상대할 수 있는지 확인해 볼까요? 토끼가 무서운 왕자님."

키탈저의 서녘 하늘에 석양이 걸렸다. 숲은 황금빛으로 물들었고 초목은 한낮의 선연한 푸름도 잠시 벗어 둔 채 부드러운 낙조를 자신의 옷으로 받아들였다. 산비탈을 걸어 내려오는 두 사람과 그들이 손에 든 토끼 두 마리, 꿩 한 마리, 그리고 밧줄로 연결해 운반되고 있는 멧돼지 한 마리에게도 금빛 햇살이 비추었다. 두 사람의 발소리를 따라 두런두런한 말소리가 흘렀다.

"검이라면 아젤키버와 의논해 봐요. 그 사람, 젊은 시절엔 검술깨나 했다고 하니까. 난 단검만 써서 별로 도움이 안 될 것 같군요."

무언가 덧붙이려던 여름이 문득 걸음을 멈췄다. 왕자는 여름의 눈길이 향하는 곳을 보았다. 그곳에는 원추리가 군락을 이루며 피어 있었다. 여름이 멈춰 선 것을 해명하듯 말했다.

"좋아하는 꽃이거든요."

여름은 원추리 군락이 있는 쪽으로 다가갔다. 멧돼지를 연결

한 밧줄의 길이는 넉넉했지만 왕자도 여름을 뒤따랐다.

왕자는 용케 꽃이 아직 지지 않았다고 생각했다. 원추리는 아침에 피어 저녁에 진다. 하지만 원추리 군락에는 충분히 많은 수의 꽃송이가 초록의 바다에 핀 별처럼 잎사귀 사이로 고개를 내밀고 있었다. 왕자는 이런 깊은 숲에 사는 식물은 생명력이 좀 더 질긴지도 모른다고 생각하며 물었다.

"특별히 좋아하는 이유가 있습니까?"

"있지요, 이유."

왕자는 여름이 원추리의 생김새나 유용함 같은 것을 말할 거라고 예상했다. 원추리는 관상용뿐만 아니라 식용과 약용으로도 쓰이는 식물이기 때문이다. 그러나 여름의 이유는 왕자가 생각한 것과 달랐다.

"원추리의 모순 때문이죠."

왕자가 의아한 얼굴로 여름을 보았다. 여름은 꽃가지를 가리켜 보였다.

"저기, 꽃대에 무언가가 잘려 나간 듯한 흔적이 보여요?"

왕자는 원추리를 자세히 관찰해 본 적은 없었다. 아라짓 왕족이 익혀야 할 소양은 군사학이나 지리학 같은 것이었고 식물학은 해당하지 않았다. 꽃대를 살핀 왕자는 곧 여름이 말한 흔적을 발견할 수 있었다. 가지나 꼭지가 달려 있으면 어울릴 법한 단면이었다. 왕자가 고개를 끄덕이자 여름이 설명했다.

"어제나 그제, 아니면 며칠 전에 꽃이 피어 있었던 자리예요.

원추리는 저녁에 시들면 꽃자루째로 떨어져요. 그리고 다음 날 다른 봉오리가 개화하죠. 그러니 날마다 이곳에 오더라도 매일 이 꽃을 처음 만나는 셈이지요. 꽃송이 각각의 수명은 하루뿐이지만 원추리는 날마다 새 꽃을 만들어 여름을 나고, 그렇게 해서 해를 넘기면 다음 해 여름에는 더 질기고 튼튼한 꽃이 피어요. 근사한 모순이죠."

원추리를 잠시 유심히 보던 여름은 아직 지지 않은 꽃송이 하나를 꺾어 왕자에게 건넸다.

"선물할게요. 성공적인 사냥을 한 기념으로."

왕자는 얼떨결에 여름이 내민 꽃을 받았다. 여름은 느슨해진 밧줄을 고쳐 쥐고는 다시 발걸음을 옮겼다. 손에 들린 원추리를 내려다보던 왕자가 여름의 등을 향해 말했다.

"고맙습니다, 여름."

여름이 우뚝 멈춰 섰다. 왕자는 꽃에 대한 감사를 말하는 것은 아니었다. 왕자도 여름이 이해했다는 것을 알면서 말했다.

"당신이 다른 이들을 설득해 날 받아 주었다고 들었습니다. 날 데려온 사람 또한 당신이고. 아직 인사도 제대로 못했군요. 구해 줘서 고맙습니다. 당신 덕분에 살았어요."

여름이 왕자를 돌아보았다. 여름은 부드럽게 말했다.

"훨씬 낫군요."

"네?"

"첫날엔 다 죽어 가는 얼굴이더니, 이젠 좀 산 사람 같군요.

보기 좋네요."

왕자는 무슨 말을 해야 할지 알 수 없었다. 여름이 계속 말했다.

"나도 처음입니다. 짐승을 죽이기만 했지, 사람을 살려 본 건."

듣기에 따라선 섬뜩한 말이지만 왕자는 그렇게 생각되지 않았다. 노을에 잠긴 여름의 얼굴은 거의 다정하기까지 했다.

"기분이 썩 괜찮군요. 다음에 또 해 볼 만하겠어요. 인사받으려고 한 일은 아니지만, 왕자님이 준 감사는 잘 받을게요. 어디에 쓸지는 차차 생각해 보지요."

마지막 말은 여름이 발걸음을 옮길 때 들렸다. 말끝에 묻은 웃음기를 깨달은 왕자는 여름이 농담을 했음을 알았다. 왕자는 여름의 그런 목소리를 처음 듣는다고 생각했다. 키탈저 사냥꾼은 어쨌든 농담을 즐기는 자들은 아니었다.

여름의 뒤를 따르던 왕자가 불쑥 물었다.

"그런데 언제까지 날 왕자라고 부를 겁니까?"

"왕자님 맞잖아요?"

"첫날엔 그러지 않았잖아요."

"그때는 몰랐으니까요."

왕자는 그 대답에 수긍하기 어려웠다. 첫날 여름이 보인 태도는 모르는 사람의 그것이 아니었다. 하지만 왕자가 그 점을 지적하기 전에 여름이 먼저 물었다.

"그러는 왕자님은 왜 나나 우기스, 라이암, 잔키에르에게도 말을 높이죠? 같은 사냥꾼이고, 나이도 서로 비슷한데."

"그야 난 외지에서 온 사람이고 아직 당신들을 잘 모르니까……"

자신의 말속에 답이 있다는 걸 깨달은 왕자는 말을 멈췄다. 여름은 빙그레 미소 지었다.

"가죠. 사람들이 기다리겠어요."

여름의 뒷모습을 바라보던 왕자는 손에 쥔 꽃을 얼굴 가까이 가져왔다. 원추리에서는 여름 해를 닮은 향기가 났다.

3.

한순간 방 안에 너울거리는 불그림자가 귀신이 추는 춤처럼 보였다. 귀를 의심하며 되물었다.

'계승을…… 하지 않겠다고요?'

'그래.'

'왜?'

'나는 원하지 않아. 내게 어울리지도 않고.'

'원하지 않아서 내게 넘겨준다는 겁니까? 왕위를?'

'원하지 않는 건 내가 받지 않는 이유지. 네게 권하는 것은 네게 왕의 자질이 있다고 생각하기 때문이고. 아라짓의 왕은 곧 나의 왕이다. 아무에게나 권하지는 않아.'

오라버니가 생각하는 왕의 자질이 무엇인지 물었다. 오라버니는 엉뚱하게도 어린 시절 어마마마께서 들려주신 키탈저 사냥꾼들의 옛이야기에 빗대어 설명했다. 그 설명이란 것이 막연하여 들어도 뜬구름 잡는 소리 같기만 했다.

'내가 그런 사람이라는 겁니까?'

'나는 그렇게 생각해.'

'하면, 오라버니께선 눈물을 마실 줄 모르오?'

'네가 보기엔 어떻지? 내가 그런 사람이라고 생각하느냐?'

대답하지 않았다. 오라버니는 무거운 얼굴로 말했다.

'나는 왕에 어울리지 않아. 나는 눈물을 흘리는 사람을 보면 함께 울 뿐이야. 아니면 함께 울지 않기 위해 눈물을 흘리는 사람을 외면하거나. 그런 자가 다스리면 왕국은 침몰하거나 방치되겠지. 그래서는 안 돼. 왕국을 그런 꼴로 만들 수는 없어.'

'아무리 그렇다고 해도……'

손에 들어온 왕좌를 마다하는 사람이 있단 말인가. 내 뒷말을 짐작한 오라버니가 고개를 저었다.

'왕관의 화려함만 보며 그 무게를 잊는 자는 얼간이지. 나는 얼간이가 되고 싶지 않다. 왕이 되지 않더라도 나는 왕족이니 아쉬울 것도 없고.'

오라버니가 한 말은 사실이리라. 그러나 오라버니가 말하지 않은 사실도 있었다. 오라버니는 왕국을 사랑한다. 어떤 사랑은 통제욕과 결부된다. 나는 내가 그러하듯, 오라버니 또한 왕국을 사랑하기에 자신의 방식으로 왕국을 지켜 내기를 원하리라고 생각했다. 애당초 그러기 위해 지금껏 왕족으로서 수양을 쌓아 온 게 아닌가?

불현듯, 국상을 치르는 동안 오라버니가 때때로 상념에 잠긴 얼굴을 했던 것이 떠올랐다. 그때는 오라버니가 마침내 보위에 오르기 위한 마음의 준비를 하는 것이리라 짐작했으나 이제는 그 표정이 새로이 해석되었다. 어쩌면 그것은 마침내 보위를 단념하기 위한 마음의 준비였는지도 모른다. 또한 동생을 왕으로 섬기기 위한 마음의 준비였는지도.

그러나 나는 올해 갓 성년식을 치렀지 않은가. 오라버니와는 4년이라는 세월의 차이가 있다.

'나와 같은 나이에 왕위에 올랐다는 이야기는 들어 본 적 없소.'

'모든 역사에는 처음이 있지.'

'그만큼 내 경험이 부족하다는 뜻도 되잖습니까?'

'경험은 시간이 지나면 쌓이게 마련이야. 네가 필요하다고 하면, 나도 옆에서 돕겠다.'

'……내가 거절하면 어찌하려고요?'

'그때는 다른 적임자를 찾아야겠지.'

오라버니의 어조는 마치 그럴 리가 없다는 투였다. 불그림자가 어른거리는 얼굴로 오라버니가 조용히 물었다. 너는,

'왕위를 원하지 않니?'

나도 모르게 주먹을 힘있게 쥐었다.

'원하오.'

잠시 침묵이 흘렀다. 초가 타들어 가는 소리가 들리는 듯했다.

'하나 내가 왕위를 잇겠다 해도 사람들이 따르겠습니까? 최우선 계승권은 오라버니에게 있는데요.'

'네 말대로 계승권은 내가 너보다 높지만, 그런 사람도 나뿐이지. 내가 나서서 추대하면 반대의 목소리가 힘을 얻긴 어려울 거다. 네 총명함과 용맹을 모르는 이도 왕궁에 없고.'

'힘을 얻지 못하는 반대의 목소리는 어떻게 합니까?'

'하인샤 대사원에 이 일을 미리 의논해 두었다. 네가 왕위를 계승하겠다고 하면, 대사원에서 널 지지할 거야.'

막힘없는 대답에 오라버니가 이 일을 오래 생각했음을 알았다. 어쩌면 국상 이전부터 계획을 세웠을지도 모른다.

심장 고동이 빨라졌다. 왕녀로 태어나 왕좌를 꿈꿔 보지 않은 자가 있으랴. 정당한 계승권자로서 선대의 유산을 물려받아 더욱 훌륭하게 가꾸는 것을 상상해 보지 않은 자가 있으랴. 그러나 나는 장손이 아니며 그 지위를 굳이 탐하지 않았다. 오라버니의 온유한 성정을 염려한 것은 사실이나, 내가 보좌하면 될 일이라고 여겼다. 그러기 위해 동생인 내가 있는 것이라 믿었다. 내 것으로 생각지 않았기에 욕심내지 않았던 왕좌가 돌연 손 내밀면 잡힐 거리에 있었다.

나를 물끄러미 보던 오라버니가 나직이 물었다.

'왕위를 수락하겠느냐.'

숨을 크게 들이마셨다. 대답은 쉽게 흘러나왔다.

'수락하오.'

오라버니를 똑바로 올려다보며 말했다.

'내가 왕위를 계승하겠소.'

날 가만히 응시하던 오라버니가 천천히 한쪽 무릎을 꿇었다. 오라버니는 머리를 조아리며 말했다.

'그럼, 돌아가 폐하의 대관식을 준비하겠습니다.'

내게 신하로서 경배한 첫 아라짓 전사였다.

— 전란 중에 소실되어 현전하지 않는, 현대어로 번역된 극연왕 434년의 기록 中

시간이 만인에게 공평하다는 말은 고금의 공리(公理)로 취급되지만, 그러나 만인이 공감하는 말은 아니다. 시간이 공평하다는 말에는 함정이 숨어 있다. 대개 그 말은 시간이라는 자원, 즉 변화하고 발전할 수 있는 기회가 만인에게 똑같이 주어진다는 뜻으로 쓰인다. 그러나 변화의 기회는 결코 공평할 수 없는데, 물리적 시간이 똑같이 주어지더라도 그 시간 동안 무엇을 할 수 있는가 하는 문제에는 시간 이외에 다른 자원도 개입하기 때문이다. 감옥에 갇힌 인간 수인의 3년과 세계 지도 제작을 숙원으로 삼은 레콘 여행자의 3년이 똑같을 수 없는 것도 바로 그런 까닭에서다. 시간 이외에 그들이 활용할 수 있는 자원에는 거의 공통점이 없다.

따라서 3년의 세월이 왕자를 바꿔 놓았다고 할 때, 그 말은 3년에 걸친 변화의 기회와 다른 자원들, 거친 숲, 비 내음을 품은 바람, 노을을 머금은 꽃잎, 타고난 신체 조건과 전사로서 받아 온 훈련, 주변 사람들과의 상호 작용, 그리고 그 안에서 그가 내린 선택들 따위의 총합이 그를 바꾸었다는 뜻으로 이해해야 한다. 3년 뒤, 왕자는 제법 단단한 사냥꾼이 되어 있었다. 또한 왕자로서의 면모는 거의 찾아볼 수 없게 되었다. 그의 과거를 짐작게 하는 흔적은 별명처럼 붙은 케이건이라는 이름과, 여전히 그의 손에 있는 바라기뿐이었다.

케이건은 바라기를 퍽 능숙하게 다룰 수 있게 되었다. 사냥에 쓰기 위해 연마한 것은 아니다. 대검은 사냥에 적합한 도구라고 할 수 없다. 게다가 바라기는 인간이 사용하기 위해 만든 도구도 아니다. 해바라기와 달바라기는 각각 한 손용 검이었지만 그 한 손은 레콘의 한 손이었고, 둘을 합친 바라기 역시 레콘에게 알맞은 것이었다. 바라기의 크기와 무게, 독특한 형태로 인해 인간 왕들은 대대로 영웅왕의 검을 살상용 무기라기보다는 상징적인 보물로 간주해 왔다. 그러나 케이건은 다른 사냥 도구들과 함께 바라기 사용법 또한 익혔고, 거기에 더해 바라기를 등에 거는 착용구를 만들어 늘 몸에 지닐 수 있도록 했다. 케이건의 그런 태도에서 어떤 이는 검사로서의 자부심이나 왕족의 자존심, 실패한 이상주의자의 미련, 장물에 대한 도둑의 집착 같은 것을 떠올릴 수도 있을 것이다. 아젤키버의 조언을 구하기는 했지만 쌍신검의 특수성으로 인해 케이건은 바라기 사용법을 대부분 혼자 힘으로 터득해야 했다. 숲의 공터에서는 바라기를 허공에 휘두르는 케이건의 모습이 심심찮게 목격되었다. 그리고 그 근처에서 화살을 만들거나 덫 따위를 손질하는 여름 또한 드물지 않게 발견할 수 있었다.

그날도 여름과 케이건은 등을 맞대고 풀밭에 앉아 밤하늘을 올려다보았다. 별들은 죽음을 모르는 야수처럼 어둠 속을 빛으로 질주했고 일과를 마친 활과 화살집과 쌍신검이 들풀과 산꽃 사이로 지친 몸을 뉘고 있었다.

하늘에 펼쳐진 별숲을 감상하던 여름이 주문했다.

"그 노래 불러 봐."

케이건은 '그 노래'가 무슨 노래냐고 묻지 않았다. 케이건은 고개를 조금 돌려 어깨 너머로 여름을 보았다.

"그다지 밝은 노래는 아닌데."

"그 노래를 부를 때 네 목소리가 듣기 좋아."

케이건은 시선을 바로 했다. 케이건은 이미 수십 번 했던 것처럼 별과 나무와 바위와 등 뒤에 앉은 한 사람을 위한 노래를 불렀다. 옛 전사가 부르는 아라짓 전사의 노래를 들으며 여름은 장단에 맞춰 손가락을 느리게 두드렸다.

그러나 케이건의 노래는 끝까지 이어지지 않았다. 여름 또한 노래를 멈춘 케이건을 재촉하지 않았다. 어느새 여름의 손가락도 움직임이 멎어 있었다. 그 대신 두 사람의 손끝이 맞닿았다. 여름은 별에게 고백하는 밤바람 같은 어조로 말했다.

"밤마다 들을 수 있으면 좋겠다, 네 노래."

'지금도 언제든지 불러 주잖아.' 같은 대답은 돌아오지 않았다. 여름은 케이건이 자신의 말뜻을 이해했음을 알았다. 힐끔 뒤돌아보자 별빛 아래에 드러난 케이건의 목덜미가 벌겋게 물들어 있었다. 여름은 자신도 귀밑이 뜨거워지는 것 같다고 생각하며 고개를 돌렸다.

"케이건. 넌 내게 바라는 것 없어?"

한참 뒤에 케이건이 나직하게 말했다.

"여름."

"응."

"내겐 상상력이 부족해서 여기서 뭘 더 바랄 수 있을지 모르겠어. 난 이미 분에 넘치는 행복을 누리고 있어."

"그럼 상상력 말고 욕심을 발휘해 봐."

"욕심?"

"그래, 욕심."

케이건의 손가락이 조금 움직였다. 여름과 손가락 하나를 얽히게 한 케이건이 가늘게 떨리는 음성으로 말했다.

"아침에 눈을 떴을 때 제일 먼저 보이는 사람이 너였으면 좋겠어."

여름은 손가락을 빼낸 다음 케이건의 손을 감싸 쥐었다.

"그럼 그렇게 하자."

고개를 젖혀 케이건의 어깨에 머리를 기대며 여름이 말했다.

"그렇게 하자, 우리."

여름과 케이건의 혼인 소식에 놀란 사냥꾼은 별로 없었다. 어쨌든 두 사람은 이미 많은 시간을 서로와 함께 보내고 있었다. 사냥꾼들은 새 부부의 탄생을 축하해 주었다. 케이건은 아젤키버가 자신이나 여름에게 하지 않는 말이 있다는 인상을 받았지만, 아젤키버는 끝내 그들에게 축하 이외에 다른 말을 하지 않았다. 아젤키버가 그들의 수장이나 스승, 동료, 가족이라고 할 수는 있지만 왕이나 주군, 어버이, 보호자라고 할 수는 없다. 물론 여름과 케이건도 보호자를 필요로 하는 나이가 아니다.

두 사람이 혼인한 뒤에도 크게 달라진 것은 없었다. 그들은 여전히 키탈저 사냥꾼이었다. 단지 부드러운 입맞춤, 맑은 웃음소리, 따뜻한 염려의 말, 경애를 담은 눈길 같은 것이 더 늘어났을 뿐이다. 케이건은 자신이 욕심낼 수 있는 모든 것과 그 이상을 — 과분하고 감사하게도 — 얻었다고 생각했다. 그리고 자신이 욕심낼 수 없는 것, 이를테면 북부와 남부의 화합, 적도 전쟁도 존재하지 않는 왕국, 새로운 다름을 새로운 사랑의 기회로 여기는 세상 같은 것은 모두 잊었다고 생각했다.

계절이 세 번 더 바뀔 때까지 케이건은 그렇게 생각했다.

만개한 산꽃과 흐드러진 녹음이 봄을 노래하는 어느 날, 키탈저 사냥꾼들은 새로운 의뢰를 받았다. 남쪽의 한 마을에서 보낸 그 의뢰는 근방의 마을들을 노략질하는 나가 무리를 '사냥'해 달라는 것이었다.

그 무렵 아라짓 왕국과 나가들의 전쟁은 소강상태에 접어들어 있었다. 나가들은 많은 땅을 빼앗기고 남쪽으로 후퇴한 채로 기세가 위축되었고, 왕 또한 군세를 확장하는 대신 내정으로 관심을 돌렸기 때문이다. 물론 국경에는 적잖은 수의 아라짓 전사들이 머무르고 있지만, 그 넓은 국경 지대를 전사들이 빈틈없이 감시할 수는 없다. 게다가 그들이 지켜야 할 국경은 왕국이 150여 년 만에 수복한 지역이었기에 그곳에는 그동안 나가들이 조성한, 그들이 키보렌이라 부르는 숲이 자리 잡고 있었다. 나가들이 소수의 인원으로 밀림을 통과해 민가를 노략질한 다음 숲속으로 자취를 감추면 왕국으로서는 대처하기가 여간 까다로운 게 아니다. 마을에서 아라짓 전사들에게 사정을 호소 하는 대신 키탈저 사냥꾼들에게 의뢰를 한 까닭 또한 숲속에 숨어든 '동물'을 상대하는 데는 전사보다 사냥꾼이 나으리라는 판단에 기인했을 것이다. 나가는, 비록 다른 선민 종족들과 동 질감을 공유하고 있지 않지만 엄연히 사람에 해당한다. 그리고 모든 사람은 동물이다.

의뢰를 가져온 사냥꾼이 동료들에게 사정을 설명하는 동안 케이건은 무심한 태도로 그것을 듣고 있었다. 그 역시 키탈저 사냥꾼의 일원이었고 따라서 그 자리에 동석했으나 케이건은 키탈저 밖으로 거의 나가지 않았다. 바라기를 소지하지 않는다 면 왕성 밖에서 왕자를 알아보는 사람을 만날 확률은 희박하지 만, 그 희박한 확률에 따라오는 결과는 파급력이 크기 때문이 다. 그러나 사냥꾼이 설명의 말미에 덧붙인 말에 케이건은 고개 를 번쩍 들었다. 그것은 그가 흘려들을 수 없는 말이었다.

"방금 뭐라고 말씀하셨습니까?"

자신이 들은 바를 '그대로' 전달하는 데 집중하고 있었던 사 냥꾼은 아차 하는 표정으로 케이건 쪽을 보고는 입을 다물었 다. 사냥꾼은 케이건의 질문에 답하지 않았지만 케이건은 그가 한 말이 귓가에 메아리치는 듯한 느낌을 받았다.

마을 사람들이 보기에 나가들은 '누군가를, 또는 무언가를 찾고 있었다.

케이건은 창백한 얼굴로 주먹을 움켜쥐었다.

"날 찾는 것이군요."

정확히는 케이건과 바라기 모두일 것이다. 케이건은 왜 자신이 지금 같은 사태가 일어날 가능성을 예견하지 못했는지 알 수 없었다.

케이건은 그동안 의식적으로 귀담아듣지 않았던 전황에 관한 소식을 떠올렸다. 나가들은 4년 전에 느닷없이 맹공을 퍼부었다. 그러나 왕과 전사들이 공격을 막아 내고 오히려 그들을 몰아붙이자, 세력이 크게 축소될 것을 감수한 채 국지전 이외에 반격을 시도하지 않았다. 4년 전, 나가들은 바라기가 사라질 것을 예측하고 그에 맞춰 공세를 펼쳤던 것이다. 그러나 일이 뜻대로 풀리지 않자 이번에는 바라기와 왕자를 확실히 손에 넣어 재기할 것을 꿈꾸는 것이다. 케이건은 자신이 동생과 왕국의 배신자일 뿐만 아니라 그들의 약점이 되었음을 알았다.

"케이건."

케이건의 속마음을 짐작한 여름이 달래듯이 그를 불렀다. 케이건은 여름을 돌아보았다. 여름의 눈길에 담긴 뜻은 명료했다. '하지 마.' 케이건은, 그러나 여름의 눈길을 알아보았으면서도 말했다.

"저도 가겠습니다."

"케이건!"

여름이 케이건의 어깨를 붙들었다. 여름은 이를 악물고 낮고 강한 어조로 말했다.

"사냥꾼이 노리는 것을 알면서 제 발로 그 앞에 나타나는 사냥감은 없어."

"그들은 날 찾느라 행패를 부리는 거야, 여름. 내가 나서지 않으면 더 많은 마을이 피해를 입을 거야."

"그래서? 나선 다음엔? 널 찾아내면 그자들은 더 적극적으로 달려들어서 널 붙잡거나 죽이고 바라기를 회수하려고 하겠지. 네 소재를 확인한 이상 포기하지도 않을 거고. 널 그들에게 제물로 바칠 셈이야? 아니면 모든 나가를 죽이기라도 할 작정이야? 네가 간다고 달라지는 건 없어."

여름의 냉랭한 지적에 케이건은 입술을 깨물었다. 여름이 말했다.

"정 신경 쓰인다면 내가 가지. 그자들의 동태를 살피고 널 찾고 있는 게 맞는지, 너에 대해 아는 자가 얼마나 되는지 알아볼게. 그리고 그들을 죽이겠어. 그러면 되겠지?"

케이건이 흠칫하며 여름을 보았다. 혼인한 두 사람은, 키탈저 사냥꾼식으로 말하면 서로에게 용의 수호를 맹세한 사이라고 할 수 있었다. 물론 부부라고 해서 온종일 같은 공간에 머물거나 하는 것은 아니지만, 케이건은 다른 무엇도 아닌 나가들을 상대하는 일에 여름을 혼자 보낼 수는 없었다. 그러나 케이건이 반대 의사를 밝히기에 앞서 아젤키버가 입을 열었다.

"여름의 말대로 하는 게 좋겠다, 케이건."

케이건은 입을 다물고 아젤키버를 보았다. 아젤키버는 준엄하게 말했다.

"너는 사냥꾼이다. 사냥꾼답게 행동해. 이건 너와 나가들의 싸움이 아니야. 나가를 제외한 모든 이들과 나가들의 싸움이지. 너 혼자 책임질 수 있는 일이 아니라는 뜻이다. 그 사실을 받아들여. 네가 아니더라도 북부와 나가들의 싸움은 계속되어 왔고, 계속될 거다."

땅을 바라보며 생각에 잠겼던 케이건이 이윽고 결심한 얼굴로 고개를 들었다.

"맞습니다. 저는 사냥꾼이지요."

여름과 아젤키버, 그리고 다른 동료 사냥꾼들을 차례로 둘러본 케이건은 그들의 기대를 좌절시켰다.

"그러니 저도 가겠습니다."

"케이건."

여름의 목소리에는 당혹감과 속상함, 걱정과 짜증 같은 감정이 복합적으로 담겨 있었다. 케이건은 담담하지만 확고한 의지가 어린 목소리로 말했다.

"여름. 너도 알겠지만 나는 이곳에 온 뒤로 그들을 잊고 지냈어. 의식적으로 잊으려 노력했지. 하지만 아젤키버의 말대로 그들은 여전히 북부의 적이고, 키탈저 사냥꾼의 사냥감이야. 앞으로도 그럴 테지. 그렇다면 나도 예외가 될 수 없어. 언제까지나

피하기만 할 수는 없어. 나도 가겠어."

케이건은 묻는 눈으로 여름을 보았다. 케이건의 성정을 아는 여름은 그 고집이 쉽게 꺾이지 않을 것임을 알았다. 여름은 길게 탄식한 후 말했다.

"절대로 혼자서 행동하지 않겠다고 약속해."

케이건은 고개를 끄덕였다.

4.

오라비가 또다시 성가시게 굴기 시작했다. 그간 잠잠했던 것을 벌충이라도 하듯 여느 때보다 유난스러웠다. 듣다 못 해 역정이 나 비꼬아 말했다.

'오라버니 뜻대로 고집 피우시려거든 스스로 이 옥좌에 앉지 그러셨소?'

곁을 지키던 전사가 숨을 죽이는 것이 느껴졌다. 그것은 반역의 말이다. 왕족이 아닌 누구에게라도 그러하다. 하물며 최우선 계승권을 보존하고 있는 자에게랴.

오라비는 오래 침묵한 후에 답했다.

'폐하. 제게 진심을 증명하라 명하시면 이 자리에서 가슴을 갈라 제 심장을 폐하께 바치겠습니다.'

'오라버니의 심장은 필요 없소. 육친의 심장을 얻어 어디에 쓰라는 거요? 내가 원하는 것은 나가의 심장입니다. 저 혐오스러운 심장탑에 쳐들어가 그들의 심장을 짓밟을 한 명이라도 더 많은 전사입니다! 오

44

라버니께선 어찌 왕족의 몸으로 한평생 증오해 마땅한 왕국의 적에게 우정을 논한다는 말씀이오? 혈육과 동포의 편에 서지는 못할망정 이방의 괴물들을 두둔하는 까닭이 뭐냔 말입니다!'

'그것이 슬프기 때문입니다.'

오라비가 고개를 들었다. 그 눈이 까닭 모르게 어마마마의 국상을 치르던 날을 떠올리게 했다. 그 사실이 불쾌했다.

애통하는 자의 눈으로 오라비가 말했다.

'증오하기 위해 사는 것이 슬프기 때문입니다.'

— 전란 중에 소실되어 현전하지 않는, 현대어로 번역된 극연왕 435년의 기록 中

케이건은 음울한 얼굴로 살육 현장을 둘러보았다.

지난 4년간 케이건이 키탈저 사냥꾼으로서 축적한 지식은 결코 얕지 않았다. 거기에는 토끼나 꿩, 사슴, 멧돼지, 대호를 사냥하는 방법뿐만 아니라 독 있는 뱀과 독 없는 뱀을 구별하고 독초와 약초를 활용하며 비가 올 것 같은지, 혹은 날이 갤 것 같은지 예측하는 방법 따위도 포함되어 있었다. 키탈저 사냥꾼들은 어쨌든 숲에서 생활하는 자들인 것이다. 그러나 그 같은 방대함에도 불구하고 케이건이 왕국의 제일가는 사냥꾼들에게 배운 지식 중에 사람을 사냥하는 방법에 관한 내용은 없었으며, 케이건 또한 이제까지 그 사실을 의아하게 여기지는 않았다. 사람은 사람을 사냥하지 않는다. 일반적으로 그렇다는 말이다. 케이건은 4년 동안 끊임없이 갱신되어 온 자신의 수렵 지식에 새로운 부가 항목이 덧붙여졌음을 알았다. '경우에 따라선 사

람이 사람을 사냥하기도 함.'

대상을 살해하거나 제압하는 것을 목표로 한다는 점에서 혹자는 사냥꾼과 전사가 비슷한 일을 한다고 말할 수도 있을 것이다. 그리고 아라짓 전사인 케이건은 자신이 스스로의 호오와 상관없이 나가를 살해하거나 제압하는 방법에 대해 이미 상당한 지식을 보유하고 있다고 믿었다. 전사의 관점에서 그 믿음에는 틀린 데가 없었으나, 사냥꾼의 방식은 전사의 그것과 달랐다. 예를 들어 케이건은 도깨비불로 나가를 기만할 수 있다는 것은 알았지만 동물들로 나가를 유인한다는 생각은 해 보지 못했다. 또한 케이건은 나가들이 아침이면 양지바른 곳을 찾아 볕을 쬔다는 사실을 알았지만, 그곳에 함정을 준비해 둔다는 생각은 해 보지 않았다. 아라짓 전사들은 그런 것을 생각할 필요가 없다. 그들과 나가들 사이의 전투는 주로 평야에서 이루어진다. 전사들은 나가들에게 유리한 지형인 숲을 꺼리고, 나가들은 숲을 보호하길 원하는 까닭이다. 적과 나의 이해관계가 맞아떨어지는 드문 예인 셈이다.

그러나 키탈저 사냥꾼들을 상대로 할 때 나가들은 숲에서 자신들의 유리함을 주장할 수 없었다.

케이건과 키탈저 사냥꾼들은 먼저 마을 사람들이 말한 것과 같은 나가 여덟 명의 자취를 탐색하여 추적한 다음, 적절한 길목에 함정과 매복을 준비하고 나가들을 그곳으로 유인했다. 나가들의 눈에 띄지 않은 채 그런 작전을 시도할 수 있었던 것은 그들이 사냥꾼다운 냉정함과 끈기, 그리고 사냥감의 입장에서 그 마음을 헤아리는 영리함을 발휘한 덕분이다. 키탈저 사냥꾼 식으로 말하면 뛰어난 사냥꾼은 사냥감의 모습을 '훔친다'. 그들이 두꺼운 옷을 입고 느리게 움직이며 먼 곳에서 소리로 신호를 주고받은 것도 모두 그들이 나가의 모습을 '훔쳤'기 때문이라고 할 수 있다.

나가의 모습을 훔친 그들은 나가의 재생을 막기 위한 조치 또한 취했다. 나가들의 재생 능력이 어느 정도인지 정확하게 알지 못했기에 그들의 조치는 다소 과격한 형태를 띠었다. 한 구의 시신을 일곱이나 여덟 토막의 시체로 만드는 조치는 장례보다는 도살에 가까울 것이다. 그렇게 도살해야 할 시신이 여덟 구였고, 당연하게도 현장에는 선혈이 낭자했다.

케이건은 생기 없는 눈으로 동료들을 돌아보았다. 물론 그들 중 즐거운 얼굴을 한 자는 아무도 없었지만, 자신이 하는 일에 망설임이나 회의를 느끼는 사람 또한 없는 듯했다. 아내의 모습을 찾은 케이건은 여름 또한 해야 할 일을 하고 있는 것을 보았다. 고개를 떨군 케이건은 잠시 후 몸을 돌려 발걸음을 옮겼다. 숲 안쪽으로 들어가는 방향이었다.

얼마쯤 걷던 케이건은 숨을 크게 들이마신 다음 내쉬었다. 후각을 마비시키는 피 냄새에서 벗어나 숲이 가진 본연의 싱그러운 냄새를 맡는 것만으로도 그는 살아난 것 같은 기분을 느꼈다. 그러나 케이건은 걸음을 멈추지는 않았다. 걸음 속도를 늦춘 그는 천천히 숲속을 거닐었다. 모양새만 보면 가벼운 산책이라도 하는 듯했지만 그의 마음은 무거웠다.

왜 따라오겠다고 했을까.

사람은 사람을 사냥하지 않는다. 사람은 사람을 상대로 전쟁을 벌인다. 전쟁에는 교섭이나 협상과 같은 개념이 존재한다. 설령 그 협상의 내용이 모든 영토를 내어 달라거나 내 칼에 순순히 죽어 달라는 황당한 것일지라도, 전쟁은 그 협상이 실패했거나 실패할 것이라고 예측될 때에 일어난다. 하지만 사냥에는 협상이라는 개념이 존재할 수 없다. 토끼에게 '너를 적당히 뒤쫓다가 고기와 가죽을 취할 테니 협력해 다오.'라고 정중히 요청하는 것은 불가능하다. 사람과 토끼 사이에는 그런 식의 소통이 이루어질 수 없다. 사냥꾼과 사냥감의 관계에는 소통의 불가능성이 전제되어 있다. 사람이 사람을 사냥한다는 것은, 다시 말해 상대를 소통이 가능한 인격체로 인정하지 않는다는 뜻이다.

여름과 동료들에게 사냥꾼으로서 나가들을 대하겠노라고 선언했을 때 케이건은 자신이 그럴 준비가 되어 있다고 생각했다. 그러나 케이건은 이제 그 말에 일말의 진실이라도 담겨 있었는지 의심스러웠다. 마치 자신과 타인에게 들려주기 위해 그럴듯하게 꾸며 낸 말처럼 느껴졌다. 케이건은 자신이 무언가를 확인하기 위해 이곳에 오려고 했다는 느낌을 어렴풋이 받았으나 그것이 무엇인지는 알 수 없었다.

어떤 소리가 그의 상념을 방해했다.

케이건은 소리가 들린 방향을 돌아보았다. 생각에 잠긴 탓에, 또 그 자신이 내는 소리 때문에 케이건이 방해꾼의 존재를 알아차린 것은 조금 늦었다. 수풀을 헤치며 움직이는 그것은 케이건을 향해 똑바로 다가오고 있었다. 긴장한 케이건은 등 뒤로 손을 돌려 바라기 자루를 쥐며 그곳을 노려보았다. 열 발자국 정도 떨어진 거리에서 상대가 수풀 사이로 모습을 드러냈다.

나가였다.

"왕자?"

케이건의 몸이 얼어붙었다. 나가와 맞닥뜨려서도, 동료들과 떨어져 있음을 깨달아서도 아니었다. 케이건은 자신을 왕자라고 부른 목소리의 주인을 알고 있었다.

상대편에서도 케이건을 알아보았다. 케이건을 찬찬히 뜯어본 나가는 반가운 투로 말했다.

"맞군. 그 왕자야. 정말로 제 발로 여기에 왔군."

곧 케이건의 눈앞에 모두 여덟 명의 나가들이 나타났다. 그들 중에는 낯익은 얼굴이 두엇 더 섞여 있었다. 케이건이 반사적으로 바라기를 뽑아 들자, 열여섯 개의 눈이 일제히 쌍신검을 향했다. 그 시선은 보물을 탐내는 눈길이었다. 케이건은 미칠 듯한 기분을 느꼈다.

'한 무리가 아니었어. 머릿수가 같아서 어딘가에서 혼선이 일어났던 거야. 아니면 한쪽이 나중에 도달했거나. 그래서 먼젓번의 무리에선 날 알아본 자가 없었던 거야.'

케이건은 극도의 혼란을 느꼈다. 그의 이성은 주어진 상황을 냉정히 분석했지만 그의 몸은 그 순간 다른 시간, 다른 장소에서 있었던 일을 추체험하고 있었다.

4년 전 여름, 그는 전선을 시찰하고 있었다. 아라짓의 왕족은 초대 왕인 영웅왕을 본받아 전사로서 행동할 것을 요구받았고 그도 예외는 아니었다. 직접 전투에 참여한 횟수는 적지만 그는 어머니와 동생을 보필해 크고 작은 전사(戰事)에 관여해 왔다. 왕족의 의무를 다하기 위해서이기도 하지만, 그에겐 다른 목적도 있었다. 왕궁에 안전하게 격리된 채 적에 대한 사랑과 이해를 운운하는 것은 하늘치를 본 적 없는 사람이 하늘치 위에 오르겠다고 주장하는 것과 비슷하다. 나가를 사랑하기 위해 그는 먼저 나가를 알아야 했다. 그리고 나가를 알기 위해, 그는 역설적이게도 왕국과 나가들 사이에 교류가 이루어지는 유일한 현장, 즉 전장으로 가야 했다.

그즈음 그는 왕의 뜻에 공공연히 맞서며 화친을 주장했기에 아라짓 전사들이 반기는 존재는 아니었다. 왕족에 대한 태도로서는 불손하다고도 할 수 있겠지만, 그 역시 아군보다 적에게 더 관심이 있었으므로 전사들이 어떻게 나오든 개의치 않았다. 시찰을 핑계 삼아 나온 그가 전선에서 주로 한 일은 먼 거리에서나마 나가들을 관찰하는 것이었다.

그런 그에게 어떤 나가가 찾아왔다.

그에게 접근해 온 나가는 평화를 원하는 왕자의 이야기가 나가들에게도 알려져 있다고 설명했다. 나가들 중에도 평화주의 자들이 있으며, 그가 도와준다면 주전파를 설득할 수 있으리라고 말했다. 나가의 설명은 그가 믿고 싶은 설명이었다. 그 나가가 대단히 아름다운 목소리로 말했으며 추위에 떨고 있었다는 사실이 설득력을 한층 높여 주었는지도 모른다. 왕궁으로 돌아간 그는 야음을 틈타 대전에 침입한 다음, 흑사자기(旗)와 함께 벽에 걸려 있던 바라기를 훔쳐 말을 타고 도주했다. 처음에는 죄책감과 불안감, 자괴감이 그를 덮쳤다. 그는 과거에 국법이나 의무, 규칙 같은 것을 거스르는 행동을 해 본 적이 없었고 그가 짓는 첫 죄는 이루 말할 수 없는 중죄였다. 그러나 도성을 벗어나자 그는 마음을 무겁게 짓누르던 죄책감 대신 승리감과 해방감, 희열이 그 자리를 차지하는 것을 느꼈다. 왕가의 도둑이라고? 이 땅에서 전쟁을 몰아낼 수만 있다면 도둑쯤 된들 어떻단 말인가. 아니, 얼마든지 되어 주겠다.

약속 장소에 가까워질수록 그는 가슴이 벅차올랐다. 그의 소망이, 어쩌면 영원히 이루어지지 않을지도 모른다고 생각했던 소망이 이제 실현되려 하고 있었다. 성급한 호기심은 전쟁이 종식된 이후의 세계를 궁금해하기 시작했고, 낙관적인 상상력은 세 종족과 다른 한 종족이 어울려 새로운 가치를 창출해 내는 세상을 머릿속에 그리고 있었다. 잔뜩 부푼 기대와 흥분 탓에 그는 자신이 속한 시간이 현실이라는 것을 믿기 어려울 지경이었다.

목적지에 다다른 그는 자신이 보는 광경이 현실이라는 것을 믿고 싶지 않았다.

기묘한 위화감. 스무 명의 나가들. 거창한 환영식을 기대했던 것은 아니다. 그러나 숲 입구에서 사이커를 찬 채 그를 기다리는 나가들에게서는 따뜻한 환영이나 동질감에 기반한 호의, 평화에 대한 염원 따위를 느낄 수 없었다. 말에서 내려 몇 발자국 앞으로 나갔지만 그는 나가들에게 선뜻 다가가지 못하고 머뭇거렸다. 그에게 제안을 했던 나가가 먼저 앞으로 나섰다.

"기다리고 있었습니다."

나가는 여전히 소름 끼치도록 아름다운 음성으로 말했다. 그는 바라기를 꽉 움켜쥐었다. 간절히 만나길 원했던 사람이 그에게로 걸어오고 있었지만 그는 오히려 뒤로 물러나고 싶은 충동을 느꼈다.

"약속대로……."

그가 입을 열었다. 자신의 입에서 나오는 목소리가 낯설었다.

"약속을…… 지키실 거지요?"

그는 혼란스러웠다. 이게 아닌데. 담보가 없으면 타인의 선의를 믿지 못하는 얼간이처럼 굴려고 이곳에 온 게 아닌데.

다른 나가들도 서서히 그에게 다가왔다. 그의 머리는 여전히 현실을 받아들이길 거부했지만 그의 감각은 이미 판단을 마친 상태였다. 앞장선 나가가 사이커를 뽑는 것과 바라기가 휘둘러진 것, 뒤편의 나가들이 달려든 것은 거의 동시였다.

당연하게도 그는 그때까지 바라기를 들고 싸워 본 적이 없었고, 보통 검들과 무게도, 균형의 중심도 판이한 바라기를 제대로 다룰 수 없었다. 그는 다른 무기도 가져오지 않았다. 역사적인 평화 협상 자리에 무기는 어울리지 않는다고 생각했기 때문이다. 왕자의 전략적 가치를 고려한 나가들은 그를 죽이기보다 생포하길 원했고, 덕분에 그는 틈을 보아 가까스로 말에 오를 수 있었다. 몇몇 나가가 소드락을 먹고 말을 뒤쫓아 왔지만 그를 붙잡지는 못했다. 도약력만으로 기수의 높이까지 뛰어오를 수 있는 추격자들을 뿌리쳤으니 실로 행운이라고 해야 할 것이다.

그러나 그는 자신에게 일어난 일 중 무엇도 행운으로 생각하기 어려웠다.

차가운 밤이 찾아왔다. 그와 말 모두 졸도하기 직전이었지만 그는 마음 놓고 졸도할 수 없었다. 어디로 가야 하는지 알지 못했기 때문이다.

준비해 온 식량은 떨어져 갔다. 올 때와 마찬가지로, 갈 때도 민가를 방문할 수는 없었다. 바라기를 알아보지 못할 사람은 왕국에 없으므로. 물론 왕궁으로 돌아가는 것도 불가능하다. 한밤중에 영웅왕의 검을 훔쳐 달아난 왕자를 왕과 조신들, 전사들이 어떻게 대할 것인가. 이런 일이 벌어질 가능성은 조금도 고려하지 않았던 그는 앞으로의 계획 같은 것도 가지고 있지 않았다.

며칠 후 식량이 바닥나자 그는 타고 있던 말을 잡아먹었다.

동정심을 느낄 여유는 남아 있지 않았다. 안장에 달린 고정 장치도 쓸 수 없게 되었기에 그 뒤로는 바라기를 땅에 끌며 걸어서 이동했다. 그가 떠올린 행선지는 도망친 왕자를 왕궁에 고발하지 않을, 어쩌면 북부에서 유일할지도 모르는 집단이 거주하는 곳이었다. 왕자로서 공부한 지식이 이때에는 도움이 되었다. 그는 길을 헤매지는 않았다. 키탈저에 도달한다고 해서 사냥꾼들이 그를 받아 준다는 보장은 어디에도 없었지만, 다른 방도는 생각나지 않았다. 숲에서 맹수에게 잡아먹혀 죽는 것도 괜찮은 결말처럼 생각되었다. 여름을 만나지 않았다면 그 결말은 아마도 현실이 되었을 것이다.

"……인테쉬크톨인 셈이지."

나가의 음성에 케이건은 현재로 돌아왔다. 다른 나가가 대답하는 말은 들려오지 않았다. 자기들끼리 니름으로 이야기하는 듯했다.

케이건은 문득 이들이 자신을 혼자라고 여기고 있음을 깨달았다. 키탈저 사냥꾼들이 다른 나가 무리의 존재를 알지 못했던 것처럼 이들 또한 케이건에게 일행이 있다는 것을 몰랐고, 그래서 방심하고 있었다. 바라기의 긴 사정거리를 고려한 나가들은 곧장 달려드는 대신 케이건을 압박하는 형태로 서서히 거리를 좁혀 왔지만 그 동작에는 여유가 있었다.

케이건은 필사적으로 정신을 가다듬으려 애썼다. 지금은 추억에 잠기는 사치를 누릴 때가 아니다. 살아남아 여름과 동료들에게 돌아가야 했다. 아니, 순서는 꼭 그대로여야 할 필요가 없을 것이다. 케이건은 동료들을 이곳으로 부를 방법이 있는지 생각해 보았다. 고함을 지르면 들리겠지만, 가까이에서 인간을 상대하고 있는 나가들은 청각에 주의를 기울이거나 입 모양을 읽을지도 모른다. 일행이 있음을 들킨다면 동료들을 부르지 않느니만 못했다. 케이건은 나가들이 소리를 듣더라도 그 의미를 알아채지 못할 만한 방법을 떠올렸다.

휘익. 날카로운 휘파람 소리가 숲을 가로질렀다. 가락을 만들기 위한 휘파람이 아닌 사냥꾼들이 신호로 주고받기 위한 것이었고, 케이건은 귀가 밝은 사냥꾼들에게 그 신호가 전해졌으리라 확신했다. 케이건의 예상대로 왕자가 독특한 소리를 내는 것을 듣거나 본 나가들은 어리둥절하거나 긴장했지만 그것을 대수롭게 여기지는 않았다. 잠시 기다려도 별다른 변화가 일어나지 않자 몇몇 나가는 웃음을 터뜨렸다. 그중 한 명이 놀리듯이 말했다.

"또 말을 타고 도망칠 작정인가? 안됐지만 왕자님을 구하러 올 백마는 없나 본데."

그 나가는 인간 문화에 퍽 익숙한 듯했다. 참전 경험 덕택일 것이다. 하지만 키탈저 사냥꾼의 문화는 전쟁터에서도 접할 수 없다.

다른 나가가 다소 짜증 어린 투로 말했다.

"이번에도 도망치면 곤란해. 네 녀석 때문에 4년을 허비했단 말이다. 순순히 그 검과 신병을 맡기면 온당한 대우를 해 주지."

케이건은 나가가 말하는 '온당한 대우'가 무엇인지 고민하지 않았다. 그 대신 시간을 끌 방도를 궁리했다. 케이건은 바라기를 언제든 휘두를 수 있는 자세를 취하며 큰소리로 물었다.

"쇼자인테쉬크톨이라는 건 무슨 뜻이지?"

"뭐?"

"아까 그런 말을 했잖아. 나를 통해 쇼자인테쉬크톨을 행하는 셈이라고. 그게 무슨 뜻이지?"

케이건에게 신병 인도를 요구했던 나가는 명백히 귀찮은 표정을 지으며 옆에 있던 나가를 노려보았다. '네가 쓸데없는 이야기를 해서 그렇잖아.' 정도의 니름을 건네는 듯했다. 나가는 다시 케이건을 보며 말했다.

"불신자는 알 필요 없다."

"나한테 그 정도는 요구할 권리가 있잖아?"

케이건의 외침에 나가는 의외라는 얼굴을 했다.

"제법 똑똑한 소리도 할 줄 아는군."

"뭐, 상관없지 않나. 비밀인 것도 아니고."

동료에게 따가운 눈초리를 받았던 나가가 어깨를 으쓱했다. 그 나가는 재미있어하는 투로 설명했다.

"쇼자인테쉬크톨은 복수권을 니르는 거다. 아니지, 말하는 건가?"

"복수권?"

"그래. 한 가문의 일원이 다른 가문의 일원에게 중대한 잘못을 저지르면, 해를 입은 가문은 해를 입힌 가문에게 복수할 권리를 가지지. 그래서 상대 가문의 일원을 암살자로 지명해 잘못을 저지른 자신의 피붙이를 처단하게끔 요구할 수 있다. 너도 쉬크톨에 대해선 들어 봤겠지? 쉬크톨은 그 암살자에게만 주어지는 검이야."

나가의 눈이 케이건의 손에 들린 바라기로 향했다. 케이건은 이어질 말을 거의 짐작할 수 있었다.

"이 경우엔, 네가 들고 있는 그 검이 쉬크톨인 셈이지."

조금 전 짜증을 냈던 나가는 기가 막혀 하며 투덜거렸다.

"쇼자인테쉬크톨은 애초에 남자한테 성립될 수 없다니까."

"그래, 엔세마. 한 번만 더 니르거나 말하면 세 번째야. 어차피 비유일 뿐이니 상관없잖아, 남자든 불신자든. 융통성이라는 걸 배워 보지 그래?"

나가들은 한동안 말다툼과 니름다툼을 주고받았다. 분위기로 보건대 이전부터 가치관의 차이로 마찰이 있었던 듯했다.

케이건은 나가들의 분쟁에 관심이 없었다. 구체적인 설명을 듣지는 않았지만 그는 쇼자인테쉬크톨의 비유가 자신에게 어떻게 적용되는 것인지 이해할 수 있었다. 비유를 한 나가가 재미있어한 까닭 또한. 그것은 잔인한 조롱이었다. 케이건은 바라기를 거세게 움켜쥐었다. 분노와 모멸감을 느꼈지만, 그러나, 그의 아주 작은 부분은 나가의 문화에 대해 새로운 지식을 알게 되었다는 사실에 가냘프게 기뻐하고 있었다.

멀리서 새소리와 비슷한 휘파람 소리가 들려왔다. 케이건은 현기증을 느꼈다.

"너희가…… 시작했어."

나가들이 그를 돌아보았다. 케이건이 힘겹게 말을 이었다.

"너희가 우릴 먼저 침략하고, 너희가 날 속여 이용하려 했다. 우리가 어떻게 복수의 대상이 된다는 거지?"

케이건은 흐느끼듯이 물었다.

"우리가…… 너희에게 무슨 잘못을 했다는 거야?"

"잘못?"

엔세마라고 불린 나가가 기묘한 표정을 지었다. 옆의 나가에게 '이게 다 너의 한심한 비유 때문이다.'라는 의미에 해당하는 눈길을 보낸 엔세마는 천 년 뒤 하텐그라쥬의 어느 수호자가 들었다면 화로에 물방울을 던졌을 말을 했다.

"똑똑한 줄 알았더니 아니었군. 이봐. 너희는 나무가 무슨 잘못을 해서 벌목을 하나?"

케이건이 대답할 기회는 오지 않았다. 엔세마의 뒤편에서 날아온 창이 그의 목을 꿰었기 때문이다.

불의의 기습을 당한 나가는 한 명이 아니었다. 여러 대의 창과 화살이 동시에 날아와 나가들의 목과 손, 다리에 적중했다. 나가들은 분노와 고통의 니름을 토하며 뒤를 돌아보았으나 원거리에서 습격을 받았기에 이미 그들이 불리한 처지였다. 한 나가는 사냥꾼들을 목표로 하는 대신 케이건에게 달려들었다. 물론 인질로 삼기 위해서였고, 어느 정도 예견하고 있었던 케이건은 바라기를 휘둘러 나가의 몸통을 베었다.

다시, 침묵 속의 살육.

케이건은 얼굴에 튄 피를 닦아 내며 주위를 둘러보았다. 숲은 다시 고요해져 있었다. 청각적으로뿐만 아니라 시각적으로도. 마지막으로 남은 나가를 아젤키버가 '처리'한 것을 본 케이건은 동료들이 있는 곳으로 가려 했다. 그때 여름이 다급한 목소리로 외쳤다.

"케이건!"

케이건은 여름의 시선을 좇아 자신의 왼쪽 발밑을 보았다. 그에게 허리가 잘렸던 나가가 팔 힘만으로 땅을 기어와 사이커를 치켜들고 있었다.

케이건이 오른손에 쥔 바라기로 뭔가를 시도하기 전에 여름이 던진 단검이 똑바로 날아왔다. 사이커를 튕겨 낸 단검은 궤도를 틀어 사이커 주인의 얼굴에 비스듬히 박혔다. 칼을 맞은 나가는 더 이상 움직이지 않았다.

다가온 여름이 물었다.

"괜찮아? 케이건."

케이건은 그렇다고 대답할 수 없었다.

5.

레누카를 알게 되어 기쁘다. 좋은 벗과 사귄 것은 순조로운 건설 못지않은 수확이다. 레누카는 잠깐 뜸을 들이더니 말했다.

'실은 궁금했던 것이 있는데.'

'뭐지?'

'당신은 전쟁 사업에 관심이 많았잖아. 지금은 건설 사업으로 종목을 바꾸었고. 나야 그 덕분에 일을 배우면서 돈도 벌 수 있으니 좋지만, 즉위하고 나서 6년 동안 전쟁에 꽤 열심이었던 걸로 아는데. 갑자기 관심사를 바꾼 이유가 뭐지?'

그 물음에 나도 모르게 미소를 지었다.

'다른 사람도 같은 질문을 하더군.'

'다른 사람?'

'대장군. 6년 동안 누구보다 성실히 내 곁에서 전쟁을 수행했던 사람이야. 그러니 그렇게 물을 만도 하지.'

'대장군에게 뭐라고 답했는데?'

'대장군은 혼인을 했지. 그래서 대장군에게, 그대가 전사하면 남편과 딸이 슬퍼하지 않겠느냐고 물었어. 대장군은 한참 생각하더니, 무슨 말씀인지는 알겠지만 단지 그뿐이냐고 되묻더군.'

레누카는 잠깐 생각에 잠겼다.

'나도 대장군과 똑같이 묻고 싶은데.'

'맞아, 레누카. 그것을 「단지」라고 말할 수도 있겠지. 하지만 나는 그 「단지」가 모든 것에 선행하는지도 모른다는 생각을 하게 되었어.'

레누카는 말없이 나를 보았다. 지난날을 떠올리며 쓸쓸하게 말했다.
'보다 일찍이 이같이 생각하지 못한 것이 한스럽군.'

— 전란 중에 소실되어 현전하지 않는, 현대어로 번역된 극연왕 440년의 기록 中

그날 이후로 케이건은 서서히 시들어 갔다. 여름은 그렇게 표현할 수밖에 없었다.

언뜻 보기에 케이건의 행동은 이전과 다를 게 없었다. 케이건은 폭음을 일삼지도, 눈물로 밤을 지새우지도, 방에 틀어박혀 세상과의 단절을 주장하지도 않았다. 말을 걸면 대답했고, 때가 되면 음식을 조리했고, 사냥을 나가면 따라나섰다. 생존에 필요한 최소한의 활동을 케이건은 빠짐없이 수행하고 있었다. 그러나 생존 활동이 삶의 전부는 아니다. 맛 좋은 음식을 먹을 때의 즐거움, 이슬이 맺힌 꽃잎에 보내는 찬사, 부드러운 미소, 한 사람을 위한 노래 같은 것들은 케이건에게서 사라졌다. 케이건은 삶에서 기쁨이라는 것을 느낄 수 없게 된 사람 같았다.

여름은 갖은 방법을 동원해 보았다. 위로하거나 달래거나 설득해 보았고, 자신은 없지만 농담도 걸어 보았다. 한동안 모르는 척 내버려 두거나, 반대로 케이건의 주의를 돌리기 위해 바쁘게 만들어 보기도 했다. 참다못해 화를 내며 케이건을 다그친 적도 있었다. 여름은 곧 그것을 후회했다. 케이건이 대화를 피하려 들었기 때문이다.

아젤키버는 쓸쓸하게 말했다.

"애초에 데려가지 말았어야 했어."

여름도 동감했다. 그날, 숲에서 케이건이 사냥에 따라나선 일을 후회했던 것처럼 여름 또한 케이건을 데려간 것을 후회하고 있었다.

여름이 이해할 수 없었던 것은 케이건이 그런 변화 양상을 보이는 까닭이었다. 케이건과 나가들 사이에 있었던 과거를 대강 들어 알았기에, 여름은 4년 전의 나가들과 재회하고 그들을 죽인 일이 케이건에게 적잖은 충격이 되었으리라는 것은 짐작할 수 있었다. 그러나 달리 말하면 케이건은 자신을 속이고 배신한 자들에게 4년 만에 복수한 셈도 된다. 여름이 생각하기에 케이건은 마침내 복수를 성취한 기쁨을 느끼거나, 아직 복수하지 못한 자들에게 적개심을 불태우거나, 하다못해 복수의 염원을 이루어도 과거를 바꿀 수는 없다는 케케묵은 명제를 재확인하고 허탈감이라도 느껴야 할 것 같았다. 하지만 케이건은 셋 중 어느 쪽으로도 보이지 않았다. 케이건에게서 느낄 수 있는 감정은, 굳이 말하면, 슬픔이었다.

어느 날 여름은 무모한 시도라고 생각하면서도 도시에서 전해 들은 이야기를 꺼냈다.

"왕호를 극연왕으로 고쳤다더군. 도로를 건설한대."

여름은 '동생도 예전과 달라진 것 같지 않아?'라는 질문을 삼켰다. 케이건은 동생의 이야기에 아무런 반응도 보이지 않았다.

"케이건. 왕궁을 찾아가 보면 어때?"

케이건이 고개를 들었다. 여름을 올려다보던 케이건이 조용히 물었다.

"내가 떠나길 바라, 여름?"

"그런 뜻으로 물은 게 아니잖아."

케이건은 입을 다물었다. 고개를 숙인 케이건은 낮은 목소리로 "갈 수 없어."라고 대답했다. 여름은 한숨을 내쉬었다. 그리고 다시는 왕의 이야기를 꺼내지 않았다.

차츰 여름은, 케이건이 변화를 보인 까닭이 나가와의 재회 때문이 아님을 이해하게 되었다. 케이건을 실의에 빠뜨린 건 4년 전에 겪었던 좌절 그 자체였다. 다시 말해 기만당했다는 사실이나 그로 인해 왕국의 보물을 훔치는 중죄를 저질렀다는 사실보다, 자신의 소망을 실현할 수 없다는 사실이 그를 괴롭히고 있었다. 지난 4년 동안 케이건은 그 사실들을 잊다시피 했지만 그것은 고통을 직시할 수 없어 의식의 밑바닥에 가라앉혀 둔 데 불과했다. 어떤 상처는 시간이 흐른 뒤에야 수면 위로 부상하기도 한다. 케이건의 경우도 그러했다.

타인의 삶을 대신 책임지려 해선 안 된다는 충고를 여름에게 해 준 사람은 없었다. 충고를 들었다 해도 여름은 자신의 결심을 바꾸지 않았을 것이다. 여름은 케이건을 사랑했다. 한 사람이 누군가를 대하는 방식은 때로 그가 세계를 대하는 방식으로 확장된다. 케이건의 소망에 공감하지는 않았지만, 케이건이 미소를 되찾길 바랐기에 여름은 그의 소망을 이루어 주고 싶었다. 바꿔 말해 여름은 북부와 남부의 화합, 적도 전쟁도 존재하지 않는 왕국, 새로운 다름을 새로운 사랑의 기회로 여기는 세상을 케이건에게 주고 싶었다.

그래서 여름은 그 방법을 모색하기 시작했다.

키탈저 숲에 자생하는 가장 부지런한 활엽수들이 옷을 갈아입기 시작할 무렵이었다. 활줄에 쓸 모시풀을 사러 간다는 핑계로 키탈저를 나선 여름은 자신의 말처럼 페치렌으로 향하는 대신 남쪽으로 길을 잡았다. 여름의 목적지는 지난봄에 나가 사냥을 의뢰했던 마을과 그 의뢰를 수행한 숲이었다.

당시 자보로 남쪽, 높새바람 탑이 위치한 벌판은 황야보다는 초원이라는 이름이 더 어울리는 모습을 하고 있었다. 탑과 초원을 지나 보다 더운 지방으로 내려간 여름은 예상보다 일찍 목적을 달성했다. 훗날 한계선이라 불리게 될 지역에서 여름은 나가와 조우했다.

멀리서 보았을 때는 그자가 나가임을 알아볼 수 없었다. 여름이 본 것은 머리부터 발끝까지 까만 옷을 뒤집어쓴, 인간과 비슷한 체구를 가진 어떤 사람이었다. 방풍복이라고 추측했던 옷이 흑사자 모피라는 것, 남쪽 지방에서 흑사자 모피를 뒤집어쓴 사람은 필시 나가이리라는 것, 그 나가가 자신에게로 걸어온다는 것을 깨달은 여름은 재빨리 활과 화살을 들어 나가를 겨눴다. 그 때문에 나가는 사냥꾼을 지나치게 자극하지는 않을 거리에서 멈춰 서야 했다. 나가는 큰 소리로 말했다.

"이해합니다."

여름이 움찔했다. 나가의 육성을 처음 듣는 것은 아니었으나 그 말은 나가에게서 들으리라고 예상하지 못한 것이었다. 하지만 여름은 흔들림 없는 자세로 말했다.

"무슨 말인지 모르겠군."

"활을 겨눠도 이해합니다. 당신들에게 우리는 전부 적으로 보이겠지요."

여름이 당긴 활시위가 한층 팽팽해졌다.

"그 동인(動因)에 타당성이 있음을 부인하지는 않겠지. 내가 당장 널 쏘지 말아야 할 이유를 말해 봐."

"저는 제 이유를 가지고 왔습니다. 하지만 제 이유보다는 당신이 당장 저를 쏘지 않는다는 사실에서 더 큰 희망을 찾게 되는군요."

나가는 부드럽게 말했다.

"나는 대화를 하러 왔습니다."

"내가 이곳으로 온다는 걸 알 수는 없었을 텐데."

"물론 몰랐습니다. 나는 당신들이 산다는 키탈저로 향하는 길이었습니다. 이 흑사자 모피가 있다면 불가능하지는 않지요. 그런데 멀리서 당신의 체온을 발견하고 혹시 모른다는 생각으로 와 본 겁니다. 가급적이면 북부를 오래 헤매지 않고 당신들을 만날 수 있기를 소망했습니다만, 그 소망이 이런 식으로 이루어질지는 몰랐군요. 발자국 없는 신의 가호가 함께하는 모양입니다."

나가의 설명에 따르면 그 나가와 여름은 각각 남쪽과 북쪽에서 서로 마주 보는 방향으로 움직이고 있었던 셈이다. 평원에는 시야를 가리는 방해물이 적었으므로 나가는 상당히 멀리서부터 여름을 발견할 수 있었을 것이다.

여름이 물었다.

"키탈저 사냥꾼에 대해 어떻게 알았지?"

"우리에게도 정보를 얻는 방법은 있으니까요."

나가는 동료들을 찾으러 간 숲에서 그들의 시신을 발견했으며 그중 일부를 재생시키는 데 성공했다는 이야기는 하지 않았다.

"당신들 중에 아라짓의 왕자가 있지요?"

여름은 짧게 고민했다. 키탈저 사냥꾼들을 알고 있다면 케이건에 대해서도 이미 파악했을 가능성이 크다.

"그걸 묻는 이유를 알고 싶군."

"먼저 왕자에게 사과를 전하고 싶습니다."

여름은 무뚝뚝하게 대꾸했다.

"너희가 그를 기만했다고 들었다."

"하나의 집단에 속한 개인들은 모두 같은 의견을 공유한다고 생각하십니까?"

여름은 대답하지 않았다. 나가는 한탄하듯 말했다.

"내부 분열이 있었습니다. 우리 중에도 평화를 바라는 자가 왜 없겠습니까? 왕자에게 일어난 일은 결코 우리가 바랐던 바가 아니었습니다."

"나에게 뭘 원하지?"

나가는 회심의 미소를 지었다. 물론 정신적으로만.

"들어 보셨을지 모르겠습니다만, 우리에겐 가문 평의회라는 것이 있습니다. 지체 높은 가문들을 이끄는 가주들이 모여 권위 있는 결정을 내리는 기구지요."

거짓에는 진실을 섞어서.

"지도그라쥬의 가주들은 평화를 원합니다. 최초로 북부와 손을 잡는 도시가 나오면 다른 도시들도 흔들릴 겁니다. 하지만 우리가 아라짓의 왕에게 비밀리에 회담을 요청하기는 어렵고, 그래서 왕자를 통해 부탁해 보는 방향으로 의견이 모였습니다. 그런데 후자의 방법에도 난관이 있지요. 한 번 호된 일을 겪은 왕자는 나가와의 대화에 쉽게 응하려 하지 않을 테니까요. 남자란 아무래도 여자보다 감정적인 면이 있다 보니 더 그럴 테지요."

나가는 잠깐 말을 끊었다가 다시 이었다.

"어쨌든 그런 이유로, 평의회에서는 왕자가 몸담고 있는 키탈저 사냥꾼들과 먼저 이야기해 보아야 한다는 결론을 내렸습니다. 당신에게 부탁하고 싶은 것은 이것입니다. 우리는 사냥꾼들의 대표자를 가문 평의회에 초대하고 싶습니다. 가주들 모두가 이곳까지 올라오기는 어려워서 보다 남쪽에서 만났으면 합니다. 중대사를 논의하는 자리이니 이왕이면 그쪽에서도 여자가 와 주면 좋겠군요. 혹 왕자가 의지하는 여인이 있다면 더할 나

위 없겠지요. 왕자를 설득하기도 쉬워질 테니까요. 왕자 본인이
동행해도 좋습니다만 거기까지 기대하는 것은 무리일 듯하군
요. 우리는 대표자와 대화를 나눌 수 있다면 족합니다. 이 내용
을 당신의 동료들에게 전해 주십시오."

여름은 갈등했다. 나가의 태도는 사람다웠고, 나가의 설명은
합리적이었다. 케이건의 동행이나 바라기의 소지를 요구하면 거
절할 생각이었지만 나가는 그런 것은 상관없다는 태도로 말했다.

"당신이 한 말이 사실이라는 걸 어떻게 믿지?"

여름이 질문하자 나가는 슬픈 미소를 지으며 말했다.

"모든 나가의 생명을 걸고 맹세한다면 우리를 믿어 주시겠습
니까?"

키탈저로 향하는 길에 여름은 생각했다. 아주 오랫동안.

집에 돌아왔을 때 여름의 결심은 굳어 있었다. 여름은 출발
하기 알맞을 때를 기다렸다.

그즈음 케이건은 잠들기 어려워했고 어쩌다 깊이 잠들면 오
래 일어나지 않았다. 계속되는 불면에 지쳐 케이건이 기절하듯
잠든 것을 확인한 여름은 미리 준비해 둔 짐을 챙긴 다음 남편
의 이마에 입을 맞췄다. 곧장 떠나려던 여름은, 그러나 문간에
서 망설였다. 결국 여름은 고개를 내저으며 집 안으로 들어갔
다. 얼마 후 다시 길을 나섰을 때 여름은 뒤를 돌아보지 않았다.

해가 중천에 솟을 무렵 잠에서 깬 케이건은 집 안이 묘하게 고요하다는 것을 알게 되었다. 아내를 찾아 두리번거리던 그는 탁자 위에서 어떤 물건을 발견하고 눈을 조금 찌푸렸다. 그의 기억에 그 물건은 본래 거기에 없던 것이었다.

잠시 후 케이건은 문을 박차며 밖으로 뛰쳐나갔다. 탁자 위에는 여름이 남긴 편지가 놓여 있었다.

케이건,

나는 나가들을 만나러 가.

미리 상의하지 않아서 미안해. 네게 말하면 반대할 거라 생각했어. 네가 그들을 믿으려 했던 것처럼 나도 그들을 믿어 보려 해. 그들은 모든 나가의 목숨을 걸고 맹세한다더군. 그런 맹세를 함부로 하지는 않겠지.

너를 사랑해, 케이건. 새로운 타인을 새로운 타인이라는 이유로 사랑하려고 했던 너를 사랑해. 사랑하기 위해 살아가고 싶어 하는 너를 사랑해. 그러니까 이건 아마도 내 이기심일 거야. 너를 되찾고 싶은 내 욕심일 거야. 내가 욕심을 발휘하는 것을 용서해 주겠어?

다시 만나는 날에 웃을 수 있기를 바라며,

여름.

6.

오늘의 이 기록을 마지막으로 삼고자 한다. 더는 오래 붓을 쥐기 힘들다. 남의 손을 빌려 일기를 쓰고 싶지는 않다.

돌이켜 보면 회한으로 점철된 기록이요, 회오(悔悟)로 연명해 온 삶이었다. 통탄할 일만은 아니리라. 후회는 나 자신으로부터 진일보한 증거이므로. 과거의 나는 무수히 패배를 거듭했으나 그 무수한 패배는 오늘의 나를 빚었다. 쓰라린 승리다. 하지만 달콤한 무위보다 낫다.

아쉬움이 있다면 끝내 그를 다시 보지 못하고 생을 마감하리라는 것이다.

한동안 나를 저버린 그를 원망했고, 또 한동안은 그를 저버린 나를 원망했다. 길고 깊은 원망의 세월이었다. 이제 나는 나 자신을 원망하지 않는다. 무릇 성숙한 자라면 미숙한 이를 보며 안타까이 여길지언정 경멸하거나 증오하지는 않으리라. 그때 그렇게밖에 할 수 없었던, 다른 방법을 알지 못했던 한 어리석은 젊은 왕을 이해한다. 그러나 후회도 이해도 오로지 나 자신의 것이요, 떠나간 이들을 돌아오게 만들 수는 없다. 이 또한 내가 져야 할 책임이다.

죽음 저편에서 재회하면 마침내 그에게 물을 수 있으리라. 우리가 보지 못한 긴 세월 동안 어디서 무얼 하고 지냈느냐고.

그래, 그토록 간절히 원했던, 사랑하기 위한 삶을 살았느냐고.

— 전란 중에 소실되어 현전하지 않는, 현대어로 번역된 극연왕 508년의 기록 中

여름은 지친 눈으로 나가들을 노려보았다.

'오지 않을 거야.' 여름은 속으로 말했다. '올 수 없을 거야. 내

가 장소를 알리지 않았으니까. 그러니 그냥 죽여.'

나가들은 대답하지 않았다. 인간이 니를 수 없는 것과 마찬가지로 나가는 인간의 속마음을 읽을 수 없다. 여름은 피로감을 느끼며 눈을 감았다.

사태를 깨달았을 때 여름이 제일 먼저 시도한 것은 탈출이었다. 모여 있던 나가들 중에서 여름은 자신이 숲에서 죽였던, 또는 죽였다고 믿었던 자를 알아보았다. 여름은 사냥꾼답게 무기를 소지하고 있었지만, 이번엔 나가들도 신중했다. 왕자를 놓치고 키탈저 사냥꾼들에게 속수무책으로 당했던 그들은 여름을 위해 꽤 공들여 매복을 준비했다. 상대가 여자이기에 더 경계하기도 했을 것이다. 홀로 사투를 벌인 여름은 몇몇 나가들에게 상해를 입히는 데 성공했지만 결국 온몸에 부상을 당한 채 나무에 묶이는 신세가 되었다.

나가들은 여름을 죽지 않을 정도로만 살려 두었다. 여름은 그 이유를 짐작할 수 있었다. 그들은 케이건을 기다리고 있었다. 여름은 그들에게 그냥 죽이라는 말을 되풀이했지만, 소리에 신경 쓰지 않는 나가들에게 그것은 도발이 되지 못했다. 다만 여름이 혀를 깨물어 자결하려 했을 때는 나가들도 반응을 보였다. 나가의 문화에는 인질의 입을 천 뭉치로 틀어막는다거나 하는 개념이 없다. 그들이 주로 사용하는 의사소통 수단은 육성이 아닌 니름이며, 심장을 적출한 나가는 어차피 혀를 깨문다고 죽지도 않는다. 그러나 나가들은 여름에게 그렇게 했다. 나가이면서도 인간의 입장에서 사정을 헤아렸으니 그들을 인간의 좋은 이해자라고 불러야 할 것이다.

격렬한 전투 후 수 시간 동안 나무에 묶여 옴짝달싹 못 하는 것은 그 자체로 고문적이다. 여름은 지쳐 있었다. 그러나 여름이 자결을 시도한 것은 육신의 고통에서 벗어나기 위해서가 아니라 인질이 되는 것을 피하기 위해서였다. 편지에 장소를 적지 않았지만 여름은 케이건이 어떻게 해서든 이곳에 찾아오리라는 예감을 지울 수 없었다.

여름은 자신이 나가를 믿은 일을 원망하지는 않았다. 비록 결과는 실패로 이어졌지만 그것은 시도할 수 있는 일이었고, 그는 할 수 있는 시도를 한 것이므로. 그 대신 여름은 편지를 남긴 것을, 최소한 거짓을 써 두지 않은 것을 후회했다.

여름은 신에게 기도하는 마음으로 생각했다. '제발 오지 마.'

케이건은 기도하는 심정으로 달리고 있었다.

여름의 편지에 장소는 적혀 있지 않았지만 케이건은 어디로 가야 할지 짐작했다. 나가들은 그를 끌어들이기 위해 여름에게 접근한 것이 틀림없었고, 그렇다면 아마도 그를 최초에 꾀어냈던 장소에서 기다리고 있을 것이다. 단지 그를 유인할 미끼로 이용하는 것이라면 그가 가지 않는 한 여름은 무사할지도 모르지만, 케이건은 자신이 제때에 도달하지 않을 경우 기다리다 싫증이 난 나가들이 여름을 분풀이 삼아 죽일 가능성을 도저히 간과할 수 없었다.

숲 가장자리에 이른 케이건은 말을 버리고 숲속으로 뛰어들었다. 냉정한 사냥꾼이라면 자취를 추적해 사냥감을 습격해야 할 것이다. 케이건은 냉정할 수 없었다. 그는 큰 소리로 여름의 이름을 외쳐 불렀다.

그 목소리는 여름의 귀에도 가 닿았다.

반쯤 기절하다시피 한 채 고개를 떨구고 있었던 여름이 눈을 떴다. 여름은 그밖에 다른 행동은 하지 않으려 애썼다. 눈에 띄는 반응을 보이면 나가들이 눈치챌지도 모른다. 하지만 여름의 노력과 관계없이 케이건의 목소리는 점점 가까워지고 있었다. 여름은 눈물이 고이는 것을 느꼈다. '오지 마. 제발.'

나가들은 여름이 들은 소리를 듣지는 못했다. 그러나 케이건이 달리며 방출하는 뜨거운 열은 얼마 지나지 않아 나가들의 눈에도 포착되었다. 단지 그가 달리는 방향은 여름과 나가들이 있는 곳에서 약간 어긋나 있었다. 그가 스스로 방향을 틀기를 기다릴 수도 있을 것이다. 혹은 그들 쪽에서 몇몇이 가서 데려오거나. 인질의 일반적인 용도대로라면, 다시 말해 여름과 바라기를 교환하는 것이 목적이라면 그런 방법으로도 충분하다. 하지만 그 시점에서 나가들은 바라기의 회수보다 더 많은 것을 원하고 있었다. 그들은 감히 바라기를 빼돌려 그들의 원대한 계획을 틀어지게 만든, 그리고 자신들의 혈육, 친구, 동족을 죽인 아라짓의 왕자에게 복수하기를 원했다.

여름의 입을 해방시켜 준 나가들은 여름에게 케이건을 소리쳐 부르도록 요구했다. 여름이 그 요구를 거부하자, 나가들은 여름이 소리를 낼 수밖에 없도록 유도했다. 그것은 어떤 인간도 거부할 수 없는 절대적인 방식의 요구였고, 여름은 거기에 승복하지 않을 수 없었다. 그러나 여름은 나가들이 생각지 못한 방식으로 자신이 내는 소리를 활용했다. 여름은 케이건에게 서른 명의 나가들이 기다리고 있으니 도망치라고 외쳤다. 여름의 목소리에 귀 기울이던 나가들은 그 내용에 분노했다. 나가들의 요구 방식은 더욱 과격해졌다.

이미 각오한 것이었기에 여름은 죽음을 겁내지는 않았다. 누구도 각오하는 것이 불가능한, 몸의 일부가 산 채로 뜯어져 나가는 고통도 여름을 두렵게 하지는 못했다. 마지막 순간 여름은 오직 한 가지만을 염려했다.

네가 너무 슬퍼하지 않으면 좋겠는데.

여름의 목소리를 들은 순간부터 케이건은 다른 어떤 생각도 떠올리지 못했다. 서른 명의 나가를 상대할 수 있는지 따져 볼 여유 같은 것은 없었다. 케이건은 무작정 달렸다. 여름의 목소리가 들려온 방향을 향해, 어느샌가 목소리가 들리지 않게 된 방향을 향해. 그리고,

케이건은 자신의 사랑이 산산이 부서지는 광경을 보았다.

잠시 동안 케이건의 몸은 움직이지 않았다. 인간의 팔이, 다리가, 나가들의 입 안으로 사라지는 것을 목격하는 동안 케이건은 꼼짝할 수 없었다. 찰나의 시간 동안 아롱진 눈물 너머로 비친 키보렌의 눈부신 녹음과 잎새 사이로 비껴드는 찬란한 햇살, 그리고 나무들에 둘러싸인 채 토막 낸 시신을 나눠 먹는 나가들의 모습이 케이건의 망막에 태고의 악몽처럼 각인되었다.

케이건이 움직일 수 있게 된 것은 짧은 '식사'를 마친 몇몇 나가들이 케이건을 돌아보며 히죽 웃었을 때였다. 다음 순간 케이건의 몸이 앞으로 튕겨져 나갔다. 케이건은 온몸으로 비명을 지르며 나가들에게 달려들었다.

한 명과 서른 명의 전투다. 대등한 싸움이 될 수 없다. 케이건이 살아남을 수 있었던 것은, 그리고 서른 명의 나가를 모조리 죽일 수 있었던 것은 몸을 돌보지 않는 분노와 광기의 힘으로밖에 설명할 수 없었다.

더 이상 움직이는 자가 없는 것을 확인한 케이건은 땅에 누워 있는 나가들의 시체에 다가갔다. 케이건은 그들에게서 돌려받을 것이 있었다. 시체를 갈라 내장을 뒤적이고 그 속에 든 내용물을 꺼내며, 케이건은 자신이 아닌 다른 사람이 손을 움직이는 듯한 느낌을 받았다. 다른 사람의 손이 시체를 해부하는 광경을 지켜보는 것은 끔찍했다. 케이건은 그 광경을 그만 보고 싶었지만, 그러나 시체를 해부하는 손은 멈추지 않았다.

길고, 끝나지 않을 것 같은 악몽. 마침내 서른 구의 시체를 해부하고 한 구를 원래 모양대로 짜 맞췄을 때 케이건은 더 울거나 소리 지를 수도 없을 만큼 지쳐 있었다.

그래서 케이건은 메마른 얼굴로 구덩이를 팠다.

고향으로 운구해 장례를 치러 줘야겠지만, 키탈저 숲은 여기서 말로 달려도 며칠 거리다. 온전하지도 않은 시신은 제 형상을 유지하지 못할 것이다. 땅 구덩이를 충분히 깊게 판 케이건은 조심스러운 손길로 시신의 조각들을 옮겨 구덩이에 안치했다. 해부부터 안치에 이르기까지 모든 일을 맨손과 바라기, 사이커로 처리해야 했기에 작업에는 상당한 시간이 소요되었다. 하지만 케이건은 흙을 덮지는 않았다. 아내를 보내 주기 전에 해야 할 일이 있었다.

케이건은 사방에 널린 주검들을 무표정하게 둘러보았다. 그는 여름을 죽인 자들이 재생할 일말의 가능성도 남겨 둘 생각이 없었다. 케이건은 몇 달 전 동료 사냥꾼들이 취했던 조치를 더 높은 강도로 시행했고, 이번엔 아무 회의도 느끼지 않았다. 다만 그는 시신 중 한 구만은 남겨 두었다.

케이건은 남아 있는 마지막 시체를 끌어와 여름의 무덤 앞에 옮겨 두었다. 내장이 볼품없이 파헤쳐진 송장을 내려다보던 케이건은 그 앞에 무릎 꿇었다.

그는 시체를 향해 손을 뻗었다.

'놈의 간을 먹지 못하느니 차라리 죽어 버리겠다고 생각했죠.'

내장을 움켜쥔 손이 그의 입 앞으로 다가왔다.

'내 생이 단 하나의 의미만을 위해 존재하는 것 같았어요.'

몸속의 무언가가 격렬한 거부 반응을 일으켰지만 케이건은 먹는 행위를 중단하지 않았다. 그는 입 안에 들어온 내용물의 맛을 느끼지도 못했다. 사랑하는 사람의 시신 앞에서 그 살해자의 주검을 먹는 사람이 온전한 미각을 발휘하길 기대하기는 어려울 것이다. 온전한 정신 또한. 케이건은 자신의 가치관을 더 이상 신뢰할 수 없었다. 사랑하기 위해 사는 삶에서 더는 어떤 희망도 발견할 수 없었다. 그 순간 케이건은 자신이 의지할 수 있는 — 그러나 저항해 오던 — 외부의 가치관을 온전히 수용하고 있었다. 그것은 감당키 어려운 충격적인 경험 앞에서 그의 정신이 미치지 않을 수 있는 유일한 방법이었다.

혹은, 미칠 수 있는 유일한 방법인지도 모른다.

'그들이 옳았어.'

'내가 틀렸어.'

살육에는 살육으로. 증오에는 더 큰 증오로.

'내가 틀려서…….'

처음부터 잘못되었다. 애초에 그들의 말을 따랐어야 했다. 그랬다면 한 용감한 사냥꾼이 멍청한 남편을 위해 목숨을 거는 일은 일어나지 않았을 것이다. 현명한 왕이 미련한 오라비와의 무익한 갈등에 시간을 낭비하는 대신 나가들을 더 효율적으로 말살할 수 있었을 것이다. 왕국은 바라기를 잃지 않고, 혈육은 결별하지 않고, 그는 아라짓 전사로서 왕의 곁에서 왕국의 적을 도륙할 수 있었을 것이다. 처음부터 모든 것이 그렇게 되었어야 했다.

그랬다면 여름은 살아 있었을 것이다.

말라 버린 것 같았던 눈물이 소리 없이 흘러나와 두 뺨을 적셨다. 케이건은 피투성이가 된 손을 내려다보았다. 마음 한구석에서 이 모든 일이 꿈이라고 믿고 싶어 하는 목소리가 애처롭게 말을 걸었지만, 그의 눈과 귀와 손은 현실을 직시할 것을 차가운 목소리로 주문하고 있었다. 케이건은 두 손에 얼굴을 묻으며 땅에 엎드렸다.

영원히 계속될 것 같았던 자신에 대한 저항이 끝났다.

땅거미가 지기 시작했다. 어스름 속에서 구덩이를 메운 케이건은 표면의 흙을 고르게 폈다. 나가들이 묘를 훼손할까 두려웠기에 케이건은 봉분을 만들 수도 없었다. 날마다 새로운 얼굴을 보여 주는 꽃이라도 바치려면 좋으련만 그곳에서 원추리는 찾을 수 없었다. 케이건은 근처에 핀 이름 모를 꽃을 꺾어 평평한 무덤 위에 올려놓았다. 꽃은 그냥 땅에 떨어져 있는 것처럼 보였고 주의 깊게 살펴보지 않으면 무덤이라는 것을 알기 어려웠지만, 케이건은 상관없다고 생각했다.

여름의 유택(幽宅)은 키보렌 전체가 될 것이다. 그가 뿌리는 나가들의 피는 아내의 제전에 올리는 제물이 될 것이다. 케이건은 자신에게 남은 것이 한 가지뿐임을 알았다. 그 한 가지를 위해 그에게 허락된 시간을 모두 바쳐도 부족했다.

증오하기 위해 사는 삶.

꽃을 내려다보던 케이건이 이윽고 발걸음을 돌렸다. 그의 등 뒤에는 바라기가 걸려 있었다.

꽃으로 만든 묘표 위로 숲은 황혼의 애가를 노래했다.

극을 이고는 달빛

흰비단

시구리아트

한 레콘이 있었다. 여타 레콘들과 비교해서도 머리 하나쯤은 더 클 정도로 유독 길고 커다란 그의 체격 탓인지, 나면서부터 계명성을 질러 산파의 귀를 반쯤 멀게 만든 괄괄한 천성 탓인지는 몰라도 그는 답답한 틀 안에 갇히는 것을 다른 이들이 물을 꺼리는 만큼이나 질색하였다. 솜털이 보송하던 시절부터 귀에 거슬리는 시비를 거는 악동들이나 잘 걷고 있던 길을 가로막는 바윗돌쯤이야 타고난 강건함이 담뿍 녹아든 주먹질 두세 번이면 정리할 수 있었지만, 그를 유독 답답하게 만들었던 집 안 벽에 주먹을 날려 작은 창문이라도 낼라치면 어미의 불벼락 같은 호통이 날아들며 그의 가슴속에 풀리지 않는 울분을 더했다.

결국 태어난 지 열너덧 해쯤 되던 어느 햇볕 좋은 날, 더 이상의 감금을 버틸 수 없다고 판단한 그는 아무거나 되는 대로 욱여넣은 괴나리봇짐을 걸머지고서는 괴성을 내지르며 집을 뛰쳐나갔다. 자식의 독립 시기가 다른 레콘들보다 몇 해 빨리 찾아왔겠거니 어림짐작을 한 그의 어미는 '어디 가서 다치지나 말라.'라는, 레콘이 다른 레콘에게 건네기에 꽤나 해학적 요소가 있는 작별 인사를 한 번 건넸을 뿐 이미 평원 저 멀리 점이 되어 사라진 자식과 마찬가지로 그 뒷모습에 눈길 한 번 주지 않았다.

집을 떠난 레콘은 숙원 하나 없이 발 닿는 대로 세상을 돌아다니며 해방감을 느꼈다. 비록 비바람이 몰아치는 날이면 냅다 절벽을 뚫고 틀어박히거나, 죄 없는 민가에 들이닥쳐 그러잖아도 좁은 거실을 점거하곤 하는 처지였지만 말이다. 레콘 중에서도 커다란 축에 드는 몸을 잔뜩 옹송그린 채 밤새 비를 저주하고 원망하는 말을 끝없이 중얼중얼 내뱉으며 난데없는 불청객에게 주거 공간을 빼앗긴 불쌍한 이들에게 끔찍한 긴장감을 선사하다가도, 날이 화창하게 개고 나면 지붕과 벽에 대한 무한한 감사는 온데간데없이 역시 탁 트인 것이 최고라며 동편 몇 닢, 가끔 은편 하나 정도를 남겨 두고서 미처 마르지 않은 물웅덩이를 피해 길을 떠나는 나날을 반복했다.

방랑을 시작한 지 예닐곱 해쯤 되던 어느 날 아침, 레콘은 정말 그답게도 주변이 적당히 트인 산 중턱에 터를 잡은 제집에 벌렁 누워서 천장을 뚫어져라 노려보고 있었다. 산속에서 모든 것을 자급자족하며 살기로 결정한 바 있기에 당장의 끼니를 걱정하고 있었던 것은 아니었으며, 그렇다고 솜털 보송했던 어린 시절처럼 자신을 둘러싸 감금하는 벽을 부수고 싶어서 심기가 불편한 것도 아니었다. 그도 결국 사람인지라 어느 정도 성질을 누그러뜨리는 방법을 터득한 이후로 벽과 지붕에 대한 적대적 감상은 이미 변질되어 그들이 제공하는 아늑한 수감의 필요성을 인정한 지 오래였다. 물론 정처 없이 돌아다니는 것도 질린 탓에 앞으로 쭉 살기 위해 돈 들여 가며 지은 집이라는 이유가 가장 컸다.

이 별난 레콘의 심사를 뒤틀리게 만든 것은 못다 팬 장작이나 톡 치면 무너질 알량한 돌벽 따위가 아니었다. 어떻게 해도 몇 년을 넘게 풀어지질 않으며 부풀어 올라 한계에 달한 까닭 모를 울연이 호흡조차 답답하게 만들 정도로 가슴을 가득 메우고 있었던 탓이다. 그는 세상의 모든 것이 답답해서 견딜 수가 없었다.

사납게 부리를 딱딱대며 끝 모를 답답함과 함께 계속해서 뒤척거리던 그는 문득 집을 떠나올 때와 비슷하게 고함을 지르며 문밖으로 뛰쳐나갔다. 눈에 들어오는 그 무엇이든 물질의 가장 원초적인 구성 요소가 되도록 재배열할 기세로 주변을 서성거리다 문득 거대한 그림자를 눈치챈 레콘은 제집에서 서른 걸음쯤 떨어져 있는 시커먼 암벽을 발견하고는 그 앞으로 걸어가 주먹을 바르쥐었다.

"이건 뭔데 여기 서서 해를 막고 있어?"

암벽에게 인격이 있어 대답을 할 수만 있었다면 레콘의 부당한 화풀이에 상당히 억울한 투로 항변했을 것이다. 기실 따져 보면 수만 년을 우뚝 솟아 있던 거대한 바윗덩어리가 만든 웅덩이로 기어들어 와 집을 지은 쪽은 불과 스무 해하고도 조금 더 살았을 뿐인 이 성깔 더러운 레콘이 아닌가.

그러나 세간의 상식대로, 약이 오를 대로 올라 잔뜩 부풀어 오른 레콘에게 변명 따위는 절대 통하지 않을 것이며 설사 그렇다 하더라도 그 변명을 내뱉을 입도 자의식도 없는 암벽에게 제자리에 이 이상 온전한 모양으로 서 있을 수 있는 권리 따위는 성난 레콘이 험악한 표정으로 첫발을 내디뎠을 때 사라진 지 오래다. 더군다나 그가 꽉 쥔 주먹을 들어 어깨 뒤로 한껏 당기고 있다면 더더욱.

천덕꾸러기 두부 뭉개듯, 온 산등성이를 찌렁찌렁 울리는 계명성과 함께 휘둘러진 주먹은 산맥이 만들어진 이후 줄곧 그자리를 지켜 온 단단한 세월의 증거를 무참히 박살 냈다. 암석의 비명과 함께 머리 위에서 주먹만 한 돌덩이들이 비 오듯 쏟아져 내려 등이나 벼슬을 때리고 굴러떨어졌지만 레콘은 개의치 않았다. 점점 넓어지는 즉석 동굴 속으로 조금씩 걸어 들어가며 옹골찬 바위보다 몇 배는 단단한 주먹을 연거푸 내지르는 그의 얼굴에 희열감이 조금씩 차오르기 시작했다.

시구리아트 산맥을 울리던 굉음이 멈춘 것은 저녁나절이나 되어서였다. 비구름과 햇볕이 수십만 년 걸려 이루어 낼 극적인 침식을 단 하루 만에, 그것도 두 주먹만으로 끝마친 레콘은 손을 툭툭 털고 집으로 돌아가 더없이 달콤한 잠을 잤다.

* * *

칼리도 사람들은 계속해서 마른침을 삼켰다. 수수께끼를 핑계 삼아 온갖 장난 거리로 그들을 몇 달이나 괴롭히던 어르신 하나를 물리기 위해 왕께서 친히 내려보냈다는 특사가 예상을 벗어난 모양새로 나타난 탓이다. 무거운 짐을 잔뜩 걸머지고 왔기에 특사에게 고용된 짐꾼이라 여겼던 이가 자신이 그 특사라 말했을 때 사람들은 그저 웃어넘겼다.

그러나 공터 한편에 짐을 내린 그가 뻐근한 어깨를 풀며 광장으로 향해 골칫거리 어르신과 대면하자 웃음은 곧장 당혹감으로 바뀌었다. 그들의 상식과 경험을 따르자면 왕의 특사가 속한 집단은 복잡다단한 수수께끼를 푸는 대신 발제자를 윽박질러 스스로 답을 내뱉도록 하는 것을 더욱 선호하는 이들이었기 때문이다. 한술 더 떠 그의 부숭부숭한 흰 깃털은 햇빛을 번지게 하여 제 테두리를 감추는 것으로 그러잖아도 커다란 그의 모습을 더욱 크고 모호하게 보이는 데에 일조하고 있었다. 그는 레콘이었다.

칼리도 사람들의 타당한 우려와는 별개로 레누카는 대단히 짜증이 나 있었다. 몇 년 전 까닭 모를 답답함에 눈이 돌아가 처음으로 바위를 때려 부수기 시작할 때 느꼈던 울연과 비슷한 수준의 짜증이었다. 눈앞의 어르신 하나가 시시한 수수께끼 하나를 툭 내뱉고 빙글빙글 웃으며 허공에서 몸을 비비 꼬아 대는 것도 그의 짜증에 꽤나 커다란 지분을 차지하고 있었지만 본질적인 문제는 다른 곳에 있었다. 레누카는 자신이 처한 상황이 마음에 들지 않았다.

"이봐."

거슬리는 목소리가 귓전을 때리며 그의 고민에 훼방을 놓았다. 허리에 손을 얹고 땅을 쏘아보며 어떻게 해야 이 짜증을 정제된 언어로 표현할지 고심하던 레누카는 그대로 눈동자만을 올려 앞을 노려보았다. 자신을 수수깨비라 칭한 어르신이 둥둥 뜬 채로 얼굴을 양쪽으로 잡아 늘리며 레누카를 약 올렸다.

"내 질문 못 들었나? 다시 말해 줄까? 신을 잃은 종족은……."

레누카는 차가운 눈빛으로 그를 지그시 쏘아보았다. 가만 생각해 보니 이 녀석만 없었다면 감정이 단단히 상한 채 어떻게 왔는지도 모르게 칼리도 땅을 밟을 일은 없었을 것이라 결론지은 그는 그 모든 짜증을 수수깨비에게 쏟아붓기로 결정하고 눈을 홉뜨며 부리를 크게 벌렸다.

칼리도 사람들은 왕의 특사가 집 한두 채는 거뜬히 지을 만한 건축 자재를 짊어지고 온 이유를 알게 되었다.

"그래서 칼리도 주민들과 함께 집을 짓고 오느라 늦었다 이 건가?"

"송구합니다, 폐하. 저희도 어떻게 갔는지 기억이 안 날 정도로 빨리 도착했습니다만……."

"그 수수께비란 어르신은 해결되었고?"

"집이 무너지는데 어르신이라고 버티겠습니까. 다시는 나타나지 않는다고 합니다."

"잘되었군. 한데, 레누카는 어디 가고 둘만 왔느냐?"

병사 두 명 모두 난처한 표정을 지었다. 떠난 이는 셋이었는데 돌아온 것은 둘이라면 그들을 직접 전송한 왕으로서 응당 표할 수 있는 의문이었으나, 그들의 걱정은 왕의 물음에 꺼내 놓아야 할 대답이 대단히 해괴한 것이라는 데 있었다. 짧고도 고통스러운 침묵이 지나간 이후 오른쪽 병사가 머뭇거리며 입을 열었다.

"집터를 다지고 기둥만 세워 주신 다음 먼저 시구리아트로 간다는 말만 하시고 곧장 떠나셨습니다. 쫓아가려 했으나 암만 뛰어도 따라잡을 수가 없어서 그만……."

"그렇단 말이지."

왕은 작은 한숨을 내쉬었다.

"폐하, 괜찮으십니까?"

재상의 걱정 어린 목소리를 들은 왕은 자신의 실수를 깨달았다. 심경이야 어쨌건 우를 범한 병사들을 앞에 두고 한숨을 쉰 것은 왕으로서 상당히 경솔한 일이었다. 우리가 의미 없이 행한 몸짓 하나하나가 백성들에게는 숨 막히는 압박으로 다가올 것이라던 오라비를 떠올린 왕은 착잡한 심정이 되어 고개를 가벼이 흔들었다.

불가해한 속도로 멀어진 레누카를 따라잡지 못했다는 이유로 자신들에게 떨어질 불합리한 불호령을 예상하고 낯빛이 급격히 어두워진 병사들의 얼굴을 살핀 왕은 쓰게 웃으며 손짓했다. 금편 두 개가 얹힌 보라색 방석을 쟁반에 받쳐 든 나인 하나가 병사들 옆으로 걸어와 섰다.

"수고가 많았다. 이레쯤 쉬고 오거라. 이제 물러가라."

금편 한 개씩을 집어 든 병사들이 기쁨을 감추지 못하는 얼굴로 고개를 조아리며 냉큼 물러났다. 아주 잠깐의 출장으로 꽤나 큰 횡재를 한 그들이 시내의 주막에서 퇴근한 동료들과 함께 휴가의 첫머리를 열어 불가사의한 빠르기로 이루어졌던 레누카와의 행군을 밤새 떠들건, 혹은 집으로 돌아가 간만의 휴식을 즐기건 간에 왕은 아무런 관심이 없었다.

왕이 한숨을 쉬었던 것은 그의 친구가 단단히 화난 것을 알았기 때문이다. 그 괴팍한 레콘의 화를 풀 대책을 생각하고 있자니 머리가 아파 왔다. 그러나 자신의 고민만으로 그의 화가 풀리지 않을 것임을 알고 있는 왕은 하등 도움이 되지 않을 머리싸움을 하느니 그보다 앞서 행동하기로 했다.

"말을 준비하거라, 칼큐리. 시구리아트에 며칠 다녀와야겠다."

"이 시구리아트에 길을 낸다고? 이봐, 나야 고상한 취미 생활 삼아 부수고 다니다가 달라붙은 떨거지들 끌고 다니는 거지만 이런 곳에 길을 내 봐야 관리도 힘들어. 저쪽으로 가면 산양에 미친 놈들이 파 둔 동굴 있잖아. 그러고 보니 쟁여 둔 아르히가 동날 때가 되었군."

대접 한가득 찰랑이는 술의 은근한 빛깔과 부드러운 맛을 떠올린 레누카가 입맛을 쩝쩝 다셨다.

"그야 그렇지. 그렇지만 은편 열 닢은 좀 비싸다고 생각하지 않아?"

"비싼 감도 없잖아 있다만, 주머니 두둑하게 아낀다고 멀쩡한 길을 놔두고서 빙 돌아간다고? 이게 어디 동네 뒷산도 아니고 걸어서 두 달은 걸리지 않겠냐? 그동안 쓰는 돈이 더 많겠다."

"두 달이나 돌아갈 시간도 없고, 돈도 없는 여행자의 경우엔 어떻게 해야 할까?"

레누카는 인상을 찌푸렸다. 그는 이렇듯 말꼬리를 잡으며 이어지는 대화를 싫어했다. 다행히 그의 불편한 심기를 눈치챈 왕이 곧바로 말을 이었다.

"레누카, 나는 내 오라비가 언제든 돌아올 수 있도록 온 세상을 이어 둬야 해. 그래야만 그가 볼썽사나운 모습으로 쭈뼛쭈뼛 돌아왔을 때 한바탕 궁둥이를 걷어차며 혼내 줄 수 있지 않겠어. 그 꼴로 방랑하는 사람에게 은편 열 닢이나 되는 돈이 어디 있겠는가 그 말이지. 게다가 여기저기 오가는 상인들은 어때? 무거운 짐을 들고 목숨도 짐도 잃을 수 있는 두 달간의 여정에 도전하거나, 경제 활동을 위한 자금에서 피 같은 은편 열 닢을 빼내어 바치거나 하는 두 가지의 선택지는 그닥 매력적이지 않지. 실제로 그렇기에 산맥 이편과 저편은 소상공인의 교류가 꽤 적지 않나? 그러니 이 시구리아트에는 도로가 필요한 거야. 네가 말하는 저 산양 숭배자들, 유료도로당은 길을 준비한다고 하던가? 나는 길을 만들겠다."

"꿈 한번 원대하시군."

"그러니 내가 극연왕이라 불리는 것이지."

코웃음 치는 소리와 함께 휘둘러진 두더지가 무시무시한 굉음을 내며 두꺼운 바위를 부수었다. 비 내리듯 쏟아지는 돌조각과 먼지구름이 걷혀 들자 그의 주위로 모여든 인부들이 그가 박살 낸 돌덩이들을 치우기 시작했다.

"얌마! 허리 나간다! 다리 힘으로 들어야지, 다리로!"

수레바퀴만 한 돌을 무리하게 들어 옮기려던 애송이에게 윽박지르듯 주의를 준 레누카는 계속해서 부리 사이로 볼멘소리를 흘리며 투덜거렸다. 현장 책임자 겸 만능 굴착기의 심기가 단단히 상해 있음을 눈치챈 인부들은 최대한 그의 주위에서 얼쩡대지 않으려 노력했고, 그 결과 레누카는 공사 진척도를 무시한 채 하루 만에 암벽 세 개를 연이어 뚫어 내는 대기록을 세웠다.

"적당히 하지. 인부들도 꽤 지쳐 보이는데 말이야. 저것들을 치우려면 두 주는 족히 걸리겠군. 그동안 휴가라도 갈 셈이야?"

"이제 공사 막바지니까 힘 좀 냈다. 바쁠 텐데 왜 왔냐?"

퉁명스러운 대답을 내뱉은 레누카는 뒤로 돌아 아래를 내려다보았다. 왕이 자신에게 고개를 조아리는 이들을 손짓으로 물리며 겸연쩍은 얼굴로 웃어 보이고 있었다.

"네가 부수려는 암벽 위에 샘이 있다는 걸 알려 주려고 왔지. 싫다면 상관하지 않겠다."

레누카는 질색하며 물러섰다. 아무렇게나 바위를 뚫다가 터져 나온 용천수나 쏟아져 내린 샘물을 뒤집어쓰는 경험은 두 번이면 족했던 것이다.

"그러니 이제 두더지는 내려놓지그래. 잠시 이야기라도 하면서 쉬지 않겠어?"

레누카가 언짢은 모양새로 팔짱을 끼자 두꺼운 별철제 완갑이 서로 부딪으며 날카로운 마찰음을 내었다. 자신이 아직 화났음을 알리고자 한 행동이었다.

일주일 전 왕은 그에게 한 가지 맡길 일이 있다고 했다. 애초에 그리로 떠나려던 길이었으니 친구로서 부탁을 들어주는 것은 그렇게 큰 문제가 되지 않았으나, 왕은 레누카의 불만과 항의에도 불구하고 '왕명 수행'이란 숨 막히는 이유를 대며 그에게 자신의 특사라는 직함을 씌운 뒤 칼리도로 보내었다. 그것이 왕의 실수였다. 친구이기 이전에 왕과 특사라는, 상하관계가 분명한 수직적 틀에 쑤셔 박힌 일이 레누카를 몹시 불쾌하게 했다.

그랬기에 레누카는 지금 자신의 행동거지가 상당히 유치하기 그지없음을 알고 있음에도 불구하고 계속 팩팩거렸다.

"그건 왕으로서의 명령이냐?"

왕은 고개를 가로저으며 금방이라도 울 듯 처연한 눈을 하고 쓴 미소를 지어 보였다.

"친구로서의 부탁이야. 안 될까?"

레누카는 부리를 다물고 고개를 돌렸다. 왕이 저런 얼굴을 하고 자신을 바라볼 때면 묘하게 저항하기가 힘들었던 것이다.

"안 넘어가."

"그럼 넘어갈 때까지 이러고 있겠다."

왕과 레누카의 묘한 대치는 땅에 깊게 박힌 바위를 빼내려던 인부들이 머뭇거리며 도움을 청할 때까지 계속되었다. 김빠진 모양새로 땅이 꺼져라 한숨을 내쉰 레누카는 두더지의 잠금쇠를 풀고 가운데 발톱을 비틀었다.

"맛있게 구워 놔라."

"그걸 말이라고."

레누카는 착잡한 모양새로 고개를 설레설레 흔들며 완갑에서 뽑아낸 대(大)삽을 어깨에 걸쳤다. 왕은 혼잣소리를 투덜투덜 주워섬기며 비탈을 내려가는 친구의 등 뒤에서 가볍게 손을 흔들며 빙긋 웃었다.

"내 오라비는……."

말을 꺼내려던 왕은 자신의 발음이 불분명하다는 것을 깨닫고 입 안을 가득 메운 고기를 삼켰다.

"그 몸에 피 대신 바람이 흐르는 사람 같았지."

집돼지 고기의 눅진한 지방에서 느껴지는 농후한 고소함과 후춧가루의 알싸함에 빠져 있다가 그 뜬구름 잡는 소리에 갑작스레 현실로 내팽개쳐진 레누카는 미처 대답을 하지 못하고 웅얼거렸다.

한참 동안 부리를 필사적으로 우물거리던 그가 난처한 표정이 되어선 온 힘을 다해 목울대를 움직이자 오랫동안 꽉 막혀 있던 수챗구멍이 뚫리는 듯 괴이쩍은 소리와 함께 레콘의 흰 목이 눈에 띄게 부풀었다가 가라앉았다. 산중에서 뻣뻣한 육포만 먹다 간만에 맛본 육고기를 게걸스레 뜯던 참이었던지라 부리 안쪽뿐만이 아닌 목구멍 절반쯤 되는 곳까지 대답을 가로막는 방해물이 가득했던 것이다.

"대단하네. 레콘의 목이 그렇게 늘어나는 것은 처음 봤어. 마치 나가 같군."

"조용히 해. 거기 아르히 좀 줘 봐."

"농담이 아니야. 전쟁 때 본 어떤 나가는 고라니를 통째로……."

"에헤이, 거 그만하래도 참. 밥 먹는데 입맛 떨어지게."

궁의 나인과 대신들이 보면 기겁할 만큼 무엄하게도 왕의 말

허리를 잘라먹은 레누카는 그가 건넨 술동이를 받아들었다. 한 근은 됨직한 고깃덩어리를 냅다 집어삼킨 탓으로 얼얼해진 목구멍에 술 한 됫박을 들이부어 달래는 레누카의 눈가에 작은 이슬이 반짝였다. 그것이 집돼지에 대한 추모의 의미가 전혀 아닐 것임을 알고 있는 왕은 계면쩍게 눈물을 훔쳐 내는 레누카를 못 본 체했다.

"커어, 다음번에 말을 할 때면 신호라도 좀 줘. 사람 놀라게시리……."

"주의할게."

"해서, 피바람이 어쨌다고?"

"내 오라비가 몸에 피 대신 바람이 흐르는 사람 같았다고 말했어."

레누카는 미심쩍은 표정이 되어 눈썹을 치켜올렸다. 대답 혹은 질문을 기다리던 왕이 어깨를 으쓱이며 아르히를 두어 모금 마실 때까지 엄지와 검지로 짧은 수염볏을 집어 비비던 그가 마침내 입을 열었다.

"그건 뭐에 대한 비유법이냐?"

왕은 눈을 동그랗게 뜨더니 미친 듯이 폭소하기 시작했다. 부루퉁한 표정을 짓기는 했지만 친구의 홍소가 조롱에서 기인한 것이 아님을 아는 레누카는 왕이 웃음을 멈출 때까지 잠자코 기다리며 고기를 뜯었다. 왕은 돼지 통구이의 왼쪽 앞다리를 해치운 레누카가 반대쪽 다리를 떡갈나무 잎으로 감싸 붙잡고 뜯어내려 힘을 주고 있을 때에야 겨우 웃음을 그쳤다.

왕은 하도 웃은 탓에 새빨개진 얼굴에서 눈물을 훔쳐 내며 걸터앉아 있던 그루터기에 간신히 몸을 기대었다. 너무 크게 웃다가 땅으로 미끄러진 것이다. 그는 숨을 몰아쉬며 레누카에게 사과했다.

"하아, 웃어서 정말, 후우, 미안해. 너무 뜬금없어서 그만."

"내 머리가 단단하긴 해도 굳어 있는 편은 아니란 말씀이지."

말을 끝낸 레누카는 부리를 딱 다물었다. 심기의 불편함에서 촉발된 감정 표현이었다. 말을 끝내자마자 숨을 몰아쉬던 왕이 남은 웃음을 한 번 더 터뜨렸기 때문이었다. 레누카는 언제쯤 화를 내야 할까 고민하는 대신 다시 한번 그답게 행동하기로 했다. 그는 웃는 왕을 무시하며 고기를 뜯었다.

돼지 앞다리의 두툼한 상박이 거의 다 사라졌을 때쯤이 되어서야 모든 웃음을 쥐어 짜낸 왕은 손가락 하나 까딱할 힘도 없이 레누카의 허벅지에 기어올라 와 엎드린 채 밭은 숨을 내뱉었다.

"이제 다 웃었냐."

"앞으로 며칠 동안은 웃을 생각도 안 날 것 같아."

"거기 누워 있으면 돼지기름으로 머리 감는다."

말이 떨어지기가 무섭게 레누카의 부리에 붙어 있던 고기 조각이 눈앞을 스치며 떨어지는 바람에 질색한 왕은 몸을 옆으로 굴러 레누카의 배에 최대한 달라붙었다.

"아무튼, 피 대신 바람이 흐른다는 말은 네 짐작대로 비유법이 맞아. 우리 오라비는 변화라는 개념 그 자체가 사람 껍데기를 뒤집어쓴 것만 같은 존재였으니까."

"네 딴에 바람은 곧 변화라는 뜻이군?"

대답을 마친 레누카는 왕이 또다시 웃음을 터뜨리지 않을까 하는 생각에 스스로 움찔했다. 다행히 웃을 진력이 다 빠진 왕은 어깨만 살짝 들썩였을 뿐 계속해서 피곤한 얼굴과는 딴판인 즐거운 목소리로 이야기를 이어 나갔다.

"맞아. 그 말을 하고 싶었어. 바람은 곧 변화야. 물은 물로써 스스로 변하지 않아. 땅도 마찬가지이고 불은 더더욱 그렇지. 그들 스스로만이 존재한다면 모두 한자리에 멈춘 채 사그라질 수밖에 없어. 혼자 얼어붙는 물을 봤어? 물이 얼어붙을 때는 찬바람이 필요하지. 잘게 부서진 땅이 흙먼지가 되어 날릴 때도 바람이 없으면 불가능해. 불은 어떻지? 바람은 불을 꺼뜨릴 수도 있고 살릴 수도 있어. 불 스스로는 자기 자신을 일으킬 수 없으니까. 비록 바람마저도 그 스스로가 변화할 수 없지만, 그럼에도 불구하고 바람은 다른 이들의 변화를 도울 수 있어."

레누카는 어렴풋이 이해했다. 그리고 그는 왕을 향해 새로운 의문을 던졌다.

"과연 바람만이 그럴 수 있나?"

"응?"

레누카는 왕의 눈을 지그시 바라보며 말을 이었다.

"진흙을 도자기로 바꾸려면 불이 필요하지 않나? 그리고 낮

동안 열을 머금은 물은 밤바람을 데우지. 결국 변화를 바란다면 그들 모두가 있어야 하는 것 아니야? 윷가락 네 개에서 하나가 빠져 윷놀이가 멈춘다고 해서 그 사라진 윷가락을 변화라고 할 수는 없는 노릇 아닌가 말이지."

왕은 대단히 놀란 듯 보였다. 그리고 레누카는 그 사실에 의기양양함을 느꼈다. 그가 스스로의 지식으로써 왕의 말문을 막아 버린 것은 처음 있는 일이었다.

"아니야, 레누카."

그랬기에 왕의 반박이 시작되자 레누카는 슬그머니 부아가 치밀어 오르는 것을 느끼고는, 자기 자신의 유치함에 되레 놀라선 천천히 눈을 깜작이며 깊은 숨을 조용히 내뱉었다.

"뭐가 아니라는 거야?"

"진흙은 물과 땅이 섞인 것이야. 열을 불의 연장선이자 부산물로서 바라본다면 열을 머금는 물은 결국 불과 물의 합작품이지. 결국 바람을 뺀 나머지가 서로에게 영향을 미치고 싶다면 둘이 합쳐져서 하나를 마주 봐야 해. 그러나 바람은 달라. 바람은 단일하게 존재하면서 다른 이들에게 영향을 끼칠 수 있으니까. 어쩌면 이건 내가 오라비를 변호하고 싶어 덧붙이는 변명일지도 모르지만."

그건 네가 오라비를 변호하고 싶어 덧붙이는 변명 아니냐며 지적하려던 차에 토씨 하나 틀리지 않고 선수를 빼앗긴 레누카는 부리를 다물었다. 그는 물을 끓여 말려 버리는 불을 떠올렸

고 바람을 가로막아 휘돌게 만드는 암벽을 생각했다. 왕의 주장
에는 군데군데 허술한 곳이 있었지만 친구의 목소리를 조금 더
듣고 싶었던 레누카는 이야기의 허점을 끌어내 찌르는 지적 허
영을 누리는 대신 잠자코 있기로 했다.

"어쩌면 네가 말하는 실종된 윷가락처럼 혼자서 세상을 멈춰
버리고, 다시 움직일 수 있는 존재. 그게 바람일지도 몰라. 그런
면에서 우리 오라비는 굉장히 극단적인 바람이었지."

"왜?"

"오라비는 세상이 나가를 사랑하기를 원했어."

레누카는 부리를 딱 부딪었다.

"헛소리. 나가를?"

"정확히는 세상 모두가 서로 사랑하기를. 말마따나 이루어지
기 어려운 일이지만, 어렵다는 것은 반대로 뒤집어 말하면 곧
성공할 가능성도 있다는 이야기이기도 하니까."

레누카는 턱을 괸 채 미간을 찌푸리며 집게손가락으로 부리
를 두드렸다.

"일리 있군."

"나는 가끔 꿈을 꿔. 즐겁게 웃는 나가 무리를 이끌고 내가
이은 길을 밟으며 함께 돌아와 이제 세상에 더 이상 싸움은 없
노라고 선언하는 오라비의 행복한 모습을. 나는 그래서 길을 준
비하는 거야."

몸을 돌린 왕은 친구의 허벅지를 베고 누우려 했으나 맨땅과

레콘의 허벅지 사이에는 바둑판 두 개 높이만큼 되는 단차가 있어 편안한 자세를 만들기 위한 시도는 몇 번이고 무산되었다. 결국 왕은 땅에 주저앉아 친구의 허벅지를 등받이 삼는 것으로 만족해야 했다.

"레누카."

"왜."

"오라비와 같은 피를 나눈 내게도 바람이 흐르고 있을까?"

"둘이 피붙이가 맞다면야, 아주는 아니더라도 조금은 그렇겠지."

왕은 피식 웃었다. 그는 일견 심드렁하게 들리지만 언제나 자신이 인식하는 사실만을 담백하게 말하는 레누카의 말투에서 항상 즐거움을 느꼈다.

"만약 내게 바람이 흐르고 있다면 그것이 어디로 향할지 가끔 상상하면서 즐거워하곤 해. 내 사람들은 그것을 느낄까? 너는 레콘치고는 무…… '그걸' 그렇게 무서워하지 않잖아?"

슬쩍 눈을 흘긴 레누카는 아르히가 찰랑거리는 대접을 벌컥 들이마시며 대답했다.

"무슨 소리야. 난 아직 물이 무섭다."

왕은 미소를 머금으며 나지막이 말했다.

"레누카."

"또 왜."

"세상을 내달려야 하는 바람은 어디에 머무르며 맴돌고 있을까. 나는 그와 다시 한번 윷놀이를 하고 싶어."

왕이 그것을 원하는 느낌이 들었기 때문에 레누카는 대답하지 않았다. 대신, 그는 부리에 힘을 주며 후추 섞은 소금을 찍은 돼지 다리를 요란스레 절단 내어 삼켰다. 왕은 만족했다.

라호친의 돌다리

만약 어떤 이가 자신이 매일처럼 지나다니는 자리에 보통 있어서는 안 될 것, 그러나 그 자리에 있다고 해서 누구에게도 해가 되지 않음이 분명한(예를 들어 숲길 속의 허수아비와도 같은) 것을 마주한다면 그것을 대하는 가장 적절한 방법은 자신이 아닌 다른 이가 그것을 치워 주기를 바라며 무시하고 가던 길을 계속 가는 것이다. 그러나 외면당한 허수아비가 자신을 향해 말을 걸었고, 그 내용이 도저히 무시할 수 없는 것이라면 이야기는 달라진다. 지금 최후의 대장간에서는 세멘이 바로 그런 존재였다.

그는 레콘 이외의 선민 종족의 출입이 금지된 땅에 갑작스레 딱정벌레를 타고 날아왔다. 딱정벌레에서 뛰어내린 두 발이 땅에 닿기도 전에 좋은 꿈들 꾸셨냐는 인사를 건넨 쾌활한 도깨비는 최후의 대장간의 거주민들이 레콘 아닌 이들에게 보일 수 있는 레콘식 환대를 받았다. 그는 철저히 무시당했다.

그러나 그 정도쯤은 예상하고 있었던 세멘은 아랑곳 않고 자신이 가지고 온 도깨비지 두루마리를 펼쳐 눌러 놓은 뒤 허공을 향해 그의 놀라운 계획을 설명하기 시작했다.

약 두어 시간 후 최후의 대장간에서는 워낙 보기 드문 광경이 펼쳐졌다. 도깨비가 쉴 새 없이 떠벌리는 이야기에 흥미를 느낀 몇몇 레콘들이 그의 곁을 지나는 체하며 일부러 발걸음을 늦추다가 곧 가던 길도 잊은 채 아예 도깨비 앞에 머물러서는 두셋씩 짝을 지어 진지한 얼굴로 토론을 나누기 시작한 것이다.

의견을 교환하다 흥분해 오가는 고성 탓에 다른 이들의 눈에는 그저 주먹질 없는 싸움으로밖에 보이지 않을 터이지만 레콘들로서는 퍽 점잖은 토론으로 인식할 지식 교환의 장이 이곳 최후의 대장간에 펼쳐졌다는 것은 그들이 도깨비의 이야기에 완전히 빠져들었다는 것을 의미했다. 아예 침입자 앞에 쪼그려 앉아 심각하게 미간을 찌푸린 채 땅바닥에 선을 그어 가며 질문 몇 개를 건네고는 되돌아오는 대답과 함께 모양을 짜 맞추는 도깨비불에 탄복해 넋 나간 얼굴로 연신 고개를 끄덕이는 도검장 헤베레도 그러한 레콘들 중 하나였다.

자신을 즈믄누리의 사절이라 소개한 도깨비는 내륙에서 최후의 대장간까지 이어지는 다리를 건설할 것을 주장했다.

암만 쾌활한 도깨비라도 성난 레콘 앞에서는 웃음을 잃기 마련이다. 잔뜩 긴장한 세멘을 격려하기 위해 어깨를 두들긴 헤베레는 그만 도깨비를 발목까지 땅에 박아 버리고 말았다. 들고 있던 것을 모두 놓치고 휘청대다 모래땅에 박힌 발목을 빼내려 낑낑대는 도깨비와 머쓱하게 그를 붙잡아 주는 도검장을 보며 두트리는 한 번 더 부리를 부딪었다.

"다리를 놓겠다? 이 최후의 대장간까지?"

"말씀대로입니다, 최후의 대장장이시여."

겨우 발을 빼내고 바닥으로 흩어진 도깨비지 두루마리 십여 개를 허둥지둥 주워 올려 품에 안고 비뚤어진 애체를 고쳐 쓰는 세멘의 목소리에는 그만한 자신감이 있었다.

"야, 네눈박이."

"예, 최후의 대장장님."

"낯간지럽다. 그냥 두트리라고 불러. 아무튼 너."

"세멘입니다. 세멘 구리공요."

"그래, 세멘 너. 지금 널 바다 저 멀리 던져 버리지 않는 것도 내 호의임을 명심해라. 아무튼 너 뭐냐? 레콘도 아닌 것이, 갑자기 이 최후의 대장간까지 냅다 날아와선 다리를 놓겠다니 그게 무슨 벼슬 찢어질 소리야? 너 저 밑에 뛰어들어 본 적 있어?"

"깊다더군요."

"그냥 깊은 게 아냐! 저 얼음 밑에 시커먼 거 안 보이냐? 여기에 다리를 놓는다고? 밑바닥까지 해가 닿지도 않는 곳에 지대석은 어떻게 놓게? 너 아가미 달렸냐? 그렇다고 쳐, 그렇게 다리 놓겠다고 천둥벌거숭이처럼 나대다가 얼음 다 깨 먹으면 다시 얼 때까지 저 '소금물'에 둘러싸여서 여기 꼼짝없이 갇히는 거

아냐."

젊은 축에 속하는 대장장이들의 몸이 부풀어 올랐다. 별철을 다루겠다는 숙원을 이루기 위해 부푼 가슴으로 찾아왔다가 끝 모르게 펼쳐진 빙원과 그 아래 넘실대는 시커먼 바닷물 위에서 반쯤 미친 채 벌벌 떨며 대장간을 향해 기어 오던 기억이 떠올랐던 것이 분명했다.

"그렇다고 젊은이들이 계속 얼음 위를 기게 두실 겁니까? 저는 딱정벌레를 타고 라호친 위를 날아오면서 감히 대적할 자 없어 오만하게 세상을 거니는 여러분들께서 눈을 질끈 감고 빙판 위에 바싹 엎드려 기는 모습을 두어 번 보았습니다. 썩 보기 좋은 광경은 아니었다는 제 의견에 동의하실 줄 알았는데 말입니다."

두트리의 인상이 팍 찌그러지며 몇몇 대장장이들도 노골적이진 않았지만 불쾌한 기색을 내비쳤다. 이 건방진 도깨비가 진작에 어르신이 되지 않은 것은 그저 두트리를 비롯한 대장장이들이 달군 철과 생사고락을 함께하며 선을 지키는 방법을 터득했기 때문이라는 것을 굳이 알릴 필요는 없었으나, 그들이 화가 났다는 사실까지 숨겨서 얻는 이득 또한 없었다. 두트리가 버럭 언성을 높이며 말을 이었다.

"이놈 봐라. 야 인마, 네가 자존심 긁는다고 우리가 열불 내면서 '그럽시다! 까짓 거 다리 한 번 놓아 봅시다!' 할 것 같았냐? 어디 그게 보통 다리야? 자존심 하나 지키겠다고 나대다가 돌고

래랑 쎄쎄쎄 할 일 있어?"

"두트리 님과 다른 대장장이께서는 섬에서 나갈 일이 그다지 없겠습니다만, 앞으로 찾아올 젊은 레콘들이 있을 텐데 그들은 어찌하실 작정입니까? 이제부터라도 젊은이들이 생에 가장 중요한 집병 전후에 자신의 반려가 될 무기 앞에서 스스로 품위를 처박는 일은 없어야 하지 않겠습니까?"

"그 정도는 감수해야 레콘 되는 거다."

세멘의 귀는 자그마한 딱 소리를 놓치지 않았다. 집병을 위해 최후의 대장간을 방문했다가 구경거리를 찾아 모여들어 있던 젊은 레콘 몇 명이 두트리의 고리타분한 말에 작은 불만을 표시한 것이다. 개중에는 새것이 분명한 별철 무기를 꼭 쥔 채로 세멘의 주장에 꽤나 격하게 고개를 끄덕이던 이도 섞여 있었기에 세멘은 조금 더 두트리와 싸워 보겠다는 각오를 다졌다. 그는 레콘들을 아군 삼아서라도 이 대장간에 다리를 놓기를 간절히 원했다.

두트리와 세멘은 동시에 말을 멈추었다. 뜨겁게 오가던 언쟁 속에서 상대방의 열정적인 눈빛을 보고 깨달은 바가 있어 극적인 합의점을 찾은 모양새는 아니었다. 레콘과 도깨비는 잔뜩 찌푸린 미간을 펼 생각도 않은 채 이리저리 고개를 돌리며 방금 그들의 말다툼에 불쑥 끼어든 불청객을 찾고 있었다. 소리는 다시 한번 들려왔다.

"—켜—라—!"

"방금 그거 너냐?"

"당연히 아니지요. 저는……"

"비—키—라—니—까—!"

정체불명의 고함이 비로소 해석 가능한 언어로서 완성되어 기능한 찰나 두트리와 세멘의 혼란스러운 얼굴 위로 갑작스레 그림자가 드리워졌다. 둘이 약속이라도 한 듯 하늘을 올려다본 다음 순간 도깨비가 혼비백산하여 냅다 몸을 날리자마자 어마어마한 계명성과 함께 하늘에서 날아든 거대한 덩어리가 방금 전까지 레콘과 도깨비가 서 있던 자리에 내리꽂히며 굉음과 함께 작은 눈폭풍을 일으켰다.

건축가 세멘 구리공은 여러모로 훌륭한 도깨비였다. 그는 잠을 대단히 잘 잤고, 불꽃을 다루는 소양은 타의 추종을 불허했다. 그러나 세멘이 가장 자랑거리로 삼는 것은 이전의 어느 누구도 그러한 발상을 떠올린 적이 없었기에 시도할 생각조차 하지 못했던 기상천외한 장난 거리를 가능케 한 풍부한 상상력이었다.

그리고 그 자신에게는 매우 불행하게도 지금 이 자리에서 세멘의 놀라운 상상력은 아낌없이 발휘되고야 말았다. 레콘인 두트리는 둘째 쳐도 킴이나 자신이 방금 그 자리에 서 있었다간 떡메로 사정없이 둘러친 떡 반죽과 우열을 가릴 수 없는 꼴이 되었을 거란 결론을 내린 세멘은 곧장 그 광경을 상상해 내고는 가장 도깨비다운 반응을 보였다. 세멘은 혼절했다.

마찬가지로 최후의 대장장이 두트리도 레콘의 표본이 될 만한 자였다. 비록 두 팔은 견습생 시절부터 노에서 흘러나오는 열기와 함께한 탓에 깃털이 전부 빠져 있었지만 그의 질긴 피부 밑에 자리 잡은 강건한 근육들을 마주한 이들 중 그 누구도 볼품없다는 감상을 느낀 자는 없었으며, 실제로 그 두 팔은 두트리가 별빛로와 함께한 모든 순간마다 대단하다고밖에 할 수 없는 업적들을 수없이 남겼다.

또한 그는 레콘답게 솔직한 성격이었고, 자신이 느낀 모든 것을 담백하게 표현해 낼 줄 알았다. 그는 저 '녹은 얼음 뒤집어 쓸' 도깨비와 말다툼을 하던 것이 마음에 들지 않았고, 그 와중에 냅다 날아든 '돌고래와 한 잔 꺾을' 미친 방문객에게 깔릴 뻔했다는 것도 더더욱 마음에 들지 않았다.

무엇보다 자신을 구하겠답시고 달려들어 함께 나뒹군 젊은 레콘 둘은 다가올 재난을 충분히 버텨 낼 자신이 있었던 나이든 레콘의 자존심을 한참 깎아 먹는 일이었다. 그래서 두트리는 충분히 레콘다운 방법으로 자신의 감상을 표현했다.

예의를 엄격히 따지는 교양인이 들었다면 벌써 뒷덜미를 붙잡은 채 쓰러지고도 남았을 욕설들을 가볍게 무시한 나머지 대장장이들은 잦아드는 눈구름을 둥글게 에워쌌다. 아무도 다치지 않은 것이 확인되자 그 자리에 모인 이들 모두에게서 이 끔찍한 빙해를 날듯이 건너온 난입자에 대한 궁금증이 인 것은 당연한 수순이었다.

갑작스러운 불청객의 더없이 과격한 방문에 제 위치를 박탈당한 채 땅에서 튀어 올라 느릿하게 춤추던 백색 모래 먼지와 눈가루가 차갑게 식은 공기와 함께 천천히 내려앉으며 그를 고발하듯 희끄무레한 그림자를 드러내었다.

최후의 대장장이보다 머리 하나는 더 큰 흰색 레콘이 잦아드는 눈구름 한가운데서 천천히 몸을 일으켰다. 그의 갸름한 얼굴과 짧은 벼슬, 등에 짊어진 대삽을 알아본 눈썰미 좋은 대장장이 몇이 여러 해 전의 소동을 기억해 내고는 벼슬이 떨어져 나갈 듯한 급성 두통을 느끼며 이마를 짚었다. 그는 그럴 만한 자였다.

난입자 레콘은 질끈 감은 눈을 살며시 뜨며 제 몸을 더듬었다. 자신의 육신이 사라져 버리지는 않았을지 걱정하는 모양새였다. 마침내 자신의 생존을 확신한 흰 레콘은 만세를 부르듯 두 팔을 번쩍 치켜들고 부리를 벌려 큰 숨을 들이쉬었다.

"살았나? 살았지? 살았다! 안─죽─었─다─!"

겨울 공기를 찢으며 터져 나온 레누카의 계명성이 최후의 대장간을 뒤흔들었다.

왕과 신하들, 병사들과 인부들은 두 눈을 끔뻑였다. 차라리 비행이라고 불러도 좋을 레누카의 도약을 목격한 탓은 아니었다. 그들은 그가 이루어 낸 도약의 형태에 주목하고 있었다.

암만 레콘이라도 이 최후의 만에서 저기 있는 최후의 대장간까지 200미터가량 되는 거리를 뛰어넘기란 어려운 법이었다. 그 어려움은 그들의 신체적 한계가 아닌 심리적 한계에서 기인한다. 놀라운 멀리뛰기 기록을 가지고 있는 장사라고 해도 같은 간격을 가진 낭떠러지를 뛰어넘으라고 하면 섣불리 시도하지 못하고 망설일 것이며, 특히나 그 틈새에 날카롭기가 칼날과 다름없는 바위들이 가득하다면 그의 망설임은 몇 배나 가중될 것이다.

이러한 관점에서 최후의 대장간이 지닌 지리적 특성은 레콘들에게 있어 날카로운 바위가 빼곡한 천 길 낭떠러지보다 몇 배나 되는 공포를 불러일으킨다. 짜디짠 소금물마저 가볍게 얼리는 라호친의 매서운 추위가 빚어낸 두터운 얼음이 그 심층으로 향하는 접근을 차단하고 있었지만, 체중이 실린 레콘의 발 구름 한 번에 조각난다는 점에서는 팔뚝 길이만 한 두께를 지닌 얼음과 밀가루 전병은 큰 차이를 보이지 않는다.

따라서 실패가 명확해진 순간 제 무게와 그에 실린 도약의 기세로 박살 난 얼음과 함께 차갑고 어두운 천 길 바닷물 속으로 가라앉을 것임이 확실한 상황에서 그를 시도하겠다고 나설 레콘은 결단코 없을 것이며, 그 도약을 제안한 자의 목숨보다는 다가오는 태풍을 마주한 촛불의 미래가 훨씬 안전할 것이라고 주장하는 이는 상당한 수의 동조자를 얻을 것이다. 어떤 방식이건 레콘의 신체에 물이 닿는 것은 분명 그들의 입장에서 심각한 일이 맞지만, 물에 젖는 것과 빠지는 것은 결코 같은 선상에 둘 수 없는 접촉 형태가 아니기 때문이다.

그리고 세간의 상식에 미루어 보면 당연하게도 레콘은 후자를 더욱 심각하게 받아들인다. 그 말인즉슨 곧 분노한 레콘의 손에 유명을 달리할 경솔한 제안자는 '이봐요, 삶이 심심한데 당신이 화려하게 익사하는 모습을 한 번 볼 수 있겠습니까?'라는 말과 별반 다르지 않은 발언을 한 것이 되는 셈이다.

그랬기에 왕은 레누카가 탈 만한 썰매를 수배했다. 같은 레콘도 감탄할 정도로 큰 그의 덩치를 견딜 썰매를 찾는 것은 둘째 치고, 여전히 두껍다지만 라호친 기준으로 한껏 얇아진 여름철 빙판 위에서 그 육중한 무게를 무사히 끌고 나갈 동력원을 무엇으로 정할지에 대해 재상과 함께 라호친가하나 말 등의 매력적이지 않은 후보들을 누락시키며 차라리 즈믄누리에 특대 딱정벌레를 요청할까 하는 생각에 빠져 있던 왕이 레누카의 양태를 눈치챈 것은 그가 서른 걸음쯤 뒤로 물러난 후였다.

재상이 의견을 잇다 말고 입을 떡 벌린 채 자신의 뒤를 바라보고 있음을 깨달은 왕은 뒤를 돌아보고 곧 재상과 같은 표정이 되었다. 저 멀리 떨어진 레누카가 사냥감을 노리는 대호와도 같은 기세로 몸을 웅크리고 있었다.

노려보는 시선을 최후의 대장간에 고정하고 몸을 낮추며 허벽지에 잔뜩 힘을 준 친구의 모습에서 그의 의중을 깨닫자마자 모골이 송연해질 만큼 대경한 왕은 그를 말리기 위해 손을 내저었다. 소용없는 짓이었다.

기겁한 사람들이 우르르 갈라져 길을 만들자 성난 하늘치와 같은 기세로 튀어나가 지축을 울리며 왕을 지나친 레누카는 만의 가장자리 넓적한 바윗돌에 지워지지 않을 흉터를 새기면서 그 가공할 속도 그대로 최후의 대장간을 향해 솟아올랐다.

왕은 순식간에 작아지는 친구를 보며 그만 주저앉고 싶어졌다. 기다리기가 감질난다는 이유로 제 목숨을 저울질할 수도 있는 짓에 몸을 내던지는 바보 같은 레콘이 세상에 어디 있냐고 놀리는 것도 그가 살아 돌아와야 가능한 일이었다.

"안 돼! 짧다!"

유독 눈이 좋은 병사 하나가 절망적으로 외쳤다. 왕도 그와 같은 심정이었다. 뛰어오른 레누카의 육중한 몸이 허공에 그린 포물선은 자신의 궤적을 읽어 낼 수 있는 이들에게 그가 곧 최후의 대장간과 만 사이 중간 지점, 아무것도 없는 빙판에 호되게 충돌할 것임을 무심히 알렸다.

왕이 비극을 목격하게 된 개인으로서 차라리 고개를 돌릴지, 혹은 용감했던 친구의 마지막 모습을 의무감으로 지켜보고 있어야 할지를 고민하고 있을 때 그 일이 일어났다.

레누카는 미끄러졌다.

그 이상 적절한 표현을 찾을 수 없었다. 사납게 튀어나가 대각선으로 솟구친 레누카는 자연의 섭리대로 아래를 향해 떨어지는 대신 그 곡선의 최고점에서 나아가던 기세 그대로 허공을 쭈욱 미끄러졌다. 결국 레누카는 위가 편평하게 깎인 넓은 포물선을 그리며 최후의 대장간에 착지했다.

비현실이 펼쳐지는 현실로부터 몸을 돌린 생각이 합리화라는 이름을 가진 머릿속 안전 가옥으로 뛰어 들어가는 동안 정신이 부재하게 된 육신은 자연스레 멈추어 있을 수밖에 없다. 모두들 입을 벌리고 얼어붙어 있을 때 군중의 정신적 경직을 가장 먼저 깨부순 것은 늙은 재상 칼큐리였다.

"극연왕 폐하 만세!"

두 팔을 머리 위로 번쩍 들어 올린 그는 작은 노구에서 나왔다고 믿기 어려운 목소리로 쩌렁쩌렁 외쳤다.

"보라! 저 용감무쌍한 레누카를! 극연왕 폐하께서 어디에도 없는 신의 힘을 빌어 일으킨 기적을! 폐하께서 충실한 레누카에게 믿음을 보여 주심으로써 그를 잠시나마 날게 하셨다! 우리들 모두 레누카가 저 강인한 다리로 허공을 걷어차 한 번 더 도약한 것을 보지 않았느냐! 어디에도 없는 신께서 폐하의 기도를 들으시고 바람으로써 그를 떠받치는 것을 보지 않았느냐! 오오, 대왕 만세! 어디에도 없는 신 만세! 극연왕 폐하 만세!"

왕의 신하들 중 가장 나이가 많은 축에 속하는 칼큐리는 늙은이의 지혜를 아낌없이 발휘했다. 사특한 요술을 펼치는 레콘과 그를 부리는 왕에게 향하던 의심과 공포의 시선을 단 한 번의 만세로 대번에 외경심으로 뒤바꾸어 놓은 것이다. 눈을 끔뻑거리던 왕은 곧 표정을 가다듬고 재상을 따라 자신을 향해 만세를 부르기 시작한 이들에게 위엄 넘치는 모습으로 손을 흔들었다.

물론 그곳에서 만세를 부르는 병사들과 인부들 중에 왕이 저런 일을 일으킬 수 있다고 진심으로 믿는 순진한 이들은 얼마 없었다. 그들이 나고 자라며 체득한 지식과 경험에 의거하면 그들과 같은 인간인 왕은 그러한 일을 할 수 없었음이 분명했다.

그러나 허공에서 비행하듯 미끄러진, 혹은 미끄러지듯 비행한 레콘이라는 불가해한 기현상에 대한 공포가 퍼지기도 전에 저 늙은 재상 칼큐리가 그것을 왕의 공으로 돌린 이상 그에 대한 의심을 품고 공공연히 반박하는 것은 곧 왕권에 대한 도전과 같았다. 그들은 도전으로 해석될 만한 자신들의 지식을 뽐내지 않을 정도로 현명했다. 기현상에 관한 괴소문은 술자리에서나 떠돌다 취기에 휘감겨 사라질 허튼소리가 될 것이다. 왕은 기회를 놓치지 않고 외쳤다.

"보아라! 오늘 우리는 이곳에 다리를 놓을 것이다! 나의 충직한 레누카의 도움을 받아 이곳에서 저 최후의 대장간에 이르는 다리를 세워 천 년을 가는 길로서 삼을 것이다! 바로 내가 그대들과 함께 마땅히 그렇게 할 것이니, 나 극연왕 앞에 온 세상의 모든 극은 그대들과 나로 인해 이어지리라!"

칼큐리가 우렁차게 외쳤다.

"극연왕 폐하 만세!"

최후의 만을 뒤흔드는 함성 속에서, 왕은 이 늙은 여우가 전 답 몇 마지기를 받아야 만족할 만한 보상으로 여길는지 계산하기 시작했다.

등에 걸머진 대삽을 땅에 꽂아 놓고 무릎이며 어깨에 내려앉은 모래 먼지를 툭툭 털어 내던 레누카는 이상한 낌새를 느끼고 고개를 들었다. 두리번거리던 그는 흉흉한 눈빛으로 자신을 노려보는 두트리를 마주하고 피식 웃으며 반가운 인사를 건넸다.

"두트리 꼰대, 잘 계셨수?"

"미친 두더지 아니냐. 왜 또 왔어? 납병하게?"

"그럴 리가 있나."

부러 비딱하게 내뱉은 폭언에도 불구하고 레누카가 씩 웃으며 대답을 내뱉자 다른 대장장이들은 물론이요 두트리마저 골이 아픈 눈치로 고개를 끄덕였다.

"그래, 그 지랄을 해 놓고 몇 년 만에 납병하러 올 리가 없지. 무슨 일이냐?"

"아, 다른 게 아니고. 잠깐만."

레누카는 어린아이 주먹만 한 조약돌을 퉤 뱉어 내고 대답을 이어 갔다.

"다른 게 아니고, 내 친구가 여기에 다리 하나 놓자고 해서. 걔는 인간이라 여기 못 들어오거든. 그래서 내가 대신 왔지."

"네 친구가 누군데?"

"왕. 저기 건너편에 인간들 보이지?"

레누카의 흰 손가락이 가리키는 반대편 해변에 만세를 부르며 와글거리는 인간 무리를 본 두트리의 눈이 가늘어졌다. 그의 머리에서 김이 나기 시작했다 하더라도 그 누구도 놀라지 않았을 것이다.

"이제 깼냐?"

"다시 잠들면 안 될까요?"

자신을 사납게 노려보는 시커먼 레콘 앞에서 정신을 멀쩡하게 붙잡기란 지극히 어려운 법이다. 겨우 기절에서 깨어난 몸뚱이가 폭력처럼 날아드는 시선 속에서 다시 혼절하려는 것을 필사적으로 붙들며 바들바들 떨던 세멘은 간신히 한마디를 쥐어짜내었다.

"무슨 일이십니까?"

"무슨 이일?"

두트리의 성난 표정이 더욱 사납게 변했다.

"오늘 무슨 날이냐? 도깨비에 인간에 레콘이 작당을 하고 최후의 대장간을 들쑤셔 놔? 아주 나가도 모셔 오지?"

이번에는 두트리가 당황할 차례였다. 잔뜩 겁에 질려 있던 도깨비가 그의 말을 듣고는 안색을 펴더니 제자리에서 펄쩍 뛰어 일어났기 때문이다.

"마침내 셋이 모였군요! 레누카라는 이가 여기 당도했습니까?"

"그래. 네가 세멘이냐?"

목소리의 근원을 찾아 두리번대던 세멘은 다른 레콘들의 머리 위로 껑충 솟은 레누카의 흰 얼굴을 어렵잖게 발견할 수 있었다. 반색하며 대장장이들을 헤치고 레누카의 옆에 선 세멘이 품속에서 도깨비지를 꺼내 펼쳤다.

"멋대로 날아들어 대단히 죄송합니다, 두트리. 셋이 모이기 전까지는 꺼내지 말라는 말이 있어서요. 이제 셋이 모였으니 꺼내겠습니다. 즈믄누리의 성주께서 최후의 대장장이께 전하는 전갈입니다."

두트리가 나지막이 쌍욕을 내뱉었다. 즈믄누리의 성주가 내린 결정은 그 내용이 무엇이 되었건 옳음을 의미하는 것은 익히 들어 알고 있었으나, 자신이 그 전갈을 받는 대상이 되었다는 것은 그를 약간이나마 당혹스럽게 만들기에 충분했다. 그 도깨비지가 무엇을 말할지 대충 짐작한 두트리가 끙 앓는 소리를 내며 부리를 꾹 다물고 팔짱을 끼자 세멘은 빙긋 웃고는 전갈을 읽어 나갔다.

"즈믄누리의 성주 길달 구마리가 최후의 대장장이 두트리께

전합니다. 과거를 돌아보며 현재를 윤택히 하고 미래를 대비하기 위해서라도 최후의 대장간에는 다리가 필요합니다. 천 년이 가도 무너지지 않을 돌다리를 바닷속에 능히 지을 수 있는 영리한 도깨비에게 이 전갈을 들려 보냅니다. 또한 이 전갈을 지닌 도깨비와 함께 다른 둘이 도착할 것입니다. 셋이 하나를 상대한다는 말이 있습니다. 부디 그 셋이 라호친의 매서운 칼바람을 상대하여 천 길 바닷속에 다리를 짓고 레콘과 반려가 세상을 향해 품위 있는 첫걸음을 내디딜 수 있도록 도와주시기 바랍니다. 이것은 강요가 아닌 부탁이나, 만약 최후의 대장장이께서 인간과 도깨비와 레콘들의 뜻에 너그러이 함께하신다면 즈믄누리는 그에 상응하는 도움을 드릴 것입니다."

세멘은 도깨비지를 접어 품속에 집어넣었다.

"그렇다고 하시는군요. 저는 세멘 구리공입니다. 건축가지요. 제가 저 얼음 밑에 다리를 세울 수 있음은 아까 전 헤베레 도검장께 설명드린 바 있습니다. 대단히 열성적으로 질문하시기에 실로 오랜만에 설명하는 기쁨을 맛보았습니다."

헤베레가 두트리의 사나운 시선을 피하며 공연히 딴청을 피웠다.

"그리고……."

세멘은 레누카를 물끄러미 올려다보았다. 다른 레콘들보다 머리 하나는 더 큰 레누카는 좀처럼 제 눈높이 아래를 살피는 법이 없었고, 결국 민망해진 세멘이 헛기침 소리를 두어 번 내고 나서야 고개를 내려 그의 얼굴을 마주 보았다.

"어, 나? 나도 너처럼 말해야 하냐?"

"그건 레누카의 뜻에 달렸지요."

레누카는 땅에서 빼낸 대삽을 거꾸로 들어 삽날이 위로 올라가도록 한 뒤 그것이 창이라도 되는 듯 쥐어 땅을 짚었다. 잠시 벼슬을 쓰다듬으며 골똘히 생각하던 그는 레콘들을 바라보며 검은 부리를 열었다.

"나는 레누카다. 보다시피 레콘이고, 왕의 사절이지. 내 친구 극연왕의 뜻에 함께하기 위해 최후의 대장간에 두 번째로 방문했다. 그리고…… 이쯤 하면 됐냐?"

더 이상 할 말이 떠오르지 않게 된 레누카가 도움을 청하듯 어정쩡하게 말을 끝맺자 세멘은 만면에 웃음기를 가득 띠고 대답했다.

"완벽합니다. 우리는 좋은 친구가 될 것 같군요. 왕께서는 즈믄누리와의 약조대로 인부들을 데리고 오셨습니까? 저는 금방이라도 공사를 시작하고 싶군요."

"응? 어, 어어. 잔뜩 데리고 왔다."

레누카는 황급히 대답했다. 한 호흡에 대화의 주제가 휙휙 바뀌는 세멘의 화법은 그를 혼란스럽게 했다.

"좋습니다. 최후의 대장장이께서는 어떻게 생각하십니까?"

두트리는 더 이상 상대하기도 싫다는 표정으로 손사래를 쳤다. 한나절도 안 되는 시간 동안 남들은 평생에 한 번 겪을까 말까 한 온갖 일을 연달아 마주하며 정신적 부하가 극에 달해 자포자기 상태가 된 최후의 대장장이는 일견 측은하기까지 했다.

"자아, 그러면 시작해 봅시다!"

해변에 모여 도깨비를 구경하던 레콘들이 두 배는 넘게 부풀어 올랐다. 그의 손짓에 거대한 보랏빛이 치솟아 너울거렸다. 두께는 없었으나 분명히 벽의 형태로 존재하는 그것은 같은 이름을 가진 건축물과는 다르게 자신을 통과하려는 시도를 고체적 저항이 아닌 광포한 열로써 무산시키는 종류의 것이었다.

대략 6미터 간격을 두고 치솟은 두 불꽃 장벽 사이에 갇힌 얼음은 끓어오르고 있었으나 바깥쪽의 빙판은 열에 시달리는 작은 흔적조차도 보이지 않았다. 도깨비가 불러낸 불꽃이 빙원을 부분적으로 파먹는 비현실적 광경 앞에 모두들 말을 잃었다.

마침내 불꽃 벽이 뿌리로 삼은 얼음이 전부 녹았다. 반쯤 미친 레콘들이 부리를 앙다물고 벌벌 떨며 기어 다니던 빙원은 두 개의 불꽃 장벽 사이에 갇혀 자기 자신과 유리된 채로 파도의 움직임에 볼썽사납게 출렁거리는 길이 200미터가량의 얼음덩이가 되어 제 기다란 몸에 걸리는 부하를 이기지 못하고 동강나기 시작했다.

수백 년 만에 자신을 내리누르던 빙판에서 해방된 바다가 광포하게 넘실대는 모양을 본 젊은 레콘들이 기겁하며 최후의 대장간 안쪽을 향해 앞다투어 돌격했다. 개중에는 아직 어린 대장장이도 몇 섞여 있었으나 늙은 대장장이들은 그들을 나무랄 수 없었다. 직업상 물과 친해져야만 하는 대장장이라도 양동이에 담긴 몇 리터 얼음물과 세상을 그릇 삼아 넘실거리는 수억 톤 소금물은 다르게 다가올 수밖에 없는 노릇이었다. 두트리와 레누카, 그리고 늙은 대장장이 몇 명만이 남아 도깨비의 경이로운 작업을 지켜보았다.

세멘이 손짓하자 또 다른 벽이 솟아올랐다. 서로를 향해 전진하며 그들 사이에 갇힌 얼음을 맹렬히 집어삼키던 불꽃이 중간 지점에서 만나 사라지자 최후의 대장간에서 만으로 길게 이어지는 바닷길이 드러났다. 해변에 모여들어 있던 이들은 도깨비가 처음 일으킨 장벽이 해수면 아래로 길게 뻗어 내려가 어두운 물속을 보랏빛으로 밝히며 타오르는 것을 볼 수 있었다.

세멘이 다시 한번 앞으로 손을 뿌렸다. 해수면 위에 융단처럼 펼쳐진 불꽃이 미친 듯 너울거리며 바다를 갉아 어마어마한 수증기를 내뿜기 시작했다. 불은 증발하는 해수면을 내리누르며 서서히 침강하였다.

몇 분이 지난 뒤, 최후의 대장간과 만 사이에 깊은 협곡이 생겼다. 나무 대신 산호가 자라나 있다는 것과 암벽 대신 들이치는 바닷물을 막는 화염에 둘러싸여 있다는 것만 제외하면 꽤 그럴싸한 협곡이었다. 도깨비불에 굴복하고야 만 라호친의 바다가 마침내 긴 세월 감춰 두었던 밑바닥을 드러낸 것이다.

"예상대로 펄 바닥이 아니군요. 이제 지대석을 놓을 수 있겠지요?"

세멘이 질린 표정을 짓는 레콘들에게 활짝 웃어 보였다.

"애송아. 저 인간들이랑 같이 공사할 거냐?"

두트리가 대삽을 걸머지고 왕에게 돌아가려던 레누카를 불러 세웠다.

"당연히 그래야지. 왜?"

두트리는 세멘이 만들어 낸 바다 협곡의 바닥을 바라보며 눈을 찌푸렸다.

"일은 벌어졌으니 마무리는 확실히 해야 할 텐데, 아무래도 레콘 하나둘 정도는 있어야 공사가 빨리 되지 않겠냐. 얼음 밑에 돌다리를 어떻게 놓을 건지는 이해했다마는 암만 저 물벽이 있더라도 결국 꽂게 놀이터라 너만큼 돌아 버린 레콘 말고는 아무도 안 들어가려고 할 것 같아서 말이다. 나도 안 들어갈 거다."

레누카는 부리 사이로 피식 바람 새는 소리를 내었다.

"사람마다 할 일이 있는 게 아니겠어. 최고로 멋진 다리를 놓아 드릴 테니 두트리 꼰대는 열심히 별철이나 두드리슈. 그게 일 아니우?"

"자식 말본새하고는. 잘 부탁한다. 최대한 빨리 끝내 달라고."

레누카의 어깨를 툭 치고 돌아서려던 두트리가 문득 발걸음을 멈추었다. 아까 전 레누카를 마주했을 때 물어보고 싶었으나 상황이 이상하게 흘러가며 잊었던 질문이 떠오른 것이다.

"너 완갑은 어쩌고 삽만 뽑아 왔나?"

"두더지? 뛰는데 거치적거려서 저쪽에 두고 왔는데."

최후의 대장장이는 결국 폭발하고야 말았다. 자신을 필사적으로 말리는 젊은 레콘들에게 붙들린 채 '이 망할 년이 하도 징징거리기에 만들어 줬더니 그걸 길바닥에 팽개쳐 두고 다니냐.'며 계명성에 근접한 고함을 지르는 두트리와, 제 팔다리에 달라붙은 늙은 대장장이들을 질질 끌며 '계집한데 그깟 쇳덩어리 주물러 주는 것도 싫다면서 더럽게 땍땍거리기에 한 대 후려친 걸로 아직도 꽁해서 칭얼대는 그 부리를 이번에는 아예 얼굴 속에 쑤셔 박아 주겠다.'는 레누카의 살벌한 고성이 땅을 울리며 한참을 오갔다.

훗날 극연왕의 경이로 불릴 라호친의 돌다리는 건축 첫날부터 액땜을 톡톡히 한 셈이다.

모든 이보다 낮은

온통 희었다. 좌우 위아래 모두 순백색에 옅은 명암조차 보이지 않아 얼핏 백지 속에 빨려 들어와 갇힌 것이 아닐까 하는 공간 속에서, 마찬가지로 순백색이었기에 숯처럼 검은 부리와 눈동자를 제외하면 강제로 보호색을 띠게 된 레누카가 두리번거리며 제 손을 이리저리 뒤집어 살펴보다가 난처한 목소리로 내뱉은 첫 마디는 이러하였다.

"어이씨, 뭐야?"

"거, 첫마디부터 범상치가 않구나. 하기야 진작에 알아봤어야 했다마는."

자신과 백색 빼고는 아무것도 없는 곳에 덜렁 떨어져 있는 상황에 듣자니 반갑게 들렸지만 목소리의 주인을 다시 생각해 보면 그렇게까지 기쁘지는 않은 애매한 인사가 들려왔다. 어찌 되었건 이 기괴한 공간에 혼자가 아님을 안도한 레누카는 천지사방이 구분 가지 않는 곳에서 어디가 뒤인지 몰라 대충 이쯤이겠거니 몸을 뒤집고선 떨떠름한 표정으로 팔짱을 낀 두트리를 마주했다.

"두트리 꼰대 아뇨? 여긴 웬일야?"

"여기가 어디냐는 질문이 먼저 나와야 하는 것 아닌가? 보통 다들 그러던데."

"암만 봐도 내 집은 아니니 물어서 뭣해. 이미 끌려와 버린 거 어쩔 수는 없는 거고, 나갈 방법 있으면 읊어 보쇼."

"글쎄. 그나저나 두트리라, 내가 두트리로 보이나?"

레누카는 인상을 찌푸렸다. 눈을 가늘게 뜨고서 제가 알던 꼬장꼬장한 늙다리 대장장이와 다른 부분이 어디 하나라도 있나 찾아보려던 레누카의 열정적인 시도에도 불구하고, 눈앞의 레콘은 최후의 대장장이 두트리였다.

"지금은."

"흥미롭군."

두트리이지만 두트리가 아닌 레콘이 어깨를 으쓱해 보인 뒤두세 걸음을 걷더니만 뒤를 돌아 레누카에게 눈짓했다. 어차피 팔짱을 낀 채 버티고 있어 보았자 결국 이곳에 혼자 남을 것임을 알고 있던 레누카는 어느새인가 제 옆에 나타난 대삽을 어깨에 걸머지고서 볼멘소리를 투덜거리며 레콘의 뒤를 따라 걷기 시작했다.

두 레콘의 발소리가 멀리 퍼졌다가도 시나브로 메아리처럼 되돌아와서는 다시금 온몸을 울리듯 아래에서 위로 훑고 지나가는 공간 속에서, 둘은 아무 대화도 없이 계속해서 걸었다.

"한 사흘쯤 걸었나?"

결국 먼저 인내심이 바닥난 것은 레누카였다.

"이레쯤. 이 땅을 두어 번 돌았을걸."

어딘가 낯익은 레콘이 부드럽게 대답했다. 같이 걷기 시작했을 때까지만 해도 명백하게 두트리였던 이의 새로운 얼굴을 보면서 흐린 기억 속을 뒤지던 레누카는 이내 포기하고 두 눈을 질끈 감은 채 고개를 설레설레 저었다.

"나는 계속 제자리걸음을 한 느낌인데. 피곤하지도 않은데 피곤해서 못 살겠다. 일단 좀 누울란다."

이레쯤 걸었다는 저 못 믿을 레콘의 말이 진실이라손 쳐도,
시야에 아무런 장애물도 없이 백색으로 트인 공간에서 그들이
앞을 향해 나아가고 있다는 증거, 다시 말해 뒤나 옆으로 흘러
가는 풍경 따위는 찾아볼 수조차 없었기에 레누카는 넌덜머리
를 내며 대삽을 아무렇게나 팽개쳐놓고는 꼴사납게 자빠져 누
웠다.

문득 그 레콘의 얼굴이 어딘가 낯익다는 생각을 하자마자 고
개를 돌린 레누카의 부리에서 피식 새는 헛웃음이 비어져 나왔
다. 분명 바로 옆에 자신을 따라 주저앉은 레콘이 수십 킬로미
터 바깥에 있는 것처럼 보였기 때문이다. 날카롭도록 확장된 공
간이 주는 당혹 속에서 레누카는 아무렇게나 팽개쳐 놓은 대삽
을 향해 손을 뻗고서는, 삽이 손에 잡혔다는 사실에 안도한 다
음 그것을 눕혀 횡으로 천천히 돌려보았다. 헛웃음이 다시 한
번, 이번에는 더욱 강하게 터져 나왔다.

"가지가지 한다 아주."

삽은 닿지 않았다. 분명히 바로 옆에 앉아 있는 레콘은 너무
나 멀리 떨어져 있었다. 몸을 일으킨 레누카가 삽을 던져 볼 작
정으로 대를 고쳐 쥐는 순간 레콘이 고개를 돌려 그와 시선을
마주쳤다.

"수십 년 만에 보는 얼굴 아닌가? 재회의 기쁨치고는 너무 과
격하구나."

다시 한번의 찌푸림과 노려봄. 수십 년간 켜켜이 쌓인 세월의 파편들 너머로 깊숙이 침잠한 기억을 끄집어내기 위해 용쓰던 레누카는 머릿속에 가득한 왕의 여러 얼굴을 한참 헤집고 나서야 저 멀리 눈앞에 앉아 있는 괴이쩍은 레콘의 얼굴에서 느낀 낯익음의 정체를 깨닫고 쪼그려 앉은 채 한숨을 쉬었다.

　　"당신 저승차사요?"

　　"암만 너희들이 개인주의자라지만 보통 어머니, 그간 강녕하셨습니까 하고 한 번 불러 봐야 되지 않으냐? 내가 낳았는데도 참 신기하군."

　　"이미 죽은 사람 불러봐야 뭘 해. 어차피 우리 어머니도 아닐 텐데. 에이, 쌍. 나갈란다."

　　다시 몸을 일으킨 레누카는 손가락 사이에 끼운 대삽을 휘릭 돌려 바르쥐고는 몸에 익은 동작으로 땅처럼 보이는 곳을 콱 찍어 떠내었다. 삽날에는 아무것도 담긴 것이 없었다. 레누카는 다시 한번 허공을 떠내었다. 그들이 딛고 선 백색에는 여전히 아무 변화도 없었다. 직설적으로든 비유적으로든 삽질이라 단언 가능한 무의미함이 수십 번 되풀이되는 동안 두트리이기도 했으며 어머니이기도 했던 레콘은 미묘한 미소를 띤 채로 레누카를 바라보고 있었다.

　　"우직하군."

　　"좋아서 하는 거 아뇨."

　　300번 이후로 세기를 멈춘 삽질이 한참을 더 이어지고, 육체적 피로가 전혀 느껴지지 않는 이곳에서 정신적 피로를 느낀 레누카가 삽을 거두며 고개를 설레설레 저을 때까지도 그들을 둘러싼 백색은 줄곧 숨 막히는 불가침을 유지했다. 그러고는 그 옆으로, 다시 얼굴을 바꾼 레콘이 수십 킬로미터 바깥의 지척에서 다가와 흥미로운 표정으로 짧은 수염볏을 매만지며 물었다.

"성과는 어떤가?"

레누카는 고개를 저었다.

"여긴 땅을 파서 나갈 수 있는 곳이 아니군."

"두더지다운 발상이었어. 이전에도 비슷한 경험이 있었나 보군?"

남의 일이라는 듯 태연스레 건네어진 물음에 레누카가 못마땅한 표정으로 부리를 딱 부딪었다.

"거참, 이전부터 뻔히 다 보고 있었으면서 물어보는 건 어떤 악취미인가 여쭈어도 되겠소? 말마따나 그때 힘을 좀 쓰셨으면 막내가 애꿎은 목숨을 잃진 않았을 터인데. 열일곱밖에 안 된 놈이 집에 새색시까지 두곤……."

이제는 숫제 제 모습을 훔친 채 빙긋 웃고 있는 레콘에게 목소리에 원망을 담아 건네는 레누카의 말투는 은근슬쩍 경어로 바뀌어 있었다. 그 안에 담긴 오만불손함은 그대로였으나 그를 아는 이들이 보았다면 저것은 혹시 친구의 모습을 정교하게 흉내 낸 변종 두억시니가 아닐지 한참을 토의하다 과연 그러할 것이라 결론 내릴 만한 광경이었으며, 그러한 레누카가 지금 경어로 대하는 자는 그럴 만한 격을 차고 넘치도록 갖춘 이였다.

"안타까운 일이었다. 내가 무엇이라도 할 수 있었다면야 응당 움직였을 터인데."

"말뿐이오? 왜 못하시었소?"

"네가 나를 가두어 두었지 않았느냐!"

모든 이보다 낮은 여신이 되려 레누카를 책망했다.

"내가?"

눈 깜짝할 새에 계신(繫神) 누명을 뒤집어쓴 레누카가 눈을 끔뻑거리다 겨우 부리를 열자, 모든 이보다 낮은 여신은 아무런 대답 없이 천천히 걸으며 사흘, 아니 이레 전처럼 그에게 눈짓을 보냈다. 레누카는 군말 없이 여신을 따라 발걸음을 옮겼다.

"나는 이번 시대에 너를 그릇으로 삼았다."

한참을 말없이 걷던 와중 모든 이보다 낮은 여신이 혼잣말인 듯 운을 떼었다. 여신은 어느새인가 샛노란 솜털이 보송보송한 어린 레콘의 모습을 하고서 아장아장 걷고 있어, 상념에 빠진 채 무작정 걷고 있던 레누카는 하마터면 여신의 엉덩이를 호되게 걷어차는 불경죄를 저지를 뻔하였다.

"아까 전 여신께서 잠시 모습을 빌리신 이들도 그릇이었소? 두트리 꼰대나, 내 어머니."

"아니, 그들은 그저…… 내가 너에게 건네는 약간의 장난이었지. 당황조차 하지 않을 줄은 몰라서 내가 더 당황했다마는."

깨득깨득 웃던 아기가 잠시 부리를 다물었다가 다시 말을 이었다.

"그래도 연이 없지는 않다. 최후의 대장장이는 나를 모시는 신관의 우두머리요, 네 어미 실로카는 네 육을 낳지 않았느냐."

아기의 말이 끝나자마자 레누카는 불경하게도 부리를 딱 부딪었다.

"흥, 그래서 나는 태어나자마자 그릇이 되어 나 자신이 아니게 되었을 거란 소리요?"

"레누카, 레누카. 세상을 삐딱하게 보지 말거라. 화신이 된다는 것은 그런 것이 아니야."

아기 모습의 여신이 부드럽고 차분한 목소리로 제 몸의 여섯 배는 될 덩치 큰 레콘을 얼렀다. 그러면서도 아장거리는 서툰 걸음은 멈추지 않아, 아기를 밟지 않기 위해 깨금발로 찔끔찔끔 보조를 맞추고 있는 레누카의 부리가 점점 앙다물어지고 있었다.

"물을 두려워하지 않는 레콘."

아기의 부리에서 흘러나온 한 단어에 레누카의 몸이 잠시 움찔했다.

"피를 두려워하지 않는 도깨비."

아기는 계속해서 말을 이어 갔다.

"죽음을 두려워하지 않는 나가."

"마지막은 뭐요?"

묘하게 모순적인 여신의 말을 머릿속으로 주워섬기던 와중 마지막 하나가 빠진 것을 알아챈 레누카가 호기심을 이기지 못하고 여신을 채근했다. 여신의 앳된 얼굴에 잠시 두려움이 스쳐 지나갔으나, 레누카는 한참 아래에 있는 그 얼굴을 보지 못하였다.

"상실을 두려워하지 않는 인간."

모든 이보다 낮은 여신은 걸음을 멈추었다.

"레누카, 화신이란 신들에게 몸을 빼앗기는 것이 아니야. 그들의 불완전성이 완전해지지 않도록 우리가 잠시 쐐기를 박아 두는 것이지. 그들 개개인이 완전해질 때야 비로소 우리가 앞으로 나섰다가, 그 육을 떠나게 된다."

아기는 고개를 설레설레 저었다.

"맏이가 떠난 후로 우리는 완전함을 바라면서도 두려워하게 되었어."

아기의 여린 목소리에 걸맞지 않은 회한이 섞여 작은 부리 바깥으로 흘러나오며 묘한 오싹함을 자아내었다. 삽과 함께 팔짱을 낀 채 집게손가락으로 부리를 두드리며 생각에 잠겨 있던 레누카는 문득 아래를 내려다보았다. 레누카의 바지를 잡아당겨 그의 시선을 잡아끈 모든 이보다 낮은 여신이 저를 향해 짧은 두 팔을 벌려 보이고 있었다.

"거참."

레누카는 입맛을 쩝 다시며 주저앉아 가부좌를 틀고 아기를 안아 들어 품에 뉘었다.

"그래서, 이제 내가 나도 모르게 저질렀다는 감금은 끝난 거요?"

"그런 셈이지. 여기가 어디로 보이느냐, 레누카?"

레누카는 주변을 둘러보았다. 여전히 순백만이 그 시야를 가득 채웠으나, 어째서인지 그 순백이 별빛으로 보이기 시작했던 레누카는 여신의 물음에 자신 있게 대답할 수 있을 것만 같은 느낌이 들었다.

"최후의 대장간이로군."

모든 이보다 낮은 여신이 아기의 얼굴로 부드럽게 웃음 지었다.

"정답이다."

말이 끝나기 무섭게 여신의 몸에서 명암이라 부를 수 있는 광선이 사방으로 뻗어나갔다. 온통 하얗기에 깊이감을 느낄 수조차 없는 공간에 높낮이를 파내어 형태를 선사하는 음영이 내달리며 허공에 들러붙고, 부딪혀 떨어져 흘러 벽과 건축물의 외곽선을 그려 내었다. 짧은 영원과 기나긴 찰나가 지난 뒤 그들은 어느새 새카매진 라호친의 검은 별하늘 아래서 그 농도의 옅고 짙음이 다를 뿐 오로지 흑과 백으로만 이루어진 최후의 대장간 한가운데 색채를 지닌 유이한 존재로서 앉아 있었다.

〈내가 어째서 별빛로를 라호친의 빙원 한가운데 만들었는지 아느냐, 레누카?〉

레누카는 하마터면 아기를 놓치고 두 손으로 귀를 틀어막을 뻔했다. 아기의 부리가 열리자마자 최후의 대장간 전체가 진동하며 음파(音波)로써 레누카를 둘러쌌다. 여신의 목소리는 레누카의 대답을 기다리지 않고 재차 공간을 뒤흔드는 소리가 되어 그를 후려쳤다.

〈아이야, 너희가 물을 두려워하기 때문이다. 땅에 두 발 붙이고 있을 때 감히 대적할 자 없어 오만한 너희들이 억지로라도 고개를 숙이는 일이 평생에 한 번쯤은 있어야 하지 않겠느냐? 얼마나 오만하기에 그 빙원에 금을 내어 다리를 놓을 생각을 한 것이야? 그 한 번마저도 납득하지 못하겠다는 것이냐?〉

어느새인가 레누카의 품에 안겨 있던 아기는 사라졌다. 모든 이보다 낮은 여신은 최후의 대장간 그 자체가 되어 레누카를 거세게 책망했다. 그리고 레누카는, 단순히 여신의 뜻에 의해 난데없이 이상한 곳으로 끌려온 데다 생전 처음 듣는 누명을 쓰고 욕까지 푸짐하게 얻어먹고 있는 이러한 상황을 더 이상 참을 수 없었다.

"그—게—내—탓—이—냐—!"

화산이 폭발하듯 명치로부터 터져 나온 레누카의 계명성이 최후의 대장간을 쩌렁쩌렁 울렸다. 레누카는 여신의 불호령과 경쟁하듯 재차 소리 질렀다.

"옛날에! 어느 멍청한 레콘이! 여신께서 모두보다 낮은 곳에 계시니! 우리라도 고개 치켜들고 살아야 한다고 한 적이 있—었—더—라—도—! 그——게——내——탓——이——냐——고——!"

목구멍까지 치뻗어 올라온 다음 말을 내뱉었다가는 정말로 돌이킬 수 없는 불경죄가 될 것이란 사실을 알아챈 레누카의 이성은 부리를 겨우 붙들었다. 부서지라 악문 부리 위로 뜨거운 콧김이 뿜어져 나와 씨근씨근 소리를 내는 와중, 레누카는 웃음소리를 들었다. 모습을 감추어 공간 그 자체가 되었던 모든 이보다 낮은 여신이 처음 보는 육신을 갖춘 채 다시 나타나 레누카의 눈앞에서 배를 붙잡고 숨이 넘어가라 웃고 있었다.

"다 웃었소?"

"정말 별놈 다 보겠구나. 하기야 그런 놈이니 몸속에 들어온 신을 붙잡아 가뒀지."

레누카는 짜증이 울컥 솟는 것을 느꼈다.

"그러니까 내가 일부러 그런 게 아니래도!"

"안다, 알아. 나도 왜 그렇게 된 것인지 모르는데, 너라고 알겠니. 다만 네가 두 차례 흠집을 내준 덕분에 간신히 빠져나올 수 있었던 것은 알지."

수수께끼와도 같은 이야기가 계속되자 레누카는 벼슬이 떨어져 나갈 듯한 두통을 느꼈다. 다행히 그를 알아챈 여신이 뒷이야기를 덧붙였다.

"너와 나를 같이 잡아 붙들어 놓던 땅에서 네가 날아올랐을 때 한 번, 기어이 빙원 아래 다리를 놓아 이 대장간의 고립을 없던 것으로 만든 것이 두 번이다, 아이야. 그 수다쟁이 어르신을 날려 버릴 때야 내가 잠시 앞으로 나섰다만."

다리를 놓은 것은 자신이 아니라 제 친구인 왕의 업적임을 따지려던 레누카는 문득 말을 멈추었다. 눈앞의 여신이 취한 레콘의 모습은 어딘가 익숙한 데가 있었다. 제 친구가 인간 아닌 레콘이었다면 그러한 생김새가 되리란 것을 직감한 레누카는 말을 잊고 여신의 얼굴을 뚫어져라 바라보았다. 그 시선에서 단순한 호기심 그 이상의 것을 느낀 레콘 극연왕의 얼굴에 불편한 기색이 감돌았다.

"거 불경한 녀석이로구나."

"기왕 이렇게 된 걸 어쩌하겠소."

머쓱하게 머리를 긁던 레누카는 문득 아까 전의 수수께끼 같은 문답을 떠올렸다.

"그, 피를 두려워 않는 어쩌고 그 이야기는 뭐요?"

여신은 레콘 극연왕의 얼굴로 빙긋 웃었다.

"물을 두려워하는 레콘은 그렇기에 땅 위에 살고, 피를 두려워하는 도깨비는 그렇기에 농사를 짓지. 죽음을 두려워하는 나가는 그렇기에 심장 적출을 만들었고, 상실을 두려워하는 인간은 그렇기에 무리를 지어 살아."

"알쏭달쏭하군."

갑작스레 공기가 찢어지는 소리가 최후의 대장간을 울렸다. 여신이 바라보는 곳을 따라 고개를 돌린 레누카는 눈이 아플 정도로 명멸하는 광선이 한 줄기의 기둥이 되어 위로 솟구치는 광경을 보았다. 그는 저 빛기둥 한가운데에 별빛로가 있을 것임을 알아챘다.

"이제 가 보아도 된다."

"아직 궁금한 게 있기는 한데, 가라니 가야지. 나머지는 내가 차차 알아보리다. 여신께서는 어찌할 작정이시오?"

"이제야 네 몸속에서 떨어져 나왔구나. 그간 재미는 있었다 만 어찌나 갑갑했는지. 그래서 너도 온갖 것을 깨부수고 싶어 했던 것 아닐까?"

레누카는 이 이상한 공간으로 끌려 들어온 이래 처음으로 껄 껄 웃었다.

"그러니까 내가 이것저것 답답하게 여긴 것이, 목구멍에 여신 님이 턱 막혀 있어서 그랬단 말요? 그건 그냥 내 성정이지. 세상 에 태어나서 모든 이보다 낮은 여신을 곤란케 한 레콘이 나 말 고 또 있을까."

"내가 무슨 생선 가시라도 되는 듯 말하는구나. 파름 산을 넘 어서 지러쿼터 쪽으로 산맥 세 줄기를 돌아가거라. 피를 두려워 않게 되어 버린 도깨비는 거기 있어."

친구의 얼굴을 한 여신의 마지막 조언에 레누카는 그제야 어 디론가 잠적한 세멘을 찾아와 달라던 늙은 왕의 부탁을 떠올렸 다. 그는 모든 이보다 낮은 여신에게 고개를 끄덕여 보인 뒤 빛 기둥 속으로 걸어 들어가서는, 별빛로의 문을 열고 나와 대경하 여 나동그라진 최후의 대장장이와 얼떨떨해하는 나머지 대장 장이들을 뒤로하고서 파름 산을 향해 누구도 따라잡지 못할 발걸음을 옮겼다.

극연왕

흰 이불을 덮고 꼿꼿하게 누워 색색거리던 노파가 인상을 찡그리더니 밭은기침을 해 대기 시작했다. 책을 덮고 애체를 벗은 레누카는 놋그릇을 가져와 주름진 턱 밑에 받쳐 피 섞인 가래를 받아 내었다. 가래를 뱉어 낸 깡마른 목이 갈증을 느끼는 듯 꼴깍거리자 꿀과 산삼즙을 연하게 탄 자리끼를 집어 든 레누카는 쪼그라진 입가에 사기그릇 주둥이를 조심스레 가져다 대었다.

주인의 뜻대로 움직이지 못하는 늙고 쇠한 입술이 목구멍으로 넘기는 것보다 흘리는 것이 훨씬 많았으나 레누카는 인내심을 갖고 온 힘을 다해 물을 마시는 노파를 지켜보았다. 노파는 그가 물을 마시던 도중 힘이 다해 절명한다 할지라도 아무도 놀라지 않을 만큼 쇠약했다.

마침내 힘겹게 갈증을 해소한 노파가 그릇에서 입술을 떼며 작은 한숨을 쉬자 커다란 손으로 바싹 마른 몸을 받친 레누카는 그를 천천히 누이고는 흰 포를 들어 노파의 축축한 입가를 닦아 내었다. 그가 마시지 못하고 흘린 물을 전부 닦아 낸 레누카는 그제야 제 젖은 손가락을 닦기 시작했다. 그 모든 동작에 배어든 익숙함이 담담하게 엿보이는 것은 어쩐지 서글프기까지

했다.

한참을 오물거리던 왕의 입술이 열리며 흘러나온 가냘픈 목소리가 오랜 친구를 불렀다.

"레누카, 내 오라비는 돌아왔는가?"

"아니."

"세멘은?"

"죽었어."

"딱한 것."

석 달째, 눈을 뜰 때마다 똑같이 맴도는 대화를 마친 왕은 다시 잠에 빠져들었다. 그의 이불을 정돈한 뒤 애체를 집어 든 레누카는 덮어 둔 책을 펼쳐 계속해서 읽기 시작했다.

"레누카."

레누카는 듣지 못했다. 애체를 쓴 눈을 찡그리고 펜조일의 책에 부리를 박다시피 한 친구를 보며 미소 지은 왕은 그의 이름을 다시 한번 불렀다.

"레누카."

그제야 책에서 퍼뜩 얼굴을 돌린 레누카는 자신의 도움 없이도 꼿꼿이 일어나 앉은 왕을 보고 식겁하며 책을 팽개쳤다.

"부르지 그랬어."

"몇 번이나 불렀는데 못 들은 것은 너야."

"그랬어? 나도 귀가 예전 같지 않군."

왕이 어깨를 들썩거렸다. 레누카는 그가 웃은 것 같다고 생각했다.

"왜 불렀어?"

"날 다시 눕혀 주겠어?"

레누카는 어깨를 으쓱이더니 고개를 끄덕였다.

"그러지."

왕을 눕히고 이불을 정돈하던 레누카는 문득 시선을 느꼈다. 왕이 묘하게 서글픈 미소를 지은 채 그를 바라보고 있었다. 레누카의 인상이 삽시간에 찌푸려졌다.

"아냐, 아냐, 아냐. 말하지 마. 안 들을 거야. 말하지 마."

왕은 아랑곳하지 않았다.

"여기까지인 것 같아."

"염병, 들어 버렸네. 말하지 말라니까."

짜증을 내며 한 차례 세차게 고개를 흔든 레누카는 왕을 외면한 채 창틀에 몸을 걸쳤다. 왕은 여전히 엷고도 슬픈 미소를 지으며 그 뒷모습을 바라보았다. 고요한 밤바람이 방 안을 한 바퀴 휘돌아 나갔음에도 그들의 침묵은 깨지지 않았다. 그렇게 한참을 창밖만 바라보고 있던 그가 부리를 열었다.

"날 때부터……."

한참을 다물고 있던 탓에 목소리가 갈라져 나오자 레누카는 가볍게 성질을 내며 왕의 자리끼를 벌컥 들이켰다.

"날 때부터 온갖 것이 마음에 들지 않아서 모든 것이 짜증스럽기만 했어. 이제 돌아보니 그냥 틀에 박혀 정해진 대로 흘러가야만 하는 세상이 답답해서 그랬던 것 같다. 와중에 길 아닌 곳을 뚫어 길을 만드는 것이 그나마 버틸 만했던 놀잇거리였지. 항상 모든 관념을 깨부수어 대는 너와 만나 함께한 날은 썩 즐거웠고, 끝 모르고 치솟아 수백 개의 절벽을 뚫게 만들던 울분은 오간 데 없이 모습을 감췄는데."

레누카는 잠시 말을 끊으며 왕을 돌아보았다.

"……그랬던 너조차도 결국 생명에게 주어진 마지막 틀을 깨지는 못하는군."

"내 나이 아흔을 바라보는데, 이만큼도 오래 산 것이 아닌가."

"솔직히 말하면, 용만큼 살 줄 알았어."

왕은 킬킬 웃다가 밭은기침을 내뱉었다. 저러다 내장까지 토하는 것 아닌가 싶을 정도로 격해진 기침을 내뱉고 기진한 늙은 왕의 허파는 그 노구를 유지하기 위해 애쓰며 가르랑대는 숨소리를 쥐어 짜내었다.

"하늘치도 있는데 하필 용이라. 땅에서 꽃처럼 피어나, 그 무엇과도 닮지 않은 모습으로 하늘을 나는 용이라. 너답구나, 레누카. 너는 옛날부터 변함이 없어……."

"너도 마찬가지야."

"옛 시절의 기개는 사라지고 볼품없이 쪼그라든 노인을 더러 변하지 않았다니, 한평생 눈물을 마시느라 내 속이 푸욱 썩어

버린 건 알고는 있니? 장난치고는 많이 짓궂구나, 레누카."

"내가 아는 너는 변하지 않았어."

"그게 무슨 말이야?"

"아직까지 내 옆에서 나와 이야기하고 있잖아."

무심코 창밖을 쳐다본 레누카는 밤하늘 한가운데 구멍이 뚫린 모양으로 흐뭇하게 흰빛을 뿜는 보름달을 발견했다. 달빛에 눈이 시릴 때까지 그를 뚫어져라 바라보던 레누카는 저도 모르게 빛바랜 흰 깃털로 뒤덮인 손을 뻗어 왕이 덮은 이불 끄트머리를 비비 꼬다가 이내 그것을 놓았다.

하고 싶은 말을 메어 버린 목구멍쯤에 담은 채 떨어지지 않는 부리를 우물거리는 레콘의 망설임은 그를 알아차린 왕의 흥미를 돋우었다. 왕은 이제껏 제 호쾌한 레콘 친구가 머뭇거리는 것을 본 적이 없었기 때문이다. 왕은 그의 목소리를 기다렸다.

"그날, 너와 시구리아트에서 처음 만난 날……."

그리운 옛일을 떠올리는 왕의 두 눈이 초승달처럼 가늘어졌다.

"달빛이 참 예뻤지."

"그래. 그 달빛 아래 네가…… 나에게만큼은…… 나늬였다."

평생 처음 보는 친구의 낯설기 짝이 없는 망설임 뒤에 흘러나온 말은 뜬금없는 것이었다.

"나늬라니?"

레누카는 헛헛하게 웃음 지을 수밖에 없었다. 그의 고백을 알아듣지 못하는 왕의 모습이 더할 나위 없이 슬펐던 것이다. 그는 몇 가지 말을 더 흘리면 왕이 알아차릴까 싶어 함께 돼지고기를 뜯던 날 나누었던 이야기도 슬쩍 흘려 보기로 했다.

"비유법이잖아."

"비유법? 뭐에 대한……."

안타깝게도 레누카의 바람은 이루어지지 않아, 왕의 희끗한 두 눈썹은 여전히 서로에게 달라붙어 있었다. 레누카는 별처럼 반짝이던 총기를 잃고 투미해진 친구의 모습이 견딜 수 없도록 슬펐다. 그는 참담한 심정으로 조용히 부리를 열었다.

"너를 사랑했다, 극연왕."

왕은 주름진 눈을 크게 떴다. 그러고는 입을 두어 번 뻐끔거리다가 탄식일지 한숨일지, 혹은 둘 다일지도 모를 긴 호흡을 내쉬었다. 레누카는 왕과 시선을 맞추지 않고 애써 보름달만을 바라보았다. 달이 내뿜는 시린 빛이 눈가에서 어룽거리며 눈을 뜨겁게 했다.

한참을 닫혀 있던 왕의 입이 옴짝거렸다. 레누카는 온 신경을 청각에 집중하고서야 그것을 알아들을 수 있었다. 아라짓어였다.

"어리디 어리다. 스쉬옴 뉘노리 가탄 생. 이제자 디나간 나를 슬타혼들 무의미혼 니리건만."

레누카는 대답했다.

"슬픈가."

"깃브다네. 한 살매 믜움만 그득히 살어 오라비 하나 딕희디 몯혼 이 몬난 겨지블 사맛흐는 이가 잇엇다는 거시 깃브다네. 허나 그래서 더우기 슳프고 아즘찮거이만."

"무엇이."

"이 겨지비 궁걸로 그듸를 겨틔 가돈 거시."

레누카는 대답하지 않았다. 왕은 희미한 미소와 함께 눈을 감았다. 이미 말라서 나오지 못할 것만 같았던 눈물 한 방울이 주름지고 푸석한 관자놀이를 타고 흘러 베갯잇을 찔끔 적셨다.

"갈 길히 아닥카니 이졔 이 분에 계우는 겨지블 두고 밧비 가시게, 안직 아릿다온 맹수여."

레누카는 어느새인가 이불 밖으로 빠져나와 제 집게손가락을 아귀 한가득 쥐고 있던 주름투성이 손을 조심스레 풀어내 이불 위 가슴께에 살포시 포개었다. 감은 눈에 맺힌 눈물을 조심스레 닦아 내는 깃털 뒤덮인 손가락을 느끼면서 극연왕은 긴 숨을 내쉬었다. 레누카는 그 눈이 다시는 뜨이지 않을 것임을 알았다.

극을 이끄는 달빛

"해서, 레콘. 그대의 이름이 무엇이라고?"

"레누카다. 자꾸 말 편하게 할래?"

"먼저 말을 놓은 것은 그쪽인데."

"일리 있군. 그래서, 네 이름은 뭔데?"

인간 여인은 얼굴에 그늘을 드리우고 있던 쓰개를 걷어 내었다. 장난기 어린 얼굴 위로 흘러내린 머리칼은 젊은 겉모습과는 영 딴판으로 희게 세어 버린 채 달빛을 어지러이 다시 튕겼다.

레콘은 잠시 말을 잃은 채 하늘을 흘긋 올려다보았다. 신들의 장난으로 인해 인간으로 변한 달이 이 밀림에 끌려 내려와 자신을 희롱하는 것은 아닌지 확인해야 했기 때문이다. 익숙한 천체가 밤하늘 제자리에 붙박여 있음을 발견한 레콘은 그것이 원래 두 개가 아니었을까 하는 생각을 진지하게 고민해 보기로 했다.

"누구에게 댈 만큼 대단한 이름은 아니니, 다른 이름으로 먼저 통성명을 하도록 할까. 다들 나를 그렇게 부르니 그 이름으로 소개해도 불만은 없겠지?"

레콘은 얼굴을 찌푸렸다.

"복잡해. 결론만 말해."

인간 여인은 달빛을 닮은 웃음을 키득키득 웃었다.

"극연왕이라 부르게."

* * *

레누카가 침소의 문을 닫고 나오자 저녁나절부터 문 앞을 지키던 호위병이 피로감 가득한 얼굴로 그를 올려다보았다. 왕이 총애하던 레콘의 분위기가 심상치 않음을 알아챈 그의 눈이 크게 뜨였다. 레누카는 그 눈동자 속에서 피로감이 상실과 두려움에게 자리를 내주는 것을 보았다.

"왕께서는…… 극연왕 폐하께서는…….'

완성된 의문문으로 끝나야 했을 병사의 말끝이 점차 물기를 먹어 떨리었다. 차마 믿고 싶지 않음에도 눈앞으로 다가온 현실을 물어야만 하는 아픔이 그의 목젖을 틀어쥐고 놓지 않고 있음을 아는 레누카는 그의 고통을 덜어 주기로 했다. 백일몽을 깨고 차가운 밤을 대비할 수 있도록.

"응. 행복하게 잠들었다."

그것은 레누카의 주관이었다. 사랑했던 친구가 죽기 직전에 무슨 감정을 느꼈던 그것은 온전히 그만의 것이었고, 그만이 표현할 수 있고, 그만이 말할 수 있는 것이었다. 그랬기에 레누카의 말은 객관적 서술보다는 차라리 희망 사항에 가까웠다.

"행복하게 잠들었어."

흐느끼기 시작하는 병사를 지나쳐 걸어가며 레누카는 나지막이 되뇌었다.

붕어를 알리는 나발이 울리기 전에 문을 나선 레누카를 붙잡듯 그 등 뒤로 나인들의 곡소리가 커져 왔다. 흑사자가 그려진 검은 비단이 하나둘 내걸리기 시작한 홍벽을 한 번이라도 돌아보았다간 돌이킬 수 없는 감정의 붕괴가 자신을 갈가리 찢어 놓을 것임을 잘 알았던 그는 잘 닦인 길바닥만을 노려보며 끊임없이 걸었다. 그러다 문득 올려다본 하늘에는 보름달이 환히 떠 있어 레누카의 시선을 자신에게 붙박아 두었다.

다섯 딸을 즈믄누리로 시집보낸 밤이 자신만의 울적한 시간을 가지기 위해 짙은 어둠으로써 축객령을 내린 길 위에는 밤이 흩뿌린 어둠과 레누카 자신을 제외한 그 누구도 없었다. 차라리 잘되었다고 생각하며 다른 이들과 부딪힐 걱정 없이 달빛에 홀린 듯 하늘만을 바라보고 한참을 걷던 레누카의 시야 한구석에 낯선 그림자가 불쑥 들어왔다.

고개를 내린 레누카는 한 사내를 발견했다. 그는 사거리의 큰 녹나무 옆에 꼿꼿이 서서 그늘에 몸을 숨긴 채 피로감이 내비치는 눈으로 왕궁 쪽을 응시하고 있었다. 쓰개가 달린 검은 방풍복을 온몸에 두른 데다 어둠보다 짙은 나무 그늘에 가려진 얼굴이 자세히 보이지 않아 그의 정확한 모습은 알 수 없었지만, 레누카는 그 순간 자신이 해야 할 말을 알았다.

"길은 많이 준비해 뒀는데."

"그렇더군."

"행복하게 잠들었어."

사내는 아무 대꾸도 하지 않았다. 긍정이든 부정이든 아주 조금이라도 대답으로 해석될 수 있는 어떠한 몸짓을 보이는 대신 뒤로 돌아선 사내는 길을 따라 발걸음을 옮겼다. 마치 길 위에서 한 번도 발을 멈춘 적 없이 계속해서 걷고 있었던 모양새로 사내는 그렇게 멀어졌다. 레누카는 점점 작아지는 사내의 등 뒤에 매달려 흔들거리는 기이한 쌍신검(雙身劍)을 물끄러미 바라보다, 그의 뒷모습이 어둠에 삼켜져 보이지 않게 되었을 즈음에야 그와 정반대 방향으로 몸을 돌려 걸어 나가기 시작했다.

달빛 아래서 한참을 걷던 레누카는 문득 또 다른 사거리에 당도한 것을 깨닫고 걸음을 멈추었다. 지금까지 걸어왔던 길은 그 끝에서 세 개의 가지로 갈라져 뻗어 있었다. 세 갈래 길은 각자 그 끝에서 또 다른 길을 만나 수없이 갈라질 것이다. 레누카는 그 무수한 길들이 만나기도, 꺾어지기도, 끊어지기도 할 것이나 결국은 방금 떠나보낸 친구의 소원처럼 모두 하나로 이어질 것임을 알았다.

레누카는 하나로 수렴하는 무한이 시작될 세 갈래 길 앞에 섰다. 그리고 너무나 푸르렀던 탓에 오히려 검게 보이는 밤하늘을 한 번 올려다보고는, 삽을 들어 어깨에 걸치고서 달빛이 가장 강하게 비치는 길을 따라 걸어가기 시작했다.

어디로든 갈 수 있었다.

시라스 시에도 : 시체부활자

하울림

"자평하자면, 제법 괜찮은 발상이었지요."

시라스 시에도는 디아틀을 한 번 돌아보고는 만족스러운 미소를 지으며 다시 하늘로 눈을 돌렸다. 절벽 너머로 보이는 하늘에는 제 동족 중에서는 체구가 작은 편에 속하는 하늘치 한 마리가 고요히 정박해 있었다. 디아틀은 수염볏을 한 차례 쓰다듬고는 흥미 없는 눈으로 시라스가 가리키는 하늘치를 바라보았다. 국가과학원의 감찰관인 디아틀이 시라스 시에도의 실험실을 감사하기로 한 것은 그저 승진 심사에 도움이 될 만한 일을 자청했을 뿐으로, 사실 그의 관심사는 시라스 시에도의 연구 분야인 생리학과는 동떨어진 곳에 있었다. 젊었을 적에 그가 학위를 받은 연구실만 하더라도 우주의 심오한 생성 원리를 연구하는 곳이었지 쥐나 아르마딜로 따위의 배를 갈라 그 안쪽을 들여다보는 짓을 하는 곳은 아니었다. 디아틀의 생각에 진정한 과학이란 오직 자연에 존재하는 기본 입자의 특성과 상호 작용을 연구하는 물리학뿐으로, 생물학 따위는 같은 과학이라는 이름을 붙이기에도 부끄러운 조잡한 학문이었다.

이번 실험만 해도 그랬다. 적어도 그가 물리학을 할 때는 이런 탁 트인 계곡 지대에 자기 멋대로 지은 실험실에서 연구하지는 않았었다. 그러나 시라스 시에도는 디아틀의 평가가 자신의 내년 연구 예산 집행에 어떤 영향을 미칠지에는 아무런 관심도 없다는 듯이 뿌듯한 표정으로 하늘치를 가리키며 자랑스러워하는 것이었다. 그가 참관해야 할 '너무도 중요하고 비밀스러워서 서신으로는 내용을 설명할 수 없는 실험'이라는 것도 고작해야 그 정도일 것 같았다. 계곡에는 시라스 시에도와 디아틀 외에는 오직 무심하게 부유하는 하늘치 한 마리가 있을 뿐이었다. 시라스는 거위 깃털로 속을 채운 두꺼운 외투를 입고 있었는데 안쪽에 전기로 작동하는 발열 장치가 달린 것이었다. 전지의 수명이 그리 길지 않아 불편하기는 했지만, 나가인 시라스가 귀중한 손님을 밖에서 모셔 오려면 도리 없이 그런 옷을 입어야 했다. 시라스는 조심스럽게 전지의 잔량을 확인하며 디아틀의 반응을 살폈다.

솔직한 심정으로 디아틀은 시라스의 하늘치에는 큰 감명을 받지 않았지만, 그의 기분을 상하게 하고 싶지 않았기 때문에 그냥 감탄하는 체했다. 실험실에서 기다리더라도 탓하는 사람은 없었을 터인데도 나가인 시라스가 불편한 발열복까지 입고 마중을 나온 것을 보면 시라스는 이 실험실이 상당히 자랑스러운 모양이었다. 입장상 우위에 있기는 했지만, 그래도 한때나마 저명했던 연구자의 심기를 건드렸다가는 피곤한 꼴을 면치 못할 것이었기에 디아틀은 무례하게 굴고 싶지 않았다. 자기 자존심을 세울 수 있는 한에서라면 디아틀은 시라스의 자부심도 최대한 존중해 줄 생각이었다.

"자, 이제 올라가시죠."

시라스가 품에서 속도계를 꺼내 디아틀에게 건네며 말했다. 시라스가 내민 속도계는 애들 용돈으로도 살 수 있을 저급품으로, 국가사업을 맡을 연구실에는 그다지 어울리지 않아 보였다. 연구 기관으로서의 품격을 갖추지 못한 것은 감점 사유였다. 디아틀이 속도계를 물끄러미 바라보자 그 눈빛을 오해한 시라스가 겸연쩍게 웃었다.

"아, 물론 사람이 거의 다니지 않는 이런 촌구석에서 환상교통법을 지키는 것이 선생님 눈에는 우스꽝스럽게 보이실 수도 있겠습니다. 선생님께서는 나라를 위해 일하는 분이시고 자연히 하늘치를 보유한 세계 곳곳의 대도시에도 아주 많이 들러보셨을 테니까요. 그런 곳에서는 규정 속도를 준수하지 않으면 통행하는 사람들끼리 서로 부딪쳐 대단한 참상이 벌어지겠지요. 그렇게 큰 도시들을 많이 다니셨으니 이런 아무것도 없는 허공에서 속도를 지키면서 다닌다는 것이 불필요하게 여겨지실 겁니다. 이해합니다. 하지만 아무도 보지 않는 곳이라고 해서 규정을 준수하지 않는다면 그 규정을 만든 의미가 퇴색하지 않겠습니까? 그래서 저는 항상 규칙대로 행동하려고 합니다. 그게 제 실험실을 드나드는 것처럼 일상적인 일이라고 해도요."

디아틀은 '그런 나야말로 국가 예산을 타기에 적합한 도덕적인 연구자이다.'라고 말하는 것 같은 시라스의 시선을 피하며 속도계를 받아들었다. 시라스는 공범자라도 된 것 같은 미소를 지어 보이고는 몸을 돌렸다.

"갑시다!"

하늘치에 의해 구현된 환상이 두 사람의 몸을 떠오르게 했다. 서로 다른 환상 장치를 이용하고 있었지만 두 사람 모두 법정 규정 속도에 맞게 환상 장치를 조종했기에 둘은 대화를 나눌 수 있을 만큼 비슷한 속도로 움직일 수 있었다. 그러나 쉴 새 없이 떠들어 대는 시라스의 말 중 디아틀의 관심을 끈 것은 한마디뿐이었다. 시라스는 재미있다는 듯이 웃으며 이렇게 말했다.

"하늘치의 환상이 알려지기 전, 하늘을 날고 싶었던 사람들은 이런 농담을 하곤 했다더군요. 문제. 사람이 하늘을 걷는 방법은? 정답. 오른발이 떨어지기 전에 재빨리 왼발을 내딛는다. 정말 재미있는 발상 아닌가요?"

디아틀은 예의 바르게 웃어 주고는 부리를 다물었다.

곧 수직으로 이동하던 두 사람의 몸이 하늘치의 등과 비슷한 고도에 다다랐고, 둘은 방향을 바꿔 이번에는 수평 방향으로 환상 바닥을 조작했다. 하늘치의 고도가 그리 높지 않았기에 이동 시간은 그리 길지 않았다. 환상 승강기에서 내린 디아틀은 마치 하늘치 등 위에 처음 올라온 사람처럼 이리저리 사방을 두리번거렸다. 사실 시라스가 말한 것처럼 디아틀이 올라가 본 하늘치란 대개 대도시가 소유한 것들로 그 위에 건물이나 시설들이 빼곡하게 차 있는 경우가 대부분이었다. 때문에 디아틀로서는 이렇게 아무것도 없는 황량한 하늘치를 보는 것이 처음이기는 했다. 도시에 정박한 하늘치들과는 달리 그곳에는 작고 초라한 창고처럼 보이는 건물 하나만이 올라와 있을 뿐이었다. 어떻게 봐도 세상의 운명을 바꿀 원대한 실험을 수행할 만한 곳으로 보이지는 않았다.

"저기에 뭔가 있기는 하지만 실험실로 보이지는 않는군요."

디아틀의 질문을 들은 시라스는 막 생각났다는 듯 손뼉을 딱 치고는 대답했다.

"제가 설명해 드리는 것을 잊었군요. 죄송합니다. 이 실험실은 보이지 않는 실험실입니다. 정확히 말하면 제 눈에만 보이는 실험실이지요. 환상 실험실이라고 할까요. 하늘치 주위에서는 환상을 실체화할 수 있다는 사실이 알려진 초기에는 환상이 주로 하늘치 위로 오르내릴 때 쓰는 계단의 형태로 이용되었다고 하고, 또 세월이 많이 흐른 지금에 와서는 그 활용법이 아주 다양하지요. 감히 말씀드리건대 저는 하늘치 환상의 가장 궁극적이고 유용한 사용처란 바로 건축이라고 생각합니다. 최초의 환상 사용자였던 저 옛날의 오레놀 선사가 첫 번째 환상벽을 만들어 내기 전에는 사람들이 하늘치 등 위에서 폐허가 된 유적을 봤다고 하지요. 그건 결국 사람들이 눈에 보이기는 하지만 이해할 수 없고 만질 수도 없는 대상에 대해 가진 동경이 실체화되어 나타난 현상일 겁니다. 하지만 저는 사람들이 처음 발견한 환상이 다름 아닌 건축물이라는 사실이 하늘치 환상의 본질에 대한 어떤 통찰을 담고 있다고 믿습니다."

시라스는 동의를 구하려는 듯이 디아틀을 바라보았지만 디아틀은 그저 한 번 고개를 끄덕일 뿐이었다. 시라스는 아랑곳하지 않고 말을 이었다.

"제 눈에는 보이는 것이 선생님 눈에는 보이지 않으실 테니 이 실험실이 어떻게 생겼는지 묘사해 드리겠습니다. 설명을 듣고 나면 선생님께서도 제가 보는 것과 같은 광경을 보실 수가 있을 겁니다. 하지만 제가 이 아름답고도 실용적인 실험실의 구조를 설명해 드리는 도중에 미리 환상을 구현하지는 마시기 바랍니다. 고정 관념이라는 놈은 우리가 인지하기도 전에 불쑥불쑥 튀어나와서 제대로 된 환상을 만드는 걸 방해하니까요. 물론 선생님처럼 능숙하신 분은 제 설명에 맞춰 환상을 손바닥 뒤집듯이 손쉽게 개조해 나가실 수 있으시겠지만, 스스로가 만들어 낸 환상에 눈이 사로잡혀 편견을 가지게 되는 일도 있을 수 있지 않겠습니까? 그러니 제 설명이 끝나기 전까지는 선생님의 훌륭하신 상상력을 그저 머릿속에서만 사용해 주시기를 부탁드럽니다. 이 실험실로 말하자면……."

시라스는 몸을 뒤로 젖혀 허공을 올려다보는 시늉을 했다.

"너비가 정확히 100미터가 되는 4층짜리 건물이지요. 이 위치에서는 잘 보이지 않지만 앞뒤 길이도 100미터입니다. 그러니까 길이가 짧은 정사각기둥을 떠올리시면 정확합니다. 실험실의 외관은 최근 유행에 맞춰 현대적으로 지어졌는데 1층은 유리로 벽을 세워 안쪽이 훤히 들여다보이게 되어 있습니다. 본래 이런 식으로 겉면이 유리로 된 건축물은 건물의 하중을 모두 튼튼한 철골로 된 기둥과 들보로 지탱하고 외벽은 구조적으로 부담을 받지 않도록 지어지곤 하지요. 하지만 오직 환상으로 이뤄진 이 실험실은 그런 것을 고려할 필요가 없어서 내부를 더 넓게 쓸 수 있습니다. 또 유리로 된 외벽이 자연광을 더욱 잘 받아들이게 하여 채광 측면에서도 유리합니다. 빛이라는 요소가 건물 조형의 일부로 사용되었다고나 할까요? 아시다시피 전통적인 나가의 건축 양식을 일부 채용한 설계입니다."

"1층만요?"

디아틀이 물었다. 그렇다고 디아틀이 특별히 환상에 관심을 쏟아붓고 있는 것은 아니었는데 바람을 막아 줄 것이라고는 없는 황량한 하늘치 등 위에서 옷이 펄럭이는 소음을 들으며 시라스의 설명에 집중하는 것은 여간 어려운 일이 아니었다. 더구나 디아틀은 어째서 자신이 있지도 않은 실험실의 모습을 상상해서 환상으로 구현해야 하는지도 알 수 없었다. 환상이 온전히 시라스의 것이라면 그가 아무리 열심히 설명한다고 해도 디아틀이 시라스의 것과 정확히 같은 환상을 구현해 낼 수는 없지 않은가. 디아틀의 질문은 관심의 표현이라기보다는 오히려 집중을 잃은 것을 들키지 않기 위한 시도에 가까웠다. 디아틀이 시라스를 쳐다보자 시라스도 디아틀을 향해 고개를 돌렸다.

"그렇습니다. 2층부터는 콘크리트로 되어 있지요. 그렇다고 해서 산업 발전기에 지어진 성냥갑들처럼 개성 없이 맨송맨송하기만 한 건물은 아닙니다. 고풍스러운 연백(鉛白)색으로 된 판을 이어 붙여 흉물스러운 콘크리트를 가렸으니까요. 외벽 곳곳에는 색유리로 된 창문들이 불규칙하게 나 있습니다. 위층의 각 생활 공간이 위치한 곳들이지요. 온도는 보지 못하실 테니 색에 대해서만 말씀드리자면, 햇빛을 받을 때마다 창이 녹색과 보라, 주황색 등 다채로운 색으로 영롱하게 빛나는데 이것이 마치 공작의 꽁지깃을 연상케 하지요. 조금 전 말씀드린 바와 같이 건물의 전체적인 색은 하얀색이니 흰 공작새의 꽁지깃에 푸른 공작새의 무늬가 박힌 것 같다고 해야겠군요. 건물을 전부 유리로 짓는 대신 위쪽 층들을 이렇게 답답하게 만든 것은 물론 사생활 문제 때문은 아닙니다. 아시다시피 환상벽은 그런 일에는 아무 도움도 되지 않지요. 다른 사람에게는 보이지 않으니까요. 제가 건물을 이렇게 폐쇄적인 구조로 만든 이유는 그것이 훨씬 더 생산적이기 때문입니다. 이곳처럼 탁 트인 위치에서 아래를 내려다보는 것은 물론 크나큰 기쁨이기는 하지만 일에는 오히려 방해가 됩니다. 능률을 올리려면 좀 폐쇄적인 편이 낫지요."

"그러면 1층은 대합실인가 보죠?"

"역시 잘 아시는군요."

시라스가 부끄럽다는 듯 웃었다.

"대도시에서는 그렇게 한다는 말을 들어 한 번 따라 해 보았습니다. 주제넘지요?"

디아틀은 손사래를 치며 대답했다.

"천만에요. 오히려 첨단 유행을 아시는 것 같아 존경스러운데요. 그러고 보니 정말 대단하시네요. 이곳에 오기 전에 시에도 박사님에 관한 이야기를 좀 들었습니다. 학계를 떠나시기 전까지만 해도 다른 사람들이 상상조차 하지 못한 이론들을 수도 없이 고안하시고 그중 몇 가지는 직접 실험을 통해 검증하기까지 하셨다고요. 그런 저명하신 학자께서 새로 발명된 건축 기법에까지 조예가 깊으시군요?"

"도움을 좀 받았지요. 환상은 온전히 제 것이지만 그 도면은 다른 이가 그렸습니다. 제게는 한 몸이나 다름없는 친구라고나 할까요."

시라스는 진부한 농담을 던지며 한쪽 눈을 깜빡였다. 디아틀은 깃털을 살짝 부풀렸고, 시라스 시에도는 신경 쓰지 않는다는 듯한 태도로 몇 발자국을 움직여 별로 특별한 것이 없어 보이는 위치에 서서 말했다.

"그러면 이제 들어가 볼까요. 우선 1층을 보여 드린 후, 2층

응접실에 올라가 잠시 환담이라도 나누시지요. 실제 장치는 그 다음에 보여 드리겠습니다. 모자란 설명이기는 했지만 그래도 그럭저럭 다니시기에 불편함은 없으실 겁니다. 이쪽으로 오세요. 여기가 정문입니다. 역시 유리로 만든 문이고 사람이 다가서면 양쪽으로 열리게 되어 있지요. 이미 상상하셨습니까? 아니면 조금 더 시간을 드려야 할까요?"

잠시 고민하던 디아틀은 결국 애매하게 웃으며 고개를 끄덕였다. 디아틀의 생각으로는 실험 장치가 있을 것이 분명한 창고가 뻔히 보이는 상황에서 구태여 환상으로 다시 실험실을 만들어 낸다는 것이 우스꽝스럽게 느껴졌다. 디아틀의 웃음을 긍정으로 받아들인 것인지 시라스는 디아틀을 향해 마주 웃더니 앞으로 걸어가는 시늉을 했다.

"들어오시죠. 아직 안쪽 구조에 관해 설명해 드리지 않았는데 어떤 모습을 상상하고 계실지 모르겠군요. 아마 쥐딤이나 규리하의 화려한 대합실을 떠올리셨겠지요? 생각하신 것과 아주 다르지는 않겠지만 그래도 조금만 기다려 주시지요. 곧 문이 닫히고 나면 제게 보이는 풍경을 말씀드리겠습니다. 그런데 그 전에 잠깐 발열복을 좀 벗어도 될까요? 이야기하며 걸었더니 좀 덥군요. 마침 전지도 다 되어 가고요."

이 말에는 제아무리 디아틀이라도 내심 놀랄 수밖에 없었다. 위도가 남쪽에 가깝기는 했지만 그래도 한계선보다는 북쪽이었고, 무엇보다 두 사람이 있는 곳은 바람을 막아 줄 것이 아무엇도 없는 하늘치 등 위였다. 환상으로 지은 실험실도 바람을 막아 줄 순 없었다. 그 증거로 시라스의 옷은 그가 실험실로 '들어오기' 전과 마찬가지로 은근하게 펄럭이고 있었다. 그런데도 나가인 시라스가 더위를 느낀다는 것은 그가 환상으로 일종의 난방 장치를 만들었다는 뜻이었다. 감찰관으로 일하며 수많은 하늘치를 방문했던 디아틀이었지만 살면서 그런 재주를 부리는 나가는 한 번도 보지 못했다. 나가들이야 추위 때문에 하늘치에 오르는 것 자체를 꺼린다 쳐도, 하늘치 위나 아래에 사는 수많은 다른 선민 종족들도 온도 조절에는 다른 곳에서 사용하는 것과 다를 바 없는 냉난방 장치를 썼다. 적어도 하늘치 근처에 거주하기 때문에 난방비를 절약할 수 있다는 사람을 만나 본 적은 없었다. 북부에서 맨몸으로 하늘치 위를 걸어 다니는 나가의 모습은 깃털이 일어설 만큼 충격적이었다.

그쯤 되자 디아틀도 시라스의 예의 그 '장치'란 것에 관심이 생기게 되었다. 당장에라도 이런 우스꽝스러운 환상 놀음은 집어치우고 코앞에 보이는 창고에 들어가 몇 년 만에 학계에 돌아온 천재 생리학자 시라스 시에도 박사가 만들었다는 그 장치를 구경하고 싶은 심정이었다. 그는 자기 환상에 대해서만 열성적으로 설명하는 시라스의 태도가 그리 마음에 들지 않았다. 아무리 설명해 봐야 공유가 될 리 없는 환상을 묘사하는 데 집착하는 시라스의 모습에서 설명할 수 없는 거부감이 들었기 때문이었다. 게다가 시라스에게 말한 것과는 달리 디아틀은 그에 대해서 좋은 말만 듣지는 않았다. 사람들이 하는 말이 모두 사실이라면 환상 실험실에 대한 시라스의 태도는 광증의 증거일지도 몰랐다. 발열복을 벗은 시라스가 말했다.

"이제 좀 살 것 같군요. 하늘치를 벗어나려면 어쩔 수 없이 이 옷을 입어야 하는데, 나가 있을 땐 좋아도 이렇게 난방이 되는 건물 안에 들어오고 나면 이번에는 너무 더워서 불편해진다니까요. 저희 같은 나가들은 땀도 흘리지 못하기 때문에 체온 조절도 할 수 없어서 여간 불편한 게 아닙니다. 몸이 식는 데도 오래 걸리고요. 지금도 아직 몸이 뜨거워서 제 몸이 거의 인간처럼 보일 지경입니다. 실례지만 온도를 좀 조절해야겠네요. 잠시……. 이제 됐군요. 기다려 주셔서 감사합니다."

시라스는 한층 친근한 표정으로 감탄하는 디아틀을 올려다보았다. 그리고 하늘치 이곳저곳을 가리키면서 설명하기 시작했다.

"환상으로 세워진 건물이기 때문에 벽이나 기둥은 구획을 나누는 용도 외에는 필요하지 않습니다. 따라서 1층에는 단 한 곳을 제외하고는 벽을 세워 두지 않았습니다. 바로 저쪽, 정면으로 70미터 정도 앞쪽에 있는 벽이 유일한데 역시 연백색으로 바닥에서 천장까지 둘러쳐져 있지요. 제가 따로 말씀드리지 않았으니 특별히 복잡한 구조를 상상하지 않으셨다면 그 너머에 뭐가 있는지 이미 보고 계시겠군요."

"창고 아니면 헛간으로 보이는 게 있군요. 그러니까 제가 무의식중에 만들어 낸 환상이 아니라면요."

디아틀이 대답했다. 시라스는 한결같이 사근사근한 태도로 말을 이었다.

"환상이 아닌 게 맞습니다. 환상 실험실이 위대한 과학 실험을 하는 데에 모자람이 없기는 하지만 이곳에 상시 거주하는 건 또 다른 이야기이거든요. 환상으로 황제의 침실을 만들어 낼 수야 있어도, 잠을 자면서까지 그 환상을 유지할 수는 없지 않겠습니까? 선생님같이 건강한 레콘이시라면 야외 취침도 별로 개의치 않으시겠지만, 저 같은 나가는 이런 곳에서 잠이라도 들었다간 금세 얼어붙고 말 겁니다. 그래서 저 부분, 그러니까 제 침실만은 부득이하게 실제 재료들로 벽을 세우고 지붕을 올릴 수밖에 없었지요. 안에는 제가 잠들어도 기온을 유지할 수 있도록 난방기가 설치되어 있습니다. 실험동 하나를 유지하는 것보다야 훨씬 경제적이지요. 그래도 혼자 침실을 세우고 매일같이 연료를 공급하는 일도 고생이 이만저만이 아니었습니다. 결국 사람을 써서 주기적으로 연료를 공급받게 되었죠. 막상 짓고 나니 고생한 보람은 있었는데, 진짜 지붕이 생긴 덕분에 하늘치 실험실에서 생길 법한 번거로운 일들이 절반 이하로 줄어들었거든요. 환상으로 된 지붕은 비바람이나 눈을 막아 주진 못하기 때문에 침실을 짓기 전에는 매일 아침 하늘을 보다가 일기가 안 좋을 것 같은 조짐이 보이면 하늘치를 조종해 다른 곳으로 가거나, 아니면 환상 건물을 통째로 떠오르게 해서 하늘치 배 아래에 옮겨 놔야 했었죠. 지금은 비라도 올라치면 그냥 침실에 틀어박혀 밖으로 나오지 않습니다."

디아틀은 시라스의 말을 듣고 천천히 하늘을 한 번 올려다보았다. 구름 한 점 없는 하늘에 비바람의 조짐은 보이지 않았다.

"그리고 지금은 민감한 '장치'와 재료들을 보관하는 창고 겸 실험실로 쓰고 있기도 합니다. 그러니 조금 기다리시면 안쪽을 구경하실 수 있을 겁니다. 지금은 다른 곳들을 먼저 보시지요. 왼쪽으로 보이는 탁 트인 넓은 공간에는 대리석으로 타일을 깔아 놓았고 거기에 가죽 의자와 둥근 탁자를 몇 개 흩어 놓았습니다. 일전에 칼리도의 한 호텔에서 열리는 학회에 참가하였을 때 보니 학회 참석자들이나 일반 호텔 손님들이 그런 곳에 둘러앉아 대화를 나누거나 각자 자기 할 일을 하더군요. 그 모습이 보기 좋았던지라 제 실험실도 비슷하게 꾸며 보았습니다. 그보다 멀리 유리창에 가까운 곳에는 화분과 나무를 몇 개 가져다 놓았습니다. 모든 것이 환상이니 아무 식물이나 가져다 두어도 되겠지만 저는 아무래도 계절에 맞추는 것이 좋아 철에 따라 화분 종류를 바꾸고 있습니다. 여름인 지금은 수국이 흐드러지게 피었네요. 계단은 대화 공간을 크게 돌아 왼쪽으로 꺾어지면 있습니다. 저기 저쪽으로 올라가면 됩니다. 단 높이는 표준으로 맞춰두었고 너비는 4미터입니다. 미끄럽지 않은 포세린 타일을 깔아 두었죠. 2층짜리 굴절형 계단입니다."

법정 표준형 환상 계단을 상상하고 나니 디아틀은 그럭저럭 시라스의 보폭에 맞춰 2층까지 올라갈 수 있었다. 시라스는 다시 2층의 모습에 관해 설명하기 시작했다.

"2층부터는 아시다시피 콘크리트로 되어 있기 때문에 조명이 없으면 안이 제법 어둡습니다. 여기서부터 복도인데, 천장 전체가 부드러운 백색 빛을 내는 조명으로 되어 있죠. 아, 그리고 이제부터는 계속 포세린 타일입니다."

그러더니 시라스는 뭔가 생각났다는 듯이 히죽 웃었다.

"재미있지 않습니까? 흔히들 하늘치 등 위에서 만들어 낼 수 있는 환상은 그 환상을 만들어 낸 본인과 하늘치에만 작용할 뿐 다른 것에는 영향을 주지 못한다고 하지요. 그런데 어떤 사람이 환상벽을 만들면 그는 벽 뒤에 가려진 것은 볼 수가 없게 됩니다. 환상벽이 다른 모든 것을 막을 수 없는 것처럼 빛 역시 가로막지 못하는 것이 당연할 텐데, 어째서인지 벽 뒤쪽의 물체로부터 반사되어 날아든 빛은 환상 사용자의 눈에 도달하지 못하는 겁니다. 당연한 일이지만 생각해 보면 정말 이상한 일이기도 합니다. 세상 만물 중에 유독 빛만은 환상벽을 통과하지 못한다는 것 말입니다. 물론 어떤 사람들은 다른 환상을 보기도 합니다. 환상 시전자가 환상벽을 세워도 바람을 느낄 수 있는 것처럼, 우리가 환상으로 암실을 만들려 시도해도 빛이 그 안쪽으로 들어와 결국에는 안쪽이 밝아진다고 말하는 사람도 있지요. 번거롭지 않으시다면 한번 해 보시겠습니까? 환상 천장의 불을 모두 꺼서 이곳을 암실로 만들어 보세요. 그러면 제 얼굴에 떨어지는 햇살이 보이나요?"

애초부터 계단과 2층 바닥 외에는 환상을 만들어 두지 않았던 디아틀은 솔직하게 대답했다.

"예. 제게는 시에도 박사님 얼굴에 비치는 햇살과 그것이 만들어 내는 음영이 보이는군요. 사실, 암실이 되지 않았습니다."

"그렇습니까. 그런데 제가 보는 것은 좀 다릅니다. 지금 제 실험실의 조명을 모두 소등했는데, 그러고 나니 계단 아래에서부터 오는 희미한 자연광을 제외하면 아무것도 보이지 않습니다. 선생님 얼굴도 보이지가 않네요. 사실 통계적으로는 저처럼 환상벽으로 암실을 만들 수 있는 사람이 그러지 못하는 사람보다 약 두 배가량 많다고 합니다. 저는 늘 이 문제에 관심이 있었거든요. 하인샤 대사원의 기록에 따르면 오레놀 스님도 처음 하늘치 위에 오르셨을 때 폐허가 된 유적 속에서 그림자를 발견하셨다더군요. 참 신기하지요. 저는 지금 캄캄한 어둠 속에 있는데, 누군가가 저 바깥에서 저를 본다면 햇살 아래에서 떠다니는 나가를 볼 게 아닙니까? 수많은 것 중에 오직 빛만이 이렇게 다르게 상호작용한다는 것은 뭔가를 암시하지 않을까요? 예를 들어 하늘치를 만들어 낸 정체 모를 고대인들이 빛을 특별하게 여겼을 수도 있지요."

디아틀은 고개를 저었다.

"하지만 그 그림자조차 환상이었지 않습니까. 저는 시에도 박사님께서 말씀하신 것과 같은 생각은 해 본 적이 없지만, 직업 특성상 많은 곳을 돌아다니다 보니 당시에는 대덕이셨던 오레놀 선사님께서 남기신 기록도 접해 볼 기회가 있었습니다. 그림자도 기둥이나 벽처럼 허상이었다고 되어 있더군요. 그렇다면 빛이 환상벽을 통과하지 못하는 것이 아니라, 시에도 박사님께서 지금 보고 계시는 어둠조차도 박사님께서 만들어 낸 환상이라고 해야 앞뒤가 맞지 않겠습니까? 말씀드렸듯 제게는 박사님 얼굴에 내리쬐는 햇살이 명백히 보입니다. 물론 박사님께서는 오히려 제가 보는 빛이야말로 환상으로 만들어 낸 것이 아니냐고 말씀하실 수도 있습니다. 하지만 다른 모든 것들을 투과시키는 환상의 특성을 생각해 볼 때 유독 빛만이 다른 물질과 다르게 작용할 것으로 생각하는 것은 근거가 부족합니다. 빛은 실제로 박사님의 얼굴에 내리쬐고 있고, 지금 보고 계시는 어둠은 박사님께서 환상으로 만들어 내신 거라고 봐야 합니다. 오레놀 선사님과 하늘치 유적 발굴단이 환상으로 유적 그림자를 만들어 내었듯이요."

디아틀은 이렇게 말하고 금세 자신의 말을 후회했다. 저명한 과학자들이란 대개 고집불통인 법이고 더구나 자기가 흥미롭다고 생각하는 분야에 관해서라면 토론을 마다치 않는 경우가 많았다. 입이 무거운 편은 아닌 듯 보이는 시라스에게 반론을 던지는 것은 모닥불에 기름을 쏟아붓는 격인 것 같았다. 그러나 시라스는 디아틀의 예상과는 달리 부드럽게 웃으며 수긍했다.

"그런가요. 듣고 보니 말씀이 맞는 것 같네요. 저 시공간을 아우르는 상대론적 효과를 논외로 친다면 자연의 모든 법칙과 현상은 누가 관측하느냐와 관계없이 항상 같아야 하지요. 그러니 환상벽을 사용하는 제 눈에 실제로 빛이 도달하는지 아닌지도 관측자가 누구냐에 따라 달라지진 않을 겁니다. 그런데도 환상벽 사용자인 제가 빛을 보지 못한다면 남들이 보는 빛을 환상이라고 생각하기보다는 어둠이 제가 만들어 낸 환상이라고 보는 것이 타당하겠네요."

그러면서 시라스는 디아틀을 안내해 응접실이라는 곳으로 데리고 갔다. 시라스가 다시 응접실의 모습에 대해 열성적으로 설명했지만 디아틀은 그 설명을 무시하고는 자기 취향껏 응접실의 바닥과 의자를 구현해 냈다.

두 사람이 저마다의 환상 의자에 앉자마자 시라스가 허공으로부터 무언가를 받아 드는 시늉을 했다.

"고마워."

그러더니 시라스는 깃털을 살짝 부풀리는 디아틀을 보고는 당황해하며 말했다.

"이런, 응접실도 환상이다 보니 대접해 드릴 것이 하나도 없군요. 정말 죄송합니다. 주인인 제가 마땅히 차라도 내드려야 하는데 환상 속에서 지낸 지 너무 오래라 이런 당연한 것을 그만 잊어버리고 말았네요. 이 결례를 어떻게 사죄드려야 할지. 정말 죄송하지만 선생님께서 직접 환상으로 차를 만들어 주시겠습니까?"

"괜찮습니다. 그런데 환상으로 하인도 만드신 건가요?"

"예? 아, 그렇습니다. 사실 이런 다과 정도야 그냥 탁자 위에 바로 나타나게 해도 되지만 그래도 형식적으로나마 기품이라는 것을 유지하고 싶어 그리했습니다. 혼자 살면서도 좋은 그릇과 식기로 보기 좋게 장식된 음식을 먹는 것과 비슷하달까요. 보기에 불편하신가요?"

디아틀은 손사래를 치며 대답했다.

"전혀 그렇지 않습니다. 단지 조금 놀랐을 뿐입니다. 저는 환상으로 그런 것까지 가능하리라고는 생각도 못 해 봤거든요."

"이해합니다. 하지만 잘 생각해 보시면 불가능할 이유가 없다는 것도 알게 되실 겁니다. 누구나 알다시피 하늘치의 환상은 상상하기에 따라 천차만별로 달라지고, 그 형태와 규모마저도 자유자재가 아닙니까? 그런 면에서 하늘치의 환상은 전설 속의 용과 같습니다. 용은 무엇이든 될 수 있지요. 환상도 그 구현자에겐 무엇이든 될 수 있습니다. 그러니까 환상은 나가나 인간, 도깨비, 혹은 레콘이 될 수도 있습니다. 물론 제가 만들어 낸 것처럼 제 취향에 꼭 들어맞는 귀여운 남자 하인이 될 수도 있고요."

디아틀은 시라스가 한 말에 대해 잠시 생각해 봤고, 그 말이 사실임을 알았다. 무엇이든지 될 수 있는 환상이라면 당연히 선민 종족이 될 수도 있었다. 디아틀은 이제 탄복한 눈으로 시라스를 바라보았다. 디아틀이 꾸밈없이 말했다.

"솔직히 말씀드리자면, 감탄했습니다. 박사님께서도 말씀하신 대로 저는 나라 곳곳을 돌아다니는 사람이고 하늘치 환상을 다루는 데 남다른 재능을 가진 사람들도 여럿 만나 봤지만 어디에도 박사님 같은 분은 없었습니다. 흔히 대도시에서는 하늘치를 하늘에 띄워 두고 그 아래에 사는 시민들이 환상을 자유롭게 이용하게끔 하지요. 그중에는 슈라도스처럼 하늘치를 네 마리나 보유한 도시도 있습니다. 하지만 그런 곳에 사는 사람들조차 박사님만큼 환상을 잘 다루지는 못합니다. 정말 놀랍군요."

시라스는 뿌듯함을 감추지 못한 채 대답했다.

"과찬의 말씀이십니다. 그저 운 좋게 익숙해졌을 뿐이지요. 아직 하늘치의 환상이 대중에게 접근 가능해진 것이 얼마 되지 않아서 그런 것뿐이지, 시간이 조금만 지나도 저보다 훨씬 대단한 사람들이 허다하게 나타날 겁니다."

디아틀은 실험실에 들어오기 전 시라스가 건축 설계에 대해 했던 농담을 떠올렸다. 디아틀이 물었다.

"혹시 그건 박사님의 상태와도 관련이 있는 겁니까? 그러니까 박사님 안에 계신 친구분들 말씀입니다."

"제가 군령자라는 것 말씀이신가요?"

"실례가 되는 질문이라면 죄송합니다. 하지만 제가 듣기로 군령자는 타인의 지식과 기억을 이용하는 것에 익숙하여서 본래 자신의 것이 아닌 힘을 다루는 일에도 다른 이들보다 훨씬 쉽게 적응한다고 하더군요. 박사님께서 환상을 능숙하게 다루시는 것도 그런 원리가 아닌가 하는 생각이 들었을 뿐입니다. 그런데 여담이지만 시에도 박사님은 제가 아는 군령자들과는 전혀 다르시군요. 대화 도중에 다른 영이 불쑥불쑥 튀어나오는 일은 없으신 모양이지요?"

"사정이 좀 있습니다."

시라스는 뺨을 어루만졌다.

"제 속의 영들은 대부분 제게 고분고분할 수밖에 없는 처지지요. 그도 그럴 것이, 제가 데리고 있는 영 중에 절반 정도는 제가 키우던 대학원생들이거든요. 그 아이들은 연구하느라 바빠 바깥으로는 거의 나오지 않습니다. 나온다고 하더라도 먼저 제 허락을 받아야 하고요."

시라스는 대수롭지 않다는 듯 말했지만 디아틀은 곤두서려는 볏을 억누르며 물을 수밖에 없었다.

"학생들을 군령으로 만들어 데리고 계신단 말입니까?"

"그렇지요."

시라스는 디아틀의 반응을 보고 불편한 기색을 느낀 것인지 입을 다물었다. 그러고는 잠시 뒤 이렇게 말했다.

"괜찮은 생각 아닌가요? 연구비도 어마어마하게 절약되는데요."

학생들의 군령이 듣고 있을지도 모른다는 사실을 깨달은 디아틀은 신중히 말을 골랐다. 당혹스러운 일이기는 했지만, 그것이 학생들의 자발적인 선택이었다면 디아틀은 그 선택에 대해 왈가왈부할 권한이 없었다. 디아틀은 손가락으로 탁자를 몇 번 두드리고는 물었다.

"그러면 대학원생들이 연구비를 아끼기 위해 자발적으로 군령이 되겠다 요청한 겁니까?"

"제가 지시했습니다."

시라스는 이상한 것을 다 묻는다는 표정으로 디아틀을 바라보며 고개를 살짝 기울였다.

"그렇군요."

디아틀은 수염볏을 한 번 쓰다듬었다.

"그러면 학생들은 선택권도 없이 자신의 육체를 떠나 박사님 몸으로 들어간 거군요?"

"학위가 걸린 일에 선택이라니요?"

시라스는 정말로 궁금하다는 듯이 되물었고 디아틀은 부리를 다물었다. 군령자가 자기 몸에 다른 영을 받아들이는 일이 드문 일은 아니었지만, 그래도 아직 살날이 많이 남은 젊은이들이 전령하는 경우는 별로 없었다. 아무리 관련 법이 미비하다고는 해도 이렇게 되면 살인이나 다름없지 않은가. 디아틀은 학계에 만연한 상명하복 체제에 대해 떠올렸다. 보통 교수가 명령하면 학생은 따를 수밖에 없었다. 디아틀은 이것이 개선되어야 할 악습이라고 생각하기는 했지만 그렇다고 해도 남의 연구실 사정에 이러쿵저러쿵 떠들어 대는 것이 옳은 일인지는 판단하기 어려웠다. 디아틀은 시라스의 연구실 사람이 아니었고 시라스의 연구 자금을 후원한 기업체 소속도 아니었다. 만약 디아틀이 국가과학원에 돌아가서 시라스의 연구에 대해 좋은 평가를 내려 시라스가 국가의 후원을 받게 되고 난 뒤라면 또 몰랐다. 하지만 지금 디아틀은 후원자로서 찾아온 것이 아니라 다만 시라스의 연구가 나랏돈을 받을 자격을 갖췄는지 평가하는 외부인의 입장에서 이곳에 왔을 뿐이었다. 그러니 지금 하는 연구도 아니고 예전에 벌어진 상황에 대해서 찬성하거나 찬성하지 않는다고 평가하는 일은 온당치 못하다는 생각이 들었다. 그러면서도 한편으로는 나라의 후원을 받을 자격이 과연 이전 실험의 사정으로부터 완전히 유리될 수 있을지도 고민이 되었다. 학위를 빌미로 젊은 학생들을 군령으로 만드는 일의 부도덕성은 자명했다. 실험자의 도덕성이 공식적으로는 후원 요건에 들어있지는 않았지만 그렇다고 판단의 근거로 사용하지 말라는 법 또한 없었다. 결국 디아틀은 가볍게 불만을 표시하는 정도로 생각을 마무리했다.

"그래도 인생이 걸린 일인데 스스로 선택할 기회는 주어야지요."

시라스는 디아틀의 지적에 적잖이 기분이 상한 모양이었다. 마치 디아틀이 자기를 배신하기라도 했다는 것처럼 표정이 일그러지고 몸 곳곳에서 비늘이 일어났다. 하지만 이내 자신을 추스르고는 들어 보라는 듯 몸을 앞으로 굽혔다.

"선생님 심정은 짐작이 갑니다. 이곳에 오셔서 환상으로 무얼 할 수 있는지 깨달으신 지 고작 30분 정도밖에 되지 않으셨으니 저희 같은 환상 연구가들의 입장을 이해하시기란 불가능하겠지요. 아마 선생님은 저 아래 땅에서 흔히 말하는 것처럼 '강제로 다른 사람의 영혼을 뽑는 것은 살인이다.'라거나 '모든 사람의 자유 의지를 존중해야 한다.' 또는 '연구 윤리를 지키는 것이 연구 자체보다 중요하다.' 같은 생각을 하고 계실 겁니다. 지상에서야 백번 옳은 말이지요. 하지만 이 하늘치 위에서는 다릅니다. 며칠이라도 더 이 경탄할 만한 실험실에 머무르신다면 스스로 깨닫게 되시겠지만 시간이 없으니 말로 설명하겠습니다. 그건 세속적 사고에 불과합니다. 아마 평생을 실체에만 둘러싸여 살아오셨을 테니 탓할 생각은 없습니다. 상상보다 현실이 더 중요하다느니 하는 말이 옳고 의심할 여지가 없는 진리라고 여기시겠지만 사실 그건 고전적 가치에만 매몰된 순진한 의견입니다. 이제 이렇게 좋은 기회로 이곳에 오셔서 환상으로 지은 실험실에서 무엇을 할 수 있는지 보고 탄복하셨으니 선생님 머릿속에서도 변화의 씨앗이 움트기 시작할 겁니다. 조금만 생각해 보시면 이 하늘치 위나 혹은 아래에서는 상상이 곧 실체이며 무엇이 물리적으로 존재하고 무엇이 머릿속으로부터 나온 것인지는 손톱만큼도 중요하지 않다는 걸 아실 겁니다. 그렇지 않습니까? 환상이 실체보다 덜 현실적이라고 말할 수 있겠어요? 이렇게 멋진 실험실을 보고 난 뒤에도? 제가 이 실험실에서 이룩한 성과만 놓고 보더라도 결코 그렇게 단언할 수는 없을 겁니다. 더구나 저희처럼 환상을 전문적으로 연구하는 사람들에게는 물리적 실체란 단지 다른 사람과 공유가 가능한 환상이나 다름이 없습니다. 조금 전 선생님은 제가 환상으로 만들어 낸 인간 하인과 대화하는 모습을 보셨지요. 사실 환상으로 사람을 만드는 것은 취향 문제만은 아닙니다. 따지고 보면 인도주의적이기까지 하다니까요. 한 번 생각해 보세요. 쥐나 토끼 따위를 가둬 두고 필요할 때마다 살을 가르거나 약물을 주사하는 것보다야 환상으로 나가나 인간을 구현해서 그들 몸에 실험하는 쪽이 훨씬 더 도덕적이지 않습니까? 당연히 사람과 동물이 달라서 발생하는 부작용도 제거되니 실리도 챙길 수 있고 말이죠. 하여간 환상으로 사람을 만들 수 있다는 것이 중요합니다. 환상으로 구현한 신체를 보고 만지고 느낄 수 있다면 그것과 실재하는 신체 사이의 차이가 도대체 무엇이겠습니까? 물론 저는 실제 사람과 환상 사람 사이에 차이가 아주 없다고 말하려는 것이 아닙니다. 현대 기술로는 불가능한 일이지만 환상을 이용한다면 저는 지금 선생님의 신체와 모든 면에서 털끝 하나 틀리지 않고 완벽하게 일치하는 레콘을 당장이라도 불러 낼 수 있습니다. 그렇다고 해서 그것이 선생님 자신이겠습니까? 그렇지는 않지요. 선생님을 완벽히 복제한 존재이고 심지어는 선생님처럼 말하고 행동한다고 하더라도 그것은 선생님이 아닙니다. 제아무리 육체를 완벽히 모사해도 복제할 수 없는 것이 있기 때문입니다. 바로 의식이지요."

시라스는 의미심장하게 자기 머리를 한 번 가리키더니 이어서 말했다.

"사람을 정의하는 것은 육체가 아니라 의식입니다. 육체가 완전히 손실되더라도 의식, 아니면 영혼이라고 불러도 되겠군요, 어쨌든 그걸 담을 그릇만 존재한다면 사람은 여전히 스스로를 정체화할 수 있습니다. 저를 보세요. 제 안에는 죽은 영이 수없이 많이 들어 있지만 그렇다고 해서 저희가 자아를 잃어버린 것은 아닙니다. 하나의 육신을 공유하면서도 구분되는 의식을 가졌기 때문이지요. 반면에 만약 세상 어딘가에 영은 하나이되 여러 개의 육신을 지닌 '군육자'라는 것이 존재한다면 아마 그는 스스로를 지칭하는 대명사로 '나들'이라는 말을 사용할 것입니다. 신체가 여럿임에도 불구하고 그를 정체화하는 의식이 단일하기 때문입니다. 이렇듯 중요한 것은 의식이며 육체는 단지 혼이 자신을 담기 위해 만들어 낸 하늘치 환상과도 같은 것입니다. 이런 견해에 동의했기 때문에 제 학생들도 흔쾌히 전령에 동의한 것이지요. 유지해야 할 몸이 하나뿐이라면 연구에 들어가는 비용이 천문학적으로 절약되니까요. 다행히 제 학생 중에는 군령자가 한 명 있었고 그 친구가 우리 모두를 흔쾌히 받아들여 주었습니다."

"잠시만요, 박사님."

디아틀이 그의 말을 가로막았다.

"그렇다면 지금 박사님이 계신 그 육신은 박사님 것이 아니라는 말입니까? 시라스 시에도 박사님의 몸이 아니라 박사님 제자의 몸이라는 건가요?"

"정확히는 우리 모두의 몸이라고 해야 맞겠네요. 서로 동등한 입장에서 한 육체를 공유하는 거니까요."

"군령자였던 제자분은 어떻게 되셨나요?"

"제 연구실에서 처음으로 박사 학위를 받아 졸업하게 되었습니다. 지금은 박사후연구원이 되어 저 안쪽에서 연구를 이끌며 학생들을 지도하고 있지요."

디아틀은 수염볏을 어루만졌다. 이어서 시라스가 덧붙였다.

"그 아이는 연구에 매진하느라 바깥으로 나올 틈도 없을 만큼 굉장히 바쁩니다. 이럴 때 스승이 해야 할 일이 무엇이겠습니까? 제자가 외부 문제에 신경 쓰지 않고 연구에 정진할 수 있도록 바깥일을 보살펴 주어야겠죠. 지금 제가 그러는 것처럼요."

디아틀은 대화 주제를 바꾸는 것이 낫겠다고 생각했다.

"하늘치는 어디서 구하셨습니까?"

"스라블 지방의 어느 도시에 철도를 깔아 주고 양도받았습니다. 땅은 넓은데 인구수는 적어서 하늘치 이용률이 그리 높지 않은 동네였지요. 마침 가세포에 대한 연구로 번 돈이 좀 남았길래 기회를 잡았죠. 하늘치는 국가 재산이니 구매한 것은 아니고 유상 대여 형식으로 임대받은 겁니다."

"가세포에 대한 연구는 저도 들어 본 적이 있습니다."

디아틀이 겸손하게 말했다.

"잘은 몰라도 선생님의 연구 중에서도 가장 훌륭한 업적이 아닙니까?"

"결과가 좋았지요."

시라스는 겸연쩍어하며 대답했다.

"가세포는 후천적 면역력을 관장하는 면역 세포의 일종인데 가슴선에서 성숙하기 때문에 첫 글자를 따서 가세포라고 부릅니다. 제가 기여한 부분은 가세포의 항원 수용체가 항원 복합체와 결합하여 활성화되는 기전에 관한 연구였는데 덕분에 과분하게도 마케로우 상을 수상하게 되었죠. 상금이 제법 커서 이렇게 하늘치도 대여받을 수 있었고요. 그래도 개인적으로 제일 자랑스러운 업적은 따로 있습니다. 천일전쟁 때 저희 가문을 부흥시킨 제 조상님의 이름을 따서 페니실린이라고 명명한 항생제인데, 혹시 들어 보셨나요?"

"잘 모르겠네요."

디아틀이 대답했다.

"그렇습니까. 하기야 생리학자가 아니시니 그런 첨단 연구에 대해서는 모르시는 것도 당연합니다. 하지만 저는 그 발견이 세상을 바꿀 거라고 믿어 의심치 않습니다. 여기 이 환상 실험실에서 진행한 연구지요."

"그러고 보니 어떻게 환상으로 실험하시는 거죠? 비록 환상으로 실험 장치를 구현할 수 있다고 해도, 물리적 실체가 없다면 그건 결국 선생님의 상상일 뿐 아닌가요?"

디아틀이 이렇게 묻자 시라스는 허공을 한 모금 홀짝이더니 좋은 질문을 한 학생을 바라보는 것처럼 빙긋 웃었다.

"그렇게 말할 수도 있겠네요. 하지만 이건 그냥 환상이 아닙니다. 하늘치 환상이죠. 선생님께서도 환상벽에 글귀를 띄워 생각을 정리하는 사용법에 대해서는 알고 계실 겁니다. 자유롭게 문장의 구조와 논리를 뒤바꾸다 보면 자신도 모르던 새로운 지식이 떠오르곤 하죠. 또 어떤 사람들은 환상벽에 영상을 투영해서 수천 킬로미터 바깥에서 일어나는 일을 훤히 내다보기도 합니다. 이런 것들은 물론 선생님 말씀대로 상상에 불과하고 그것이 진실인지 아닌지는 알 수 없지만 그래도 신뢰도가 제법 높기는 하잖습니까? 환상 실험도 그런 일반적인 이용법과 별로 다르지 않습니다. 글은 글일 뿐이고 영상은 2차원이지만 환상 실험실은 3차원이라는 차이밖에 없죠. 일종의 모의실험이라고 보면 적당할 것 같습니다. 다만 환상을 이용하면 다른 모의실험들처럼 해석기 앞에 앉아 수만 줄의 명령어를 직접 입력하지 않아도 되고, 또 그렇게 구현한 모의실험보다도 훨씬 정교하고 세밀하죠. 그리고 능숙한 환상벽 사용자들이 글 또는 영상을 조작하다 예상치 못한 진리를 발견하기도 하는 것처럼 환상 실험에서도 그런 일이 가끔 벌어집니다. 페니실린을 바로 그렇게 발견했습니다. 환상으로 균을 배양하고 실험 준비를 마쳤는데, 하필이면 바로 그때 비가 오기 시작하는 것이 아니겠습니까? 하늘치를 이동해도 됐겠지만 마침 피곤하기도 했던 터라 그냥 휴가인 셈 치고 침실에 틀어박혀 며칠을 보냈죠. 그런데 비가 그치고 돌아와 보니 어디서 튀어나왔는지 모를 환상 곰팡이가 균을 다 죽여 놓았더군요. 그 길로 바로 제가 예전에 근무했던 하이스 대학으로 달려가서 옛 동료의 실험실을 빌렸죠. 그곳에서 제가 발견한 환상 곰팡이가 실존하는 푸른곰팡이의 아종이라는 사실을 알아냈습니다. 그렇게 해서 저는 환상 실험실의 도움을 받아 항생제를 개발하게 된 것이죠. 이렇듯 환상 실험의 정확성과 신뢰도는 제가 주도한 수십 개의 실험을 통해 이미 증명되어 있습니다. 전부 동료 평가를 거쳐 학술지에 실렸어요. 물론 과학이란 것이 개인적인 경험과 증거에 기반을 둘 수는 없는 노릇이라 환상 실험이 성공하면 페니실린 때 그랬던 것처럼 하이스 대학에서 실제 실험도 진행하기는 합니다. 하지만 그동안 환상과 실제 실험 결과가 달라지는 경우는 한 번도 없었습니다."

디아틀은 대답할 말이 곤궁해지는 것을 느꼈다. 시라스가 실제 실험 장치를 만들어 보관해 두었다는 것은 잘된 일이었다. 하지만 환상 실험실에서 환상으로 진행하는 실험에 연구자들은 모두 군령이라니. 이렇게 되면 시라스의 실험이라는 건 전부 그 머릿속에서만 진행되는 것이 아닌가. 시라스가 결과를 내고 있다는 건 의심할 여지가 없었지만 이러한 상황에서 도대체 무엇을 가지고 그의 연구 역량을 평가해야 할지 알 수 없었다. 단지 돌아가면 자신을 이곳으로 보낸 상관을 붙잡고 한바탕 따지고 싶은 생각뿐이었다. 시라스가 환상 하인에게 차 한 잔을 더 받는 걸 보니 당장은 장치를 소개할 생각이 없는 것 같았기에 디아틀은 내내 궁금하던 것을 물어보기로 했다.

"난방은 대체 어떤 원리로 작동하는 건가요? 열기도 결국은 환상일 뿐이지 않습니까? 저는 맨몸으로 북부를 돌아다니는 나가를 오늘 처음 봤습니다. 환상으로 그런 것도 가능한가요?"

시라스가 별것 아니라는 듯이 대답했다.

"그럼요, 물론이지요. 환상에 온도가 애초부터 존재하지 않는다면 환상은 절대영도여야 할 겁니다. 물론 일반적인 물질이라면 대기 중 공기 입자와의 열교환을 통해 환상으로 만들어 낸 승강기의 온도도 곧 상온으로 올라오겠지만 환상은 대기와 상호작용하지 않습니다. 따라서 열교환도 일어날 수가 없어요. 그런데 환상 승강기는 구현자의 발바닥과는 상호작용하기 때문에, 만약 환상에 온도가 존재하지 않는다면 그걸 밟고 올라서는 구현자는 발바닥에 동상을 입고 말 겁니다. 그런데 그런 일은 일어나지 않잖아요? 사람이 환상을 구현할 때 무의식적으로 그걸 상온으로 만들기 때문입니다. 나가의 입장이셨다면 바로 이해하셨을 겁니다. 선생님께서 구현하신 환상벽의 색을 보시는 것처럼 저 같은 나가들은 그 온도를 보니까요. 한술 더 떠서 제가 환상벽에 영상을 만들어 낸다면 그건 빛을 만들어 낸 것이 아니라 열을 만들어 낸 것이 됩니다."

"아하."

시라스는 감탄하는 디아틀을 보고 한 번 웃어 준 다음 이어서 설명했다.

"물론 제가 환상으로 석탄 난로를 만들어 낸다고 해도 그 온기를 느낄 수는 없습니다. 환상으로 만들어진 열기는 공기에 영향을 주지 못하니, 열기가 공기를 타고 전달되는 일도 없지요. 환상 난방이 작동하려면 몇 가지 기초적인 장치가 필요합니다. 기본적으로 세 가지 방법이 가능하지요."

그러더니 시라스는 옷 어딘가에서 주머니칼을 꺼내 쥐어 들고는 손가락을 하나 펼쳤다.

"첫 번째는 물리학의 전열 법칙을 따라 몸을 데우는 고전적인 방법입니다. 아시다시피 물질 사이에서 열전달이 이뤄지는 방식에는 세 가지가 있습니다. 전도, 대류, 그리고 복사이지요. 전도는 서로 닿아 있는 물체 사이에서 열 교환이 일어나는 현상입니다. 이 칼날과 같은 금속에서 잘 일어나는 현상으로, 환상으로 몸에 잘 달라붙되 행동에 방해되지는 않는 옷을 만들어 입고 그 옷을 따뜻하게 한다면 그게 전도를 이용하는 것이지요. 아무래도 뭔가가 몸에 닿아야 하니 아주 쾌적하지는 않습니다. 대류는 공기나 물 같은 유체를 매질로 하여 열이 전달되는 방식입니다. 난로를 켜면 공간 전체가 따뜻해지는 것이 대류의 힘이지요. 환상 난로가 공간을 데우지 못하는 것도 바로 공기가 대류를 일으키지 못하기 때문입니다. 당연한 해결책으로는 실험실 전체를 환상 공기로 가득 채우는 수가 있겠습니다. 실제로 난방에 사용되는 것과 같은 방식이니만큼 환상으로 구현하기도 가장 자연스러운 방식이지요. 복사는 열에너지가 매질 없이 전자기파의 형태로 전달되는 현상입니다. 나가들이 온도를 보는 것도 바로 이 복사 현상 때문에 가능한 일입니다. 열을 내는 모든 물체는 복사를 통해 외부로 열을 방출합니다. 파장이 긴 적외선을 내는 장치를 상상하면 복사열 난방을 구현할 수 있습니다. 다만 이러면 나가 눈에는 좀 불편해지지요."

시라스는 두 번째 손가락을 펼쳐 보였다.

"두 번째는 열의 정의 그 자체를 이용하는 방법입니다. 일상생활에서 열기라고 하면 뜨겁고 차가운 정도를 말하겠지만 학문적으로는 좀 더 구체적으로 정의되지요. 대답해 보세요. 물리학적으로 열이란 무엇입니까?"

"물질을 구성하는 입자들이 가진 운동 에너지입니다."

마치 학생에게 질문하는 것 같은 시라스의 태도에 디아틀이 저도 모르게 대답했다.

"그렇습니다. 운동 에너지, 곧, 입자들의 속도가 바로 온도입니다. 그러니 제가 실험실을 환상 공기로 가득 채운 뒤 그 공기 입자들을 매우 빠르게 가속시키면 환상 대기의 온도가 높아집니다. 설명을 복잡하게 했지만 결국 실험실에 더운 환상 공기를 가득 채운다는 말이지요. 환상 공기는 뜨겁고 실체 공기는 차가우니 둘 모두를 느낄 수 있는 저는 온도가 적당하다고 여기게 됩니다. 물론 환상 공기와 실제 공기는 서로 구분되어 있기는 하지만 그 분포가 아주 균일해서 막상 안에 들어가면 둘이 구분되지 않습니다. 어차피 실제 공기라 하더라도 온도가 일정하다고 해서 그 안의 공기 입자가 다 같은 속도로 움직이는 건 아니잖습니까? 특정 온도에서 공기의 속도 분포가 존재할 뿐이지요. 뜨거운 환상 공기를 채운다는 것은 그 속도 분포를 더운 공기의 속도 분포에 가깝게 조정한다는 뜻입니다. 그러니 불쾌할 것도 없어요. 실제로 저도 이 방법을 가장 선호합니다."

그리고 세 번째 손가락을 펴기에 앞서 시라스는 주머니칼을 어루만지며 장난스럽게 덧붙였다.

"이건 여담이지만 2차 대확장 전쟁 당시 수력을 다루던 제 선조들이 열의 현대적인 정의에 대해 알았다면 전쟁은 나가들의 손쉬운 승리로 끝났을 겁니다. 물론 선조들의 만행을 미화하려는 건 아닙니다. 단지 과학에 대해 말하려는 것뿐입니다. 당시 수호장군들은 대기 중의 수증기를 마음대로 주물렀다고 하지요. 만일 그들이 여기저기에서 수분을 닥치는 대로 끌어모아 온실 효과를 일으키려 시도하는 대신 대기 중의 수증기를 엄청난 속도로 진동하게 만들었다면 수호장군들은 전혀 힘들이지 않고 라호친조차 키보렌의 가장 더운 장소만큼이나 뜨겁게 만들수 있었을 겁니다. 아니면 물 분자를 그보다 더 빠르게 움직여서 북부군을 통째로 쪄 버릴 수도 있었겠지요. 찜 요리의 원리가 바로 그것, 그러니까 빠르게 움직이는 수증기가 음식에 닿아 음식을 변형시키는 것이니까요. 당연히 그 반대의 경우도 가능합니다. 전쟁 당시 나가들이 가장 두려워한 것은 자신을 죽이는 신의 화신이셨던 시우쇠 님이었다죠? 만약 나가들이 대기 중 수증기의 운동에너지를 모두 삭제하여 완전히 정지시켰다면 그들은 가장 뜨거운 불조차도 절대영도에 가까운 온도로 급속 냉각시킬 수 있었을 겁니다. 주파수 편이 효과를 이용하지 않는다는 점만 제외하면 레이저 냉각과 완전히 같은 원리이지요."

"세 번째는 무엇입니까?"

"세 번째 방법은 조금 더 교묘합니다. 환상 암실과도 연관된 방법인데 전문적인 지식이 좀 필요합니다. 그래도 설명을 듣고 나시면 금세 이해하실 겁니다. 기본적으로는 이런 겁니다."

그리고 시라스는 디아틀이 미처 반응할 새도 없이 주머니칼로 자신의 왼팔을 내리찍었다. 디아틀이 깃털을 세 배로 부풀리는 것과 동시에 시라스의 손에서 빠져나온 칼이 튕겨 나와 환상바닥 아래로 사라졌다. 시라스는 고통으로 진저리를 쳤다.

"아이고, 아프군요. 칼을 놓칠 것을 고려하지 못한 제 불찰입니다. 놓친 칼날에 손바닥이 베였네요. 지혈을 좀 해야겠습니다. 이럴 때를 대비해서 의료용 접착제를 상상하는 연습을 해 두었죠. 자, 됐습니다. 이제 붙었네요."

그러나 디아틀은 칼을 쥐었던 시라스의 오른손 손바닥이 저절로 달라붙어 지혈하는 광경을 보고 있지는 않았다. 대단하기는 했지만, 그 정도 재주는 다른 사람도 부릴 줄 알았다. 경악으로 확장된 디아틀의 눈은 시라스의 왼팔에 고정되어 있었다. 그의 팔은 상처 하나 없이 멀쩡했다.

"이게 어떻게 된 겁니까?"

디아틀이 떨리는 부리를 진정시키려 애쓰며 물었다.

"그 칼은 환상이 아니었습니다. 제 눈에도 분명히 보였으니까요. 환상으로 칼을 막아 낸 것도 아닙니다. 그런 것은 애초에 불가능하니까요. 대체 어떤 속임수를 쓰셨기에 레콘의 동체 시력으로도 수법을 알 수가 없는 겁니까?"

"물론 환상입니다."

시라스가 대답했다. 그러고는 디아틀에게 뚱딴지같은 질문을 던졌다.

"하늘치에 올라오면서 제가 했던 농담을 기억하십니까? 왼발이 떨어지기 전에 오른발을 내딛으면 하늘을 걸을 수 있다고요. 그게 왜 잘못된 논리인지 말씀해 주시겠어요?"

"작용 반작용의 법칙 때문입니다."

의혹에 찬 시선을 거두지 못하면서도 디아틀은 침착하게 대답했다.

"사람의 몸을 허공에 띄우려면 중력을 극복해 낼 만큼의 힘이 필요한데 허공에는 그 힘의 반작용을 받아 줄 바닥이 없습니다. 어마어마한 속도로 공기를 걷어차서 반작용을 해소한다면 또 모르겠지만 그 또한 사람에게는 불가능한 일입니다. 그러니 하늘치가 없는 곳에서는 사람이 허공을 걸을 수 없습니다."

시라스는 만족한 표정으로 다시 허공을 홀짝였다. 그리고 디아틀에게 제안했다.

"한잔하시겠어요?"

"괜찮습니다."

"그래도 오래 이야기하느라 피곤하실 텐데요. 차에는 각성 효과가 있지요."

디아틀은 자신이 알던 상식이 하나둘씩 파괴되어 가는 느낌에 머리가 혼란스러웠다. 하늘치에 오르고 나서부터 계속 디아틀이 상상도 못 했던 모습을 보여 주던 시라스가 이제는 불가능마저 실현하고 있었다. 그러나 디아틀은 어디까지나 상식적으로 대답했다.

"저도 다른 사람들처럼 환상으로 음식이나 음료를 만들어 본 적이 있습니다. 맛과 향은 느껴졌지만, 그러고 보니 환상으로 열기도 구현된다는 것을 이때 깨달았어야 하는군요, 아무튼 허기나 갈증을 해소하는 데엔 도움이 되지 않더군요. 환상은 어디까지나 환상일 뿐이지 환상으로 배를 불릴 수는 없었습니다."

"그건 당신이 그렇게 상상했기 때문입니다."

시라스가 단언했다.

"하늘치의 환상은 무엇이든 될 수 있고 어떤 형태든지 만들 수 있습니다. 계단이나 벽, 또는 움직이는 승강기, 또는 움직이는 영상을 보여 주는 영사기 등 무엇이든 가능합니다. 당연히 액체나 기체도 만들 수 있지요. 만약 누군가가 자기 앞에 환상으로 된 곡차 한 동이가 나타나기를 바랐는데 그것이 나타나지 않았다면, 그건 그가 곡차가 나타나지 않을 거라고 상상했기 때문입니다. 마찬가지로 만약 선생님께서 환상으로 빵을 만들어 드셨는데 배가 차지 않으셨다면 그건 선생님께서 환상으로는 배를 불릴 수 없으리라고 상상하셨기 때문입니다. 이제 어째서 그러한지 설명해 드리겠습니다. 조금 전 우리는 환상 암실과 환상 그림자에 관해 이야기했습니다. 선생님께서 말씀하셨듯, 우리가 환상벽을 만들었을 때 그 뒤편으로부터 오는 빛은 명백히 우리 눈에 도달하지만 환상 구현자는 그 빛을 인지하지 못합니다. 또 선생님께서 환상벽을 만드시면 선생님은 환상벽으로부터 오는 실재하지 않는 빛을 인지하실 수 있습니다. 그것이 무엇을 의미하느냐, 그건 사람이 어떻게 빛, 나가의 경우에는 적외선을 감지하는지를 생각해 보면 알게 됩니다. 우리가 사물을 보는 것은 사물로부터 반사되어 오는 빛을 구성하는 입자인 광자(光子), 그러니까 빛알이 눈에 들어오기 때문입니다. 이렇게 눈에 들어온 빛알은 수정체와 유리체를 통과해 시각세포에 도달한 후 빛 수용체에 달린 전자를 들뜨게 한 다음 사라지지요. 빛 수용체는 이렇게 들뜬 전자의 에너지를 전기 신호로 바꿔 대뇌에 전달합니다. 그러면 우리 뇌가 그 전기 신호를 처리해서 읽어 들이는 겁니다. 그런데 우리가 환상을 구현하면 그 환상으로부터는 아무런 빛도 나오지 않는 것이 분명한데도 우리 눈은 환상을 볼 수가 있습니다. 이걸 환상벽에서 환상 광자가 나오는 것으로 해석해도 무방합니다. 하지만 중요한 것은 광자가 실재하지 않는데도 시각세포의 전자가 들뜬 상태가 되었다는 점입니다. 긴 이야기를 짧게 줄인다면 환상으로 시각세포의 전자를 들뜨게 만든 것이지요.

또 반대로 환상벽 뒤에서 오는 빛알은 우리 눈에 들어오더라도 시각세포의 전자를 들뜨게 하지 못합니다. 참으로 신비로운 일이지요. 환상을 만들지 않은 관측자가 볼 때 그 빛알은 환상이 없을 때와 동등하게 움직여야 하므로, 환상 구현자의 눈에 들어가는 빛알은 에너지와 운동량을 잃고 소멸합니다. 그런데 그 빛알이 가졌던 에너지와 운동량은 환상 구현자의 시각세포의 전자에 전달되지 못하고 마치 유령처럼 사라지는 겁니다. 마치 환상 계단을 이용하면 반작용을 처리하지 않고도 허공을 걸을 수 있는 것처럼요. 선생님께서는 아마 이 현상이 어딘지 익숙하다고 생각되실 겁니다. 사실 이건 방사성 동위 원소의 나형 방사 붕괴에서 관측된 에너지 손실 현상으로부터 중성미자의 존재를 예견했을 때와 아주 유사합니다. 분명 저보다도 훨씬 더 잘 아시는 분야이겠지요. 이 유사성을 근거로 선생님께서는 중성미자와 마찬가지로 에너지 손실을 일으키는 가상의 입자가 존재한다고 추론하실 수도 있습니다. 그러한 입자를 가리켜 유령 물질이라거나 암흑 영역 물질 (그것이 천체물리학에서 말하는 통상적인 암흑 물질과는 다르므로) 같은 이름을 붙일 수도 있겠지만 중요한 것은 그게 아닙니다. 요점은 하늘치의 환상을 이용하면 우리 몸의 전자를 외부에서 오는 빛알의 에너지와 운동량에 반응하지 않도록 할 수 있다는 점입니다. 혹은 반대로 존재하지 않는 환상 빛알을 만들어 내어 체내의 전자가 반응하도록 할 수도 있지요.

즉, 하늘치의 환상은 빛을 매개로 하여 하늘치와 우리 사이의 관계를 변화시키는 겁니다. 이 말의 의미를 잘 생각해 보십시오. 아시다시피 세상에 존재하는 모든 힘은 단 네 가지 기본 힘으로 귀결되고, 그중에서도 우리가 일상적으로 경험하는 모든 힘, 즉, 사물을 만지거나 밀어내거나 온도를 느끼거나 바닥을 박차고 뛰어오르거나 하는, 우리가 체감할 수 있는 모든 현상이 전자기력으로부터 옵니다. 그리고 전자기력을 매개하는 입자가 바로 빛알입니다. 그러니까 빛과 자신 사이의 상호 작용을 변화시킨다는 것은 곧 우리 몸에 작용하는 전자기력, 그러니까 우리가 느낄 수 있는 사실상 모든 것을 제어할 수 있다는 뜻입니다. 이 명제를 제대로 이해하면 우리는 환상을 이용해서 우리 몸의 전자와 원자핵을 공간 내에 고정하는 것으로 칼에 베이지 않게도 될 수 있고, 대기로부터의 열교환을 완벽히 차단해서 열적으로 닫힌계로 만들 수도 있습니다.

그와 비슷한 원리로 우리는 환상 떡과 환상 음료를 만들어 그것으로 배를 채울 수도 있습니다. 아니, 애초에 음식 자체를 만들지 않고도 양분을 공급받을 수가 있죠. 우리가 음식으로부터 취하는 두 가지는 에너지와 물질입니다. 그런데 우리가 우리 몸의 전자와 핵의 들뜬 상태를 마음대로 조종할 수 있다면 두 가지 모두 손쉽게 만들어 낼 수 있습니다. 환상으로 발을 들어올려 위치 에너지를 공급할 수가 있는데, 환상으로 심장을 주물러서 맥동하게 하고 횡격막을 흔들어서 호흡하게 하며 근육을 수축, 이완시켜 움직이게 하지 못할 이유가 뭐겠습니까? 이쯤 하면 선생님은 과거의 경험을 반추하시며 이렇게 물어보실지도 모릅니다. 사람의 상상에는 한계가 있으므로 그 모든 것을 일일이 다 환상으로 구현하는 것은 불가능하다, 또는 환상으로 된 음식을 섭취해서 그 에너지를 이용하려면 체내의 모든 세포에서 벌어지는 세포 호흡 과정까지 상상해야 하는데 그런 것이 가능하겠느냐, 하고요. 그렇지만 그런 반박은 사실 공허한 말들입니다. 선생님이 환상벽을 처음 만드셨을 때 선생님께서는 환상광자가 시각세포의 전자를 들뜨게 하고 그로부터 발생한 전자 신호가 뇌에까지 전달되는 과정을 상상하셨나요? 아마 그렇지는 않을 겁니다. 그런데도 선생님은 환상벽을 보셨습니다. 선생님이 '눈에 보이는 환상벽'이란 것을 상상하는 즉시 선생님의 신경계가 시키지 않아도 무의식적으로 그런 세부적인 일들을 전부 해내었기 때문입니다. 심장이 뛰고 횡격막이 흔들리고 근육이 수축, 이완하는 것은 우리가 그 과정을 일일이 의식적으로 떠올리기 때문에 가능한 것이 아니라, 뇌와 척수가 무의식적으로 그런 일을 모두 처리하기 때문에 가능한 것입니다. 환상도 정확히 그런 식으로 사용할 수 있습니다. 충분히 능숙해지기만 한다면 평범한 사람도 하늘치의 환상을 이용해서 풍압에 폐가 짓눌려도 이상하지 않을 속도로 날아다닐 수도 있고, 심지어는 엿새 정도 물 한 모금 마시지 않고 잠 한숨 자지 않은 채로 그럴 수도 있습니다. 저는 수면과 식사도 생이 주는 기쁨이라고 여기는 사람이라 자주 그러지는 않지만요."

"하지만 그건 에너지 보존의 법칙에 어긋나지 않습니까."

디아틀이 반박했다.

"환상은 구현자 내부에서 옵니다. 구현자가 환상으로 자기 배를 불릴 수 있다면 그건 열역학 제1 법칙에 위배됩니다."

"선생님은 하늘치에 오르실 때 이미 환상 승강기를 이용하지 않으셨습니까."

디아틀은 부리를 다물었다. 시라스의 지적대로 환상 승강기를 조작하는 동안 디아틀의 위치에너지에는 상당한 증가가 있었지만 그렇다고 해서 디아틀의 몸속 세포들이 에너지를 모두 소모하여 호흡이 가빠진다거나 갑자기 배가 고파지는 일은 일어나지 않았다. 환상이 사용하는 에너지는 구현자 내부에서 오는 것이 아니라 하늘치로부터 오는 게 분명했다. 결국 반박 논리를 찾아내지 못한 디아틀은 그저 불만스럽다는 듯이 고개를 끄덕일 수밖에 없었다. 시라스는 그런 디아틀을 보고는 씨익 웃었다.

"하늘치 환상이 어째서, 또 어떻게 해서 사람으로 하여금 빛의 힘을 다루게 하는지는 저도 모릅니다. 하지만 조심스럽게 추측해 볼 수는 있습니다. 역사를 돌이켜보면 2차 대확장 전쟁 당시 물의 힘을 다뤘던 나가들의 경우가 이와 비슷합니다. 그러니 나가들이 발자국 없는 여신의 힘을 이용해 물을 다뤘듯이, 어쩌면 하늘치는 사람에게 알려지지 않은 빛의 신의 힘을 나눠 주는 걸지도 모릅니다. 좀 더 상상력을 발휘한다면 저 두억시니들이 잃었다는 신의 힘이 사실 빛을 다루는 힘이었다고 주장할 수도 있겠네요. 어디까지나 공상에 불과하지만요"

그때 갑자기 시라스의 표정이 딱딱해졌다. 그러고는 경직된 말투로 외쳤다.

"준비가 다 되었습니다, 교수님!"

깃털을 살짝 부풀리는 디아틀을 본 시라스는 잠시 당황하더니 이내 화가 난 목소리로 말했다.

"이놈! 지금 귀한 손님과 대화 중이지 않나! 감히 어디서 끼어드는 게야! 죄송합니다, 교수님. 하지만 계산이 끝나면 바로 보고하라고 하셔서……. 그래서 내 탓이라는 거냐! 손님께서 돌아가시면 혼쭐이 날 줄 알아라!"

곧 시라스는 예의 바르게 시선을 피하는 디아틀에게 온화하게 말했다.

"장치를 보러 가실까요?"

시라스는 디아틀을 자기 침실로 안내했다. 계단을 내려가서 대합실이라고 불렀던 공간을 크게 둘러서 허름한 목조 건물 앞으로 다가섰다. 그러면서도 시라스는 디아틀을 위해 환상 실험실의 구조를 세세하게 설명했다. 디아틀은 수염볏을 쓰다듬으면서 시라스의 뒤를 따랐다. 시라스는 낡은 문손잡이를 붙잡고는 이렇게 말했다.

"보는 눈 없이 독신으로 살다 보니 방이 좀 난잡합니다. 그래도 오전에 학생들을 시켜 조금 정리해 두었으니 보기 괴로우실 정도는 아닐 겁니다."

시라스의 말과는 달리 침실은 제법 깔끔했다. 우선 벽이 교묘하게 배치되어 문을 열자마자 바로 침대가 보이지는 않게 되어 있었다. 방 안쪽에는 침대와 목조 서랍장, 거울이 달린 옷장이 있었고 침대 옆에는 서랍이 달린 간이 탁자도 하나 놓여 있었다. 몇몇 곳에 세워 놓은 조명에서는 미적 감각이 느껴졌다. 디아틀은 시라스가 이 침실을 꾸미는 데에 군령들의 도움을 받았으리라 생각했다.

침실 가장 안쪽에는 그곳의 다른 가구들과는 조화가 맞지 않아 보이는 기계 하나가 커다란 금속 상자 옆에 놓여 있었다. 디아틀은 장치 근처로 다가가 그 장치의 바닥부터 꼭대기까지 훑어보았다. 실로 섬세해 보이는 장치였다. 장치 한가운데에 놓인 간이침대는 인간이나 나가 하나를 눕히기에 적당해 보이는 크기였다. 침대의 네 귀퉁이에는 사슬로 된 수갑이 달려 있었다. 침대 위에는 용도를 짐작하기 힘든 금속 재질의 원통이 침대를 향해 달려 있었고 그 원통 아랫부분에는 끝이 좁아지는 형태의 유리가 달려 있었다. 원통 곳곳에 달린 전선은 그 위에 달린 금속 뼈대에 이어져 있었다. 그중 몇 개는 전력 공급 장치로 이어지는 것 같았고 나머지는 제어 장치로 보이는 기계 안으로 들어갔다. 제어 장치에는 손글씨로 된 표지가 붙은 단추들이 빼곡하게 달려 있었다.

디아틀이 장치를 구경할 수 있도록 기다리던 시라스가 옆으로 다가왔다. 디아틀은 시라스에게 질문했다.

"설마 사람으로 실험하시는 건가요?"

"그렇습니다. 이번 실험 대상은 나가이지요. 하지만 어떤 선민 종족에게든 적용할 수 있습니다."

"동물 실험이 아니군요."

　디아틀은 곧바로 설명을 시작하려는 시라스의 말을 끊고 지적했다. 시라스는 살짝 비늘을 부딪쳤다.

"벌써 말씀드리지 않았나요? 이 장치는 실험을 위해 처음 만들어 낸 초기 모형이나 기술 실증용 시험판이 아닙니다. 환상 실험으로 벌써 수십 차례나 검증을 끝내고 오직 이번 시연을 위해서 제작한 안정판이지요. 이미 동물 실험보다도 정교하고 신뢰도가 높은 환상 사람으로 몇 번이고 실험해 보았습니다. 물론 걱정하시는 것처럼 실험 초창기에는 부작용과 실패도 많이 겪었지만 최근에는 그런 문제가 한 번도 없었습니다. 바쁘신 분을 모셔 오면서 제가 그런 것 하나 신경 쓰지 않았겠어요?"

　디아틀이 다시 이야기를 가로막았다.

"그래도 환상과 현실은 다르지 않습니까. 가상 실험이 성공해도 그게 곧 실제 실험의 안정성까지 보장해 주는 것은 아니니까요. 처음에는 어디까지나 동물로 시작해야 마땅하지 않겠습니까?"

　이 말에 시라스는 적잖이 서운한 눈치였다. 몇 번이나 그것참,

하는 소리를 내더니 변명하듯 대답했다.

"환상과 실제 실험 사이에 차이가 난 적은 없었다고 말씀드렸는데요."

"실험이 실패할 거라는 상상은 안 해 보셨나요?"

그러자 시라스의 얼굴에 기묘한 표정이 스치고 지나갔다. 정체를 알 수는 없었지만 디아틀은 그것이 당혹감에 가깝다고 느꼈다. 시라스는 디아틀의 지적에 대한 답을 떠올리려는 듯 잠시 생각에 잠겼다. 그러고는 곧 명쾌하게 대답했다.

"무엇을 걱정하시는지는 알겠습니다. 하지만 도덕적인 문제에 대해서라면 우려하지 않으셔도 됩니다. 제 설명을 들으시고 나면 선생님께서도 실험에 윤리적으로 하자가 없다는 것을 깨달으실 겁니다."

디아틀은 이 설명에 만족하지 않았지만 더 따지고 드는 대신 고개를 끄덕였다. 문명인답게 자주 그러지는 않았지만 레콘인 디아틀은 시라스가 폭주하더라도 쉽게 제압할 수 있었다. 시라스가 상상으로 또 무슨 해괴한 일을 벌일지 모르긴 해도 지금까지 대화를 놓고 볼 때 그가 아주 말이 안 통하는 사람 같지는 않았다. 디아틀이 실험 중단을 요청하면 시라스는 불평이야 좀 하더라도 지시를 따를 것으로 보였다.

디아틀이 더 반박하지 않자 시라스는 표정을 풀고 설명하기 시작했다.

"실험은 이전에 진행되었던 두 가지 연구로부터 영감을 얻어 시작되었습니다. 하나는 스스로 사고하는 기계인 인공지능에 관한 연구입니다. 선생님께서도 몇 년 전 만들어진 메헴의 바둑 인형에 대해 아실 겁니다. 국수급의 기사를 호선으로 이긴 최초의 자동인형이지요. 인간의 두뇌를 모사한 인공신경망으로 된 기계인데, 인간끼리의 바둑 기보를 입력하면 그걸 보고 바둑 규칙을 익힙니다. 의도적으로 어떻게 바둑을 둬야 한다고 가르치고 설계하는 것이 아니라 기계가 스스로 바둑 두는 법을 학습한다는 겁니다. 그 학습 방식이 사람의 아기가 세상을 보고 학습하는 방식과도 아주 비슷하지요. 그 인형을 보고 색다른 영감을 얻은 사람들이 많습니다. 기계가 바둑을 익히는 것이 가능하다면 어디 다른 것을 익히는 것이라고 불가능하겠습니까? 이 분야에 관한 연구가 세계 각지에서 활발히 진행되는 중입니다. 개인적으로는 굉장히 기대하는 분야이지요.

두 번째 동기는 지난 세기로부터 대를 이어 진행된 연구로 예쁜꼬마선충이라고 부르는 작은 벌레에 관한 연구입니다. 길이가 고작 1밀리미터 정도 되는 이 선충은 생태학적으로는 별로 특별할 것이 없지만 현대 생리학에서는 중요한 지위를 차지합니다. 이 생물은 개체에 상관없이 세포와 구조가 정확히 일치하며 그 세포 숫자도 적기 때문에 연구하기가 매우 쉬운 생물이지요. 얼마 전 단탐의 한 대학에서 이 예쁜꼬마선충의 생체 구조를 전산기로 완벽히 구현하려는 시도가 이뤄졌습니다. 지난 세기에 어느 학자가 그린 신경 지도를 가지고 전산상으로 선충의 몸을 구현한 것이죠. 그리고 그렇게 가상화된 선충의 신경에 전류를 흘리자, 놀랍게도 가상의 선충이 살아 움직이기 시작했습니다. 그것도 실제 예쁜꼬마선충의 행동 양상을 완벽히 따르면서 말입니다! 선생님께서도 이 연구가 얼마나 중요한 연구인지 짐작하실 수 있을 겁니다. 단지 생물의 신경 정보를 완전히 재현하기만 했는데 그것이 가상의 먹이를 찾아가고, 벽을 만나면 뒤로 돌아가며, 실제 선충과 같은 움직임으로 기어 다녔던 겁니다! 물론 이 연구가 완벽하다고는 할 수 없어요. 우리는 아직도 신경 접합부 사이의 연결 강도와 그를 통해 전달되는 신호의 세기에 대해 제대로 알지 못하니까요. 이런 부분에서만큼은 인공 신경망을 통한 가상화가 필요하지요. 그래도 이 연구의 중요성은 부정하실 수 없을 겁니다. 물리적인 실체를 구현하니 그것이 마치 살아 움직이는 것처럼 행동했다는 뜻이니까요.

 이 두 연구가 시사하는 바가 무엇인지 아시겠어요? 일견 아무런 관계도 없어 보이는 분야에서 시작된 두 실험은 결국 한 가지 자명한 사실을 가리킵니다. 바로 의도적으로 설계하고 제작하지 않더라도 어떤 물리적 실체가 지니는 연결망이 충분히 복잡해지기만 한다면 그 안에서 지능이 저절로 발생할 수 있다는 점이죠! 기술이 충분히 발전하고 나면 우리는 웃고, 울고, 대화하고, 사람을 사귀거나 사랑하는 법까지 학습하는 인형을 만들 수도 있을 겁니다. 당연하잖아요? 단백질 회로에서 가능한 것이 실리콘 회로 위에서라고 불가능할 리가 없잖습니까? 비록 아직은 기술적으로 불가능한 이야기이기는 해도 제가 만약 어느 나가의 신체를 한 치의 오차도 없이 완벽히 복제해서 만들어 낼 수 있다면, 그리고 그 복제된 신체의 신경망에 전기 신호를 가해 활성화할 수 있다면 어떻게 되겠습니까? 그것이 마치 예쁜꼬마선충의 신체를 완벽히 구현하고 전기를 흘렸을 때 그랬던 것처럼 나가의 행동 양식을 완벽히 따르며 움직일 거라고 생각하는 것도 있을 수 있는 일 아니겠습니까? 보십시오!"

시라스는 격정을 참지 못하고 부르짖으며 디아틀의 팔을 움켜쥐었다. 디아틀은 흠칫 놀라며 한 걸음 뒤로 물러났지만 시라스는 그를 놓아주지 않았다. 시라스는 열정에 사로잡혀 자기가 무슨 짓을 하는지도 모르는 것 같았다.

"나가의 행동 양식을 완벽히 따른다는 것은 그것이 그저 팔다리를 흐느적거리며 영혼 없이 걸어 다닐 거라는 뜻이 아닙니다! 그 인형은 마치 메헴의 바둑 인형이 사람보다 더 바둑을 잘 두는 것처럼 사람의 역할을 사람보다 더 잘 수행할 것입니다. 먹고 마시고 기호를 표현할 뿐만 아니라, 사고하고, 상상하며, 창작하고, 심지어는 우정을 나누고 위대한 사랑을 체험하는 일조차도 사람보다 더 잘 해낼 거란 말입니다! 저는 조금 전 이 환상 실험실에 관해 설명하며 제가 이미 먹고 마시며 잠을 자야 하는 육체의 제약마저 초월했노라고 말했지요. 저 자신이 마치 저 불로불사하는 제신들과 같아진 것처럼 자랑스레 떠들어 댔습니다. 하지만 그런 장대한 발견조차도 이 작은 실험 하나가 가져올 세상에 비하면 아무것도 아닌 거나 다름없습니다. 지금 이 말을 분명히 이해하십시오. 저는 지금 지능, 곧 '영혼'을 만들어 낼 수 있다고 말하는 겁니다!"

시라스는 흥분을 가라앉히려는 듯 입을 다물었다. 디아틀은 당황을 숨기려고 무표정한 얼굴로 시라스의 턱 아래를 바라보았지만 시라스는 디아틀이 금방 들은 놀랍고도 원대한 진실에 충격을 받았다고 생각했다. 시라스는 자상하게 디아틀의 팔을 두 번 두드렸다.

"물론 그 경지에 도달하려면 아직 한참이나 더 남았습니다. 사실 위대한 연구란 건 결코 한 번에 이뤄지는 일이 없죠. 오늘 시연해 드릴 실험은 제 여정의 첫 번째 발걸음에 불과합니다."

그리고 시라스는 제어 장치 앞으로 가서 설명하기 시작했다.

"보시다시피 장치는 세 부분으로 구성되어 있습니다. 아래에는 침대가 있고 그 위로는 전자 가속기가 달렸지요. 이 가속기에는 전자를 평행하게 조사할 수 있도록 해주는 시준장치가 진공관과 함께 달려 있는데, 실험이 시작되면 시준장치로부터 고에너지의 전자가 방출되어 침대에 놓인 실험체에 조사(照射)됩니다. 이 전자의 운동에너지가 높기 때문에 전자는 그대로 실험체의 몸을 투과하여 신경이 위치한 적절한 부위에 가서 에너지를 전달하지요. 물론 이 과정은 일반적인 아무 전자 가속기로나 가능한 일은 아닙니다. 그러한 마법은 여기에 있는 이 제어 장치가 부리는 겁니다. 제어 장치는 전자의 에너지와 각도, 그리고 전자를 방출하는 시점을 완벽히 제어해 오직 민감한 신경에만 전류를 공급할 수 있게 해 줍니다. 당연히 현대 기술로는 불가능한 일이기 때문에 이 장치의 설계에는 환상의 도움을 받았습니다. 이 실험실에 가득한 환상 장비들을 모두 그런 식으로 설계하였지요. 전부 다른 장비들이지만 그걸 구현하는 원리는 전부 같습니다. 우선 처음에는 제게 익숙한 장비인 전자 현미경을 구현하는 것으로 시작합니다. 일단은 잘 아는 것으로 시작하는 것이 좋으니까요. 다음으로는 현미경의 렌즈나 조리개 같은 부품들을 몇 개씩 바꾸어 가고, 점차 장치가 원래와는 전혀 다른 무언가가 되어 가고 있다는 생각이 들면 그 구성 요소와 설계 목적을 재구성하고 체계화합니다. 아시다시피 환상벽을 다루어 책을 쓰는 것과 비슷하지요. 다만 구현하는 것이 글이 아니라 실험 도구라는 것만 다를 뿐입니다. 환상벽에 예상치 못한 문장이 등장하는 것처럼 이 경우에도 예상치 못한 부품이나 설계가 등장합니다. 그런 것들을 잘 이용하면 결국 원리를 모르는 장비조차 구현해 낼 수가 있습니다. 이 제어 장치처럼요. 물론 거기에서 끝은 아닙니다. 환상 장비로 실험을 거듭하여 더 나아질 곳이 없다고 생각될 만큼 성능이 좋아지면 그제야 그걸 해체하고 역설계하여 도면을 그려 냅니다. 그렇게 그린 도면을 가공 업체에 보내 실물로 장치를 만들지요. 이 장치도 바로 그렇게 완성되었습니다.

하여튼 제가 이 버튼들을 조작해서 절차대로 장치를 조작하면 전자가 실험체에게 조사됩니다. 그러면 실험체, 그러니까 이 침대 위에 놓일 사람의 육신에 의식이 깃들고 사람처럼 움직이기 시작합니다. 즉, 영혼이 창조되는 것이지요. 물론 이러한 작업이 가능하기 위해서는 사람을 그대로 모방한 실험체의 존재가 필수적입니다. 환상으로야 얼마든지 그런 것을 만들 수 있지요. 하지만 현실적으로는 불가능한 일입니다. 완전한 사람의 신체를 구해야 한다고 하면 십중팔구는 시체를 떠올리시겠지만 이건 일반적인 시체로도 할 수가 없어요. 시체가 왜 시체이겠습니까? 그게 병사이든 사고사이든 아사이든 노화로 인한 죽음이든 간에, 사람이 죽는 것은 보통 그 육체에 무엇인가 돌이킬 수 없는 문제가 생겼기 때문입니다. 그 원인을 알 수 없는 때도 있기는 하지만 그건 말 그대로 우리가 원인을 모르는 것일 뿐이지 원인 자체가 존재하지 않는 것은 아닙니다. 그런 망가진 육체에는 아무리 전류를 공급해도 영혼을 만들 수 없죠. 그러니 이 실험에는 특별한 실험체가 필요합니다."

시라스는 시체라는 말에 당황하는 디아틀을 지나쳐서 장치 옆에 놓인 금속 상자 앞에 섰다. 디아틀이 자세히 보니 그 상자는 특별할 것 없어 보이는 냉동 장치였다. 시라스는 씨익 웃으며 냉동 장치의 손잡이를 잡았다.

"하텐그라쥬의 파멸과 함께 몰락한 저희 가문을 다시 일으킨 제 조상님께서는 대장장이셨습니다. 당시에는 나무를 태우는 직업인 대장장이가 나가들 사이에서 천대받는 직업이었죠.

하지만 조상님께서는 남들의 평가에 아랑곳하지 않는 분이셨습니다. 천일전쟁이 발발하자 그분께서는 가족들을 데리고 시모그라쥬로 가서 북부 편에 붙으셨습니다. 물론 배신자라고 손가락질하는 사람이 없는 것은 아니었습니다. 하지만 조상님은 그런 평가에도 개의치 않으셨죠. 그분은 시모그라쥬에서 사상 최초로 내부의 온도를 떨어뜨리는 냉동 장치를 발명하셨고, 그걸 대중화시켜 번 돈으로 가문을 부흥시키셨습니다. 이 냉동 장치는 그분께서 만드셨던 첫 번째 냉동 장치의 원안을 그대로 구현한 것입니다. 이런 실험을 하기에 어울린다는 생각이 들어서 직접 만들었죠."

이렇게 말하며 시라스는 냉동 장치의 문을 열었다.

"좀 도와주시겠습니까? 제법 무겁네요."

냉동 장치 안에 든 것은 놀랍게도 얼어붙은 나가 여인이었다. 시체의 차가움에 몇 번이나 깃털이 일어나려 했지만 디아틀은 할 수 없이 시라스를 도와 냉동된 시체를 장치 위에 얹었다. 디아틀이 시라스에게 물었다.

"이 시체는 뭡니까?"

"이건 시라스 시에도입니다."

디아틀이 시라스를 쳐다보자 시라스는 재미있다는 듯 큭큭대며 웃었다.

"그러니까, 제가 원래 깃들어 있던 육체라는 뜻입니다. 전령하기 전에 말이죠. 이 몸으로 옮겨 온 이후로 저는 줄곧 저 몸을 냉동시켜 보관하고 있었습니다."

아무렇지도 않게 자신의 시체를 어루만지며 시라스가 이어서 말했다.

"죽음은 보통 육의 기능이 영구적으로 정지했기 때문에 발생합니다. 하지만 여러 종류의 죽음 중에는 그 육체의 기능과는 아무 상관도 없는 죽음이 하나 있습니다. 바로 전령에 의한 죽음이죠. 사람의 영이 군령자에게 전령되면 당연하게도 그 영이 원래 깃들었던 육체는 죽게 됩니다. 육신에 잠시라도 영이 부재할 수는 없기 때문입니다. 하지만 그건 단지 영이 빠져나갔기 때문으로, 육체가 고장 난 것은 아니지요. 요점이 뭔지 아시겠습니까? 육신의 죽음을 경험하지 않고 전령한 제 몸은 그 자체로 영혼 창조 실험을 위한 최적의 실험체입니다. 이걸 위해 시모그라쥬 심장탑에 미리 소정의 보관료를 지불해 두었습니다. 수호자들은 오직 그들에게만 알려진 비밀스러운 기법으로 죽은 제 심장을 살아 있을 때와 같은 상태로 완벽하게 보관하겠지요. 신체적으로 아무런 하자가 없으니 여기에 전류만 공급하면 바로 영혼을 만들어 낼 수 있습니다. 게다가 실험체가 이미 죽은 시체이며 그 시체를 기증한 것이 바로 실험자인 저 자신이기까지 하니 연구 윤리에 어긋나지도 않습니다. 문제 삼을 것이 하나도 없는 것이죠.

저는 사실 선생님께서 이 실험실을 감찰하러 오신다는 소식을 들었을 때 국가과학원의 무례한 놈들이 또 제 실험을 방해하려 하는구나 싶어 내심 걱정했습니다. 그자들은 과학자로서는 결코 가져서는 안 될 몹쓸 질투심과 경쟁 심리에 사로잡혀 저를 사사건건 방해하곤 했지요. 그러니 그들이 파견한 감찰관이 삿된 감정으로 제 일을 망치려 들지도 모른다고 걱정하는 것은 오히려 자연스러운 일이 아니겠어요? 그런데 이렇게 이곳에 오신 선생님과 대화를 나누어 보니 제가 착오를 범했다는 사실을 알겠습니다. 선생님처럼 고귀하고 훌륭한 영혼은 이간질을 들어도 타락할 줄을 모르고 갖은 협잡에도 귀 기울이지 않으시지요. 그러니 제 실험을 망치려 드는 그자들과는 달리 선생님께서는 공명정대하고 중립적으로 제 실험을 평가해 주시리라 믿습니다. 지금 제가 드린 설명과 오늘 보신 이 훌륭한 실험실에, 그리고 이제 곧 시연해 드릴 원대한 실험에 있어 단 하나라도 잘못된 것이 보이십니까? 설령 문제가 있더라도 아마 손쉽게 수정 가능한 작은 문제일 것입니다. 그런 것이 아니라면 한번 말씀해 보세요. 가능한 한 성실히 대답해 드리겠습니다."

디아틀은 이렇게 대답할 수밖에 없었다.

"절차에는 문제가 없는 것 같군요. 하지만 실험 도중에라도 규정상 어긋난 부분이 생긴다면 실험을 중단시킬 수밖에 없습니다."

시라스는 환하게 웃으며 말했다.

"그 정도야 저도 이해합니다. 이렇게 말이 잘 통하는 분이 오셔서 얼마나 다행스러운지 모르겠습니다."

그리고 시라스는 제어 장치 앞에 앉아 버튼을 조작하기 시작했다.

　"이 제어 장치로 절차를 작성하여 장치에 입력할 겁니다. 그러고 나서 전원을 켜면 진공관에 전하가 충전되지요. 가속기를 통과하며 광속에 가깝게 가속된 전자가 실험체의 머리에 내리꽂힙니다. 그러면 신경계에 전류가 흐르게 되지요. 이 전류는 아주 미세하므로 가속기를 섬세히 조정해야 합니다. 저는 환상을 이용해서 몇 번이나 이 실험을 진행해 보았기 때문에 다음에 일어날 일을 정확히 알고 있습니다. 먼저 전자가 실험체의 신경계에 전류를 공급하기 시작하면 몸의 각 근육을 움직이는 운동신경에도 미세 전류가 흐르게 됩니다. 그러면 근육이 경련하며 시체가 움직이게 되지요. 침대 네 귀퉁이에 달린 사슬 수갑이 그때를 위해 준비된 겁니다. 그러나 이것만 가지고 영혼을 만들었다고 할 수는 없습니다. 단지 물리적인 법칙을 따라 발생하는 지극히 당연한 현상일 뿐이니까요. 오히려 중요한 것은 신경계에 정확히 알맞은 신호를 알맞은 시간에 공급하여 자율신경계를 다시 활성화하는 것입니다. 그게 성공하면 호흡이나 호르몬 분비 같은 기초적인 생명 활동이 재기동되며 몸이 알아서 스스로를 되살리지요. 뇌와 척수의 신경이 되살아나는 것은 그 이후입니다. 중추신경계야말로 신체의 근육과 장기의 운동을 관장하고 감각을 느낄 수 있게 하는 그야말로 생명의 근간이 되는 신경 계통이기 때문에 이걸 살리는 것이 실험의 핵심입니다.

뇌에 전기가 돌기 시작하면 여기 이 위에 달린 자기장 감지계가 뇌파를 감지해서 가장 위에 달린 전구에 불이 들어옵니다. 그게 바로 결정적인 신호이지요. 전구가 켜진다는 건 곧 뇌가 활동을 재개하고 시체가 부활했다는 것, 곧, 기계가 육신 안에 깃든 영혼의 존재를 감지했다는 것을 의미합니다. 이때 기계를 끄고 체온이 돌아올 때까지 기다리면 시라스 시에도의 몸에 새로운 영혼이 깃들어 부활하게 됩니다."

시라스는 설명을 이어 가면서도 계속 제어 장치의 이곳저곳을 만지고 단추를 눌러 댔다. 그런데 디아틀은 곧 장치를 제어하는 시라스의 모습에서 이상한 점을 발견했다. 시라스의 손가락은 빠르게 움직이며 단추를 눌렀지만 어떤 경우에는 단추가 위치한 곳에서 조금 떨어진 곳을 건드렸다. 또 다른 때에는 단추가 채 눌리기 전에 손가락을 멈추고 다른 단추를 누르거나, 아니면 조종기의 바로 옆을 움켜쥐고 허공을 잡아당겼다. 마치 실재하는 제어 장치 대신 그것과 조금 어긋나게 존재하는 환상 장치를 다루고 있는 것 같은 모습이었다. 디아틀이 그에 대해 뭐라고 말하려 했을 때 시라스 시에도의 시체를 얹은 기계가 진동하기 시작했다. 그것이 웅웅거리는 구동음을 내더니 가속기가 발광하며 전하를 모으기 시작했다. 이윽고 가속기로부터 전하가 조사되어 시라스 시에도의 머리를 때렸다. 그러자 시체가 경련하며 팔다리를 꿈틀대기 시작했다.

"전구를 보십시오!"

제어 장치를 조종하던 시라스 시에도가 외쳤다.

"불이 들어왔습니다! 뇌가 활동하기 시작한 겁니다!"

디아틀은 얼떨결에 시라스 시에도가 시키는 대로 레콘의 눈 높이와 가까운 곳에 설치된 전구를 바라보았다. 하지만 전구는 아무런 빛도 내고 있지 않았다. 디아틀이 보니 섬세하게 조정된 전자를 방사하고 있어야 할 장치는 그저 최대 출력으로 계속해서 광선을 연사하고 있었다. 전자 광선이 머리에 가 닿을 때마다 시라스 시에도의 머리가 기괴하게 경련했다. 디아틀은 불안해하며 아직도 생명의 징후가 보이지 않는 시체를 쳐다보았다. 제어에 이상이 생긴 것이 분명했다. 디아틀은 시라스를 향해 다급하게 말했다.

"뭔가 이상합니다, 박사님."

"그게 무슨 말씀입니까?"

디아틀은 쥐어짜듯 말했다.

"실험이 잘못된 것 같습니다. 전구에 불이 들어오지 않았습니다!"

그러자 시라스는 당황하며 전구를 바라보았다. 그의 얼굴에 떠오른 공포 때문에, 디아틀은 자기 말을 들은 시라스가 실패를 '상상'했다는 사실을 깨달았다. 디아틀은 몸을 세 배로 부풀렸다.

만일 시라스 시에도 박사가 자기가 디아틀에게 일러 준 방법의 하나라도 사용했다면 비극은 일어나지 않았을 것이다. 그러나 겁에 질린 박사는 자신을 지킬 어떤 수단도 환상으로 구현해 내지 못했다. 어쩌면 그가 가진 어떤 환상도 상상 그 자체로부터 그를 보호해 주지는 못했는지도 모를 노릇이었다. 다음 순간 시라스 시에도에게 일어난 일은 다음과 같았다.

갑자기 시라스가 얼굴을 움켜쥐며 바닥에 쓰러졌다. 그러고는 고통스럽게 몸을 비틀며 바닥을 뒹굴기 시작했다. 나가인 시라스가 오직 정신적으로만 비명을 질렀기에 이 모든 과정은 조용히 진행되었다. 디아틀이 볼 수 있는 것은 마치 몸에 불이 붙은 뱀처럼 조용히 몸을 뒤트는 시라스 시에도의 모습뿐이었다.

시라스의 피부 조직이 환상으로부터 막대한 에너지를 공급받아 변형되기 시작했다. 피부의 분자 운동이 왕성해지고 그로 인해 단백질의 수소 결합이 파괴되며 그 성질이 비가역적으로 변하고 있었다. 이윽고 그의 몸을 구성하는 탄소 원자에 달린 전자들이 넘치는 에너지로 인해 핵에서 전리되었다. 전자들은 계속해서 환상으로부터 에너지를 뽑아내었고, 그 에너지의 양이 이미 대기 중의 산소와 결합하기 위해 필요한 활성화 에너지를 넘긴 지 오래였다. 곧 시라스의 몸을 구성하는 분자가 연쇄적으로 격렬히 산화하기 시작했다.

시라스 시에도를 죽인 것이 환상으로 된 불과 그로 인해 실제로 몸에 붙은 불 중 어느 것인지 디아틀은 알 수 없었다. 그때쯤에 디아틀은 이미 침실 문을 부수고 뛰쳐나가 하늘치 가장자리를 향해 달리고 있었기 때문이었다. 디아틀은 시라스 시에도의 모든 환상을 뒤로하고 하늘치의 지느러미 끄트머리에 서서 환상으로 된 승강기를 만들어 내었다. 그러고는 규정 속도 따위는 무시한 채 전속력으로 승강기를 하강시켰다.

별철은 녹슬지 않아

지한결

비형은 아쉬워했다. 케이건 때문이 아니었다. 케이건은 그들을 전부 만족시킬 만큼 풍족한 식량을 구해 왔다. 이곳이 키보렌이 아니었다면 비형은 기쁜 마음으로 만찬에 곁들일 곡차를 구해 왔을 것이다. 반면 륜은 전혀 아쉽지 않다는 듯 숨을 가쁘게 몰아쉬며 배를 쓸어 만졌다. 막 사슴 한 마리가 통째로 들어간 그 배는 크게 부풀어 있었다.

케이건 또한 침묵으로 만족을 표하고 있었기에, 불편한 사람은 한 명뿐이었다. 륜은 대피소 구석에서 빗소리가 거세질 때마다 몸을 부풀리는 티나한이 걱정되었다. 륜은 티나한이 먹구름을 발견한 순간을 떠올렸다. 죽음을 목전에 둔 사람처럼 필사적으로 바위를 부수고 땅을 뒤엎던 모습은 충격적이기까지 했다. 시간이 흐르고 대피소가 견고해진 후에도 티나한은 여전히 정신 억압을 당한 생쥐처럼 몸을 움츠리고 있었다.

류은 몸을 일으켜 케이건에게 다가갔다. 그리고 티나한의 눈치를 살피며 조심히 속삭였다.

"케이건. 레콘은 전부 물을 두려워하나요?"

류의 실수였다. 류은 자신의 목소리가 아주 작아서 티나한이 듣지 못할 것이라고 생각했다. 하지만 목소리를 잘 쓰지 않는 나가는 목소리를 얼마나 낮게 내보내야 속삭임이 성립되는지 알지 못했고, 그러한 헤아림 없이 행해진 속삭임은 다른 선민 종족, 특히 오감이 뛰어난 레콘에게는 너무도 잘 들렸다. 자존심 강한 티나한은 부리를 딱 소리 나게 다물었다. 케이건은 그런 티나한을 물끄러미 바라보다가 말했다.

"사람들은 레콘이 전사로 태어난다고 말하지만, 타고난 전사라도 두려워하는 것은 있는 법이지. 레콘의 몸은 물에 뜰 수 없다. 그래서 종족 전체가 심각한 공수증에 시달리지. 설령 빠져 죽을 수 없는 적은 양의 물이라도."

물이라는 단어가 언급될 때마다 티나한이 움찔거렸다. 류은 자신의 실수를 깨닫고 티나한에게 사과했고, 돌아온 침묵에 불편한 듯 고개를 숙였다. 비형도 더는 만찬을 즐길 수 없었다.

가라앉은 분위기를 환기시킨 것은 케이건이었다.

"티나한을 보니, 이야기 하나가 떠오르는군."

이야기꾼 셋에게 기꺼이 죽을 준비가 된 도깨비가 눈을 반짝였다.

"무슨 이야기이지요?"

"피치 못할 사정으로 물을 극복해야 했던 어떤 레콘의 이야기인데…… 티나한이 듣기는 힘들겠군. 나중에 들려주겠소."

"그걸 극복했다고?"

갑작스럽게 들려온 목소리에 비형은 기겁했다. 티나한이 케이건을 매섭게 노려보고 있었다. 류은 빗소리에 미쳐 버린 티나한이 케이건을 때려눕히려는 게 아닌가 하는 착각에 빠졌다. 다행히 티나한은 지친 목소리로 말할 뿐이었다.

"말해 줘. 듣고 싶어."

"말하지 않겠소. 이 이야기에는 물이 자주 등장하오. 티나한 당신을 겁주고 싶지 않소."

티나한은 케이건의 말에 분노하지 않았다. 그는 물을 극복해야 했다는 그 불쌍한 레콘이 궁금했다.

"어제 들려준 퀴도부리타 이야기, 꽤 재미있었다. 이 이야기도 그렇겠지. 듣기 힘들면 귀를 막을 테니, 하고 싶은 대로 해."

케이건이 고개를 끄덕였다.

"그렇게까지 말한다면 들려주겠소."

류은 케이건과 가까운 바위벽에 기대었다. 비형은 과장된 몸짓으로 자신이 들을 준비가 되었음을 열렬히 보여 주었다.

"그리 멀지 않은 과거에, 한 레콘이 있었소. 그는 최후의 대장간에서 무기를 받자마자 곧바로 신부 탐색에 나섰소. 그는 싸움에 천부적인 재능이 있었고 열정 또한 넘쳤기에 모든 레콘이 이상적이라고 말할 수 있는 삶을 살았소. 하지만 어느 날, 그는 엄청난 사고를 당하고 말았소. 아마 레콘에게 일어날 수 있는 두 번째로 끔찍한 사고일 거요."

첫 번째는 보편적인 기준에서 짐작할 수 있는 일, 그러니까 물에 빠지는 일이 분명했다. 하지만 두 번째라니. 비형은 짐작조차 할 수 없었다.

"무슨 일이 일어난 거죠?"

* * *

레콘적 기준에서 무레파는 매력적인 레콘이었다. 그는 소싯적부터 무수한 경쟁자를 물리치고 아름다운 아내들을 얻었다. 자루 길이가 7미터에 달하는 별철 철퇴를 가볍게 휘두르는 기세는 자보로를 공포로 몰아넣은 대호 별비에 비견되었다. 그뿐만 아니라 무레파는 놀라운 재주를 부릴 줄 알았다. 그는 별철 철퇴를 가공할 투척 병기로 썼다.

레콘 청년 크히레는 무레파의 철퇴 투척에 당한 수많은 레콘 중 한 명이었다. 그런 그를 가장 화나게 한 것은 자신이 패배한 바람에 무레파에게 아내를 빼앗겼다는 사실이었다. 크히레는 아내를 되찾겠다는 일념으로 무레파를 추적했다. 오래 지나지 않아 두 사람은 지러쿼터 산맥 중턱에서 마주쳤다. 크히레는 묵묵히 철극을 들어 올려 무레파에게 겨누었다. 무레파는 고개를 끄덕였다.

지평선에 해가 심기는 늦은 오후에 오솔길을 따라 달리며 시작된 싸움은 다음 날 밤, 두 사람이 수풀이 무성한 산허리에 다다를 즈음 끝났다. 크히레는 크게 숨을 몰아쉬었다. 그의 발 아래로 피가 뚝뚝 떨어졌다. 그의 것은 아니었다. 무레파는 자신의 어깨에 박힌 철극을 움켜쥐고 크히레를 노려보고 있었다. 무레파는 고통을 뒤로 하고 씩 웃었다.

"그걸 짐작했단 말이지?"

크히레가 큰 횡 베기를 시도하던 순간 무레파는 틈을 발견했다. 무레파는 몸을 부풀리며 철퇴를 단단히 쥐었다. 그러고는 커다란 호를 그리며 철극을 올려쳤다. 크히레는 휘청거리며 뒤로 밀려났다. 무레파는 이어질 철퇴 투척을 크히레가 예측할 수 없으리라고 생각했다.

그러나 크히레는 기다렸다는 듯 자세를 바로잡았다. 그리고 철극의 자루가 투척 경로를 가리도록 고쳐 쥐었다. 눈앞에서 불꽃을 일으키며 철퇴가 높이 튕겨 날아갔다. 그러고는 크게 호를 그려 크히레의 등 뒤의 수풀 너머로 사라졌다. 이어질 일은 명백했다.

크히레는 깃털 박힌 가죽 아래로 요동치는 맥박과 별철처럼 질긴 근육을 느꼈다. 그대로 있다가는 근육이 철극을 먹어 버릴 것 같았다. 크히레가 극을 뽑자 깃털 사이로 붉은 피가 뿜어져 나왔다. 늙은 레콘은 어깨를 감싸지 않았다. 그 대신 호탕하게 웃었다.

"크하하! 젠장, 더럽게 아프네."

크히레는 그를 끝장내는 대신 철극을 어깨 위에 기대었다. 첫 번째 결투에서 무레파가 그를 죽이지 않았기에 크히레 또한 그를 죽이지 않았다. 무레파는 그것을 조롱이 아닌 호의로 받아들였다. 크히레는 킬킬대는 무레파를 가만히 내려다보다가 물었다.

"소메지는 어디에 있지?"

"세퀴라도."

무레파는 손가락을 뻗어 방향을 가리키려 했다. 그러나 곧 포기했다. 싸움이 길어진 탓에 그들이 어디에 있는지 알 수 없었다. 크히레는 덤덤히 말했다.

"데려가겠다."

"이렇게 내주게 되다니, 제기랄. 좋은 여자였는데."

"동감이다. 세퀴라도에 네 다른 아내들도 있나?"

"그래. 그런데 곧 떠날 수도 있겠군."

"왜지? 네가 패배해서?"

"성격 차이. 흔한 이혼 사유지."

무레파가 또다시 킬킬거렸다. 크히레는 무레파가 던진 대답을 곱씹지 않으려 애썼다.

"당혹스러운 대답이군. 덧나기 전에 어깨를 치료받도록 해."

"오냐. 참견은 그만하고 이제 가 봐라. 나는 철퇴를 찾으러 갈 테니."

"무기 함부로 던지는 버릇은 고치는 게 어떤가, 무레파. 잃어버리면 어쩌려고."

"죽지, 뭐. 무기 없이 살아서 뭐 하나."

무레파는 껄껄 웃으며 철퇴가 떨어진 수풀 사이로 들어갔다. 크히레는 그 모습을 지켜보다가 몸을 돌렸다.

어느새 늦은 밤이 되어 있었다. 크히레는 별을 보고 세퀴라도의 위치를 짐작했다. 부지런히 달려야겠다고 생각했다. 등 뒤에서 벼슬 서는 비명이 들리기 전까지는.

레콘에게 비명은 어울리지 않는다. 레콘은 물을 뒤집어쓸 위기에도 비명을 지르기보다는 번개처럼 도망치기를 택한다. 크히레는 무레파가 왜 저렇게 끔찍한 소리로 울부짖는지 짐작할 수 없었다.

크히레는 수풀을 헤치며 비명이 들린 곳으로 다가갔다.

"무레파? 왜 그러……"

크히레는 굳어 버렸다. 한 걸음도 더 움직일 수 없었다. 깃털이 전부 빠져 버릴 듯한 공포에 그는 그 자리에 주저앉았다. 하지만 비명을 지를 수는 없었다. 이미 더 큰 비명이 무레파의 입에서 쏟아지고 있었기에.

무레파는 흐느끼며 연못 앞에 엎드려 있었다. 연못의 중앙에는 철퇴의 자루 끝이 비죽 솟아 있었다. 무시무시한 광경이었다.

* * *

"최후의 대장간에서 받은 무기를 연못에 빠뜨린 겁니까?"

비형이 놀라 물었다. 티나한은 창백한 얼굴로 다급히 주위를 더듬었다. 그리고 등 뒤에 비스듬히 누워 있던 철창을 붙잡아 가까이 끌어당겼다.

티나한은 철창을 움켜쥐고 몸을 떨었다.

"이 녀석을 거기에 빠뜨린다고…… 젠장, 그래서 두 번째로 끔찍한 재난이라고 한 것이군."

비형은 고개를 갸웃했다.

"정말 끔찍하네요. 그런데 어째서 산 위에 그렇게 깊은 연못이 있던 거죠?"

"지러쿼터 산맥은 지반이 약한 곳은 아니지만, 종종 산 곳곳에 퍼져 있는 지하굴이 무너지면서 함몰 지대가 나타나오. 그 안에 물이 들어차면서 거대한 연못이 생기지."

평생을 나가 사회에서 살아온 륜은 다른 선민 종족에 대해 완벽히 이해하지 못했다. 륜은 레콘이 다른 무기를 구할 수는 없는지 궁금했다. 그의 질문에 케이건은 곧바로 대답했다.

"자신의 죽음보다 연인의 죽음을 더 두려워하는 사람이라면 이해할 것이다. 레콘에게 별철 무기는 그런 존재이지. 그들에게 무기는 평생의 반려이니까."

평생의 반려라는 말에 륜은 수호자들을 떠올렸다. 그리고 제

손으로 여신을 불구덩이에 떨어뜨린 수호자의 입장을 상상했다. 황급히 고개를 저었다. 한때 수련자였던 류에게 그런 생각은 떠올리기만 해도 불경하고 무서운 것이었다.

* * *

크히레는 더듬거리며 생각을 정리했다. 그들이 싸운 곳은 나무와 수풀로 시야가 제한되는 산이었다. 더군다나 그들은 지러쿼터 산맥을 따라 달리며 싸웠다. 지러쿼터 산맥의 지도를 완벽히 그릴 수 있는 자는 아무도 없다. 발아래에 낭떠러지가 있을 수 있듯, 수풀 너머에 연못이 있을 수도 있는 법이었다.

무레파가 철퇴를 던졌고 크히레가 튕겨 냈다. 튕겨져 나간 철퇴는 두 사람을 넘어 수풀 너머의 연못에 빠졌다. 즉, 철퇴의 침몰에는 크히레도 책임이 있었다.

'저 녀석이 화풀이 삼아 내 철극을 연못에 집어 던질지도 몰라.'

행동은 빨랐다. 절망한 무레파가 그에게 책임을 묻기 전에, 크히레는 필사적으로 도망쳤다.

무레파는 그를 뒤쫓지 않았다. 그저 겁에 질린 얼굴로 연못을 바라볼 뿐이었다. 정확히 말하자면 그의 눈은 연못 중앙에 비죽 솟은 철봉에 고정되어 있었다. 무레파는 저 봉이 달빛과 물결이 만들어 낸 잔상일지도 모른다고 생각했다. 하지만 레콘의 저주스러울 정도로 뛰어난 눈은 저 철봉이 최후의 대장간에서 받은 후로 단 한 번도 자신에게서 떨어진 적 없는 병기의 자루임을 뚜렷이 전달하고 있었다.

무레파는 흐릿한 정신을 붙들 수 없었다. 그는 방향 잃은 이성을 따라 걸었고, 다음 순간 자신이 연못을 향해 다가가고 있음을 깨닫고 기겁하여 뒤로 물러났다. 그리고 사회에서 꺼냈다가는 평생 고개를 들 수 없게 될 욕설을 중얼거렸다. 욕설의 대상은 자기 자신이었다. 무기를 간수하지 못한 전사는 더 이상 전사가 아니다. 그는 자신의 정체성을 스스로 포기해야만 했다. 무어라 말할 수 없는 상실감이 들이닥쳤다.

'건져야 해.'

철퇴를 건지려면 물속으로 들어가야 한다는 사실을 떠올린 무레파는 비통한 계명성을 내질렀다. 그러자 연못물이 크게 출렁이며 파도가 일었다. 철퍽거리는 소리에 놀라 황급히 물러났지만, 무레파는 저 무시무시한 액체가 자신의 건너편, 그러니까 연못 반대편의 수풀로 떨어지는 것을 똑똑히 보았다.

무레파는 고통과 공포 때문에 적절한 판단을 내릴 수 없었다. 연못에 다가가지 않고 물을 퍼내는 방법을 떠올린 자신에게 칭찬을 아끼지 않으며, 무레파는 연못을 향해 계명성을 연신 내질렀다.

지러쿼터 산맥 동쪽 끝단에 위치한 나나본 지방은 별이 예쁘다. 이렇다 할 장점이 없기에 자연물에서 장점을 찾으려는 시도다. 물론 나나본에서 눈에 띄는 단점을 찾는 것 또한 어렵기에 나나본의 사람들은 마음 편히 일상을 보낸다. 적당한 사람들이 적당히 살아가는, 재미없고 편안한 땅인 셈이다.

언제까지고 이어질 줄 알았던 나나본의 평화는 별안간 들려온 어떤 소리에 의해 깨졌다.

늦은 밤에 시작된 그 괴이한 소리는 산에서 들려왔다. 계명성이 건너편 산에 부딪히며 흩어지는 메아리 같았다. 다음 날 밤까지 계속된 그 소리 때문에 많은 이들이 잠을 설쳤다.

사람들 가운데 한 노인이 비틀대며 나왔다. 그의 이름은 고드람이었고, 죽어 가는 생명이 내쉬는 마지막 숨결에 누구보다도 익숙한 자였다. 이건 그의 잔혹성을 표현한 말은 아니었다. 어쨌든 도축업자는 다른 직업보다 죽음에 더 가깝기 마련이다. 그는 정체불명의 소리 때문에 하룻밤을 꼬박 새워서 분노한 상태였고, 당장이라도 레콘의 멱을 따 버릴 것처럼 화가 나 있었다.

"누구 나와 같이 올라갈 사람 없나? 저 미친 레콘을 진정시키자고!"

누구도 그를 도우려 하지 않았지만 고드람은 용감히 나섰다. 수통을 챙기라는 말에 그는 코웃음을 쳤다. 정말 저 레콘이 미치광이라면 연못과 계곡이 있는 산보다는 마을에서 난동을 피울 것이다. 고드람은 레콘이 실수로 진창에 발을 디디기라도 한 모양이라고 생각했다. 움직이기만 해도 빠져 버릴 것 같아서 도움을 청하는 것이 분명했다.

그는 쉴 새 없이 들려오는 계명성을 따라갔다. 소리는 일정한 간격을 두고 규칙적으로 울려 퍼지고 있었다. 극심한 공포에 휩싸여 마구잡이로 내뱉는 비명이 아니었다. 그는 혹 저 레콘의 숙원이 계명성으로 노래하는 성악가가 되는 것일지도 모른다고 생각했다.

잠시 후, 고드람은 당황스러운 표정을 지었다. 예상대로, 소리를 낸 것은 레콘이었다. 하지만 그 이름 모를 레콘은 거대한 연못을 정면에 두고 반복해서 계명성을 외치고 있었다.

'레콘이 물가에 있다니?'

게다가 그는 어깨에서 피를 흘리고 있었다. 척 보기에도 심각했다. 고드람은 당황하여 레콘에게 다가갔다.

"이봐, 나는 고드람이라고 하는데……."

눈 깜짝할 사이에 고드람은 멱살을 잡혔다. 레콘은 온갖 감정이 피로와 뒤섞여 엉망이 된 얼굴로 그를 노려보았다. 그는 숯처럼 갈라진 목소리로 외쳤다.

"방해하지 마!"

평범한 사람이었다면 사과의 말을 남기고 정중히 물러났을 것이다. 그러나 고드람은 잘 걸렸다는 듯이 벼락같은 어조로 반격했다.

"방해? 네가 나나본 사람들의 귀에 자명종을 울려 대고 있다는 사실을 모르나 보지? 네가 우리를 방해하고 있는 거다, 이

유사 성악에 미친 깃털뭉치야!"

무레파는 그를 패대기치지는 않았다. 그의 정체를 짐작했기 때문이다. 무레파는 끓어오르는 화를 애써 억눌렀다.

"너, 군령자냐?"

"이제야 알아챈 네 식견에 박수라도 보내 주랴?"

고드람은 군령자였다. 그리고 그는 예순 살이었다. 그가 처음으로 군령을 받아들였을 때, 그는 열여덟 살이었다. 어린 나이에 군령을 받아들인 경험은 그의 삶을 통째로 바꿀 만한 대사건이었다. 그러나 그의 평탄한 일생에는 군령이 의식 위로 올라올 만한 일도, 그럴 이유도 없었다. 그의 생업인 도축과 발골을 다른 영들은 도울 수 없었기에, 군령들은 의식 아래에 천천히 퇴적되었다. 때문에 그의 내면은 마치 인격의 진창처럼 바뀌어 있었다. 성별도, 나이도 다른 사람들의 기억과 성격이 어지럽게 섞여 있는 그곳에는 레콘의 성격도 있었다. 때문에 그는 화가 나면 레콘 특유의 성질머리를 유감없이 발휘하고는 했다.

"다른 영의 기억에서 재미있는 것은 많이 보았지만, 연못 앞에서 우는 레콘은 처음 보는군. 뭐 하냐?"

고드람은 어이없다는 듯 말했다. 무레파가 절박하게 대답했다.

"내 철퇴가 저 아래에 빠졌다."

"물에 말이지?"

무레파의 몸이 순식간에 세 배로 부풀었다. 그 바람에 멱살을 잡혀 있던 고드람은 멀리 튕겨 나갈 뻔했다.

"정말 안됐군. 네가 왜 그렇게 소리를 질러 댔는지 이제 알겠어. 그러면, 굳이 계명성을 지른 이유를 말해 주겠나?"

무레파는 연못으로 고개를 돌리며 부리를 열었다. 고드람은 빠르게 귀를 틀어막았고, 계명성이 연못에 파도를 일으켜 물을 바깥으로 빼내는 과정을 입을 벌리고 지켜보았다.

"더럽게 무식한 방법이군."

"저거에 안 닿는 방법은 이것뿐이다."

"어느 세월에 꺼내려고?"

"오래 걸려도 상관없다. 별철은 녹슬지 않으니까."

고드람은 무레파의 왼쪽 어깨에서 흘러내린 피가 바닥을 적시는 것을 보았다. 흥분한 탓에 자각하지 못하고 있는 게 분명했다.

"하지만 네 몸은 아닐 텐데. 피를 많이 흘렸군."

그 말에 무레파는 눈을 부릅뜨며 고드람을 노려보았다. 고드람은 그가 무어라 외치고 싶은지 짐작할 수 있었다. 무기를 두고 갈 수는 없다는 말일 것이다. 하지만 그는 분노해 외치는 대신, 착잡한 심정을 감추지 않으며 말했다.

"제기랄, 두고 갈 수는 없는데."

"네가 이대로 죽으면 납병조차 못 하게 될 텐데? 치료는 받아야지."

고드람의 제안에 무레파는 발길이 떨어지지 않는다는 듯 연못을 노려보았다. 그렇게 한참을 서 있었다. 고드람은 참지 못하

고 무레파의 무릎을 걷어찼다. 레콘에게는 바늘에 찔리는 것만
도 못했다. 무레파는 고개를 휙 돌려 그를 매섭게 쏘아보았다.
고드람은 짜증스럽다는 듯 말했다.

"송장 업고 가게 하지 마라."

부리가 딱 하고 닫혔다.

산을 내려가는 길에 무레파는 끊임없이 연못 방향을 돌아보
았다. 그러다가 문득, 존재조차 모르고 있던 충동에 이끌려 밤
하늘을 올려다보았다. 나나본의 밤하늘은 찬란하게 흐르는 은
물결이었다. 메마른 하늘치도 감동할 만한 광경이었지만 무레파
는 전혀 다른 것을 떠올리고 있었다. 무레파는 라호친 너머 최
후의 대장간을 보고 있었다. 눈보라가 몰아치지 않을 때의 그
영구 동토는 가슴을 후벼 파듯 아름다운 별빛을 지평선 너머까
지 세차게 흩뿌린다.

믿기지 않았다. 대장간에서 무기를 받았을 때의 설렘을 무레
파는 기억했다. 도로왕의 전설적인 다리 위를 걸으며 그는 별철
철퇴와 평생을 함께하리라는 맹세를 했다. 다른 모든 레콘과 마
찬가지로 생의 마지막 순간까지 느낄 모든 기쁨과 슬픔을 철퇴
와 나누리라 믿었다. 그런데 어처구니없는 실수로 철퇴를 물속
에 빠뜨리고 말았다. 차라리 불구덩이나 낭떠러지에 떨어뜨렸
다면, 무레파는 망설임 없이 뛰어들어 무기를 구해 냈을 것이다.

하지만 물속이라니.

발소리가 멈춘 것을 의아하게 생각하며 고드람은 뒤를 돌아보았다. 무레파가 하늘을 올려다보고 있다는 사실에 조금 놀랐다.

"무엇을 보고 있나?"

무레파는 한참 후에 대답했다.

"별이 예쁘군."

고드람은 헛소리 말라고 쏘아붙일 수 없었다. 레콘이 별을 본다면 그것은 별이 아름답기 때문이 아니라, 별을 따는 것을 숙원으로 삼았기 때문일 것이다. 별의 아름다움을 칭송하는 행위는 레콘보다는 인간이나 도깨비에게 어울린다. 그는 무기와 함께 정체성마저 잃어버린 것처럼 보이는 레콘에게 동정 섞인 목소리로 말했다.

"맞아. 나나본은 별이 예쁘지."

나나본에 도착하자마자 무레파는 허물어졌다. 부상과 피로, 졸음 때문이었다. 고드람은 그를 길가에 버려 두고 약방을 하는 친구에게 찾아갔다. 고드람은 사정을 설명하지 않고 친구를 무레파에게로 안내했다. 어깨가 피로 물든 채 쓰러져 있는 무레파를 발견한 친구는 고드람이 드디어 레콘 도축에 성공했다고 생각했다.

치료를 마치고 깨어난 후에도 무레파는 산에서 눈을 떼지 못했다. 그런 그를 보며 고드람은 한숨을 내쉬었다.

"이봐. 집이 어디지? 세퀴라도? 규리하?"

"내 집은 수장(水葬)됐다."

"그래, 레콘에게 무기는 집이지. 그러면 네 아내는? 네가 다른 레콘과 싸웠다면, 신부 탐색자라서가 아닌가?"

"내 아내는 수장됐다."

"정말 말도 섞기 싫은 부류군. 마음이 넓은 내가 이해해 주지."

군령자이기에 가능한 수준 높은 농담이었지만 레콘은 무시했다. 고드람은 선심 쓰듯 말했다.

"그러면 돌아갈 곳도, 같이 살 사람도 없다는 말이지? 이건 어떠냐. 나와 같이 살자. 내가 저걸 꺼내는 걸 도와주지."

고드람은 그에게서 푸줏간을 찾는 손님의 얼굴을 보았다. 다행히 그는 난데없는 제안을 꺼낸 인간을 잡아먹을 듯이 노려보기만 할 뿐, 그 이상의 행동을 보이지는 않았다.

"내가 도축업을 하는데, 나이를 먹어서 슬슬 힘에 부치거든. 레콘 일꾼 하나 있으면 수월하겠지."

"어떻게 도와준다는 말이냐."

"나도 모르지. 하지만 나는 군령자이니, 어쩌면 좋은 방법을 생각해 낼 수도 있어."

사람들은 고드람의 새 식구에게 따뜻한 환영을 보내려 했다.

그러나 그 식구는 레콘이 지을 수 있는 가장 우울한 표정을 짓고 있었기에 그들은 입을 다물었다. 그 대신 고드람에게 '대체 무슨 일이야?'라고 물었다. 레콘이 연못에 무기를 빠뜨렸다는 말을 듣고 인정 많은 사람들은 혀를 차고, 다른 사람들은 웃음을 참기 위해 힘썼다. 고드람은 그들에게 근심스러운 듯 눈썹을 일그러뜨리며 '새를 잡으려고 철퇴를 던지다가 그만 연못에 빠뜨렸다고 하던데.'라고 말해 주었다. 그리고 배를 붙잡는 그들을 흐뭇한 표정으로 지켜보았다. 예순 살 인생에 찾아온 새로운 낙이었다.

고드람은 레콘의 허리에 앞치마를 묶으면서 또 다른 기쁨을 느꼈다. 하지만 무레파는 고드람의 놀림을 제지할 생각조차 하지 못했다. 그는 산을 볼 때마다 한숨을 내쉬었고 견딜 수 없다는 듯 몸을 떨었다. 무의식적으로 철퇴를 쥐려다 울먹이기도 했다. 하지만 고드람은 일부러 그런 모습을 모르는 척했다. 대신 발골도를 내밀었다. 근육과 살코기, 관절 사이로 이어지는 길을 무레파는 단 한 번도 잘못 짚지 않았다. 힘을 싣는 방향과 세기도 항상 옳았다. 분명 선민 종족 중 레콘보다 힘을 잘 다루는 종족은 없었다.

"최후의 대장간에서 발골도를 받았어도 잘 써먹었겠는데?"

고드람은 무레파의 능숙한 솜씨에 감탄하며 이렇게 말했다. 하지만 무레파의 솜씨에 익숙해진 후에도 종종 같은 말을 했다. 무레파가 레콘의 힘을 이기지 못하고 우그러진 칼을 내밀면 고드람은 대장간에서 별철 발골도를 받지 그랬냐고 면박을 주곤 했다.

앞치마에 피를 묻히며 낮을 보내고 밤이 찾아오면, 두 사람은 머리를 맞대고 철퇴를 꺼낼 방법을 상의했다. 그러나 영 신통치 않았는데, 무레파는 물이라는 단어를 들을 때마다 몸을 사정없이 부풀렸고, 그런데도 철퇴를 구하려는 의욕이 넘치는 바람에 대화의 맥락을 자주 끊었다. 군령자 고드람은 레콘 영의 성질머리를 유감없이 발휘하여 그런 무레파를 호되게 나무랐다. 대화가 조금만 길어지면 두 노인의 대화는 어김없이 말싸움에 도달했다.

"이 헤아릴 수 없을 만큼 덜떨어진 깃털 뭉치야, 네 머릿속에 든 건 그날 연못에 전부 두고 온 거냐? 계명성 대신 양동이를 써도 연못 물을 전부 퍼낼 수는 없다고!"

"그 단어 말하지 마! 제기랄, 양동이가 안 되면 삽은…… 아니지. 지붕! 지붕을 뜯자. 지붕은 오목하니까 양동이처럼 쓸 수 있을 거야."

"제발 생각하고 말해, 이 먹 따인 돼지보다 멍청한 놈아! 지붕을 네가 들고 퍼낼 생각이라면 직접 해 보던가!"

이렇게 말할 때마다 무레파는 시든 들풀처럼 구겨졌다. 무레파는 결코 연못에 다가갈 수 없었다.

길고 폭력적인 재담 끝에 그들은 물을 퍼내는 것보다는 물에서 철퇴를 빼내는 것이 낫겠다는 결론을 내렸다. 그들은 계획을 세웠다. 배를 타고 연못 중앙의 철퇴로 접근하는 계획이었다.

"조각배 하나 빌려 오지. 기다려."

고드람은 수완 좋은 장사꾼 영의 성격을 이용해 조각배를 빌려 왔다. 무레파는 자신의 무기이니 배를 타고 직접 꺼내 오겠다고 호언장담했지만 마당에 놓인 배를 보자마자 굳어 버렸고, '기왕 빌려 온 거 한번 올라타 보기나 하라.'라는 권유에 덜덜 떨면서 올라타다가 그대로 도망치고 말았다. 고드람은 배를 움켜잡고 킬킬거리다가 간신히 도망친 이유를 물었다. 무레파는 사납게 일축했다.

"상상했다."

고드람은 자신이 직접 배에 타기로 결심했다. 혈기는 왕성하나 생산적인 일을 하려는 마음은 빈약한 몇몇 젊은이들이 가세했다. 그렇게 탄생한 '철퇴 구출대'는 사람들의 응원을 받으며 당당히 산을 올랐다.

* * *

"그래서 어떻게 되었죠?"

"배가 뒤집혔소. 철퇴는 물 밑에 고정된 것처럼 꿈쩍도 안 했소. 그걸 움직이기에는 배와 사람들이 너무 가벼웠지."

* * *

물에 빠진 생쥐 꼴로 돌아온 고드람은 혀를 내둘렀다.

"발골 일을 하면서 온갖 무거운 고깃덩이를 다 들어 봤지만, 저렇게 무거운 녀석은 난생 처음이군. 꿈쩍도 안 하던데."

"인간 여섯 명이 달려들어도 들기 힘들 텐데, 그것 안에 들어가 있으니 더 힘들겠지."

고드람은 무레파에게서 자신의 아내가 얼마나 아름답고 지혜로운지 칭찬하는 팔불출 남편과 비슷한 느낌을 받았다. 고드람은 눈썹을 장난스럽게 일그러뜨리며 속삭였다.

"혹시 들었나? 젊은이들 사이에 벌써 소문이 퍼지기 시작했어. 오직 선택받은 자만이 뽑을 수 있는, 영웅왕이 후대에게 남긴 전설의 철퇴에 대한 소문이……."

고드람은 만족했다. 무레파의 입가에 희미한 미소가 떠올랐다.

그들은 다시 머리를 맞대었다. 커다란 지렛대를 철퇴 아래에 넣고 들어 올리자는 의견이 나왔다. 그러나 기각되었는데, 자칫하면 철퇴가 수면 아래로 누워 버릴 수도 있기 때문이다. 자루가 수면 위로 튀어나온 지금보다 몇 배는 꺼내기 어려워질 게 분명했다. 그래서 그들은 발상의 전환을 했다. 아래에서 밀어 올리는 게 아니라, 아래에서부터 끌어당기는 것이다.

어떤 남자가 여러 개의 거대한 도르래를 가지고 있다는 말에 그들은 남자를 찾아갔다. 고드람이 잠수하여 철퇴 추를 사슬로 묶으면 무레파가 도르래를 이용, 힘으로 끌어당기는 계획이었다.

남자에게 도르래에 대해 묻자 그는 자랑스러운 듯 말했다.

"이 도르래들은 아주 중요한 일에 쓰일 예정입니다."

그는 몇 년 후에 시작될 하늘치 유적 발굴 작전에 대해 열성적으로 설명했다. 커다란 도르래에 연을 연결하고 사람을 태워 하늘치 위로 띄운다는 계획이었다. 고드람은 그의 설명을 광인의 헛소리로 치부하려 했지만 레콘은 그가 보여 준 태도에서 동질감을 느꼈다. 하지만 그 감정은 곧 사라져 버렸다. 남자는 도르래를 빌려 달라는 요구를 단칼에 거절했고, 무레파가 강압적인 태도를 취하자 입에 거품을 물면서 만약 이 깃털 달린 발케네놈이 도르래에 손을 대면 모조리 뒤집어엎고 자살해 버리겠다고 외쳤다. 무레파는 화가 단단히 나 남자를 으깨 놓으려 들었다.

"당장 쓸 데도 없으면서 빌려주지 않겠다는 거냐! 이 옹졸하기 짝이 없는 살덩이가!"

결국 그들은 도르래를 빌리지 못했다. 돌아가는 길에도 무레파는 끊임없이 불평했다.

"여름날 눈더미에 파묻힐 자식, 되지도 않는 핑계를 대고 있어. 하늘치 위로 연을 띄운다고? 미친 게 분명해……. 때려눕히고 가지고 올 걸 그랬어!"

고드람은 무레파가 그 '여름날 눈더미' 아래에 들어가야 할지도 모르는데 그런 비유를 한 것이 우습다고 생각하며 말했다.

"참 현명한 해결책이군. 행동으로 옮기지 않아서 고맙다고 해야 하나?"

"레콘은 감사를 바라지 않아."

고드람은 끄덕였다. 그 말대로, 레콘은 감사가 아닌 자기 만족을 위해 살아간다.

그들은 또다시 머리를 맞댔고, 정말 황당하기 짝이 없는 생각을 해냈다.

"해 볼까?"

"해 보자."

그들은 연못을 흙과 돌로 메우기로 했다. 만약 연못을 메워 평지로 바꾼다면, 물기가 전부 마른 후에 무레파가 흙 속에 묻힌 철퇴를 꺼낼 수 있을 것이다. 물론 나무를 뿌리 뽑는 것과 비슷한 난이도이겠지만, 레콘에게 나무를 뽑을 수 없냐고 묻는다면 그들은 모욕으로 받아들일 것이다.

"현실적인 계획 같은데."

"이딴 무식한 계획이 현실적이라니."

무레파는 고드람에게 고기 옮기는 수레에 흙을 싣자고 말했다. 하지만 고드람은 눈을 부라렸다.

"나더러 흙 묻은 고기를 팔라는 말이냐?"

주변 사람들에게 빌리려 했지만 사람들은 고드람과 같은 이유로 거절했다. 그들 모두 생업을 이어 가는 데에 수레가 필수적이었다. 그들은 도르래를 가진 남자의 달구지를 빌리는 편이 낫겠다고 생각했다. 그는 달구지를 오직 도르래를 옮길 때에만

썼다.

무레파는 그 남자를 마주치면 화를 참지 못하고 '살짝' 때릴지도 모른다고 주장했기에 고드람이 홀로 달구지를 빌리러 갔다. 고드람은 '네가 아끼는 건 도르래뿐이고 달구지는 운반 도구일 뿐이니 우리에게 달구지를 빌려주지 않을 이유가 없다.'라는 논리를 모든 군령의 성격을 동원해 적극적으로 전달했다. 초조해하며 길가를 서성이던 무레파는 노을빛을 받으며 달구지를 끌고 오는 고드람을 보며 환호했다.

그들은 두꺼운 천으로 달구지의 바닥을 덮고 흙더미를 쌓아 올렸다. 작은 산 같은 모습이었다.

"이걸 끌고 어떻게 산을 오르지?"

무레파는 행동으로 보여 주었다. 흙 때문에 황소에 비견될 무게가 된 달구지를 한 손으로 가볍게 들어 올린 채 그는 서둘러 산을 올랐다. 고드람은 숨을 가쁘게 내쉬며 레콘의 뒤를 따라 걸었다. 연못에 도착하고 고드람은 앞을 보았다. 무레파가 달구지를 내려 두고는 자신을 뻔히 보고 있었다. 고드람은 고개를 저었다.

"정말…… 네 덕분에 별일을 다 해 본다."

고드람은 달구지를 끌고 물가로 걸어갔다. 잠시 수심을 가늠하고, 달구지를 기울여 흙을 와르르 쏟아부었다. 무레파는 기대 섞인 표정으로 그 광경을 지켜보았다. 고드람이 입을 열었다.

"999번만 더 하면 될 것 같아."

"희소식이군."

그날부터 그들은 달구지에 흙을 싣고 하루 두 번 산을 올랐다. 무레파는 작업이 순조롭게 진행되고 있다며 기뻐했다. 하지만 고드람은 기뻐할 수 없었다. 연못에 아무런 변화가 없었기 때문이다. 무레파는 수심이 얕아진 게 머지않아 보일 것이라며 고드람을 격려했다.

그들의 작업은 두 달 만에 중지되었다. 고드람이 그만 달구지를 연못에 빠뜨린 것이다. 그 과정에서 고드람이 달구지를 붙잡으려다 연못으로 딸려 들어가고, 초주검이 되어 연못으로 기어 나오는 일이 벌어졌다. 물귀신 비슷한 꼴이 된 고드람을 보며 무레파는 공포에 떨었다.

그 후에도 무레파는 연못을 메우는 계획을 포기하지 않았다.

"이건 어떨까. 내가 먼 곳에서 바위를 계속 던져 넣는 거다. 바위가 그거에 빠지는 소리는 듣기 싫지만, 그래도 내게 그것이 튀지는 않을 테니 조금씩 메울 수 있을……."

"한마디만 더 하면 젖은 옷 입고 포옹해 주마."

레콘을 물로 협박하는 것은 자살 행위와 다름없지만, 고드람은 그를 찢어 죽이는 대신 몸을 사정없이 부풀리며 사죄의 뜻을 전했다.

그 외에도 뛰어서 연못 위를 넘어가며 철퇴만 낚아채는 방법, 철퇴 밑에 그물을 깔고 끌어올리는 방법 등이 고려되었다. 하나같이 불가능한 방법이었다. 뛰어서 연못을 넘어갈 수 있는 종족은 물 근처에도 갈 수 없는 레콘뿐이고, 철퇴 밑에 그물을 깔기 위해서는 우선 철퇴를 들어 올려야 하니 마찬가지로 불가능했다.

그들은 점차 지쳐 갔다. 그들의 분투를 응원하던 이들도 하나둘 관심을 잃었다. 터덜터덜 산 위로 걸어 올라가는 무레파와 고드람을 보며 사람들은 고개를 내저었다.

"아직도 저 짓을 하고 있네?"

무레파는 그들에게 반박하지 않았다. 늙은 레콘도 납병하기 전까지는 청춘이다. 하지만 무레파에게는 납병의 기회조차 없다. 무레파는 무기도 없는 자신이 저들의 말을 반박할 자격이 있는지 의문스러웠다. 게다가 철극에 찔린 어깨가 주기적으로 곪아 들어가며 그를 괴롭혔다. 통증과 상실감에 괴로워하던 무레파가 무너진 것은 아내들 때문이었다. 철퇴를 잃은 레콘에 대한 소문을 듣고 나나본으로 온 아내들은 그의 초라한 몰골을 보고는 망설임 없이 떠나갔다.

"모든 이보다 낮은 여신이여!"

그날 그는 술독에 빠졌다.

고드람 또한 마찬가지였다. 침상에서 일어날 때마다 뼈마디가 욱신거렸다. 이전에는 거뜬히 해내던 발굴 작업도 고되게 느껴졌다. 많은 노인들이 그렇듯 그들도 도전이 두려워졌다. 가능성 없는 일에 매달리기에 그들은 너무 지쳤다. 그들은 서로를 위해 한 달의 휴식기를 갖기로 했다. 그 휴식기는 어느덧 1년을 넘어가고 있었다.

어느 날, 무레파는 눈이 잘 보이지 않는다는 것을 알았다. 이미 인간보다도 시력이 떨어져 있었다. 어깨의 상처에 고름이 들어차 움직일 수조차 없었고, 근육이 유연성을 잃어 몸을 부풀리기도 힘들었다.

부리에 생긴 흠집이 나무뿌리처럼 갈라지고, 깃털이 윤기를 잃고, 그 강대한 완력이 눈에 띄게 약해질 즈음, 무레파는 자신의 죽음이 머지않았음을 알았다.

좁은 방에 거구를 눕히고 싶지 않아서 무레파는 마당에 누워 있었다. 그는 킬킬거렸다. 고드람은 그의 곁에 다가왔다.

"왜 그러나, 무레파. 죽을 때가 되어서 실성한 건가?"

"나는 내가 전사로 죽을 줄 알았다. 하지만 결국 나는 내 철퇴를 다시 쥐지 못하고, 이렇게 죽는군. 돼지와 소가 죽어 나가는 도축장에서 말이지……."

고드람은 그 말이 마음에 들지 않았다.

"피곤한가 본데, 눈 감고 자기나 해."

"다시는 눈 뜨지 못할 것 같아 무서운데."

"레콘도 죽음을 두려워하나?"

무레파가 콜록거리며 웃었다.

"크흐……. 당연하지. 우리가 그걸 왜 무서워하는데. 죽음 같으니까 무서워하는 거야."

"바보 같으니."

무레파의 곁에 고드람이 털썩 주저앉았다. 그리고 그들이 수년 동안 끊임없이 오갔던 산을 바라보았다. 그들은 눈을 감고도 찾아갈 수 있었다. 하지만 언제부턴가 산에 오르기를 그만두었다. 고드람은 잠시 산에서 시선을 돌렸다. 시선은 나나본의 대로로 향했다.

"기억나, 무레파? 저기에서 구조대가 만들어졌잖아."

"나고말고. 멍청한 사내놈들이 별철 한 번 만져 보겠다고 나서는 꼴이 우스웠다."

"네가 말한 그 멍청한 사내놈들 말인데, 죄다 제 살길 하나씩 붙들고 살아가고 있더라. 어떤 놈은 결혼을 했더라고."

"말도 안 돼. 그 코흘리개 놈들이?"

고드람이 미소 지었다. 그의 시선은 대로에서 떨어져 더 먼 곳을 향했다.

"도르래 못 주겠다고 핏대를 세우던 그놈은 뭐 하고 있으려나."

"흥, 난 그날 이후로 근처에 가지도 않았어. 속 좁은 녀석 같으니."

"그래도 달구지를 빌려줬잖아."

"그걸 네가 빠뜨렸지."

"그래서 새로 사 줬지. 제기랄, 새 작업대를 주문하려고 모은 돈을 그렇게 쓰게 될 줄은 몰랐어."

이번에는 두 사람이 동시에 킬킬거렸다.

대화는 계속되었다. 그들은 대단찮은 농담을 던지며 웃었고 해묵은 기억을 꺼내며 즐거워했다. 고드람은 부숴 먹은 발골도 값을 치르기 전에는 못 죽는다고 으름장을 놓았다. 무레파는 악덕 사장의 횡포에 파업으로 응수하겠다고 대답했다. 그들은 웃고, 회상하고, 다시 웃었다. 그리고 그들은 슬퍼했다. 바람같이 스치는 그리움이 그들의 대화를 처음 만난 날로 이끌었다. 연못 앞에서 울상이 되어 있던 무레파와 어이없다는 듯 바라보던 고드람. 오래전이지만 지금처럼 생생했다.

어느덧 밤이 되었다. 어색하지 않은 침묵 속에서, 무레파가 갑자기 부리를 열었다.

"이봐, 고드람."

"왜, 깃털 뭉치."

"네게 전령하겠다."

고드람이 벌떡 일어났다. 무레파는 흐릿한 눈으로 고드람을 올려다보았다. 표정이 잘 보이지 않았지만, 그가 화가 났음은 확실했다.

"네가 그 말을 꺼내지 않기를 바랐다, 무레파. 진심이야."

"다시 말하지. 나는 네게 전령할 거다."

"거절하겠어!"

"나는 납병하고 싶다."

한순간 침묵이 내려앉았다. 무레파는 가만히 고드람을 올려다보았다. 고드람의 얼굴이 보이지 않았다. 갑자기 찾아온 침묵은 막연한 두려움과 닮아 있었다.

"단 한순간도 그 생각을 하지 않은 적이 없어. 나는 납병하고 싶어. 그러니 고드람, 네게 전령하게 허락해 줘. 네 몸을 빌려 연못에 직접 들어가서, 내가 내 철퇴를 마지막으로 붙잡게 해 줘. 나는 납병례를 치르겠어. 그리고 사라지겠어."

고드람은 그럴 수 없다고, 그래서는 안 된다고 대답하고 싶었다. 고드람은 다른 군령자들과 달리 영들에게 간섭받지 않는 삶을 살았지만, 그렇다고 하여 군령자가 겪는 고통을 모르지는 않았다. 그를 말려야 했다. 하지만 고드람은 무레파에게 무어라 말해야 할지 알 수 없었다.

"그걸…… 그걸 내가 허락할 수는 없어. 차라리 여기에서 당장……."

"납병례는 병기만 치를 수 있는 의례다. 지금 저 녀석은 병기라고 할 수 없어. 서 있는 나무, 박혀 있는 돌과 똑같아. 그러니 내가 들어가야 해."

전사의 손에 쥐어지지 않으면, 무기라고 할 수 없기에.

고드람은 이를 악물었다. 만약 전령을 허락하면, 무레파의 영은 다른 군령들과 마찬가지로 고드람의 내면에 들어올 것이다. 고드람은 친구의 죽음을 슬퍼할 수도, 새벽에 무덤에 찾아가 술잔을 기울일 수도 없을 것이다. 어쩌면 사람들은, 그를 거짓된 영생을 위해 영적 잡종으로 남기를 택한 어리석은 레콘이라고 조롱할지도 모른다. 그는 무레파가 그런 대우를 받을 녀석이 아님을 알았다. 평생을 죄책감 속에서 살아온 레콘이 어째서 그런 대우를 받아야 하는가.

레콘이니까. 타자의 시선에 좌우되지 않기에, 원하는 것을 이루어 내고야 마는 존재이니까.

고드람은 뜻하지 않게 고개를 드는 어떤 감정에 휩싸였다. 그것은 체념이었고, 어떤 면에서는 경외에 가까웠다. 그 미지의 감정에 압도당하면서, 고드람은 마지막으로 입을 열었다.

"만약 네가 전령을 하고, 납병을 하러 연못으로 간다면, 너는……."

"물에 들어가야겠지."

무레파의 일생에서 단 한 번도 입에 담지 못한 단어였다. 그러나 그는 입 밖으로 '물'을 꺼냈다. 비록 몸서리치면서, 눈이 튀어나올 정도로 두려워하며 꺼낸 말이지만, 그는 분명히 물이라고 말했다.

고드람은 그 말을 똑똑히 들었다.

무기 없는 레콘이 죽었다는 소식에 그를 아는 많은 이들이 슬퍼했다. 그러나 그들 중 일부, 이를테면 한때 철퇴 구출대의 일원이었던 이들은 슬퍼하지 않았다. 가게의 주인, 성실한 일꾼, 한 가정의 가장이 된 그들은 팔을 걷어붙이고 이전에 무레파가 한 손으로 옮겼던 조각배를 힘을 합쳐 옮겼다. 그들은 앞서 산을 오르는 고드람을 따라 연못으로 향했다.

연못 중앙의 철봉이 달빛을 반사시켰기에 그들은 철퇴의 존재를 확인할 수 있었다. 그들은 조심스럽게 조각배를 띄웠다. 네 사람이 배를 붙잡았고 두 사람이 노를 들고 올라탔다. 그리고 고드람이 배에 올랐다. 그들은 노인의 승선을 걱정했지만 그는 마음 놓으라는 듯 손을 저었다.

배가 미끄러지듯 연못의 중심으로 다가갔다. 오래전 그들이 그랬던 것처럼.

철퇴와 가까워지는 것을 확인한 고드람은 의식 아래로 내려갔다. 그리고 어딘가에 숨어 있을 무레파를 불렀다.

"무레파. 때가 왔어."

"……."

무레파는 잔뜩 위축되어 있었다. 고드람은 재촉하지 않았다. 그가 스스로 나올 수 있기를 기다렸다. 오래 걸리지 않았다. 무레파는 준비가 되었다는 듯 정신적 긍정을 보였다.

"벌써 마음을 굳혔나 보지?"

"반려 앞에서 추태를 보이고 싶지는 않아."

"좋은 남편이군. 그런데 왜 아내들이 널 떠났지?"

"성격 차이. 흔한 이혼 사유지."

그들은 킬킬거렸다.

고드람이 손짓하자 사내들은 노를 놓았다. 배가 완전히 멈춘 후에 고드람은 조심히 배 끝으로 향했다. 사내들은 균형을 맞추기 위해 반대편으로 몸을 기울였다. 고드람의 오른쪽 발목이 물에 잠겼고, 잠시 후 양쪽 발이 전부 잠겼다. 무릎 아래까지 물에 젖었을 때, 고드람은 그만 난간을 놓치고 말았다. 사내들은 깜짝 놀랐다. 다행히 고드람은 금방 물 밖으로 고개를 내밀었다.

"괜찮으십니까?"

고드람은 희끗한 머리를 쓸어 넘기고 유쾌하게 말했다.

"물이 시원하군. 자네도 들어오겠나?"

사내들의 미소를 뒤로 하고 고드람은 뒤를 돌았다. 등 뒤에 빛나는 철 기둥이 있었다. 뿌리 뻗은 거목 같은 모습이었다.

고드람은 숨을 크게 들이마시고, 일시에 잠수했다. 물 아래로 깊게 뻗어 내려간 별철 철퇴가 보였다. 고드람은 철퇴 자루에 낀 이끼를, 진흙 속에 완전히 파묻힌 추를 보았다. 땅을 뚫고 나온 긴 철봉의 형상이었지만 고드람은 진흙 아래에 숨겨진 추가 철퇴를 지탱하고 있음을 알았다. 철퇴는 굳건했다. 무레파처럼.

수면으로 올라온 고드람은 천천히 손을 뻗었다. 주름진 손이 철퇴 자루를 감싸 쥐었다. 정신이 아득해지는 것 같은 냉기가 손을 타고 흘러들어왔다. 하지만 고드람은 눈을 부릅뜨고 그 냉기를 의식 아래로 전달했다. 무레파가 똑똑히 느낄 수 있도록. 고드람은 무레파의 감정을 느낄 수 있었다. 흥분과 공포. 철퇴의 존재를 증명하는 냉기와 조우한 무레파의 감정은 그랬다. 고드람은 부드럽게 말했다.

"시작하자. 봉만 잡고 있으면 가라앉지 않는다는 사실 잊지 마."

"너도 전부 기억하고 있기를 바란다."

무레파의 육이 영을 잃은 직후, 그들은 납병을 준비했다. 촛불 켠 탁자에 앉아서 고드람은 무레파에게 손의 지배권을 내주고 눈으로 무레파가 써내려 가는 납병 과정을 읽었다. 그 과정에서 고드람은 한 가지 의문을 품었다. 기존의 납병례는 어디까지나 평생 무기를 놓지 않은 레콘이 행하는 의식이기 때문에 그 내용이 무레파의 경우와는 맞지 않았다. 그래서 고드람은 내용을 수정해도 되겠냐고 물었다. 무레파는 버릇처럼 수염볏을 쓸어내리려 했고, 그 때문에 고드람의 꺼슬꺼슬한 턱을 만지게 되었다.

　"촉감이 나쁘군. 수염볏이 없잖아."

　"사과는 안 할 거다."

　"내용을 바꿔도 상관없다. 아니, 부디 바꿔 주길 바라. 나는 내 철퇴를 쥐지 못했으니, 평생 쥔 병기에게 고하는 인사를 내가 건네는 것은 기만이겠지."

　그렇게 그들은 밤새 머리를 맞대어(군령자이기에 의식을 맞대어) 새로운 내용을 짰다. 보수적인 레콘들이 이 광경을 보았다면 전통을 지키지 않았다고 기함을 했을 것이다.

　고드람은 끊임없이 납병례의 순서와 내용을 되뇌었다. 마침내 모든 내용을 막힘없이 읊을 수 있다는 확신이 생겼을 때, 그는 이미 입을 열고 있었다.

　"모든 이보다 낮은 여신이여. 무기를 잃고 죽은 채 살아가던 죄인이 자신의 무기에게 용서를 구하려 합니다."

납병례가 시작되었다. 사내들은 모두 숨을 죽였다. 깊은 밤의 연못에서 오직 그의 목소리만이 잔잔히 울렸다.

"레콘은 한 명의 전사로서 무기를 쥐고 세상과 맞서 싸웁니다. 하지만 그는 무기를 잃었고, 그랬기에 더 이상 전사로 남을 수 없었습니다. 명예는 그를 밀어냈고 원한은 갚을 수 없었습니다. 하지만 그는 끊임없이 싸웠습니다. 두려움으로부터 도망치지 않고 끝없이 부딪치며, 훗날 만나게 될 자신의 병기 앞에 당당한 모습으로 설 수 있기를 바랐습니다."

그들이 새로운 납병례의 내용을 써내려 가던 때에, 고드람은 무레파에게 철퇴를 꺼내려 하는 이유를 물었다. 무레파는 머뭇거리다가 이렇게 말했다. '처음에는 두려워서. 다음에는 절실해서. 끝에는 미안해서.' 그러고는 이렇게 덧붙였다. '그런데 지금 생각하니, 나는 처음부터 미안했던 것 같다.'

"그는 자신의 병기에게 속죄하며 평생을 보냈습니다. 그의 뉘우침이 그를 죽음으로 이끌었습니다. 하지만 그는 포기하지 않았습니다. 영의 소멸을 유예하는 마지막 수단을 택한 끝에 그는 이곳에 왔습니다. 그리고 지금, 여신의 가호 아래 그는 병기와 재회하려 합니다. 무레파."

무레파가 의식 위로 올라왔다. 고드람과 위치를 바꾼 순간, 간접적으로 느껴지던 물의 감각이 피부로 와 닿았다. 무레파는 기겁했다. 물의 촉감이 낯설었다. 살이 얼얼해지는 느낌이 불타는 듯했다. 하지만 죽음과 동시에 종족적 특성을 잃어버린 레콘은 물을 더 이상 겁내지 않았다. 그는 허울뿐인 공포에 집중하는 대신 자신의 손으로 시선을 돌렸다.

자루를 감아쥐는 감촉은 생전과 전혀 달랐다. 두꺼운 피부와 깃털로 덮인 레콘의 손과 달리 인간의 손은 매끈하고 작았다. 게다가 그는 물속에 있었다. 손가락을 쥐었다 펴며 그는 물속에서 느리게 움직이는 손가락과 별철 철퇴의 감촉을 느꼈다. 차가웠다. 하지만 그는 철퇴가 차가운 것이 물 때문인지, 깃털 없는 인간의 손으로 만져서인지 구분할 수 없었다. 무레파는 저항할 수 없는 우주적 힘에 의해 수십 년의 세월을 거슬러 올라가는 기분을 느꼈다. 그는 철퇴가 연못 아래에 박혀 있던 게 아니라, 자신을 기다리고 있었음을 알았다. 철퇴를 사람으로 은유하는 표현이 아니었다. 레콘은 그런 표현법을 쓰지 않는다. 하지만 그는 자신의 철퇴가 언제까지고 그 자리에 기다리고 있었으리라는 것을 확신했다. 무레파는 철퇴 자루를 끌어안고 울음을 터뜨렸다.

고드람은 의식 너머에서 묵묵히 지켜보았다. 무레파의 마음이 곧 그의 마음이었기에 고드람은 재촉하지 않았다. 하지만 철퇴 구출대는 노인이 차가운 물 때문에 정신을 잃어 납병례가 중지된 게 아닌가 생각했다. 조각배 위에서 안절부절못하던 사내들이 마침내 뛰어들어 그를 구조하기로 마음먹은 순간, 무레파는 고드람의 입을 빌려 납병례를 이어 갔다.

"모든 이보다 낮은 여신이여. 제가 저지른 실수가 저와 철퇴를 이별케 했습니다. 당신의 가호가 없었다면 이렇게 다시 만날 수 없었을 것입니다. 여신께 감사의 말씀을 드리며, 저는 이제…… 제 철퇴에게 사과하려 합니다."

같은 사람의 입에서 흘러나오는 다른 어투. 그러나 두 어투에는 깊이를 알 수 없는 유대가 서려 있었다. 물속에 뛰어들지 못하고 엉거주춤 일어나 있던 사내들은 연못 한가운데에서 달빛을 받으며 떠 있는, 그러면서도 무기에서 손을 놓지 않고 의식을 이어 가는 '그들'을 보며, 오래전 잊어버린 무언가가 끓어오르는 것을 느꼈다.

"무기로 태어났으되 쥐어지지 못한 나의 벗이여. 누구보다도 강인한 너는 물속에 갇혔고, 나는 육신을 잃은 후에야 널 다시 만났구나."

고드람은 무레파가 실수했다고 생각하지는 않았다. 무레파는 첫 부름 다음에 이어질 말이 '오랜 시간 이곳에서 나를 기다려 주었구나.'였음을 알고 있었다.

"사람들은 레콘이 전사로 태어난다고 말하지. 하지만 그렇지 않다. 전사에게는 무기가 있어야 한다. 너를 잃었기에 나는 전사가 아니었다. 긴 시간이 지나고, 네 몸에 이끼가 낀 지금에야…… 너를 다시 쥘 수 있었다. 하지만 나는 이미 죽었고, 너는 물속에서 납병을 치르고 있구나……."

무레파의 목소리는 알아듣기 힘들 정도로 떨리고 있었다. 고드람은 착잡한 심정으로 그 광경을 지켜보았다. 만약 무레파가 납병을 이어 가지 못하면 고드람이 나서야 했다. 하지만 그의 우려는 무의미했다. 무레파는 레콘이었다.

"최후의 대장간에서 너는 별철로 되돌아갈 것이다. 그리고 새로운 무기로 거듭날 것이다. 그때가 오면, 실수로 연못에 무기를 빠뜨리는 나 같은 멍청이가 아니라…… 진짜 전사의 손에 쥐어지기를 바란다. 그러니 이제…… 편히 쉬어라. 미안하다."

사내들의 도움으로 고드람은 조각배 위로 다시 올라탔다. 노인의 몸은 온통 물에 젖어 스스로를 가누지 못했다. 가까스로 올라 숨을 내쉬는 동안 사내들은 그에게 모포를 내밀었다. 고드람은 몸을 닦아 내고 그대로 쓰러졌다. 신음하던 고드람이 문득 눈을 떴다. 별이 보였다. 하늘을 비추어 수면에 떠오른 하얀 별들이 물결과 함께 흔들리고 있었다.

고드람은 별과 운명에 대한 불확실한 믿음에 매료된 사람은 아니었다. 하지만 고드람은 자신이 보고 있는 광경이 무레파가 철퇴를 잃은 날 본 하늘과 똑같았음을 알 수 있었다. 고드람은 충동적으로 물었다.

"나나본은 별이 예쁘지. 그렇지?"

고드람의 말에 그의 머리맡에서 노를 젓던 사내는 웃음을 지었다.

"맞습니다. 나나본은 별이 아름답지요."

하지만 고드람은 그런 대답을 바라지 않았다. 귀찮다는 듯 수염볏을 비틀며 툭 내뱉는 대답을 듣고 싶었다.

그 순간 고드람은 깨달았다. 무레파는 고드람의 의식 속에서 스스로를 해체시켰다. 무레파의 영이 사라진 자리에서 고드람은 그의 기억을 볼 수 있었다. 무레파의 기억은 행복으로 덧칠되어 있었다. 죽은 벗이 남긴 마지막 선물이었다. 고드람은 폭소를 터뜨렸다. 그 소리에 사내들이 놀라 쳐다보았지만 고드람은 멈추지 않았다.

늦은 시간이었지만 고드람은 그들을 자신의 집으로 데려갔고, 가장 좋은 고기를 꺼내 왔다. 그들은 마당에 화로를 준비하고 고기 잔치를 벌였다. 곡차 사업을 시작한 사내가 가져온 술독은 순식간에 비워졌다.

왁자한 추모의 시간이 지나고 하나둘 돌아갔다. 사내들이 뒷정리를 도우려 했지만 고드람은 그들에게 고기가 든 바구니를 쥐여 주며 한사코 내보냈다. 그들이 모두 돌아가고도 고드람은 뒷정리를 하지 않았다. 그는 아무 말 없이 마당을 거닐었다.

걸음이 멈추었다. 고드람은 무레파가 누워 있곤 하던 자리를 내려다보았다. 그러다가, 툭 하고 말을 던졌다.

"없지?"

없었다. 고드람의 안에 무레파는 더 이상 남아 있지 않았다. 그는 마당에 주저앉고 하늘을 올려다보았다. 별은 여전히 사무치게 예뻤다. 그는 중얼거렸다.

"전사가 아니라고? 무슨 소리. 너는 평생을 연못과 싸워 왔잖아. 물론 우리 쪽수가 더 많았고, 그런데도 매번 졌지만."

큭큭 웃으며 고드람은 하늘의 모든 별을 눈에 새겨 넣으려 했다. 그 자신이 무레파의 영을 묻은 무덤이 되었기에, 그는 무레파의 무덤에 꽃 대신 별을 바치고자 했다.

* * *

케이건의 목소리는 빗소리와 더불어 천천히 그들을 적시는 듯했다. 비형은 눈물을 글썽이며 그를 바라보았고, 류은 슬픈 표정을 지었다. 티나한은 그들에게서 몸을 돌리고 있었다. 물이라는 단어를 듣기 싫어 등을 돌린 것은 아니었다. 케이건은 티나한의 어깨가 가늘게 떨리는 것을 볼 수 있었다.

"납병례는 레콘이 평생을 함께한 무기를 떠나보내는 의식이오. 하지만 그의 납병은 조금 달랐소. 그의 납병은 자신의 실수 때문에 무기로 살아가지 못한 무기에게 그가 바친 진심이었소."

"그러면……."

티나한이 몸을 돌렸다. 그들은 티나한의 목이 메어 있음을 알았지만 그것을 지적하지는 않았다.

"그러면, 철퇴는 계속 그 안에 남아 있던 거야?"

"어쩌면 계속 남아 영웅왕의 철퇴에 대한 전설을 퍼뜨릴 수도 있었겠지만, 그렇게 되지는 않았소. 어느 날 갑자기 사라졌다고 하더군."

그들은 케이건의 다음 말을 기다렸지만, 케이건은 맥 빠지게도 이렇게 말했다.

"이야기는 끝났소. 이제 자도록 하시오. 내일 비가 그치지는 않겠지만, 일찍 자 두어서 나쁠 것은 없소."

륜은 케이건을 쏘아보고 싶은 충동을 억눌렀고, 티나한은 부리를 벌려 바람 빠지는 소리를 흘렸다. 비형은 믿을 수 없다는 듯 입을 벌렸다.

"정말 끝났나요? 완전히? 분명히?"

케이건은 비형의 물음을 딱 잘랐다.

"변명의 여지없이. 내가 아는 선에서는, 이게 끝이오."

비형은 못내 아쉬워하며 잠자리를 펼쳤다. 머리를 뉜 후에도 비형은 그 이야기에 대해 생각했다. 분명 숨겨진 결말이 있을 것이다. 그렇지 않은가?

그날 비형은 밤의 다섯 번째 따님을 만났다. 곡차 연못 위에 조각배를 띄우고 철퇴로 노를 저으며 별이 빛나는 하늘로 나아가는 멋진 꿈이었다. 비형은 '노를 빠뜨리면 흙으로 연못을 메워야 하니 조심해.'라고 중얼거렸다. 쉽게 잠들지 못해 뒤척이던 티나한에게는 끔찍한 소음이었다. 끙끙 앓던 티나한은 마침내 벌떡 일어났지만 비형에게 곱게 자라고 으름장을 놓는 대신 대피소 입구에서 불침번을 서던 케이건을 불렀다.

"이봐, 케이건."

"더 자 두는 편이 좋을 거요. 너무 일찍 일어났소."

케이건은 조금도 피곤하지 않은 것처럼 말했다. 티나한은 은근한 미안함을 느끼며 말했다.

"교대하려고 일어난 게 아니야. 뭣 좀 물어보려고."

"말하시오."

"그, 철퇴를 빠뜨린 레콘 이야기 말이야. 레콘이 아닌 너희도 짐작하겠지만, 거기에 빠진 무기를 건지는 것은 정말 어려울 거야. 그런데, 우리 구출대가 하고 있는 일도 굉장히 어려운 일이잖아. 한계선에서 나가를 만나 데려오는 일이니까. 그래서 우리는 셋이 모였어. 하나를 상대하기 위해. 그렇잖아?"

"하고 싶은 말이 무엇이오."

"그러니까…… 그런 생각을 하던 중에, 어쩌면 그 레콘이 철퇴를 꺼내지 못한 것은, 셋이 하나를 상대하지 못해서 그랬을지도 모른다는 생각이 들었어. 인간과 레콘만이 철퇴 구출을 시도했잖아. 만약 철퇴 구출대에 도깨비가 있었다면, 뜨거운 도깨비불로 그걸 전부 말려 버릴 수 있지 않았을까?"

티나한의 말에 케이건은 놀란 표정을 지었다. 티나한은 세 종족이 나가를 상대했듯, 철퇴 구출대에 세 종족이 모여 물을 상대해야 했다고 말하고 있었다. 케이건은 나가를 가호하는 발자국 없는 여신이 물이라는 것을 떠올렸다. 그러나 티나한이 그것까지 생각했으리라고 판단하지는 않았다. 고심 끝에 케이건은 적절한 대답을 찾았다.

"불가능했을 거요. 풍문에 따르면 그들의 직업은 도축업자였소. 온몸에 피 냄새가 지독하게 배어 있을 테니 도깨비는 접근하려 하지도 않았을 거요. 게다가 대확장 전쟁 이후 많은 도깨비들이 즈믄누리로 모습을 감추었으니 만나기도 힘들었겠지."

케이건의 대답에 티나한은 고개를 끄덕였다. 납득이 가는 설명이었다. 하지만 티나한은 푸념하듯 덧붙였다.

"젠장. 정말 상상하고 싶지 않지만, 그래도 만약 내 철창이 거기에 빠졌다면, 즈믄누리에 쳐들어가서 가장 먼저 만나는 도깨비를 붙잡고 협박할 거야. 그걸 몽땅 말려 버리지 않으면 피를 뒤집어씌우겠다고. 분명 그만큼 절박할 거야."

케이건은 지그시 티나한을 바라보다가 말했다.

"비형이 깨어 있지 않아 다행이군."

"아, 내 말이 너무 거칠었군. 미안하다. 슬슬 교대할까?"

"아직 밤이 기니 들어가서 눈을 붙이시오. 때가 되면 깨우겠소."

티나한이 돌아가고 케이건은 다시 생각에 잠겼다. 티나한의 지적은 타당했다. 도깨비가 일으키는 불은 철퇴 구출대에게는 최고의 원조였을 것이다. 도깨비와 레콘, 인간이 힘을 합칠 필요도 없다. 도깨비가 도깨비불을 이용하면 단신으로 연못을 말려 버릴 수도 있다.

그들은 왜 도깨비의 도움을 받지 않은 걸까?

* * *

소메지는 크히레가 자신을 되찾기 위해 무레파와 싸울 것을 알았다. 그래서 그가 돌아오면 '역시 해낼 줄 알았어.'라고 기쁜 마음으로 말해 주려 했다. 그러나 그럴 수 없었다. 싸움 도중 머리를 세게 얻어맞기라도 했는지, 크히레는 도깨비 성 한복판에 떨어진 인간처럼 보였다. 시간이 지나며 그의 불안증은 점차 사라졌지만 소메지는 의구심을 품지 않을 수 없었다. 크히레는 이전처럼 좋은 남편이었지만, 발작적으로 철극을 쥐거나 먼 곳을 보며 한숨을 내쉬는 일이 빈번했다. 그녀는 이유를 짐작할 수 없었다.

크히레는 자신에게 아무 잘못이 없다고 생각했다. 하지만 동시에 극심한 죄책감에 시달렸다. 그는 자신 때문에 무레파가 그런 끔찍한 일을 당했다는 사실을 부정할 수 없었다. 있는 줄조차 모르고 있던 양심이 자신의 잘못이었다고 부르짖고 있었다. 그는 끊임없이 생각했다. 내가 철퇴를 옆으로 쳐냈다면, 또는 손으로 잡으려 시도했다면 무레파는 그런 재앙을 맞닥뜨리지 않아도 되었을 텐데. 그런데도 네 탓이 아니라고? 게다가 너는 사과조차 하지 않았어!

'어쩔 수 없었어. 그 자리에 남아 있었다면 무레파가 철극을 연못으로 던져 버렸을 거라고.'

그는 수천 번을 반복한 대답을 다시금 떠올렸다. 물론 그 대답은 지난 수천 번과 마찬가지로 어떠한 위안도 되어 주지 못했다.

결국 크히레는 무레파에게 사과하기로 마음먹었다. 나나본의 무기 없는 레콘 도축업자에 대한 소문은 유명했다. 무레파가 틀림없었다.

소메지는 털이 보송보송한 아기 레콘을 품에 안고 있었다. 그녀는 떠나려는 크히레를 붙잡았다.

"뭐 하러 가?"

"사과."

그러고는 잠시 침묵하더니, 이렇게 덧붙였다.

"어쩌면 싸움."

사과라는 말을 듣고 남편이 정말 미친 게 아닌가 생각하던 소메지는 그제야 만족하여 그를 보냈다.

이른 아침, 크히레는 별철 철극을 꽉 쥐고 나나본의 대로를 걸으며 주위를 살폈다. 그는 무레파가 여전히 자신을 증오하고 있으리라고 생각했다. 골목이나 주막에서 분노한 무레파가 나타나 자신의 철극을 빼앗을지도 모른다고 생각하자 불안은 더욱 심해졌다.

사람들의 눈에 긴장한 레콘이 길을 걷는 모습은 파괴 충동에 휩싸인 투사가 사냥감을 찾는 것처럼 보였다. 그들은 당황하여 어떻게 할지 의논했다. 그때, 한 노인이 나섰다.

"누구 나와 같이 나설 사람 없나? 저 레콘을 진정시키자고."

물론 누구도 나서지 않았다. 노인은 콧방귀를 뀌었다.

"좋아, 내가 가지."

노인은 수통조차 챙기지 않고 그에게 다가갔다. 레콘은 경계하듯 눈을 부릅뜨고 노인을 노려보았다. 그런데 노인의 표정이 심상찮았다. 그는 잘 아는 사람을 만난 것처럼 반가운 표정을 짓고 있었다.

"철극이라. 자네가 혹시 크히레인가?"

"뭐? 나를 어떻게 아는 거냐!"

"알다마다. 무레파에게 들었지."

"무레파라고? 제대로 찾아왔군. 그 녀석 어디에 있어! 설마 그 녀석, 내 철극을 거기에 빠뜨리려는 속셈은……."

"헛소리하지 말고 따라오게. 듣던 것보다 덜떨어진 모양인데……."

크히레는 연장자를 존중할 줄 아는 레콘이었다. 그래서 그의 머리를 당장 쳐부수지 않을 수 있었다.

크히레는 긴장을 늦추고 겸손 따위는 모르는 인간 노인의 뒤를 따라 걸었다. 산을 향해 걷던 노인이 무심하게 말을 던졌다.

"무레파가 그러던데. 자네가 무레파와 결투하던 중 그 사고가 일어났다고."

산에서의 결투를 떠올리며 크히레는 기다렸다는 듯 외쳤다.

"그래, 그건 사고였다! 혹시라도, 내 철극을 빼앗아 앙갚음하려는 생각이라면……."

"그럴 수는 없다네. 무레파는 죽었거든."

산어귀에 접어들며 그는 그렇게 말했고, 그 사실은 크히레를 놀라게 했다. 그리고 곧 끔찍한 기분에 젖었다. 무레파가 죽었다는 말을 듣자마자 자신의 철극이 내던져질 걱정이 없어졌다는 생각을 하고 안심했기 때문이다. 스스로를 책망하면서 크히레는 물었다.

"설마 무기 없는 레콘과 싸우려 드는 놈이 있었다는 말이야?"

"음? 아아, 싸우다가 죽은 게 아니야. 무기 잃은 레콘에게 시비를 거는 몰상식한 레콘은 없지. 무레파는 슬픔이 낳은 병에 걸려 죽었다네."

크히레는 아무 대답도 하지 못했다.

"하지만 무레파는 크히레 자네를 탓하지 않았다네. 단 한 번도. 무레파는 항상 그 일이 자신의 잘못이라고 생각했지."

"……그래서. 나를 끌고 산을 오르는 이유는?"

"연못으로 데려다주려고."

크히레의 몸이 세 배로 부풀었다.

그의 죄책감이 공수증을 짓누르고 있었기에, 크히레는 도착하기 전까지 도망치지 않을 수 있었다. 만약 물이 철썩이는 소리가 들리기라도 했다면 곧장 도망쳤을 것이다. 하지만 어떤 소리도 들리지 않았다. 크히레는 의아해했다.

잠시 후, 한때 연못이 있던 자리를 보고 크히레는 당황했다. 그곳에는 지름이 100미터는 될 법한 거대한 구덩이가 있었고,

그 자리에 흙으로 덮인 기다란 기둥이 서 있었다. 마치 땅을 반구형으로 도려낸 후에 그 중심에 기둥을 박은 것 같았다.

'모르는 사람이 보면 하늘에서 떨어진 철퇴가 주위를 초토화시킨 줄 알겠군.'

그런 생각을 하고 있을 때 고드람이 그를 불렀다. 목소리가 들린 방향으로 시선을 돌렸다. 고드람은 구덩이를 응시한 채 뒷짐을 지고 있었다.

"이웃 중에 곡차 사업을 하는 청년이 있는데, 그 녀석이 사업 동료에게 부탁했다네. 그 도깨비가 도깨비불로 연못을 통째로 말려 버렸지. 그나마 남아 있던 물기는 햇빛에 전부 말라 버렸고. 연못 중앙에 진흙이 말라붙은 채 서 있는 저 기둥이 바로 무레파의 철퇴라네."

크히레는 놀랐다. 크히레도 도깨비불에 대해 어느 정도 알고 있었지만, 물속에 불을 피워 연못을 통째로 말려 버릴 수 있다고는 짐작조차 하지 못했다. 고드람이 그를 돌아보았다.

"무레파는 납병을 했다네. 나는 그 녀석의 납병을 도왔고. 그러니 이제, 저 철퇴를 최후의 대장간으로 옮길 차례지."

"······도깨비가 연못을 말려 버릴 수 있었다면, 왜 진작 그렇게 하지 않았지?"

"우리는 도축업을 했다네. 나나본에 사는 도깨비들은 우리 곁에 얼씬도 하지 않았지. 게다가 연못을 통째로 말려 버리면 그 안의 동물들이 죄다 죽을 텐데, 먹기 위한 살생도 아닌 그런 대규모 살생은 도깨비의 여린 심성으로는 벅찬 일이지. 그래서 함부로 요구할 수 없었다네. 게다가 도깨비불을 피우면 철퇴가 망가질 수도 있잖나."

크히레는 고작 그런 이유로 도깨비의 도움을 받지 않은 것이냐고 따져 물으려 했다. 만약 물에 빠진 게 철극이었다면 크히레는 무슨 수를 써서라도 도깨비에게 불을 피우게 했을 것이다. 하지만 고드람은 고개를 저었다.

"그게 대수냐고 묻고 싶나 본데. 자네는 모르겠지만, 그 녀석은 철퇴를 빠뜨린 후로 철퇴를 훼손시킬 수 있는 시도를 무엇보다도 두려워했어. 거의 강박에 가까워졌어. 내 생각에 무레파는 '불을 쓰지 않고 만들어진 무기에게 불을 강요하라고?'라고 말하며 거절했을 것 같군. 이해되지 않을지도 모르지만, 녀석은 그랬다네."

고드람은 미소를 지었다.

"납병은 끝났고, 철퇴도 물 밖으로 나왔으니 이제 철퇴를 최후의 대장간으로 돌려보낼 차례라네. 나도 함께 가고 싶지만…… 최후의 대장간에 인간이 드나들 수는 없으니, 자네가 해 주면 좋겠군."

크히레는 벼슬을 꼿꼿이 세우고 구덩이를 노려보았다. 한참을 말없이 응시하던 크히레는 부리를 딱 소리 나게 다물고 철극을 가까운 나무에 비스듬히 세워 두었다. 그리고 구덩이를 향해 조심히 걸음을 옮겼다. 경사가 시작되는 지점에서 크히레는 잠시 멈추고 허리를 숙였다. 바닥은 조금의 습기도 없이 바싹 말라 있었다. 고드람은 크히레의 몸이 호흡과 함께 부풀고 작아지는 광경을 지켜보았다.

크히레는 구덩이로 뛰어들었다. 그러고는 우악스럽게 철퇴 자루를 붙잡았다. 조심성이라고는 없는 행동에 고드람은 눈을 치켜떴다. 곧 고드람은 숨이 막힐 것 같은 기분을 느꼈다. 크히레는 흙더미를 당겨 올리며 철퇴를 뽑은 후 허공으로 힘차게 휘두르며 말라붙은 진흙과 죽은 이끼를 사방으로 뿌렸다. 그러자 등롱을 감싼 헝겊이 풀려나듯, 철구가 햇빛을 사방으로 반사시키며 광채를 발했다. 컴컴한 물속에 박혀 햇빛을 받지 못한 철퇴가 수년 만에 맞은 햇빛이었다. 크히레는 뒤이어 그것이 검이었다면 검무라고 불렸을 동작을 취했다. 마치 봉 끝에 별을 박아 휘두르는 것 같았다. 감옥에서 풀려난 별은 한때 유성처럼 쏟아지던 날을 추억하듯 지나간 궤도에 빛을 조각내어 흩뿌렸다.

고드람은 철퇴의 춤 사이로 걸어 들어가고 싶은 충동을 억눌러야 했다. 의식 너머에서 사라진 무레파가 저 광경을 볼 수 있도록, 더 가까운 곳에서 똑똑히 지켜보고 뇌리에 새겨 넣고 싶었다. 고드람은 중얼거렸다.

'무레파, 저게 네 손에 들려 있기를 바랐는데.'

노인의 눈이 담기에는 반사광이 너무 강했던 탓일까. 어느덧 고드람의 눈가는 뜨겁게 젖어 들어가 있었다.

늦은 밤이었지만 그들은 잠자리에 들지 않았다. 크히레는 두 자루의 별철 무기를 벽에 세워 두고 다시 한번 바가지를 붙잡았다. 곡차가 든 동이에 움푹 집어넣고 크게 퍼냈다. 그리고 단숨에 들이켰다. 과음을 말릴 사람은 없었다. 고드람은 이미 만취해 있었다.

"시원하게도 마시네. 나도 마셔야지. 비켜 봐, 깃털 뭉치!"

"그거 바가지 아니다."

"뭐? 어쩐지 무겁더라니."

발골도를 움켜쥐고 지긋이 노려보던 고드람은 뒤로 던져 버렸다. 맨정신일 때에는 결코 하지 않았을 짓이지만 그는 이미 사고할 능력을 잃은 상태였다.

크히레는 다시 한번 곡차를 퍼냈다. 그리고 부리를 박고 쭉 들이마신 후에 마지막 한 방울까지 털어 넣었다. 그러고는 구덩이에서부터 그를 괴롭혀 온 의문을 던졌다.

"무레파가 어떻게 납병을 했지? 네가 납병을 도왔다는 말은 무슨 뜻이고?"

크히레는 고드람이 거짓말을 했으리라고 생각했다. 그의 말대로 도깨비가 연못물을 말려 버렸다면, 그리고 그것이 무레파가 죽은 후의 일이라면, 무레파는 생전에 결코 납병을 할 수 없었을 것이다. 레콘은 물에 들어갈 수 없으니까. 어쩌면 고드람은 무레파가 던져 놓고 간 골칫덩이를 치워 버리기 위해 크히레를 이용한 것일지도 모른다. 하지만 이런 의심을 함부로 드러냈다가는 고드람의 화를 돋울 수도 있다.

이러한 이유 때문에 크히레는 술자리를 갖자고 요구했다. 예상대로, 만취한 고드람은 허탈할 정도로 시원하게 대답해 주었다.

"나는 군령자야. 무레파는 내게 전령했고. 무레파는 내 몸을 빌려 물속에 들어간 후에 납병을 진행했어. 엄청나지?"

그렇게 말하고 고드람은 탁자에 머리를 박았다. 노인치고는 오래 버텼다고 생각하며 크히레는 수염볏을 쓸어 만졌다. 그리고 조용히 곱씹었다. 무레파가 이 노인에게 전령했다고? 물에 들어가서, 납병례를 치르기 위해?

말도 안 된다. 어떤 미친 레콘이 그런 짓을 저지른다는 말인가. 전령한 후에는 물이 두렵지 않다고 해도, 전령하겠다는 결정은 죽기 전에 내려야 한다. 무레파는 살아 있을 때에 이미 물에 들어갈 각오를 했다는 말인가. 어떻게 그럴 수 있었을까.

크히레는 고드람의 건너편 벽을 바라보았다. 두 자루의 별철 무기가 벽에 기댄 채 서 있었다. 관리를 잘해서 선명히 빛을 반사하는 철극과 달리 철퇴는 빛이 바래 있었다. 저 철퇴가 햇빛 아래에서 그토록 찬란히 빛났다는 게 믿기지 않았다. 크히레는 다시 한번 곡차를 퍼 올렸다. 이번에는 곧장 부리로 가져가는 대신, 천천히 바가지를 눈앞으로 끌어당겼다. 바가지 안을 유심히 보던 크히레는 그만 질겁하여 바가지를 내던지고 말았다. 크히레는 도저히 물을 닮은 그 액체를 지켜볼 수 없었다. 레콘은 물을 두려워하는 것처럼 술은 두려워하지는 않지만, 그것은 어디까지나 술이 지닌 물의 특성을 외면해 버리기 때문이다. 크히레는 자신이 결코 물에 다가갈 수 없음을 다시금 되새겼다. 벼슬이 찢어질 것 같은 흥분 속에서 크히레는 숨을 몰아쉬었다. 크히레의 부릅뜬 눈이 파르르 떨렸다. 천천히, 아주 천천히 흥분이 가라앉았다. 크히레는 털썩 주저앉았다. 그리고 떨어진 바가지를 다시 붙잡았다. 곡차를 크게 퍼 올리고, 이번에는 바가지를 머리 위로 높이 들어 올렸다.

"무레파…… 내 아내는, 당신의 아내였군."

머리 위에서 출렁이는 곡차 바가지를 노려보며, 크히레는 몽롱한 정신으로 그렇게 말했다. 그리고 시원하게 들이켰다. 괜찮은 음복(飮福)이었다.

황혼의 피, 새벽의 눈물

김영훈

한계선이 설정되기 전까지 이어진 나가와의 전쟁은 무수한 병장기의 발달을 가져왔다. 대형 공성 병기부터 시작해 암살에 특화된 작고 치명적인 날붙이에 이르기까지, 현존하는 무기의 대부분이 최근 800여 년간이 아닌 옛 전란의 시대에 확립되었다.

무기의 역사는 더 이상 살상이 일상이 아닌 시대에 이르러 발전을 멈추고 수백 년 전에 정체되어 있다. 사람을 해하는 도구를 무엇하러 발전시킬 필요가 있느냐는 지극히 도덕적이고 윤리적인 지적은 접어두기를 바란다. 우리는 종전의 시대가 아닌 휴전의 시대에 살고 있다.

(중략)

수많은 무기 중에서도 검은 표준 무기로 손꼽힌다. 형태에 따라 활용도가 무궁무진하며, 무인이 아니라도 가축을 도살하거나 과실의 껍질을 벗길 때조차 칼을 사용한다.

검은 다른 무기와 달리 고유의 '집'을 지니고 있다는 점에도 주목해야 한다. 검을 제외하고 창도 활도 도끼도 정형화된 보관용 덮개가 없다. 필요나 기호에 따라 제작되기도 하지만 검만큼 필수적이지는 않다. 유독 검에 집이 요구되는 이유는 그것이 베는 무기이기 때문이다.

베는 것은 찌르는 것만큼 치명적이지 않다. 필연적으로 검은 다른 무기보다 날이 더 날카로워야 한다. 예리해야 하는 만큼 소지자에게 위험할 수 있다. 주인을 지키기 위해서도 집이 필수적이다.

날을 보호한다는 실용적인 목적을 넘어 칼과 칼집의 관계는 숭고한 것으로 여겨지는 점도 특기할 만하다. 민속학적 관점에서 검과 집의 결합은 부부의 연을 상징하며 영원의 언약을 뜻한다. 그래서 검사는 칼을 아끼는 것 이상으로 칼집 또한 소중히 했다.

이러한 관점에서 역사상 가장 유명한 무기인 바라기의 칼집에 대한 의문은 깊어진다. 영웅왕은 한쪽 팔을 잃은 뒤 해바라기와 달바라기를 하나의 고동에 붙여 만든 쌍신검을 종신토록 휘둘렀다. 그때부터 영웅왕은 칼집 없이 바라기를 들고 다녔다. 이는 칼을 칼집에 넣어 둘 틈도 없이 노구를 이끌고 쉼 없이 전장을 누볐다는 증거일 테지만, 대체 칼집은 어디로 갔을까?

바라기는 극연왕 대에 사라진 것으로 전하지만, 영웅왕 시절 이미 유실되었던 칼집의 행방을 어찌하여 아무도 좇지 않았는지 필자는 궁금할 따름이다. 칼집의 중대함을 아는 자로서 바라기의 실종에만 집중하고 그 반려인 칼집에 대해서는 누구 하나 신경 쓰지 않았던 지난 역사를 애석히 생각한다.

— 헤스토스 파이 〈무기대논고〉 중 발췌

빙원의 추위는 비늘을 세웠다. 마지막 언덕을 넘자 이보다 더

추울 수 없으리라는 예상은 무참히 박살 났다. 눈보라가 몰아치지 않을 때도 시련이 되는 추위였다. 눈발 섞인 강풍을 동반한 날씨는 이곳에 와서는 안 되는 방문객에게 썩 꺼지라며 사정없이 소금을 뿌려 대는 것 같았다. 말 그대로 설상가상 해까지 저물어 최후의 대장간으로 향하는 여정은 걷잡을 수 없는 난관에 봉착해 있었다.

사모는 자꾸만 아득해지는 정신을 붙잡으려 애썼다. 이 추위를 온전히 느끼고 있느니 차라리 냉동 가사 상태에 빠져 짐짝처럼 배달되는 편이 낫지 않을까 하는 생각을 몇 번째 하는지 몰랐다.

조금이라도 추위에서 달아나기 위해 티나한의 등에 파묻다시피 숨기고 있던 얼굴을 겨우 들어 하늘을 쳐다보았다. 사모를 걱정스럽게 주시하고 있던 것인지 비형이 나늬를 데리고 지상으로 내려와 티나한의 옆에 섰다.

하늘에서 흩날리는 굵은 눈발은 새하얀 살점이었다. 그 살점이 영원한 겨울의 대지를 덮고 하얀 피를 흘리며 설원을 조성했다. 비늘이 떨어져 나갈 것만치 공포스러운 추위는 그러잖아도 사모의 의식을 가득 채운 누군가를 더 가열히 떠오르게 했다. 무섭도록 차갑고 날이 선 피가 흐르는 길, 이 혹독한 대지를 걷는 일은 레콘이 아니더라도 숙원을 가진 자라면 응당 치러야 할 고행일 것이다. 각오를 재편하며 사모는 입술을 꽉 깨물었다.

라호친에서 출발해 평균 열흘 정도 소요되는 일정은 보름에 걸쳐 늘어지고 있었다. 강철 같은 레콘의 체력은 티나한을 지치게 하지는 않았다. 다만 몇 날 며칠 똑같이 새하얀 풍경이 펼쳐지는 데에는 염증을 느꼈다. 무엇보다 극연왕이 만든 도로가 현대 레콘의 안전을 어느 정도 보장한다고는 하지만, 얼음의 원재료인 '그것'에 대한 공포심은 아라짓 4대 왕의 경이를 가뿐히 무시했다. 발밑으로 특정 액체가 흐르고 있다는 생각에 섣불리 떨 수도 없어 티나한은 짜증스러웠다.

불을 자유자재로 다루는 도깨비 비형에게도 추위는 고난이 되지 않았다. 굳이 문제 삼을 것이 있다면 바람의 영향이 불가피한 비행체 나늬였다. 조금이라도 풍속이 세다 싶으면 안전을 핑계로 비형은 이동을 중단했다. 티나한이 산사태가 날 염려가 없을 정도로 꽝꽝 얼어붙은 설산 한 귀퉁이를 주먹으로 후벼 파서 얼음집을 만들면 그 속에서 쉬었다 가기를 반복했다. 행여 사모가 죽지는 않을까 하는 걱정에 그러는 것이었다.

심장을 적출한 나가는 이런 환경에서도 죽음과 거리가 멀다. 삶과 죽음을 견주었을 때 삶이야말로 결단코 고통으로 분류해야 할 만큼 괴로울 뿐이지. 지금 사모에게 나비의 날갯짓처럼 미약한 바람조차 살인적이었다.

티나한과 비형은 힘들어하는 사모를 지켜보며 별수 없이 사라진 길잡이를 떠올렸다. 나가를 잡아먹는다는 사실을 제외하면 전폭적으로 의지하고 지지할 수밖에 없었던 사내. 고된 여정 속에서도 싫은 내색 하나 없이 일행을 위해 길을 닦았던 그는 틀림없이 지금과 같은 상황에서도 왕의 고통을 덜어 주었을 것이다.

대호왕 사모 페이와 길잡이를 잃은 옛 수탐자 두 사람은 최후의 대장간으로 향하는 마지막 길목에 서 있었다. 목적지가 지척에 다가온 덕분에 휘몰아치는 폭풍우 속에서도 강행 돌파를 선택했다. 사모의 육체는 주인에게 작작 좀 하라며 결사반대를 하고 있지만 영혼은 1초라도 빨리 가야 한다며 고집을 꺾지 않았다. 영이 육을 이긴 결과 험궂은 날씨를 뚫고 서둘러 이 강행군을 마무리 짓는 것으로 사모는 결심을 굳혔다.

처음에 비형은 안 된다며 펄쩍 뛰었다. 티나한은 표정이 밝아지려다 헛기침을 하며 짐짓 점잖게 반대했다. 결론적으로 한시바삐 제대로 된 곳에서 추위를 피하는 편이 낫다고 합의를 보았다. 과연 눈과 얼음으로 뒤덮인 저 모든 이보다 낮은 여신의 사원이 나가에게 얼마나 온기를 나누어 줄 수 있을지 아무도 확신하지 못했지만.

"둘 다, 괜찮아?"

사모는 아무렇지 않은 척하려 했지만 의지와 달리 다 죽어 가는 목소리로 티나한과 비형에게 물었다. 지독히 아름다운 목소리는 극한의 상황과 맞물려 가련함을 부추겼다.

"저는 괜찮습니다, 폐하. 폐하가 걱정이지요. 어디 편찮은 데는 없으십니까?"

"그러게 말이야. 누구한테 할 소리를. 왕 너야말로 괜찮은 거냐고."

"괜찮아. 도깨비불이 있으니까. 흑사자 모피도."

"그렇다고 해도 유쾌한 날씨는 아니잖아."

이 절체절명의 혹한을 기껏해야 유쾌하지 않은 날씨 취급하는 레콘에게 사모는 새삼 위대함을 느꼈다. 물론 그녀가 업힌 등을 뒤덮은, 평소보다 다섯 배는 부풀어 오른 깃털은 티나한이 강추위를 어렵지 않게 견디는 까닭을 즉각 납득하게 해 주었다.

문득 같이 따라가겠다고 그르렁거리며 떼쓰는 것을 어렵사리 떼어 놓고 온 마루나래가 떠올랐다. 그곳이 어디든 사모가 가는 곳이면 따르려는 대호와 두억시니 금군은 일부러 하늘누리에 두고 왔다. 이 혹독한 추위를 나누고 싶은 마음은 추호도 없거니와 사모가 왕이 아니었던 시절부터 그녀를 열렬히 왕으로 추대한 것이나 다름없는 그들과 잠시나마 거리를 두고 싶었던 심정도 있었다. 티나한도 비형도 이제 사모를 이름보다 왕의 존칭으로 부르는 데 익숙할지언정.

"티나한의 등도 무척이나 아늑한걸."

"아무렴. 모든 이보다 낮은 여신을 모셨던 몸이라고!"

"두말하면 잔소리죠. 티나한은 세상에서 가장 훌륭한 이동식 요람이에요! 탑승감은 어떠십니까, 폐하? 마루나래의 털만큼 둥실둥실한지요?"

"그래. 꼭 갓난아기가 된 것 같은 기분이야."

"너, 너희, 너희들! ……쯧. 지금이니까 봐준다."

한때 살아 있는 제단으로 운신했던 과거를 크나큰 자부심으로 여기는 레콘 전사에게 비형과 사모는 보모의 미덕을 논했다. 더 푹신하게 해 주고 싶은 것인지 티나한이 깃털을 부풀렸다. 사모를 휙 돌아본 그는 부리를 딱 소리 내어 부딪히더니 다시 전방을 주시했다.

기운이 있다면 박장대소했을 텐데 사모는 힘없는 미소만 간신히 입가에 끌어올렸다. 제 꼴을 자업자득이라 자조하며 기어들어 가는 목소리로 사과를 중얼거렸다.

"……미안해."

"우리 사이에 무슨." "무슨 그런 섭섭한 말씀을 다 하십니까?"

두 사람의 즉답에 사모는 다 죽은 힘을 짜내 다시금 미소를 머금었다.

그 시절로 돌아간 것 같았다. 북부의 왕이 되기로 결정하기 전까지 구출대와는 줄곧 적이나 마찬가지였다. 그 살벌한 동거의 나날이 지금보다 즐거웠다. 이제 사모의 곁에 없는 두 사람이 그때는 있었다. 지금 사모를 지탱해 주는 두 사람 역시 사모가 느끼는 빈자리를 그리워하는 이들이다. 비형과 티나한 외에는 이 여행길에 함께할 수 없는 이유였다.

사모가 인원을 꾸리기도 전에 라수가 앞서 이 무도한 최후의 대장간행에서 왕을 모실 자로 티나한과 비형을 지목했을 때는 자못 놀랐다. 표면적으로는 잠행이기 때문에 눈에 띄어서는 안 되고, 여차하면 암살자로부터 누구보다 강력하게 왕을 보호할 수 있는 무력을 지녔으며, 그 모든 것에 우선해 무슨 일이 있어도 왕을 배신하지 않을 자라는 점을 내세운 인선이라고 라수는 설명했다. 그녀의 사도가 왕의 마음까지 보필했으리라는 것은 두말할 필요도 없었다.

"그나저나 아무리 최후의 대장간이 신성한 곳이라고는 하지만 시원해도 죽는 나가에게 이 길을 걷게 하다니. 하늘치가 추위를 싫어하는 거면 또 몰라, 여기 오는 길에 본 하늘치만 해도 다섯이야. 하늘누리라고 다를 리 없잖아? 라호친까지는 멀쩡히 타고 왔으면서 왜 그 너머는 안 된다는 거야? 최후의 대장장이님은 무슨 생각인지, 원."

"아서, 티나한. 나를 만나 주시는 것만으로도 감사하니까."

"잘은 모르지만 그거 왕이 할 말은 아니지 않나. 최후의 대장장이는 아니더라도 그 뭐냐, 하인샤 대사원으로 치면 오레놀쯤 되는 다른 대장장이를 불러서 분부를 받잡게 하면 되는 거 아냐?"

최연소 대덕과 이런 식으로 맞먹는 것을 레콘의 오만함이라 해야 할지 무례함이라 해야 할지 사모는 혼란스러웠다. 능력과 별개로 권위와는 거리가 먼 오레놀의 성품에서 기인하는 것이겠지만.

"대덕이 얼마나 대단한지 알고 하는 얘기야?"

"그러엄! 그 녀석은 하늘치 유적 탐사에 지대한 공을 세운 녀석이지."

"그래. 그것도 맞는 말이지."

사모는 피식 웃었다. 레콘마다 개인차는 있지만 그중에서 티나한은 대호왕을 왕이 아닌 사모 페이에 가깝게 대하는 거의 유일한 인물이었다. '폐하'가 아니라 '어이, 왕!'으로 부르고도 다른 신하들의 반발을 사지 않았다. 건국 공신으로 떠받들어지는 현실도 있겠지만 그의 본질이 오레놀과 동일하기 때문일 것이다.

"자, 그럼 최종 목적지를 향해 가 볼까?"

"아, 폐하. 조금 힘드셔도 대장간 입구에서는 어부바에서 내리셔야 합니다. 티나한의 명예를 지켜 줘야 하지 않겠습니까?"

"그렇구나. 내가 애먼 레콘 총각을 애 아빠로 오인하게 할 테니."

"이것들이 진짜! 아우, 그 버릇없는 멍멍이들이 너를 태우기만 했어도."

"……가자."

사모가 등 깃털을 살짝 잡아당기며 신호했다. 티나한은 걷는 것과 뛰는 것의 중간쯤 되는 구보로 최후의 대장간을 향해 가기 시작했다. 비형도 나늬에 올라 선발대처럼 앞장섰다. 비형은 먼저 대장간에 도착해 기어이 안에 있는 모든 레콘을 불러 모아 성대하게 왕을 맞이하게 할 것이다. 대호왕의 환영회를 겸해 티나한의 행색을 놀리려는 의도를 잔뜩 함축하여.

티나한의 말마따나 사모는 누군가에게, 그것도 남자에게 업힐 작정은 없었다. 레콘은 제 몸 하나로 추위를 돌파할 수 있고,

도깨비에게는 불과 딱정벌레가 있지만, 인간은 개 썰매에 의존해야 했다. 극단적으로 추위에 약해 빙원에서 스스로 한 발짝도 뗄 수 없는 나가에게 라호친가히는 더 필수적이었다. 사모는 라수가 미리 라호친에 사람을 파견해 준비해 둔 특수 제작 썰매에 오를 예정이었다.

그러나 라호친가히는 사모가 탄 썰매를 끄는 것을 명백히 거부했다. 사냥꾼은 훌륭히 길들였다고 자부하는 개들이 사냥감을 앞에 두었을 때처럼 왕에게 이빨을 세우고 으르렁거리자 심히 당황했다. 최후의 대장간으로 출발하지도 않았건만 이미 반쯤 죽음을 체험하고 있던 가운데 사모는 정신 억압을 시도했다. 그러나 열 마리도 넘는 개를 동시에 제압하는 것은 상당히 까다로운 기술이다. 사모는 빙원에 나가서도 계속 힘을 유지할 자신이 없었다.

라수가 사모에게 허락한 시간은 한 달이었다. 기한 이내 돌아오지 않으면 대장장이들에게 원성을 사든 말든 하늘누리를 끌고 대장간 입구까지 마중을 가겠다고 엄포를 놓았다. 사모는 폭정을 일삼는 왕이고 싶지는 않아 주어진 시간을 일분일초 소중히 여기기로 절치부심했다. 개 썰매는 깨끗이 포기하기로 했지만 제 발로 추위를 헤치고 걸어갈 자신은 결코 없어 흘러가는 시간에 초조함만 곱씹었다.

그런 사모를 구원한 것은 비형의 번득이는 재치였다. 모든 이보다 낮은 여신에게 그랬던 것처럼 사모도 티나한이 업으면 된다는 의견을 냈다. 우쭐하지만 수치스럽기도 했던 지난날을 떠올리며 티나한은 질색팔색했지만 달리 방법이 없었다. 동물 가죽으로 된 바람막이를 덧댄 썰매보다 티나한의 깃털과 체온이 흑사자 모피와 도깨비불과 어우러져 뛰어난 난방 효과를 낼 것이라고 비형은 주장했다.

나늬에 태우면 되지 않냐고 티나한이 반론을 제기하기는 했다. 그러나 비형은 돌풍이 잦아 어떤 위험 상황이 발생할지 모른다고 둘러댔다. 설득하는 것치고 지나치게 웃음기 가득한 도깨비의 태도에 레콘은 이를 갈았지만 뾰족한 수가 없었다. 대적자는 무적의 생체 왕좌가 되었다.

사냥꾼도, 티나한도, 비형도 왜 라호친가히가 사모를 태우지 않는지 영문을 몰랐다. 사모는 육식 동물의 본능에 가까이 그 이유를 알아차렸다.

짐승은 본능적으로 자기보다 강한 자를 알아보는 법이다. 나가는 육식 동물의 정점에 서 있다. 제아무리 늑대의 후손이라 해도 혹한의 환경에서 안정적으로 먹이를 구하기 위해 스스로 인간의 삶에 스며든 라호친가히다. 야생을 등지고 인간에게 굴복한 짐승이 최상위 포식자를 먹이 취급하는 것은 나가로서 모욕으로 받아들여야 할 일이었다.

라호친가히가 그토록 건방질 수 있었던 것은 어떤 식으로든 나가를 넘어선 경험에 기인한다. 나가의 피 맛을 본 적이 있어서 같은 냄새가 나는 고깃덩이를 앞에 두고 흥분하는 것이다.

이 빙원을 걷는 나가는 사모가 최초이자 최후일 것이다. 정신이 나가지 않은 이상, 아니 정신이 나갔다 하더라도 나가는 라호친 문턱에도 발을 디디지 못한다. 그 엄연한 사실 앞에서 나가의 피가 흐를 만한 이유는 단 한 가지뿐이었다. 모든 시공간을 통틀어 이 늑대와 개의 경계선에 있는 동물에게 나가 고기의 맛을 가르칠 수 있는 자가 달리 누가 있단 말인가.

엄동설한 속에서 어디서 어떻게 구해 왔는지도 모를 동족의 고기를 무심하게 씹는 사내의 모습을 생각하자 비늘이 잔뜩 곤두섰다. 상상만으로도 까무러칠 것 같은 광경이다. 함께 나가 고기를 먹는 인간과 인간이 길들인 짐승의 모임을 떠올리면서 사모는 불가항력에 가까운 혐오감에 휩싸였다.

그럼에도 사모는 그 잔인무도한 나가 살육자가 그리웠다. 뜻밖에 라호친가히에서 발견한 케이건 드라카의 흔적으로 인해 사모는 애증 서린 과거에 빠져들었다. 추억이란 칼날이 있지도 않은 심장을 찌르고 온몸을 피로 칠갑하는 것 같았다.

피 흘리는 그리움은 열기를 띠고 있었다. 진한 상념이 혹독한 추위 속에서 잠시 사모를 자유롭게 했다.

* * *

"안 됩니다."

"라수."

"안 됩니다."

"……."

"폐하의 안위보다 소중한 것은 이 신 아라짓의 하늘 아래 둘도 없습니다."

라수의 쏘는 듯한 시선 앞에 왕의 위엄은 그럴듯한 장식품에 지나지 않는다는 것을 사모는 다시 한번 절감했다. 만에 하나 인간이 니름을 익히게 된다면 분명히 라수 규리하가 최초일 것이라고 믿어 의심치 않았다.

고심 끝에 꺼내든 화두였다. 라수가 반박의 여지를 압살하듯 무차별적으로 들이밀 반론에 충분히 대비도 했다. 사모는 그녀가 다스리는 북부의 모든 땅을 두 눈으로 직접 보고 헤아려야 한다는 왕의 정당한 소명을 우선적으로 논할 요량이었다.

그런데 라수는 의도조차 묻지 않고 사모의 의지를 묵살했다. '그 추운 곳에는 뭐 하러 가십니까, 자신이 나가라는 사실을 잊으신 겁니까, 이제 가면도 없으니 유리창에도 용안이 잘 비칠 텐데요.' 따위의 힐난과 잔소리가 돌아올 것을 각오했지만 그는 보편타당한 왕의 신변 문제만 거론했다. 아무리 몇 수 앞을 내다보는 라수라지만 사모가 최후의 대장간에 가려는 이유를 꿰뚫어 볼 수 있을 턱이 만무한데.

사모가 수상쩍은 거동을 일삼기 시작한 것은 그리미와 함께 륜을 보러 다녀온 이후부터였다. 그 사실을 영민한 사도가 깨닫지 못했을 리는 없다. 더 정확히는 륜의 망해(亡骸)가 움직이고 있다는 착각에 사로잡혀 공터로 다가갔을 때 발치로 날아든 화살이 사모를 걷잡을 수 없이 뒤흔들고 있었다. 라수는 발신자를 짐작할 수 없다고 했지만, 소드락의 항진 효과와 관련하여 사모는 시신을 보낸 이의 정체를 거의 단정하고 있었다.

"설마 폐하의 적이 나가뿐이라고 여기시는 것은 아니겠지요."

사모가 가면을 벗고 정체를 드러낸 이래 대호왕이 나가라는 사실은 만천하에 밝혀졌다. 동족의 배신에 치를 떠는 나가보다 마침내 돌아온 왕이 알고 보니 불구대천의 원수라는 사실을 받아들이지 못하는 북부인들이 압도적으로 많았다.

세련된 말로 포장된 신하들의 보고를 듣지 않더라도 대호왕을 지지하는 세력을 찾는 게 더 어렵다는 것은 이미 비늘로 체감하고 있었다. 왕의 하야를 기원하는 가장 극단적인 방법으로 암살 또한 시도되는 상황이다. 지금 이 순간에도 어디에선가 왕을 살해하겠다는 공통 목표하에 북부인과 남부인의 진정한 화해가 역설적으로나마 이루어지고 있을지도 모른다.

"알아. 어쩌면 최후의 대장간에 무기를 받으러 온 젊은 레콘 중 하나가 무기를 받은 즉시 자기가 풀어내야 할 생애 첫 번째 숙원으로 대호왕 암살을 꾀할지도 모른다는 거지?"

"알고 계시면서 그러십니까?"

"내가 해야 할 일이니까."

"……."

"내가 하지 않으면 안 되는 일이야."

사모의 부드러운 어조 속에 묻어나는 단호함을 읽은 라수는 노골적으로 미간을 좁혔다. 말이 좋아 단호함이지 고집불통이다. 전쟁을 앞둔 병사들의 사기를 북돋아 줄 감언 한마디 하지 않은 대책 없는 왕을 섬기고 있다는 사실에 라수는 새삼 짜증을 느낀 것 같았다. 쓸데없이 아름다운 목소리에 오히려 심기가 더 불편해졌는지 그는 퉁명스럽게 대안을 제시했다.

"폐하, 당신께는 명령이란 걸 할 권리가 있습니다. 당신의 분부를 받들 신하도 마련되어 있지요. 모든 사안을 직접 해결하는 것이 왕의 역할은 아니라는 점은 신이 골백번도 더 진언했을 텐데요?"

"명령하고 싶지 않아. 이 일에 대해서는. 직접 하지 않으면 의미가 없어."

"언제까지 사모 페이를 고집할 작정이십니까?"

"……."

"자신을 오롯이 버리라는 말이 억울하게 느껴지실지도 모르겠습니다만, 왕이기를 선택한 것은 다름 아닌 폐하 당신입니다. 북부의 군웅들과 하인샤 대사원의 합의로 폐하께서는 왕으로 추대되셨지만, 폐하의 의지 또한 그에 못지않게 한몫했습니다. 등 떠밀린 것만은 아니라는 말이지요. 그럼에도 가끔 왕으로서의 본분을 망각하는 폐하의 모습은 신하들을 불안에 떨게 할 뿐입니다. 무려 800년입니다. 800년 동안 인간들은 애타게 왕을 찾아 헤맸습니다. 설령 그것이 케이건 드라카의 말대로 북부가 아니라 남부에 있었기 때문에 찾지 못했던, 우리의 숙적 틈바구니에 있던 잠룡이라 할지라도 왕이 돌아왔다는 사실 하나만으로도 숨 가쁘게 기뻐하는 자들이 있습니다. 폐하께서는 정녕 그들의 모습이 보이지 않으십니까?"

사모의 앞에서 뇌룡공 류 페이만큼이나 암묵적으로 금기시되는 이름이 불쑥 오르자 사모는 흠칫했다. 라수는 차라리 사모가 노려보기를 원했던 것 같다. 절절한 슬픔을 띤 왕의 눈동자를 마주할 자신이 없어 라수는 쓰다 만 원고가 널브러진 책상을 내려다보았다.

"당신은 우리의 왕입니다."

어떤 논리정연한 반박보다 효과적인 라수의 피곤한 호소였다. 사모는 눈을 감고 깊게 숨을 들이마셨다 내뱉으며 다시 눈을 떴다. 사모 페이로서도, 왕으로서도 반드시 최후의 대장간에 가야 했다. 그러기 위해서는 라수 규리하를 설득하지 않으면 안된다. 라수의 마음만 돌릴 수 있다면 최후의 대장간으로 향하는 사모의 길을 그 누구도 막을 수 없다.

사모는 지연시킨 약조를 해야 하는 날이 왔음을 실감했다. 잠시 뒷전으로 두었던 왕의 자세를 고쳐 잡으며 진지하게 말문을 열었다.

"그럼 이렇게 하지. 짐과 거래하자, 라수. 그대가 납득할 만한 조건을 내걸면 얘기는 좀 달라지겠지."

"나가에게 추위보다 앞서는 공포가 무엇일지 한 번 들어나

보고 싶군요. 무엇입니까?"

"왕좌에서 내려가는 그날까지 짐은 하텐그라쥬를 찾지 않 겠다."

라수의 눈과 입이 떡 벌어졌다. 이 명석한 신하의 의표를 찌 르는 일은 여간해서는 없었다. 사모는 저도 모르게 빙그레 웃고 말았다.

"……어이, 하여."

적어도 17년간 동생의 무덤을 찾지 않겠다는 선언이 어지간 히도 충격적이었는지 라수는 말을 헤맸다.

사모가 하텐그라쥬로 가는 것을 라수가 극도로 꺼리는 이유 가 있었다. 나무가 되고도 충직하게 주인을 지키는 용의 불꽃에 망설임 없이 몸을 내던지는 왕을 두 눈으로 직접 목격한 탓이 었다. 그런데 방금 사모는 륜을 찾지 않겠다고 선언했다. 죽음에 스스로를 몰아넣는 어리석은 가능성을 말소시키겠다고 맹세한 것이다.

5년전 임시로 왕을 맡겠다며 사모가 내건 조건 가운데 첫 번 째, 나가들의 적대자가 아닌 수호자의 적대자를 이끄는 왕이 되 겠다는 선언은 모든 수호자를 하텐그라쥬로 보내고 중립을 선 언한 시모그라쥬를 그냥 지나치는 것으로 증명했다. 여신을 구 출할 때까지만 왕위에 있겠다는 두 번째 조건 또한 성립되었다. 수호자들이 여신의 힘을 계속 사용할 수 있는 상황이라는 위험 성이 남기는 했다. 발자국 없는 여신이 카린돌 마케로우의 몸에 남아 그 육신을 움직이고 있기 때문이다. 다만 그것은 그리미를 어여쁘게 여긴 초월자가 몸소 한 선택으로 더 이상 감금되었다고 볼 수 없었다. 전쟁이 끝난 지금도 키보렌은 나가의 땅이므로 세 번째 조건도 충족되었다. 케이건 드라카로 하여금 용의 수호를 맹세하게 한다는 네 번째 조건은 사모 자신이 무효로 했다.

모든 조건을 채우고도 남을 정도로 많은 위업을 이루었다 하겠으나 사모가 왕위에서 내려오는 일은 허락되지 않았다. 사모의 정체를 일찍이 알고 있던 자들은 자연스레 신 아라짓의 요직을 차지할 자들이었다. 그들은 그들이 다스리는 지역의 백성에게 미칠 충격을 최소화하기 위해 부단히 노력했다. 왕명 없이도 제 주군을 소명하려 드는 모습이 기이하기까지 했다. 꽤나 감격스러운 처사임을 알지만 나가의 현실적인 소견머리로는 이상한 일이었다.

정신을 차리고 보니 부자연스러울 정도로 자연스럽게 왕위는 공고해져 있었다. 어느새 후계자로 자리매김한 그리미가 심장을 적출하는 22세 생일까지 사모는 왕좌에 머물러야 하는 처지였다. 자신을 죽이는 신의 화신인 시우쇠가 어르신이 되고, 모든 이보다 낮은 여신의 신체인 아기가 평범한 레콘 아이로 돌아간 것처럼, 카린돌 마케로우의 안에 '갇힌' 여신 또한 전령을 거친 뒤에야 완벽하게 조건이 달성된 것이라며, 그 누구도 아닌 라수가 대표로 말했기에 사모는 계속 왕좌에 머물러야 했다.

불현듯 사모는 케이건이 자신을 왕으로 지목했을 때가 떠올랐다. 차차 알게 될 것이라는 말속에 내포되어 있던 의미를 재위 5년을 지나온 지금에야 알 것도 같았다. 새는 마실 눈물을 가릴 수 없다.

최종 수단이 불러일으킨 놀라운 효과에도 사모는 조금도 만족감을 느끼지 못하고 씁쓸하게 웃었다. 왕의 고독한 미소를 어떻게 해석했는지는 몰라도 라수는 그답지 않게 불안하고 초조한 어조로 캐물었다.

"최후의 대장간에 가서 무슨 일을 하시려는 겁니까?"

"짐이 돌아오면 저절로 알게 될 것이다."

"폐하!"

"라수, 짐이 방금 내건 조건의 본질을 알아줬으면 한다."

"……"

라수는 치열한 침묵 끝에 사모가 내린 특단의 조치를 받아들였다. 관대하게도 '신하를 대동한다면 뇌룡공을 찾는 것을 말리지 않겠다'라고 덧붙였지만 사모는 고개를 저었다. 왕은 신하와의 거래에서 신실해야 했다. 왕의 이름으로 본인에게 유리한 조건을 걷어차는 사모를 보며 라수는 숨길 수 없는 연민과 경애를 표했다. 그제는 사모가 라수의 시선을 피할 차례였다.

구두 계약은 양자의 완벽한 합의하에 성사되었지만 이상하게도 어색한 정적이 감돌았다. 사모는 도깨비의 지혜를 빌려 라수에게 농담을 던지기로 했다.

"짐의 사도여, 한 가지만 물어보지."

"말씀하소서."

"그대도 짐이 자리를 비우면 불안에 떠나?"

라수가 '하' 하고 한숨과 비웃음이 섞인 듯한 숨소리를 내뱉었다. 그는 어이없는 심정을 최대한 표정으로 드러내고서는 답했다.

"정녕 제가 반란을 꾀하기를 원하시나이까? 나의 왕이시여."

사모는 웃었다.

* * *

"어서 오시오, 대호왕."

최후의 대장장이는 호쾌하게 사모를 맞았다. 같은 레콘도 존경으로 대하는 레콘이 왕이랍시고 납신 나가를 완전히 하대하지 않는 것은 특혜라고 할 만했다. 사모는 모든 이보다 낮은 여신을 섬기는 최고 사제를 접하기에 손색없는 몸가짐으로 묵례했다.

아름다운 목소리와 함께 기품 있는 거동은 가면을 쓰던 시절부터 사모의 신비한 매력을 부각시켰다. 대호왕의 비범함은 그녀의 행동거지와 어우러져, 철저한 익명 속에서도 정당성을 부여받고 신하들의 마음을 매료했을 것이다. 왕을 신화적 존재로 공지하려 했던 라수의 전략은 차고도 넘칠 만큼 성공적이었다. 세상사에 관심을 두지 않는 최후의 대장장이가 왕에 대한 소문이 뜬구름 잡는 소리만은 아니었다는 것을 지금 이 순간 확인하고 있으니.

온몸에 비늘이 돋은 왕을 처음 보는 최후의 대장장이는 적의 어린 시선을 보내고 있지는 않았다. 그 사실에 가슴을 쓸어내리며 사모는 그녀가 권하는 자리에 앉았다.

"무리한 부탁을 들어주셔서 감사합니다."

"아니오. 왕이 나를 만나러 오지 않았다면 종신토록 이곳에서 담금질하며 살아야 하는 이 몸이 어찌 왕의 얼굴이나 한 번 봤겠소. 나가에게는 재앙 같았을 추위를 뚫고 이곳에 직접 걸음하게 한 점은 이해하길 바라오. 또한, 말을 편히 해도 좋소. 나역시 왕의 백성이 아니라고는 할 수 없으니."

"마땅히 그래야 한다고 여겨 이리하는 것이니 괘념치 마십시오. 제가 지금부터 말씀드릴 사안에 비하면 빙원의 혹한은 감내해야 할 것도 못 됩니다. 최후의 대장장이께 보일 수 있는 최대한의 예를 갖춰 이르고자 합니다."

최후의 대장장이가 단도장 시루에게 부탁한 다과상이 아직 도착하기도 전이었다. 자리에 앉기가 무섭도록 본론부터 꺼내는 사모에게서는 숨길 수 없는 조급함이 느껴졌다. 티나한과 비형은 처음 보는 사모의 모습에 숨죽인 채 상황을 지켜보았다.

"말하시오. 나를 그토록 만나고자 했던 이유가 무엇인지."

"바라기의 칼집을 만들어 주셨으면 합니다."

몇천 번이고, 몇만 번이고 되뇌었기에 사모는 사안의 중대함에도 불구하고 주저 없이 말을 꺼낼 수 있었다. 최후의 대장장이는 부리를 다물지 못했다. 사모의 양옆에서도 최후의 대장장이가 겪고 있는 심정을 강조하듯 경악이 전해져 왔다. 두 레콘과 한 도깨비의 감정적 결이 다른 것은 어쩔 수 없는 종적 차이일 것이다.

최후의 대장장이는 말없이 사모를 주시했다. 내뱉은 말을 후회하지 않겠다고 다짐하듯 사모는 흔들리는 눈빛 속에서도 대장장이의 눈을 피하지 않았다.

사모의 태도는 왕이 백성을 대하는 것이라고는 생각할 수 없을 정도로 공손했다. 왕명으로 떨어져도 수락하기 힘들 일을 일개 나가가 숙원한다는 점이 송구스러워 사모는 더욱 왕의 권위를 내세우고 싶지 않은 것 같았다. 최후의 대장장이는 사모가 이 자리를 만들기까지 얼마나 고뇌했을지 짐작할 수 있었다.

"……왕이여, 같은 무기는 두 번 만들지 못하오. 그 누구도, 설령 영웅왕이 살아 돌아온다 할지라도 최후의 대장간에서 두 번째 무기는 만들 수 없어."

"네. 압니다. 옆에 있는 훌륭한 레콘 전사에게 그 사실은 이미 여러 번 확인받았습니다."

티나한은 그제야 하늘누리가 라호친에 그들을 내려 주기 전까지 사모가 같은 질문을 거듭한 이유를 알 수 있었다. 불가능하다는 것을 알고도 혹한을 뚫고 최후의 대장간에 오는 일을 불사했다는 말인가. 하물며 그 까닭이 소리 소문 없이 사라져버린 길잡이와 관련된 것일 줄이야.

"조사한 바로는 최후의 대장간에서 만들어진 것은 해바라기와 달바라기 두 자루뿐이었습니다. 칼집이 함께 제작되었다는 이야기는 따로 전하지 않습니다. 영웅왕이 나가와 전쟁을 시작하기 전까지는 치세에 집중하기 위해 검을 칼집에 꽂아 두었다는 사실은 엄연히 존재하는데 말입니다. 최후의 대장장이께서는 아실 것이라 믿습니다. 영웅왕이 한쪽 팔을 잃은 뒤 감쪽같이 자취를 감춘 칼집의 행방을 아십니까?"

"그렇소. 왕의 말대로 바라기의 칼집은 이곳에서 만들어지지 않았소. 엄밀히 말하면 무기가 아니니까. 레콘은 아내를 지키기 위해 아내와 함께 칼을 끌어안고 자더라도 아내를 비롯해 저 또한 다치지 않아야 진정한 레콘이라고 믿는 자들이오. 영웅왕이 바라기를 칼집에 꽂아 두었다고 한다면, 그 칼집은 신하들에게 왕으로서의 책임감을 보이기 위한 증표로 따로 제작되었을 것으로 추정하오. 레콘의 무력을 자랑하기보다 백성을 다스리는 데 전념하겠다는 왕의 맹세였던 것이지. 가장 레콘다운 레콘이었으되, 가장 왕다운 왕이라고 평할 수 있겠소. 한 팔을 잃고 난 뒤 두 개의 칼을 하나로 합치기 위해 다시 대장간을 찾았을 때 이미 칼집은 없었을 것이오. 영웅왕은 나가를 절멸시킬 때까지 칼을 다시 칼집에 꽂아 넣을 생각조차 않았을 테니까. 아무리 왕이었다고 해도 그는 레콘이었소. 그것이 레콘의 방식이지. 나가에게 팔을 먹힌 그 시점부터 영웅왕은 임시방편이나 다름없었던 칼집을 미련 없이 집어 던졌을 것이오. 물론 이는 모두 내 추측일 뿐 확실하지 않소. 1,500년 전의 일을 내 어찌 알겠소."

"칼집이 별철로 만들어진 것이 아님은 확실한가요?"

"사모 페이."

최후의 대장장이가 엄격한 어조로 이름을 부르자 사모는 흠칫했다. 대호를 거느린 왕의 의연함은 없었다. 나가 여자 본연의 호방함도 추위에 숨어 버린 것 같았다.

혹한의 별빛에 강철을 제련하는 대장장이의 심장에도 붉은 연민이 있었다. 사모를 딱하게 여기면서도 최후의 대장장이는 위엄을 견지하며 말을 이었다.

"내가 케이건 드라카를 만났을 때 그자는 칼집을 필요로 하는 것 같지는 않았는데. 더구나 바라기는 주인과 같이 종적을 감춘 지 오래고. 주인 없는 칼집을 제작해서 무엇 하려 하시오?"

각오했던 질문이지만 답할 길이 없어 사모는 고개를 떨어뜨렸다. 최후의 대장장이는 잠잠히 왕을 응시했다. 티나한은 두 여자의 눈치를 보았다. 비형은 이 숨 막히는 공기를 걷어 줄 농담을 필사적으로 궁리했다. 두 남자가 뭐라도 말을 꺼내려는 차에 사모가 조용히 입을 열었다.

"저는 그 검이 항상 위태로워 보였습니다. 처음에는 동족의 피를 빨아들였기 때문이라고 생각했습니다. 하지만 그게 다가 아니었습니다. 그가 바라기를 지고 걷는 뒷모습을 볼 때면 그것이 곧이라도 주인을 해할 것 같았습니다. 인간이 휘두르기에는 지나치게 거대한 검에 그의 몸이 금방이라도 잘려 나갈 것 같았습니다. 대부분의 인간이 가지고 다니는 검은 칼집으로 싸여 있는데, 날을 그대로 드러낸 바라기가 이상했습니다. 그때는 레콘의 검은 칼집이 없다는 사실을 몰랐습니다. 마찬가지로 칼집이 없는 사이커와 쉬크톨을 휘두르는 나가가 이런 감상을 늘어놓는 게 우스울지도 모르겠군요."

사모는 눈을 질끈 감고 눈꺼풀 뒤로 케이건을 떠올리려 애썼다. 심장탑에서 증발해 버린 그는 두 번 다시 모습을 드러내지 않았다. 채 1년도 지나지 않았다. 불사에 가까운 삶을 누리는 나가에게는 고작 티끌 같은 시간밖에 흐르지 않았지만 사모는 케이건의 얼굴이 잘 기억나지 않았다.

"바라기는 다릅니다. 그 검은 비록 이 최후의 대장간에서 만들어진 것이 아니라 할지라도 한때 칼집을 가졌던 검이었습니다. 영웅왕이 왼팔을 잃고 검 두 자루를 하나로 합치면서 칼집은 어디론가 사라졌고, 아니, 애당초 칼집에는 누구도 신경 쓰지 않았지만, 강건한 영웅왕이 아라짓 전사들과 함께 나가 도륙에 거리낌이 없어진 것은 왼팔을 먹힌 것에 대한 복수심보다 칼집을 버렸기 때문이 아닐까요. 칼집을 버리지 않고 잠시나마 검을 꽂아 두는 시간이 있었다면 영웅왕은 잔인한 아라짓 전사들의 분기탱천한 기세에 휩쓸리기보다 이런 전쟁 따위는 그만두자며 나가들과 대화를 시도했을지도 모릅니다. 언제든 물러서는 일이 없었던 왕은 나가와 화해하는 것이야말로 그들을 베어 죽이는 것보다 용맹한 일이었음을 깨달았을 것입니다. 부디 제 말에 노여워 마십시오. 종족은 다르지만 영웅왕의 계보를 이어 새로운 아라짓의 아침을 열려는 제가 결코 선대를 폄하하려고 하는 것이 아닙니다."

"이해하오."

추위 때문인지 긴장 때문인지 분간이 가지 않을 정도로 떨리는 두 손을 꽉 마주 잡고 사모는 고개를 들었다. 궤변에 가까운 말을 참을성 있게 들어 주는 최후의 대장장이에게 감사할 따름이었다. 그녀가 사모에게 보내는 눈빛은 이곳의 추위만큼이나 준엄하지만 자애가 깃들어 있었다.

"지엄한 대장장이시여, 영웅왕은 해바라기와 달바라기를 칼집에 꽂아 넣는다는, 평범한 레콘이라면 하지 않을 행동을 취했습니다. 그는 왕이기 때문이었습니다. 이르신 바와 같이 레콘에게 칼집은 필요 없을지도 모릅니다. 그들의 강철 같은 육체가 곧 칼집일 테니까요. 그러나 왕에게는 칼집이 필요합니다. 별철로 만들어진 바라기를 감싸 안는 것은 마땅히 같은 별철이어야 할 것입니다. 그에 무례를 무릅쓰고 저는 이 자리에 서 있습니다."

사모의 음성은 어렴풋해지는 정신과 함께 점차 수그러들었지만, 그 안에는 두터운 심지가 있었다. 꺼져 가는 미성은 그게 무엇이든 들어주지 않고서는 배길 수 없는 호소력을 배가했다. 비형은 곧이라도 울 것 같은 얼굴이었고, 티나한은 주먹을 으스러지라 쥐고 있었다. 최후의 대장장이는 잠자코 듣고만 있었다.

"북부와 남부는 이제 유장한 비극에 종언을 고하고 새로운 여명을 맞이하려 합니다. 더 이상 무분별한 살육을 되풀이하지 않기 위해 저는 바라기의 완성을 원합니다. 무엄한 말인 줄 알지만, 해바라기와 달바라기는 불완전한 검이었습니다. 레콘의 검으로서는 더할 나위 없지만 왕의 검으로서는 반려를 잃은 반쪽짜리 검이었습니다. 바라기는 현 소유주와 함께 왕국을 떠난 지 오래입니다. 그러나 바라기가 돌아오지 않더라도, 비록 짝과 영원히 결합되는 일이 없을지라도 저는 바라기의 칼집을 바랍니다. 바라고 또 바랍니다."

사모는 후들거리는 다리에 온 힘을 쏟으며 자리에서 일어났다. 탁상 건너편에 앉은 최후의 대장장이의 옆으로 추위에 움직임이 둔해진 나가가 느릿하게 다가갔다.

무너져 내리지 않기 위해 안간힘을 쥐어짜며 사모는 대장장이 앞에 무릎을 꿇었다. 티나한과 비형이 자리를 박차고 일어났다. 있을 수 없는 일이었다. 왕이 백성에게 무릎을 꿇다니.

티나한은 사모의 말을 반쯤 들었을 때부터 무슨 일이 있어도 바라기의 칼집은 만들어져야 한다는 믿음을 굳혔다. 비형 또한 사모가 바란다면 바우 성주의 지혜를 빌려서라도 바라기가 칼집을 가져야 할 이유를 만들어 올 의향으로 만만했다. 왕의 위엄에 걸맞지 않은 행동이라는 사실을 떠나, 사모가 저렇게까지 정중하게 부탁할 필요가 없는 정당한 요구를 하고 있다는 생각에 두 충신은 몰입해 있었다.

최후의 대장장이는 눈에서 불꽃이라도 뿜을 기세로 사모를 바라보는 동행 두 명을 흘긋 보며 실소했다. 이것을 왕의 저력이라고 해야 할지, 사모 페이의 인덕이라고 해야 할지. 두 가지를 분간해야 할 필요성을 그다지 느끼지 못하며 최후의 대장장이는 사모의 두 손을 잡아 천천히 일으켜 세웠다.

"그만, 그만하면 되었소. 더 하다가는 이 신성한 곳에서 왕의 충직한 신하들이 나를 살해할지도 모르겠어."

최후의 대장장이는 옆자리로 당겨 앉으며 자신이 앉았던 자리에 사모를 앉혔다. 두 신하와 같이 최후의 대장장이에게 달려들 기세로 사모는 비명처럼 목소리를 높였다.

"만들어 주시겠습니까?"

"왜 이리 놀라지. 그걸 바라고 이 어려운 걸음 한 것 아니오?"

고대하던 답변이지만 이리 선선히 긍정적인 응답을 들을 줄 몰랐던 사모는 얼떨떨하게 최후의 대장장이를 응시했다. 최후의 대장장이는 손을 뻗어 사모의 머리를 쓰다듬었다. 어린 딸을 둔 어머니의 행동이었다. 온통 굳은살이 박힌 손의 감촉은 딱딱하지만 손길은 한없이 부드러웠다.

"우리는 천 년의 세월을 아무런 변화 없이 살아온 종족들이라지. 하나 또 한 번 끔찍한 전쟁을 겪고 힘겹게 변화는 시작되었소. 레콘도 예외는 아니겠지. 나는 내가 그 변화의 중심에 있다고 자부하오. 나는 최후의 대장장이자 한 아이의 어머니니까. 이는 레콘 사회에서 흔치 않은 일이라오. 숙원을 포기하지 않았지만 아이를 가지고 싶다는 마음도 저버리지 않았어. 놀랍게도 내 아이는 모든 이보다 낮은 여신을 모셨고. 왜 하필 내 아이였을까, 모든 일이 끝나고 아이가 내 품에 돌아올 때까지 곰곰이 생각해 보았소. 전쟁의 진상을 전해 들은 지금에야 그 이유를 알 것 같소. 당신의 자식들을 위해 누구보다 이 세상의 변화를 바라셨던 여신께서 레콘의 사회에 파문을 던진 나를 어여삐 여기셨기에 내 아이에게 깃든 것이 아닐까."

최후의 대장장이가 자리에서 일어났다. 사모는 홀린 듯이 따라 섰다.

"바라기의 칼집을 만들어 드리리다. 지금으로서는 순전히 나 혼자만의 판단이오. 제아무리 최후의 대장장이라 할지라도 이렇게 중차대한 일을 독단으로 결정하는 것은 무리가 있소. 대장장이 회의를 소집하여 모두의 견해에 귀를 기울여 결정짓도록 하겠소. 그때까지 부디 고된 여정에 쇠한 몸을 힘껏 추스르기를 바라오. 시루, 그 차는 다 식었을 테니 다시 차를 내오는 것이 좋겠다."

감격에 겨워 감사도 전하지 못하고 굳어 버린 사모를 대신해 티나한과 비형이 고개를 틀어 문간을 쳐다보았다. 언제부터 있었던 것인지 시루가 찻주전자와 찻잔을 얹은 쟁반을 들고 오도카니 서 있었다. 기본적으로 레콘 손님밖에 찾아오지 않는 곳이라서 도깨비한테야 약간 커다란 수준의 다완이지만, 사모가 든다면 거의 세숫대야라고 해도 과언이 아닐 다기가 눈에 띄었다.

"……감사합니다. 감사합니다, 최후의 대장장이님."

한 박자 늦게 사모는 예를 표했다. 최후의 대장장이는 사모의 눈빛에서 일말의 불안이 스치는 것을 놓치지 않았다. 그녀는 사모에게 위안을 불어넣는 미소를 지어 보였다.

"최선을 다해 다른 대장장이들을 설득할 것을 약속하지. 그러니 편히 쉬고 계시오."

사모의 어깨를 가볍게 토닥인 최후의 대장장이는 시루와 함께 방을 나섰다.

비형과 티나한은 잠시 서로를 마주 보다가 씨익 웃었다. 최후의 대장간 우두머리는 두말할 것도 없이 최후의 대장장이다. 최종 결정권을 갖는 것도 최후의 대장장이지만, 일반 대장장이 중 가장 입김이 센 자는 단연 최연장자인 시루다. 1년 이상 이곳에서 한솥밥을 먹으며 지낸 적이 있는 두 사람은 그 사실을 알고 있었다. 망부석처럼 서 있던 시루의 표정을 봐서는 바라기의 칼집이 만들어지는 것은 거의 확실하다고 봐도 좋았다. 시루 또한 왕에게 홀린 것이 틀림없었다.

"케이건은 우리 폐하가 이렇게 자기를 그리워하고 있다는 사실을 조금이나마 알아줄까요?"

"아니."

"예?"

명랑한 비형의 질문에 초라도 치는 것처럼 티나한은 단박에 부정했다. 비형이 눈을 휘둥그레 뜨고 티나한을 쳐다보았다. 모든 것을 쏟아 내고 힘없이 앉아 있던 사모는 구슬픈 눈길로 티나한에게 설명을 요구했다. 티나한은 사모를 위로하고 싶은 한편으로 케이건을 옹호하고 싶어 거짓을 고하지 않기로 했다.

"길잡이는 영영 떠났어. 우리가 살아 있는 동안 그 녀석은 돌아오지 않을 거야."

궁금증 많은 도깨비는 그걸 어떻게 아냐고 캐묻고 싶었지만 도깨비답지 않은 인내심을 발휘해 질문을 삼켰다. 그리 말하는 티나한 본인이 케이건의 부재를 원치 않는다는 심정을 얼굴에 여실히 드러내고 있었다.

티나한의 말은 진실이지만 사모는 인정하고 싶지 않았다. 케이건이 돌아오기를 바라면서도 돌아오지 않기를 바라는 마음이 내면에서 거친 격랑을 일으키며 부닥쳤다.

피곤했다. 사모는 그대로 정신을 잃었다.

잔소리를 퍼부을 대상이 부재중이기 때문인가. 괄하이드의 눈에 라수는 공백의 시간을 주체하지 못하고 있는 것 같았다. 이 독특한 감상은 물론 신 아라짓 초대 태위에게나 가능한 일이었다. 이 세상에서 가장 바쁜 인간을 꼽으라면 세상은 백이면 백 그의 사촌 동생을 꼽았다.

대수호자 키베인을 중심으로 한 남부와의 교섭, 변화의 부작용으로 터져 나오는 사건 사고의 처리, 연일 지겹도록 이어지는 각종 회의 참석 등 왕의 부재를 메우기 위해 정무를 대신 돌보는 상황에서 저술 활동도 계속하고 있는 라수가 위대해 보일 지경이었다.

흉흉히 핏발 선 눈은 격무로 인한 피로를 유감없이 호소하고 있었다. 천경유수는 사도 규리하의 눈동자가 붉은색으로 변했다고 믿고 있었다. 쓰러지지 않는 것이 기적이다. 아무리 휴식을 권해도 귓등으로도 듣지 않는 육친이 차라리 몸져누웠으면 좋겠다고 괄하이드는 생각했다.

그 와중에 왕의 선생 노릇도 손 놓지 않는다는 것은 기어이 업무를 자살 수단으로 택했다는 근거였다. 지금 라수는 왕에게 읽힐 책을 골라 목록을 작성하고 있었다.

대호왕이 북부의 역사와 관습을 익힐 수 있도록 라수는 직접 책을 선별하고 도깨비 주물장에게 주문해 구리서판으로 찍어 냈다. 시초는 왕이 북부의 지식을 습득할 필요성을 내보이며 도서를 추천해 달라고 한 것이었지만 라수는 그 기회를 놓치지 않았다. 단순히 책을 읽는 데 그치지 않고 심층 문답을 행해 왕의 식견을 한층 더 넓히겠다는 야심 찬 계획이었다. 라수가 왕에게 소개하는 서적 중 본인의 저서가 큰 비중을 차지하는 것은 자랑도 무엇도 아니었다.

'참으로 손이 많이 가는 왕'이라며 라수는 투덜거리기 일쑤였다. 수만 권 가운데 한 권을 고르고 또 고른 뒤 즈믄누리에 주문서를 넣는 일은 정성이라고 할 수밖에 없었다. 기존에 있는 종이책을 왕에게 들이밀며 어떻게든 읽어 내라고 독사 같은 혀로 설득할 수도 있었을 텐데.

라수는 '왕의 독서 효율을 높이고, 훗날 남부에 그들이 불신자라고 부르는 북부인의 문화를 알리기 위해 미리 구리 서판을 주조해 두는 것도 나쁘지 않을 것이다.'라는 말로 자신의 행동을 합리화했다. 참으로 먼 길을 돌아야만 하는, 왕을 위한 배려였다. 그는 누가 봐도 왕을 가르치는 일을 즐기고 있었다. 하나를 가르치면 열을 아는 제자를 기르는 기쁨은 고명한 검사를 많이 육성해 낸 괄하이드도 잘 아는 것이었다.

이 금욕적인 악마의 몇 안 되는 유희를 한시적으로 박탈한 왕을 함께 원망해야 할 것인가. 왕은 분명히 돌아왔다. 대호왕의 치세는 벌써 5년째 지속되었고 늙은 변경백은 제 황혼을 왕에게 온전히 바칠 수 있음에 감사했다. 선조들이 그토록 갈망한 일을 자기 대에서 이룬 것이다. 더 바랄 것은 없다고 생각했지만 최후의 대장간으로 자신을 데려가지 않은 왕에게 어쩔 수 없는 서운함이 들었다. 다른 모든 일은 도무지 손에 잡히지 않았다. 일상적인 단련 이외에는 라수에게 휴식을 강권하는 것이 일과의 전부일 정도로.

"이봐, 라수. 넌 휴식이 필요해. 제발 좀 쉬어."

"아니, 형. 난 지극히 멀쩡해."

"혹시 세미쿼처럼 폐하께 혼나고 싶어서 일부러 스스로를 혹사시키는 것이냐."

"……사람을 뭘로 보고."

괄하이드가 뭐라 하든 고집스레 책상에 코를 박고 있던 라수가 매우 불쾌하다는 표정으로 고개를 들었다.

대호왕은 얼마 전 세미쿼에게 내린 금주령을 철회했다. 방방 뛰며 좋아할 거라고 생각했던 애주가는 의외로 미묘한 얼굴로 예를 표하며 왕의 앞에서 물러났다. 왕은 영문을 모르는 듯했지만 그 자리에 함께 있던 신하들은 그의 복잡한 심사를 헤아렸다.

세미쿼는 왕명을 지키기 위해 그 좋아하는 술 앞에서도 가위를 꽂아 두고 인내하는 자신에게 한껏 취해 있었던 것이다. 오로지 자기만을 위해 왕이 내린 명령을 수행하는 나날이 그에게는 어지간히도 흡족했나 보다. 라수는 세미쿼가 고의적으로 낙상 사고를 내는 일이 발생하지 않을까 예상했다. 그런 일이 벌어지면 금주령이 아니라 하늘누리 접근금지령이 떨어질 것이라는 점을 계산할 수 있을 정도로 그가 슬기롭기만을 바랐다.

"그렇지 않고서야 스스로 생명을 깎아 먹을 이유가 있나."

"정무에 지장이 생겨 폐하의 빈 자리를 들키는 일이 없어야 하기 때문이야."

왕의 부재는 대외적으로 밝혀져서는 안 될 사안이었다. 사모는 왕성이자 수도 그 자체인 하늘누리에 머무르는 것으로 되어 있다. 거점을 두고 왕을 수호하는 것이 암살 성공 확률을 떨어뜨리기 마련이었다. 하늘누리가 오를 수 있는 사람이 한정된 공중 요새라는 점에서 지형적 우위를 점하고 있는 까닭도 컸다.

진지를 벗어난 왕은 위험에 노출되기 쉽다. 하필 나가의 활동성이 없어지는 것이나 다름없는 북극에 가 있으니 라수의 걱정은 이만저만이 아니었다. 암살자가 같은 나가만 아니라면 이 얼마나 왕을 죽이기 쉬운 환경이란 말인가. 대적자와 요술쟁이만 해치우면 신 아라짓은 허무하게 무너질 것이다.

라수는 사모의 조건을 수락하면서도 '최후의 대장장이가 허락한다면'이라는 전제를 내걸었다. 기대와 달리 최후의 대장장이는 긍정으로 답했다. 하늘누리가 올 수 있는 것은 라호친까지며 그 너머 최후의 대장간으로 이어지는 빙원은 왕 스스로 건너야 한다는 조건을 들었을 때는 거래를 파기하고 싶었다. 말도 안 되는 요구를 감내하겠다는 미련한 왕에게 거기 가려는 용건을 어서 말하라고, 그래야 만일의 사태를 위한 대비책을 마련해둘 수 있다고 닦달했지만 왕은 죽어도 입을 열지 않았다.

적이 외부뿐만 아니라 내부에도 존재한다는 점에서 라수는 골치가 아팠다. 케이건 드라카가 사모 페이를 왕으로 세우는 현장에 있었으면서 처음부터 왕이 나가임을 알고 있었던 인물들. 사모가 지닌 왕의 자질을 두 눈으로 확인하고도 개중에는 왕이 북극으로 잠시 자리를 비운다는 사실에 슬그머니 기쁨을 곱씹는 이들도 있었다. 그들이 왕좌를 탐내는 것은 아니다. 왕이 얼마나 많은 눈물을 마셔야 하는지 가까이에서 목도한 이들이기에 왕이 되고자 하지는 않는다.

문제는 지울 수 없는 복수심이었다. 그들은 추위가 왕을 시해해 주기를 바라는 것 같았다. 그 심정을 백번 이해하지만 별수 없이 괘씸했다. 대부분이 하텐그라쥬 진격을 포기하고 북부로 돌아갔다는 점을 비겁하게 의식하지 않을 수 없었다.

왕명을 거부하고 수탐자들의 오랜 노고마저 무시한 채 미치광이 제왕병자와 똑같은 짓을 저지른 것은 대체 누구였던가. 멍청한 신하의 과오까지 왕이 목숨으로 대신 갚고 있다는 생각에 라수는 끔찍한 기분에 휩싸였다.

대호왕이 다스리는 하늘 아래 믿을 수 있는 사람은 열 손가락에 꼽는다. 빌파 삼부자가 그중에 들어간다는 사실은 차라리 희극이었다. 코네도 빌파는 왕에게 오른팔을 빼앗긴 과거를 원망하지 않았다. 그는 왕이 제 팔을 훔쳤다고 했다. 각종 흉악한 상상력을 발휘한 팔을 여러 개, 아니 마음만 먹으면 죽을 때까지 무한으로 가질 수 있다는 사실을 만족스러워했다. 발명왕이라도 될 셈인지 왕을 알현할 때마다 '폐하, 보십시오! 이번에 새로 만든 놈입니다!'라며 신체 일부를 자랑하고는 했다.

물론 발케네 사내는 왕에게 머리를 조아리는 순간에도 왕의 보위를 탐내는 얼마 안 되는 이들 중 하나다. 흉중에 대호왕의 치세가 안정되면 그 자리를 꿀꺽하겠다는 도적의 의지가 들끓고 있었다. 그런 투명한 처세가 왕이 그를 신뢰하는 이유로 꼽힌다는 것은 무슨 웃기지도 않은 역설인지 몰랐다.

사모 페이가 여태 미치지 않은 것이 이상하다. 라수는 남부에서 저지른 자신의 죄과를 평생 씻지 못할 것이다. 나가 고기를 뜯지는 않았지만 악몽과 불면의 밤은 그에게도 찾아들었다. 살아 있는 것이 죄악처럼 느껴지는 순간이 예고 없이 의식에 개입할 때면 그는 왕을 생각했다.

남동생의 시신조차 수습하지 못하는 가엾은 왕. 나무가 된 용이 뜨거운 숨을 내뿜을 것을 알면서도 뛰어드는 그녀를 과연 말릴 권리가 있는가.

라수는 번민하며 시구리아트 유료도로당이 요새 재건에 성공하고 정상 영업을 재개했다는 소식을 떠올렸다. 귀가 멀어 버린 당원들과 함께 새로이 당주의 자리에 오른 케이 보좌관은 무너진 요새를 다시 쌓고 길을 닦고 있었다. 끊어진 길은 이어지고, 극과 극은 다시 이어질 것이다. 유료도로당만큼 전문적이지는 않겠지만 왕이 가야 할 길은 그가 예비한다. 17년의 기약을 가지고.

"라수."

"왜."

"왕을 사랑하느냐?"

라수는 글씨가 뭉개지기 직전 가까스로 붓을 추슬렀다. 한동안 묵묵부답이던 사촌 형이 뜬금없이 내던진 질문에 또 한 번 어처구니를 잃어야 하는 스스로를 진심으로 동정했다.

"갑자기 그게 무슨 말이야?"

"나는 그분을 사랑하지 않는다."

다른 사람도 아닌 괄하이드 규리하가 할 말은 아니었다. 이 세상에서 변경백만큼 왕을 연모하는 자도 없다는 것은 하늘이 알고 땅이 아는 사실이었다.

"내가 그분을 사랑하면 그것이 왕에게 더 큰 짐을 지우기 때문이다."

"허, 그야말로 갸륵하기 짝이 없는 사랑 고백으로 들리는데."

"나는 왕이 마셔야 할 눈물에 나의 눈물을 보태고 싶지 않다."

괄하이드는 창가로 다가가 흘러가는 하늘을 보았다. 비밀리에 왕을 라호친에 내려 주고 하늘치는 다시금 한계선을 향해 헤엄쳐 가는 중이었다. 왕이 귀환을 약속한 한 달 후에 맞춰 하늘누리는 다시 북쪽으로 돌아갈 것이다.

"너는 그분을 잘 알지 못했을 때 악당의 감각으로 거리낌 없이 가면을 씌웠지. 하나 그분은 스스로 가면을 벗었다. 그 결과 자신에게 쏟아질 온갖 증오와 비난을 알면서도. 그분은 자신을 향한 조롱과 멸시를 접하고도 슬퍼하지 않으시더구나. 나는 그녀가 눈물이라도 흘렸으면 했다."

파란 유리창이 하얗게 변했다. 하늘누리가 뭉게구름 속으로 진입한 듯했다.

"라수, 왕에게는 신하가 있지. 그리고 백성이 있다."

"신하도 백성이야."

"그야말로 학자적인 산술법이로군. 하나, 아니야. 신하는 백성과 다른 지위를 점한다."

"형, 오늘따라 뜻 모를 소리를 많이 하네."

"그 똑똑한 머리로 잘 생각해 봐. 왕이 눈물을 마시는 새라면, 왕의 눈물은 누가 마시지?"

"……."

"얼마나 해롭기에 몸 밖으로 흘려보내는 것을 왕 또한 흘린다면, 아니, 누구보다 더 많은 눈물을 흘릴 것이 뻔한 그녀는 제 눈물을 스스로 삼켜야 하는 건가? 그래. 그렇겠지. 지금 네 머리에 떠오른 대답대로. 왕을 섬기는 내가 감히 누군가의 눈물을 마실 수는 없다. 그건 왕의 역할이니. 신하가 넘볼 영역이 아니야. 설령 그것이 고통이라 할지라도 분담할 수 없다. 그렇지만 나는 폐하의 옥루를 마실 수는 없어도 신하로서 닦아 주는 역할 정도는 할 수 있으리라 본다."

"……노병이 노망이 나셨군."

"그럴지도 모르지."

라수는 감상적인 사촌 형을 비꼬면서도 그 말에 크게 반론을 제기하고 싶지 않은 스스로를 묵인했다.

* * *

대호왕 사모 페이는 그녀의 사도가 싫어하는 습관을 두 가지 가지고 있었다. 하나는 불을 뿜는 나무가 비호하는 공터로 앞뒤 없이 달려드는 것이요, 다른 하나는 왕의 유일한 약점을 위협하는 회오리를 불러일으키고선 뒤처리도 하지 않고 증발해 버린 어디에도 없는 신의 화신을 찾는 일이었다.

수탐의 필요성이 없어지자 바우 성주가 제공한 접시는 어디론가 사라졌다. 화신을 쫓을 수단은 이제 없지만 어디에도 없는 신은 나가 살육신이기도 하다는 점에 착안해, 사모는 키보렌 일대에 갑자기 실종되거나 의문사를 당한 나가가 없는지 샅샅이 뒤졌다.

사모는 카루를 나가 살육자 전속 수색원으로 임명했다. 처음부터 카루에게 맡기려던 일은 아니었다. 카루에게는 더 중요한 임무를 부여하고 싶었다. 수호자는 아니지만 수호자를 올바르게 이끌 역량이 있다고 판단하여 남부 주요 도시 가주들의 의견을 모아 심장탑 관찰사로 임명하려 했다. 나가 사회 최초로 '무기명 심장병'을 제안한 것은 카루였다. 더 이상 아무도 특정 나가의 목숨을 위협할 수 없도록 역사를 바꾼 카루의 능력을 높이 샀다.

오랜 시간 키보렌 전역을 방랑했던 경험과 더불어 쥬어 센의 의용단에 잠복하여 북부까지 두루 잘 아는 것도 카루뿐이다. 스바치는 발자국 없는 여신의 화신을 섬기며 그리미의 양육에 전념하겠다는 뜻을 밝혔으니 심장탑 관찰사는 더없이 카루의 자리였다.

그러나 카루는 관직을 고사했다. 아무리 같은 나가라고는 하지만 심장탑 관찰사를 북부에서 파견하는 것은 남부인의 반발을 살 수 있다고 그는 간언했다. 나가의 일은 나가 스스로 해결

할 수 있도록 그 역할은 키베인이 맡는 것이 최선이며, 북부에 호의적인 대수호자의 권위를 한층 더 높임으로써 훗날을 도모하기 좋다고 닐렀다. 사모는 동의하며 그의 뜻대로 행했다.

뜻밖인 것은 카루가 나가 살육자 수색원이 되기를 자처했다는 점이었다. 사모가 이유를 물으니 그는 나가 살육자가 주로 출몰했던 한계선 밀림에 대해 가장 잘 아는 것은 나가 정찰대이지만, 그들은 어디까지나 나가 살육자의 사냥감일 뿐이라고 했다. 같은 나가일지라도 왕명을 받든다면 자신은 나가 살육자에게 죽임을 당하지 않을 가능성을 내세웠다.

나가를 나가 살육자 수색원으로 임명할 작정은 없었던 사모는 당연히 불허하려 했다. 그러나 나가 살육자의 먹잇감으로 전락할 여지가 비교적 적으면서 나가 정찰대에게 적대시되지 않는 것이 카루뿐이라는 현실을 직시할 수밖에 없었다.

그 뒤부터 카루는 부덕한 왕명을 받들어 한계선에 상주하고 있었다. 하늘누리가 주기적으로 키보렌 가까이 도달할 때면 사모에게 동태를 보고하는 것이 카루의 소임이었다.

하텐그라쥬의 심장탑이 회오리에 둘러싸인 그날 이래 더 이상 나가를 잡아먹는 괴물에 대한 소문은 들려오지 않았다. 머리끝부터 발끝까지 남김없이 먹어 치웠다는 가정도 가능하지만, 아무리 뛰어난 사냥꾼도 흔적을 모조리 은닉하는 것은 불가능하다. 정찰대를 수소문하기도 했지만 그들 역시 무지했다. 심지어 케이건이 지냈다고 하는 카라보라의 오두막은 환상처럼 실체를 찾아볼 수 없었다. 케이건 드라카가 존재했다는 증거는 지금을 살아가는 사람들의 머릿속에만 남아 있었다.

고향이 사라졌기 때문에 사모는 엄밀히 말해 향수를 묘사할 제재를 잃었다. 그럼에도 하늘누리가 키보렌에 근접할 때면 퍽 고양되었다. 흑사자 모피를 벗고 홀가분하게 다닐 수 있다는 점과 더불어 가슴이 비열한 기대에 부풀어 오르기 때문이다. 카루가 행여 나가 살해 현장을 포착했다는 비보를 건넬까 봐.

⟨새로운 소식은?⟩

⟨없습니다.⟩

⟨그래?⟩

⟨……⟩

⟨다행이구나.⟩

카루는 사모가 진실이면서도 거짓을 니르고 있다 여겼다. 살해당한 나가가 없어 안도한 것이 진실이며, 죽은 나가가 있다면 그 현장에 상존할 나가 살육자가 없다는 데 대한 실망을 감추는 것이 거짓이다. 사모는 카루의 입에서 낭보가 떨어지기를 기대하지만 한편으로는 두려워하고 있었다.

하늘누리가 한계선 상공에 나타난 것을 발견하면, 카루는 오랜만에 사모를 본다는 사실에 들떠 서둘러 하늘치의 등에 올랐다. 알현을 청하고 왕의 집무실에 들어서면 여간해서는 보기 힘든 사모의 밝은 얼굴이 반겨 주었다. 그것도 잠시, 지금까지 한 번도 내용이 바뀐 적 없는 보고를 올리면 변함없이 슬픈 기색을 띠는 눈동자와 마주해야 했지만.

카루는 사모의 곁에 있고 싶다는 일념으로 나가 살육자 수색원이 되었다. 그러나 홀로 키보렌의 밀림을 헤맬 때면 무의미한 헌신을 하고 있다는 회의감에 빠져들었다. 나가 살육자는 사라진 것이 분명했다. 케이건 드라카가 '죽었다'는 사실을 인정할 마음이 없는 사모에게 부질없는 희망이 되어 주는 일에 카루는 지쳐 가고 있었다.

하늘누리에 오르는 계단을 상상하기 전 카루는 습관처럼 같은 소망을 되뇌고는 했다. 사모가 이성의 방황을 마치고 더 이상 케이건 드라카를 찾지 않게 해 달라고 기원했다. 여느 때처럼 바라는 자에게 속한 소망만을 들어주는 하늘치는 타인을 변화시키지 못했다.

〈사모, 어째서 케이건 드라카를 찾으려는 겁니까?〉

〈…….〉

〈그자는 지금까지도 회오리를 가지고 당신을 비롯해 모든 하텐그라쥬 출신 나가의 목숨을 위협하고 있습니다.〉

〈카루.〉

〈하물며 놈은 륜 페이를 죽인 것이나 다름없지 않습니까?〉

〈카루!〉

역린 같은 사실에 직면하자 사모는 카루의 정신을 파괴할 기세로 노호의 니름을 전했다. 카루는 머리가 쪼개질 듯한 고통에 얼굴을 일그러뜨렸다.

벅찬 아픔을 감내하며 카루는 무릎을 꿇고 두 손을 허벅지 위에 얹은 채 머리를 조아렸다. 으레 나가 남자가 여자에게 용서를 청할 때 하는 행동이었다. 사모가 아끼는 춤채를 망가뜨리고는 울며 용서를 비는 어린 시절의 륜이 떠올라 사모는 소리 없는 신음을 흘렸다.

나가는 현실적이다. 냉철한 현실 감각은 이성과 가장 친한 친구다. 카루가 사모에게 내뱉은 말은 이성적이지 못했다. 아무런 책임을 질 필요가 없는 남자이기 때문인지. 자유를 주체할 수 없었던 끝에 한 여자에게 정착하기를 소망하는 것이 과연 온당한 심리인지 몰랐다.

관습적 한계를 벗어나지 못하는 카루는 불가해하지만 딱하기도 했다. 사모처럼 카루마저 북부인도 남부인도 아닌 그 무언가로 화하고 있는 것 같아서.

'이 또한 변화인가.'

륜이 요스비의 아들이라 자칭했던 것을 상기했다. 스바치를 아버지라 부르며 따르는 그리미가 생각났다. 케이건 드라카의 위대한 사랑이 엄습했다.

사모는 자신이 태어나기 한참 전에 수백 년도 전부터 시작되었던 변화를, 한 사내가 어느 누구의 공감도 얻지 못하고 고독하게 시도했던 변화의 의미심장함에 숨이 멎을 것 같았다. 가늠할 수 없는 사랑을 알아 버린 사모에게는 그 어떤 연모도 무의미했다.

〈짐의 침전에 들고 싶으냐?〉

〈그게, 무슨……?〉

뇌를 두 쪽 낼 것 같은 격노에 이어 머릿속을 채운 사모의 니름은 터무니없었다. 카루는 어안이 벙벙한 얼굴로 사모를 올려다보았다. 그녀의 눈빛은 차갑지도 않았다. 온도를 띠지 않은 무기물이었다.

〈어찌 감히, 제가 바라는 것은, 그런…….〉

〈짐에게 아무것도 기대하지 말라, 카루.〉

대호왕은 카루에게서 등을 돌려 집무 책상 뒤쪽 서판이 빽빽하게 꽂힌 서가를 향했다. 구리 서판 하나를 꺼내든 왕은 엄중한 경고를 이었다.

〈짐의 곁에 계속 있고 싶다면.〉

최후통첩이었다. 카루는 사모가 방금 내지른 니름에 머리통이 박살 나는 편이 더 행복하지 않았을까 생각하며 자리에서 일어났다. 문을 열고 조용히 집무실을 나서려던 그는 말 없는 사모의 등을 바라보았다. 잠시 망설인 끝에 차마 니를 수 없었던 진심을 육성으로 전했다.

"폐하, 저는 당신의 가장 소중한 것을 무엇보다 강력한 힘으로 지키고 있는 그자의 헌신이 부럽습니다."

니름으로 대화했기에 사모가 귀를 닫았다고 생각하고 카루가 성대를 이용해 소리를 냈는지는 알 수 없었다.

"미치도록 부럽습니다."

문이 닫히는 소리가 들리자 사모는 서판을 도로 꽂아 두고 책상 서랍을 열었다. 그 안에는 가면이 들어 있었다. 회오리를 피해 하늘치를 타고 하텐그라쥬를 빠져나와서도 사모는 한때 제 얼굴이었던 가면을 버리지 않았다. 가끔 가면을 꺼내 바라보는 사모에게 그리미는 왜 버리지 않느냐고 물었지만 대답하지 않았다. 그리미도 답을 재촉하지 않았다.

"케이건, 너는 나가 살육자였느냐, 나의 신하였느냐?"

케이건은 끊임없이 자신을 포함해 한 사람에게 하나의 역할만 부여하고 수행하려 했다. 그런 일은 불가능했다. 단일한 정체성을 지닌 사람은 없다. 그는 인간이며, 극연왕이 잃어버린 오라비이자, 최후의 아라짓 전사이며, 키탈저 사냥꾼의 말예다. 구출대와 수탐자의 길잡이이며, 대호왕의 충직한 신하다. 모든 존재는 한 가지로 규정할 수 없는 수많은 층위로 버무려져 있다.

'그렇다면 나는?'

사모는 집무실을 서성였다. 걱정스러운지 고개를 갸웃하며 쳐다보는 대호가 없었더라면 하늘누리에서 뛰어내렸을지도 모른다. 극도의 자제력을 발휘한 끝에 마루나래의 등에 올라 하텐그라쥬로 달려갔다.

초록의 폐허가 되어 버린 하텐그라쥬는 여전했다. 초목은 질서 없는 무성함을 뽐내고 심장탑을 감싼 회오리는 세차게 파란 하늘을 우롱하고 있었다. 마루나래에서 내린 사모는 불벼락이 내리는 공터에서 가까워질 수 있는 최대한의 지점까지 걸어가 그 앞에 털썩 주저앉았다.

〈류.〉

저만치 가까이에 있지만 만지기는커녕 다가서지도 못하는 류의 유해 앞에서 사모는 치미는 곡성을 눌렀다. 오래전에 도려낸 심장 자리가 아팠다. 시야는 온통 은빛이었다.

〈류!〉

류이 돌아올 수 없는 곳으로 가 버렸다는 사실은 방금 전에 일어난 일처럼 사모를 비통에 빠뜨렸다.

알고 있었다. 죽음을 택한 것이 류의 의사였음을. 피할 수 없는 운명과 맞닥뜨린 것이 아니라 여신의 남편으로 완성되기를 자처한 것이다. 나무가 된 아스화리탈이 보호하는 것은 류의 의지였다. 충직한 용은 죽어서도 주인을 보호하고 있었다.

쇼자인테쉬크톨은 완성되고야 말았다. 쉬크톨에 의한 것이 아니었을 뿐 류을 죽인 것은 사모였다.

"……류은 이제 없어."

사모는 무릎을 꿇은 채 바닥을 짚었다. 마른 흙 위로 은루의 비가 떨어졌다.

"내게는 너뿐이야, 케이건."

눈물을 부정하려는 것처럼 사모는 얼룩진 곳을 움켜쥐고 흩뜨리기를 반복했다.

"나를 정의해 줄 수 있는 것은 나를 왕으로 만든 너뿐인데 너는 어디 있지?"

흙을 헤집던 사모는 순간적으로 치솟는 분노를 못 이기고 바닥을 박차고 일어났다. 얌전히 앉아 사모의 뒷모습을 지켜보던 마루나래도 놀라서 덩달아 몸을 일으켰다.

사모는 심장탑을 향해 정신없이 달음질쳤다. 회오리에 말려들기 일보 직전 마루나래가 그르릉거리며 앞을 막아섰다. 사모는 옆을 돌아 전진하려 했으나 마루나래는 빈틈을 주지 않았다.

영양가 없는 술래잡기를 계속하던 끝에 사모는 피가 나도록 입술을 씹으며 대호의 등을 원망스럽게 내리쳤다. 적지 않은 힘을 실었지만 커다란 맹수에게는 등을 긁어 주는 것에 지나지 않은 손찌검이었다.

제풀에 지쳐 사모는 마루나래의 털을 움켜쥔 채 다시 바닥으로 허물어졌다. 잠깐 땅을 향했던 고개가 곧 표독스럽게 심장탑으로 들렸다.

"대답해, 케이건 드라카! 거기 있지?"

사모는 목청이 찢어져라 부르짖었다. 요란한 바람 소리에 제 목소리도 변변히 들리지 않았다.

"거기 있는 거지? 어서 대답해!"

답은 매한가지였다. 매서운 바람 소리가 묵묵부답을 대신했다.

"어째서 짐의 허락 없이 모습을 감추었느냐!"

바람.

"살아 있다면 왜 모습을 드러내지 않는 거야?"

또 바람.

모든 화근은 화살 한 발이다. 그날 활을 쏜 자가 없었다면 사모는 담담하게 왕의 역할을 수행했을지도 모른다. 이제야 륜의 죽음을 받아들이기 시작했고, 혼자서도 하텐그라쥬를 찾을 수 있게 되었는데 처음부터 다시 시작이었다. 정체불명의 서신이 사모를 무너뜨리고 말았다.

케이건 드라카는 살아 있다. 장생을 누리는 나가조차 헤아릴 수 없을 정도로 기나긴 세월 동안 그는 나가 고기를 통해 소드락을 복용해 왔다. 더 이상 어디에도 없는 신의 신체가 아닐지라도 어딘가에 분명히 살아 있는 것이다.

"왜 내게 감당할 수 없는 충성을 바치느냔 말이다."

들려오는 것은 한결같이 바람뿐이었다.

"네가 내게 준 것은 이 회오리로 족한 것을······."

그의 왕이 용화(龍火)의 제물이 되든 말든 이제 그와 무관했다. 나가를 멸종시키지 않은 것으로 케이건 드라카의 복수는 막을 내렸다. 더 이상 나가를 잡아먹지 않기 때문에 얼마 남지 않았을 수명을 오로지 자신을 위해 쓰기를 바랐다. 그런데 그는 가깝고도 먼 곳에서 여전히 사모를 지키고 있었다.

"눈물을 마시게 해 놓고선 왜 정작 네 눈물은 마시게 해 주지 않는 거야?"

사모는 울부짖었다. 이 아픔은 아무것도 아니다. 세상에서 가장 가난한 사내를 알고 있기 때문이다.

이 세상은 사모에게 지나치게 안전했다. 나가에게 모든 것을 빼앗기고도 나가인 왕을 섬기는 자의 가호 아래 지금도 그녀는 놓여 있었다.

그토록 고대하던 나가 멸망을 앞두고도 심장탑으로 접근하는 사모를 발견하고 차마 내려다볼 수 없었다며 바람으로 안아 올린 케이건 드라카를 기억한다. 하텐그라쥬를 할퀸 폭압적인 태풍과 달리 사모를 감싼 바람은 부드러웠다.

용의 수호보다 더한 것에 매여 있는 케이건에게 사모는 속죄할 도리가 없었다. 사모의 울음과 연동하듯 바람 소리가 높아졌다.

* * *

새의 지저귐을 닮은 앳된 재잘거림에 사모는 서서히 잠에서 깨어났다. 아무리 흑사자 모피와 도깨비불이 있다지만 가시지 않는 추위 속에 숙면이 이루어질 리 없었다. 게슴츠레한 눈으로 나무토막처럼 느껴지는 팔을 들어 올렸다. 그러고는 사모를 물끄러미 바라보며 혼자 무어라 중얼거리고 있는 귀염둥이의 보드라운 머리털을 상냥하게 쓸어 주었다.

"죄송합니다, 폐하! 허억, 어리지만, 레콘은, 레콘이군요. 작정하고, 도망치면, 잡기가, 힘들다는 걸, 폐하께서는, 알고, 허억, 계셨는지요?"

사모가 겨우 정신을 수습하고 지나치게 커다란 레콘의 침대에서 몸을 일으켜 타이모를 무릎 위에 앉혔을 즈음이었다. 비형이 문이 열린 사모의 침실로 들이닥쳤다. 비형은 두 무릎을 부여잡고 숨을 헐떡이며 타이모를 쳐다보았다. 타이모는 부리 사이로 혀를 내밀고 비형에게 메롱 한 뒤 사모의 품에 폭 고개를 묻어 버렸다.

"술래잡기라도 하고 있었나 봐?"

"네! 어른 레콘 무리가 아이 레콘에게 잡힐 듯 잡히지 않기 위해 노력하는 모습은 그야말로 대감동이었습니다! 폐하도 기침하신 김에 동참하시겠습니까?"

"흐음, 난 심판을 보는 걸로 할까."

"아이쿠, 이거 인사가 늦었군요. 좋은 꿈 꾸셨습니까, 폐하?"

"아니, 최악이었어."

"아이고, 무슨 꿈이었길래 그러십니까?"

"새가 눈물을 마시지 못하는 꿈."

사모는 타이모를 안은 채로 자리에서 일어났다. 알쏭달쏭한 왕의 대답이 수수께끼의 달인인 도깨비를 향한 도전장이라 여겼는지 비형이 눈을 반짝였다. 거동이 불편한 왕을 대신하여 아이를 건네받으려고 듬직한 두 팔을 앞으로 뻗으면서.

야외에 있을 때보다는 낫지만 움직임이 둔한 것은 매한가지라 제 몸 하나 건사하기도 힘든 상태였다. 가벼운 아이라고는 해도 안고 있는 것은 여간 고역이 아니었지만 사모는 비형의 호의를 거절했다. 육체는 고될지언정 타이모가 사모를 따르는 것이 순수하게 기쁘기 때문이었다.

삼삼오오 모여 식사를 하거나 이야기보따리를 풀어놓는 곳에 도착하자 레콘 장정들의 얼굴에는 놀랍도록 화색이 돌았다. 열을 보는 나가는 그들이 내뿜는 해맑은 열기에 흐뭇하게 웃었다.

둥지 트는 일을 포기하고 대장장이가 되겠다는 숙원을 이룬 레콘들이 아이를 볼 기회는 좀처럼 없다. 무기를 받으러 오는 젊은이들의 사정도 별반 다르지 않다. 함께 자라난 형제자매가 있지 않는 한 아직 노란 털이 보송보송한 어린 레콘은 그들에게 제5의 종족이나 다름없었다. 신도 없고 생존 능력도 현저히 떨어지지만 그 종족이 살아남을 수 있었던 이유는 단연코 귀여움이다. 거대한 레콘들 사이에서 뽈뽈거리며 뛰어다니는 아이는 이곳에 추위가 없으면 언제든지 발자국 없는 여신이 주관하는 액체가 강림할 수도 있다는 사실에 언뜻 우울해지는 이들에게 행복한 망각을 선사했다.

웬 아이인지 묻는 신입에게는 그 직전에 도착한 이가 사정을 설명한다는 암묵적인 규칙이 확립된 지도 오래였다. 다들 처음에는 아이가 최후의 대장장이의 딸이라는 사실에 놀랐다. 그다음에는 결혼도 안 한 레콘 여성이 홀몸으로 출산했다는 부도덕함을 논하려 들었다. 얼마 지나지 않아 하나같이 아이가 자신을 향해 빵긋 웃어 주기를 바라는 열렬한 신봉자로 탈바꿈하므로 소란이 빚어지는 일은 없었다.

사모는 대장간 중심부에 틀어박혀 며칠째 모습을 드러내지 않는 최후의 대장장이를 대신해 본의 아니게 보모 역할을 도맡고 있었다. 위협적인 몸집을 자랑하는 레콘들이 일정 거리를 두고 아이에게 열화와 같은 시선을 퍼붓는 풍경은 이 혹한의 지옥에서 사모가 느낄 수 있는 귀중한 온기였다.

"사모, 사모! 타이모는 몇 밤 더 자야 엄마랑 만날 수 있어?"

"음…… 글쎄."

사모는 무릎에 앉은 타이모의 뺨을 쓰다듬으며 도움을 요청하는 눈길을 보냈다. 사모가 타이모를 어루만질 때마다 레콘 무리에서는 부러움에 뼈를 뒤트는 소리가 들려왔다. 최연장자의 특권으로 사모의 가까이에 앉아 있는 시루("우, 치사합니다, 시루!" "야, 이 늙은이야. 너만 좋으면 다냐?" "시끄럽다! 아직 벼슬도 새파란 것들이!")는 주름진 볏을 쓰다듬으며 대답했다.

"예상대로라면 내일 새벽녘에는 완성될……."

시루는 말을 다 잇지 못하고 벌떡 자리에서 일어났다. 사모는 설마 하는 심정으로 고개를 돌려 시루와 같은 곳을 보았다. 직업적 자부심으로 충만하지만 연일 철야에 피로한 기색이 역력한 최후의 대장장이가 거기 있었다.

"엄—마—!"

서투른 계명성을 지르며 타이모는 미련 없이 사모의 품을 떠나 최후의 대장장이를 향해 달려갔다. 탁상 위의 접시조차 흔들지 못한 계명성이지만 '고 녀석 참 크게 될 레콘일세!'라는 팔불출들의 웅성임이 방 안을 가득 메웠다. 사흘 만에 보는 사랑스러운 딸을 안아 들고 제자리에서 몇 바퀴 빙그르르 돈 그녀는 곧장 사모에게 다가왔다.

"오래 기다리셨소. 따라오시오."

최후의 대장장이는 짧게 말을 남기고는 성큼성큼 왔던 길을 되돌아갔다. 다리를 풀어 준 뒤 일어나야 한다는 사실을 잊고 사모는 급히 몸을 일으켰다가 휘청였다. 옆에 있던 티나한이 사모의 팔을 덥석 붙잡았다. 고맙다는 말을 하기도 전에 몸이 붕 떠올랐다.

"장래 티나한의 신부에게 사과하셔야 할 것 같은데요, 폐하?"

"그러게나 말이야. 혼인식 때 축원과 함께 필히 사과를 전해야겠어."

"남의 가정 파탄 낼 일 있어?"

워낙 호응이 뛰어나서 더 놀리고 싶어진다는 것을 알 리 없는 티나한이었다. 그는 사모를 안아 들고 빠르게 별철로가 있는 대장간 중심부에 도착했다. 이곳은 최후의 대장간에 존재하는 어느 공간보다 춥지만 지금의 사모에게는 추위도 문제가 되지 않았다.

최후의 대장장이는 검은 천으로 감싼 기다란 물체를 타이모와 함께 소중하게 안고 와 사모의 앞에 놓았다. 부드러운 천이 살아 있는 것처럼 스르르 양옆으로 벌려지며 안에 있는 칼집이 모습을 드러냈다.

두 칼집은 형태는 비슷하지만 빛깔이 달랐다. 하나는 금과 구리의 중간쯤 되는 적황색을 띠었으며, 다른 하나는 푸른 빛이

감돈다는 착각이 들 정도로 새하얀 은빛이 났다. 온통 눈과 얼음으로 뒤덮인 순백의 장소에서 금속으로 된 칼집 한 쌍은 바라보는 이의 눈을 멀게 할 것만치 찬란한 광휘를 발했다.

"다른 검이었다면 칼 없이 칼집을 만든다는 시도 자체가 불가능했을 것이오. 왕이 알고 부탁했을 리는 없겠지만 바라기의 거푸집만큼은 선대에서 후대로 계속 전해져 내려왔기에 가능했소. 바라기는 우리 대장장이에게도 특별한 검이기 때문이오. 역대 최후의 대장간에서 만들어진 무기 중 가장 뛰어난 무기로 평가받으니까. 아무리 별철로 만들어졌다고는 하지만 천 년의 세월을 버티기란 힘든데 여태 멀쩡한 것이 그 증거지. 오만한 개인주의자이기에 레콘의 역사는 없는 것이나 다름없다지만 우리 대장장이가 간직해 온 단 하나의 역사가 바로 바라기라고 할 수 있겠군. 사실은 이곳이 모든 이보다 낮은 여신의 신전이었기에 가능한 일이 아니었나 싶소."

사모는 금색 칼집의 표면에 조심스레 손을 댔다. 지독하게 차가운 나머지 별철에 피부가 들러붙어 떨어져 나갈지도 모른다는 섬뜩함이 전신의 비늘을 세웠다.

"검을 칼집에 넣어 두는 것은 비효율적인 일이오. 공격하기 위해서는 칼집에서 검을 빼낸다는 번거로운 절차를 거쳐야만 하니까. 적이 먼저 공격할 기회를 주는 셈이야. 칼집만으로는 치명상을 입히기 어렵기도 하고."

차가운 피가 흐르는 혈관으로 독같이 한기가 침투했다. 사모는 손을 떼지 않았다. 곧이라도 온몸이 얼어붙을 것 같지만 제 안을 잠식하는 날선 온도를 오롯이 받아들였다.

"그럼에도 검은 집과 한 몸을 이루는 유일한 무기요. 대장장이로서도 그 이유를 몰랐지만 왕의 말을 듣고 나니 이제는 알 것 같군. 칼집은 검을 필요할 때만 휘두르겠다는 의지의 표상이라는 것을. 충동적으로 검을 휘두르고 싶을 때도 칼집의 존재로 인해 한 호흡 물러서 자신을 돌아볼 수 있는 게지. 검이 아니라 사람을 지키는 것이오. 검의 일부인데 방패의 역할을 하지. 자신과 함께 검에 가까이 있는 자들을 보호하기 위해. 무기에 이런 말이 어울리는지 의심스럽지만 참으로 다정한 무기가 아니겠소, 검은."

사모는 용기 내어 은색 칼집에도 손을 뻗었다. 비명조차 지르지 못하도록 목구멍을 틀어막는 냉기가 동작을 망설이게 했다. 용을 쓴 끝에 한없이 무겁게 느껴지는 두 개의 칼집을 제 앞까지 끌고 왔다.

"다정함은 다른 말로 사랑이라고도 하지."

사모는 칼집을 힘껍게 그러안았다.

"왕의 검인 바라기의 칼집을 만들 수 있음을 무한한 광영으로 생각하오."

견딜 수 없을 정도로 눈부신 반사광이 사모의 눈을 괴롭혔다. 추위에 맨 먼저 고장 나는 것은 시력이었다. 그녀는 곧 끊어질 듯한 목소리로 말문을 열었다.

"황혼과 새벽."

"뭐?"

"이들의 이름은 황혼과 새벽입니다."

해바라기의 짝은 황혼이었으며, 달바라기의 짝은 새벽이었다. 하루의 끝에서 죽는 해와 하루의 시작에서 죽는 달. 해가 죽으면서 흘리는 것은 피요, 달이 죽으면서 흘리는 것은 눈물이었다. 붉은 피가 낭자하게 흘러 밤을 부르고, 투명한 눈물이 퍼져 여명을 재촉했다. 피와 눈물은 결코 뒤섞이지 않지만 내일을 만들고 생명을 낳았다. 완전한 평행으로 만날 수 없지만 극단으로 치달은 것들은 서로 닮았다.

칼집의 이름은 전하지 않는다. 사모는 검의 주인도 아니다. 그러나 끊어진 아라짓의 계보를 잇는 새로운 왕이기에 그녀에게는 칼집에 이름을 부여할 권리가 있었다.

"……별철은 녹슬 걱정이 없소."

최후의 대장장이가 무슨 말을 하는지 알 수 없었다. 사모는 자신이 울고 있다는 사실을 알지 못했다. 은루가 온통 얼굴을 뒤덮고 있지만 추위에 무감각해진 피부는 눈물이 흐르는 것을 감지하지 못했다.

레콘 티나한과 도깨비 비형 스라블은 나가 사모 페이의 눈물을 이해했다.

* * *

초여름의 길어진 해가 저물기를 거부하다 서산으로 넘어가고 겨우 밤과 순번을 교대했을 때 수탐자들은 곧장 잠자리에 들었다. 티나한은 비형이 부러워할 정도로 바닥에 머리만 붙였다 하면 바로 잠드는 편이었다. 페이 남매가 온돌방에서 자는 것을 수용했기 때문에 비형 역시 도깨비불을 사용하지 않고 숙면을 취할 수 있었다.

잔잔한 풀벌레 소리가 자장가가 되어 주는 산사의 적막 속에서 잠 못 드는 것은 오직 케이건뿐이었다. 북부의 왕이 돌아온 기념비적인 날이지만 한시름 덜 여유는 없었다. 왕을 가로막을 난관을 차례차례 생각하자 잠은 완전히 달아나 버렸다. 수탐만으로도 머리가 아플 지경인데 왕을 위시하여 어떻게 나가와의 전쟁을 효과적으로 치러 낼지 궁리하는 것은 낭패였다.

케이건은 낡고 해진 육신을 일으켜 일행을 깨우지 않도록 조용히 장지문을 열고 무학당을 나섰다. 새벽이 오기 전까지 쥬타기 대선사의 석굴이 품은 어둠 속에서 침잠하는 편이 나을 것 같았다.

나무 사이로 새어 드는 달빛에 의존해 케이건은 적적하게 산비탈을 올랐다. 서늘한 바람이 케이건의 머리카락을 가볍게 빗었다. 밤이슬에 젖은 흙과 풀 냄새가 코끝을 간질였다. 그 속에 원추리 향기가 섞여 들었다.

상념이란 제멋대로였다. 티나한이 아니었다면 여름이 좋아한 꽃의 이름이 원추리였음을 끝내 기억해 내지 못했을 것이다. 혼자 비탈길을 걸어 올라갈 때도 같은 향기를 맡았지만 그 꽃임을 깨닫지 못했다.

기억 속의 장소만큼은 아니지만 하인샤 대사원 경내 곳곳에는 원추리가 제법 피어 있었다. 노란 꽃이 만발한 언덕 위에서 꽃보다 곱게 미소 짓던 아내가 떠오르자 케이건의 무표정에 조금씩 균열이 갔다.

꽃을 보고도 무심히 지나쳤던 지난날이 더 나았을지도 모른다. 한 번 일깨워지자 색이 바랜 기억들은 삽시간에 빛깔을 되찾아 갔다. 급속도로 역류하는 과거를 거스르며 케이건은 티나한과 함께 원추리를 보았던 곳으로 향하는 발걸음을 재촉했다.

여름밤의 정취를 더하듯 반딧불이가 어둠 위에 깜빡깜빡 황록색 점을 찍었다. 질서 없는 빛의 군무 가운데 원추리를 보고 있는 여인의 뒷모습이 있었다.

케이건은 필시 환상이라 생각했다. 익숙한 과거의 망령들이 악질적인 장난을 치고 있는 것이다. 무시해야 했지만 목이 메어 그녀를 불렀다.

"여름?"

"케이건?"

슬프도록 아름다운 목소리였다. 뚜렷이 기억나는 것도 아니지만 여름의 음성은 아니었다.

케이건은 달빛과 반딧불과 원추리 향기가 빚어낸 환각에서 깨어나 눈을 부릅뜨고 전방을 주시했다.

어둠 속에 번득이는 비늘이 보였다. 나가였다. 케이건의 사냥감. 지금은 사냥하기 좋은 시간이었던가? 아니, 저 여자는 나가이지만 그의 왕이었다. 케이건이 포식할 수 없는 유일한 나가였다.

"야심한 시각에 어인 일이십니까, 폐하."

"잠이 안 와서. 산책을 나왔어. 걷다 보니 원추리가 보이길래. 너는?"

케이건은 '저도 잠이 안 와서 잠시 산책을 하러 나왔습니다.'라고 대답해야 했지만 의도와 달리 엉뚱한 말이 튀어나왔다.

"……원추리를."

"응?"

"원추리를 좋아하십니까."

"응. 좋아해."

사모는 고개를 끄덕이며 온화한 미소로 원추리 군락을 내려다보았다. 가장 좋아하는 꽃이라는 의미는 아닌 것 같았다. 그도 그럴 것이 그녀는 나가다. 안 좋아하는 꽃이 없을 것이다.

왕을 장식하기에는 너무 평범한 꽃이기도 하다. 화려한 빛깔에 송이가 큼지막하고 산자락에 흔하게 피어 있지 않은 꽃이 왕에게는 어울린다.

감히 나가 따위가 즐길 자격이 없는 꽃이다. 케이건은 한시라도 빨리 사모를 원추리에서 떼어 놓고 싶다는 충동이 밀려들 조짐을 느꼈다.

"아무리 여름이라지만 해가 없는 밤의 스산함은 폐하의 몸에

독일 것입니다. 안으로 드시지요. 모시겠……."

"그만."

사모가 손을 들어 케이건의 말을 끊었다. 케이건은 순순히 입을 다물었다. 평소라면 그만하라고 해도 묵묵히 제 할 말을 다 하고야 말았을 그가 말 한마디에, 손짓 하나에 제어되는 것이 기묘한지 사모는 무어라 정의하기 힘든 표정을 지었다.

"아니, 네 말을 듣기 싫다는 의사 표시가 아니라…… 아직 어색해서. 나는 여태 왕이 없는 곳에서 살다 왔으니까. 그나마 왕과 비슷한 것이 있다면 각 도시를 구성하는 가문의 가주일 텐데, 아무리 생각해도 그건 너희가 말하는 왕과는 달라서 별로 참고가 되지 않는군. 얼른 익숙해져야겠지. 약속했으니."

사모의 말투에서는 불안이 묻어났다. 피상적으로도 접해 본 적 없는 존재가 되어야 하는 마당에 마냥 의연하기는 힘들 것이다. 설명을 듣고 이해하는 것과 그 의미를 체화하는 것은 다른 문제였다. 실체가 있는 대상과 싸운다면 그에 맞게 해결 방안이라도 강구할 테지만, 나가에게는 왕의 개념이 존재하지 않으니 그럴 만도 했다.

"궁금한 것이 있다면 하문하십시오. 신이 알려 드릴 수 있는 것이라면 무엇이든 답하겠습니다. 폐하의 옥체가 허락하는 한 수탐을 떠나는 새벽까지 밤새 문답이 이어져도 무관합니다."

"아니. 그럴 수는 없지. 다만……."

"다만?"

"내일 너희와 잠시 작별할 때까지 지금 이 순간만큼은 나를 그냥 사모 페이로 대해 줄 수 있을까? 친구로서."

케이건이 말없이 사모를 보았다. 풀벌레 소리는 둘 사이에 흐르는 텅 빈 시간을 의식시켰다.

"그것은 명령입니까?"

케이건이 기나긴 무언 끝에 내놓은 질문에 사모는 곤란한 듯 미소를 지었다.

"그래야만 수락해 줄 수 있을까?"

"신하된 자로서 왕과 대등하게 지낸다는 것은 있을 수 없는 일이기 때문입니다."

"까다로운걸."

사모는 허리를 숙여 원추리 한 송이에 가만히 손을 가져다 댔다. 여름이 좋아한 꽃에 나가의 손이 가 닿는 것이 케이건에게 참을 수 없는 모욕으로 다가왔다.

케이건은 자신이 나가 해체와 발골에 이골이 난 자로서, 어느 부분을 어떻게 잘라야 큰 힘을 들이지 않고 수월하게 끊어 낼 수 있는지를 몹시 잘 알고 있다는 사실을 생각하지 않을 수 없었다.

바라기는 무학당에 두고 왔다. 그러나 저 모피만 벗겨 낸다면 일사천리다. 우선 목을 졸라 기절시킨 뒤 석굴에 가져다 놓는다. 그다음 바라기를 갖고 올라와 토막 내면 될 것이다. 심장을 적출한 나가는 피가 그리 많이 나지 않으니 냄새를 맡고 들짐승이 꼬일 염려도 적다. 문제는 어떻게 승려들의 눈을 피해 고기를 삶을 솥을 구해 오느냐는 것인데.

사냥꾼의 수렵 계획이 예사로이 수립되는 와중에 내면의 아라짓 전사가 저 멀리서 고함치는 게 들렸다. 눈앞에 있는 것이 한낱 나가가 아닌 너의 왕이라고 주장하고 있었다. 시끄럽군. 케이건은 소음이 들리지 않는 척 차분히 사냥 절차를 되짚으려 했지만, 기막힌 미성이 그것을 방해했다.

"그럼…… 이건 어떨까? 역할 놀이."

"역할 놀이……."

"그래. 너는 따분함을 주체하지 못하는 나의, 아니, 짐의 놀이 상대가 되어 줘야 하는 것이지."

"어떤 역할을 바라십니까?"

제안하면서도 여러 차례 더 거절당할 것을 각오한 사모는 케이건이 즉각 응수하자 도리어 당황했다. 잠시 골똘히 생각에 잠겨 있던 그녀는 이내 케이건에게 주문했다.

"내가 왕이 될 것을 선언하기 직전 시점의, 길잡이 케이건 드라카."

"좋소."

이것도 충심이라고 해야 할지. 손바닥 뒤집듯 말투가 바뀌는 케이건을 보며 사모는 황당한 재미를 느꼈다. 내일 새벽이면 기약 없이 떠나는 그를 한동안은 만나지 못할 것이다. 적어도 왕위에서 물러나기 전까지는 써먹을 수 있는 방법이겠다 생각하며 사모는 이 순간을 만끽하기로 했다.

"네가 요스비의 아들이라지."

손바닥에 내려앉아 꽁무니에 불을 밝힌 반딧불이를 내려다보며 사모가 말을 꺼냈다. 케이건은 그 모습을 지켜보다 대화를 이었다.

"륜에게 들었나."

"아니. 륜은 타인의 사정을 함부로 누설하지 않아. 원치 않게 비밀을 알게 되었을 경우 그것을 잘 간수하려다 끙끙 앓는 아이지. 내가 악착같이 생환을 거부했을 때 륜은 온 정신을 끌어다 써 나를 깨우려 했어. 덕분에 나는 잠들어 있는 시간 동안 륜이 너희 불신자, 아, 미안. 북부인과 만나 함께 보낸 시간을 기억으로 겪을 수 있었어."

"끔찍하군."

"뭐가?"

"너희 나가는 기억에 사생활이 없나?"

반딧불이에서 눈을 떼고 사모가 케이건에게 시선을 주었다.

"당연히 모든 것을 공유하지는 않아. 그런 건 전설처럼 용근을 먹은 자들로만 구성된 사회에서나 가능한 일이겠지. 다만 우리는 언어로써 사고하지만 언어로 인해 빚어지는 혼란은 없지. 설령 거짓일지라도 나가의 니름은 늘 정확해."

"거짓말이 정확해 봤자 거짓일 뿐이지."

"인간들의 쓸데없는 미사여구야말로 나가에게는 껍데기처럼 느껴지는데."

"익숙해져야 할 거다."

케이건이 구태여 북부인의 화법을 옹호하지 않는다는 점이 사모는 흥미로웠다. 인간이라고 싸잡아 이야기했지만 케이건은 보통 인간과는 다른 방식으로 말을 한다. 낭비가 없는 그의 말은 오히려 나가에 가까웠다. 소름 끼치는 일이지만 나가를 사냥해서 먹는 사냥꾼은 사냥감을 닮아 가는 것일지도 몰랐다.

"네가 륜처럼 요스비의 아들이라 자신을 지칭한다면, 그래. 이해하기 힘들지만 나 또한 그의 딸이지. 그렇다면 네가 내 동생인가?"

"나가 여자가 할 말은 아니로군."

"스스로도 놀라워. 키보렌을 너무 오래 떠나 있었기 때문일까? 자랑은 아니지만 나는 내 고향에서도 특이한 여자였어."

케이건이 그게 무슨 소리냐는 뜻을 담아 사모를 보았다. 사모는 케이건이 제게 궁금증을 품는 것이 그리 나쁘지 않았다. 무시무시한 나가 살육자이지만 원추리 꽃밭을 앞에 두고 반딧불 사이에 선 그는 평범한 인간 남자로 보이는 것도 같았다.

"자식을 수태하지 않고 평생 처녀로 남기를 택했으니까."

"……잘도 가문에서 쫓겨나지 않았군."

"결과적으로 남자들은 페이 가문에 머무르는 것을 편하게 여겼고, 덕분에 나를 제외한 가문의 모든 여자들은 임신이 수월했지. 나는 자유를 얻었고 가문은 번성했으니 그걸로 된 거 아니겠어?"

사모가 어깨를 으쓱했다. 케이건은 고개를 저었다.

"너도 나가의 사회에 그다지 어울리지 않는군."

"요스비처럼?"

"요스비처럼."

사모가 케이건과 눈을 맞대고 피식 웃었다. 케이건은 여전히 무표정이었지만 사모는 그가 웃었다고 느꼈다. 냉혹한 나가 살육자만이 나가를 대하는 그의 전부가 아닌 것은 틀림없었다.

"그런데."

"응?"

"왜 동생이지? 공들여 계산해 보지 않아도 내가 연장자라는 것을 알 텐데."

"몇 살인데?"

"말하지 않겠다."

"뭐야, 그게. 그럼 그냥 동생 해."

"싫어."

"이상한 인간."

"이상한 나가."

사모는 밤의 고요를 깨뜨리며 소리 내어 웃었다. 머리를 깎은 지 얼마 안 된 승려가 잠결에 그녀의 웃음소리를 듣지 않기를 바랐다. 하늘에서 내려온 선녀가 산중 깊은 곳에 있는 용소에서 즐겁게 멱을 감고 있다고 착각하고 번뇌에 빠질 것이 분명했다.

케이건은 또다시 아내가 떠올랐다. 그녀의 웃음소리는 어땠었지. 요스비는 어떻게 웃었더라. 케이건이 오래된 아라짓 전사의 노래를 가르쳐 주자 나가 사회에서는 존재하지 않는 노래라는 행위를 어설프게나마 재현해 냈던 요스비. 그의 음성이 과거를 거슬러 올라와 케이건의 귓가에 생생히 울려 퍼지는 것 같았다.

"나가에게는 아버지가 없다니. 정말로 이상하군. 그렇게나 닮았는데."

"류과 요스비 말이야?"

"그래."

"외양이 닮기는 했나? 아버지라는 개념이 없는 사회에서 류이 아들임을 자칭할 정도이니 말이야. 그가 눈앞에서 의문사를 당한 충격이 더 크겠지만."

미동도 없던 케이건의 표정이 조금 뒤틀렸다. 그것만으로도 요스비가 그에게 어떤 존재였는지 알 것 같았다. 나가 살육자가 친구로 삼은 유일한 나가라는 것이 얼마나 특별한 일인지.

"생김새 같은 건 크게 의미 없어, 케이건. 나가 사회는 모계 사회야. 나의 어머니는 페이 가문의 가주 지커엔 페이지. 하지만 내 이모의 자식들도 그녀를 어머니라고 불러. 나가에게 낳아 준 어머니는 중요치 않아. 절대적으로 가주를 존경하지. 여자는 물론이고 남자라고 해도 예외는 없어. 아니, 남자라서 더 그렇지. 그들은 가문의 울타리 안에서 보호받아야만 하는 존재니까. 모든 가문에서 가주가 될 수 있는 것은 오직 한 명뿐이야. 북부인에게는 현 지배자의 친자, 그것도 장자가 가문 상속에 절대적으로 유리한 듯하지만 우리는 그렇지 않아. 모두가 평등하게 가주의 자식이고, 누구나 가주가 되기 위해 도전할 수 있어. 대체로 연장자가 존경을 받는 것은 사실이지만, 그것은 연륜에 대한 존중이지 가주가 되는 절대적인 조건은 아니야. 남자가 배제되는 것에 대해서는 지적하지 말았으면 해. 반대로 너희 인간은 후계자에서 여자를 배제하는 일이 많잖아?"

"나가답군."

"합리적이란 소리지?"

사모는 눈꼬리를 휘며 품에서 쉬크톨을 꺼내 들었다. 사모의 손에 들린 것이 무기임을 인식하고 케이건은 화급히 목 뒤로 손을 뻗었다. 바라기를 무학당에 두고 왔다는 사실을 알면서도. 800년에 걸친 습관은 그 무엇으로도 고칠 수 없었다.

케이건은 자기 자신을 믿을 수 없었다. 분명 이곳은 키보렌에서 한참 북쪽이지만 최소한 지금 한계선 이북에는 나가가 두 명이나 된다. 그럼에도 무방비하게 칼을 몸에서 떼어 놓았다는 사실이 충격적이었다.

사모는 공격 태세를 취하는 케이건을 보고 화들짝 놀랐다. 순식간에 맹수의 얼굴이 된 그는 위협적인 분위기를 풍겼다. 케이건에게 바라기가 있었으면 졸지에 달밤의 칼부림이 났을 것이다.

"미안. 본의 아니게 위협적으로 보였나 보군. 그저 손장난을 치려 했던 것뿐이야."

사모는 시범이라도 보이듯 쉬크톨의 칼몸 위를 유려하게 손가락으로 쓸어올렸다 내리는 동작을 반복했다. 열을 보는 데다 사소한 자상 같은 것은 상처 축에 끼지도 않는 나가이기에 가질 수 있는 습관임을 파악했다. 케이건은 마지못해 경계를 풀었다.

"손버릇 참 나쁘군. 고치는 게 좋겠어."

"그래. 나가임을 들켜서는 안 되니까. 사이커도 아니고 진짜 쉬크톨을 가지고 장난치는 왕에 대한 소문이 돌아서는 곤란하겠지."

사모는 쓰게 웃으며 쉬크톨을 도로 품 안에 넣었다. 케이건은 사모가 마음만 먹었다면 바라기를 소지하지 않은 자기를 손쉽게 죽였을 것이라고 건조하게 판단했다. 그렇기 때문에 사모에게 그럴 의도가 없었음을 시인해야 했다.

"륜은 요스비의 사이커를 가지고 있더군. 그걸 다른 유품과 함께 폐기 처분하지 않고 보관하고 있던 건 너였다고 하지. 왜 그런 행동을 했지? 륜처럼 아버지라는 미신을 따랐을 리는 없고. 스승에 대한 추모인가?"

"글쎄. 적어도 예전에는 그런 의도에 가까웠던 것 같아. 그건 요스비가 내게 검술을 가르칠 때 사용했던 사이커니까. 그의 물건이지만 내 추억이라고도 할 수 있지. 그렇지만 요스비의 죽음이 전염병 같은 것이 아니라는 의심은…… 그래. 안 했다고는 못하겠네. 아무리 병이라지만 어떤 나가도 그렇게 한 번에 죽는 일은 없어."

"그래. 그것들은 끈질기지. 목을 잘라도 재생하니까."

사모에게서 고개를 돌린 케이건은 원추리가 흐드러진 사면으로 시선을 주었다. 그는 꽃을 보는 것이 아니었다. 케이건이 주먹을 천천히 쥐었다 펴는 모습을 보며 사모는 그가 살육의 기억을 반추하고 있다는 사실을 눈치챘다. 잠시 잊고 있던 여름의 추위가 엄습했다.

"······그래. 그렇기 때문에 나가를 단번에 죽일 수 있는 유일한 방법을 알게 된 지금의 나는 요스비의 죽음을 다르게 바라볼 수밖에 없어."

"나가들이 모종의 이유로 그의 심장을 파괴한 것일지도 모른다는 얘기군."

"모든 나가가 아니라 수호자들이야. 수호자 말고는 아무도 심장병에 쉽게 접근할 수 없어. 더군다나 그들이 꾸민 음모를 봐. 그들이야말로 나가의 적이야."

"나가라는 점에서 다르지 않다."

케이건이 사모를 응시했다. 살인에 길든 눈이었다. 사냥감을 노리는 포식자의 눈빛이었다.

사모는 무심결에 한 발짝 물러섰다. 공기 중에 희미하게 피 냄새가 떠돌았다. 다른 선민 종족이라면 알아차리지 못할 정도였지만, 후각이 발달하고 온기를 보는 나가는 곧 근원지를 찾아냈다. 으스러져라 쥔 케이건의 주먹 틈새에서 붉은 선혈이 뚝뚝 떨어지고 있었다.

"케이건!"

케이건에게 성큼 다가간 사모는 자해 중인 주먹을 두 손으로 펴내려 했다. 케이건은 사모의 손길을 있는 힘껏 뿌리쳤다. 손아귀에 흐르고 있던 피가 흑사자 모피 위로 흩뿌려졌다.

보통 사람이었다면 그대로 땅에 내동댕이쳐졌을 것이다. 뛰어난 무예가의 기질을 발휘해 사모는 예기치 못한 일격에도 신속하게 자세를 바로잡을 수 있었다.

사모는 진지하게 정황을 살피려 했다가 이내 케이건을 노려보았다. 무례한 반응에 분노가 치밀었지만 그와 비례하는 비애가 있었다.

케이건은 사모가 쉬크톨을 뽑아 들기를 기대하는 것 같았다. 잔인하고 악독한 나가의 본성을 드러내기를 고대하고 있었다.

사모는 발밑에 칼을 던져 둘까 고민했다. 그러나 지금 무기를 꺼내 드는 동작을 취했다가는 케이건이 오해를 기정사실화하며 공격해 올 것이다.

"케이건 드라카."

불미스러운 사태를 피하기 위해 사모는 흑사자 모피를 벗어 그대로 바닥에 떨어뜨렸다. 인간에게는 선선하지만 나가에게는 온몸을 오므라들게 하는 기온이 재난처럼 덮쳐 왔다. 케이건의 눈이 의외로움을 표하며 커졌다가 다시 의심에 벼려지며 가늘어졌다.

"네가 요스비와 친구가 되었듯이 다른 나가와도 친구가 될 수는 없을까?"

"사모 페이."

다소 피곤한 케이건의 목소리가 사모를 불렀다. 당장에 사모와 주고받는 대화에 대한 피로감이 아니라, 아주 오래전부터 적층되어 온 까끌한 세월의 단층 같은 것이 느껴졌다.

"내게 불가능을 요구하지 마라."

다행히 주먹은 풀었지만 상처는 이미 깊은 듯했다. 케이건의 손바닥을 타고 내리는 피가 손가락 끝에 방울져 땅으로 떨어졌다. 차가운 흙바닥에 번진 피가 피워 내는 붉은 열꽃이 상황과 어울리지 않게 아름다웠다.

"모든 나가가 좋은 나가라고 하지는 않겠어. 나 자신조차 결함 있는 존재인데 어떻게 내가 동족 모두를 옹호할 수 있겠어. 하지만 너는 나를 나가로서 유일한 존재라고 해 주었잖아. 그 말은 틀렸어. 너에게는 요스비가 있잖아. 그럼 내가 너에게 좀 독특한 두 번째 나가라고 치면, 세 번째도, 네 번째도, 그 이상도 있을 수 있겠지. 그렇게 생각해 줄 수는 없어?"

제법 격한 호소에도 케이건은 상대하고 싶지 않다는 듯 입을 열지 않았다. 사모의 대단한 인내심조차 늘어지는 정적을 견디지 못하고 점차 사그라들었다.

별안간 케이건이 무자비하게 원추리를 꺾어 대기 시작했다.

꽃다발을 만들려는 것도 아니었다. 기껏 손에 넣은 꽃을 아무렇게나 던져 버리고는 새로이 꽃을 꺾어 내기를 반복했다. 초목을 사랑하는 나가 앞에서 보란 듯이 꽃의 목을 부러뜨렸다. 유치한 반항이지만 나가를 괴롭히기에는 더없이 효과 만점이었다.

"뭐 하는 짓이야! 그만! 그만해!"

"네가 내 행동을 멈출 권리는 없다. 너희 나가가 수목 애호가라는 사실은 내가 꽃을 꺾는 행위에 지상의 정당성을 부여할 뿐이다. 하지만 네가 이 웃기지도 않은 유희를 취소하면 나는 너의 말을 왕명으로 인식하고 나가의 관점에서는 꽃의 살해라고 할 수 있는 이 일을 기꺼이 관둘 것이다."

"지금 협박하는 거야? 당장 그 짓 그만두라니까!"

사모는 다급하게 소리쳤다. 추위에 뻣뻣해진 몸을 겨우 케이건의 근처로 옮겨 어깨를 붙잡으려 했다. 그때 케이건이 한마디를 툭 던졌다.

"아내가 좋아했던 꽃이다."

"뭐?"

"그녀의 무덤에 바칠 꽃이지."

케이건을 만류하려던 사모의 움직임이 멈추었다. 원추리 살육자는 잠시 향기로운 살육 행위를 멈추고 사모를 돌아보았다.

거짓말이었다. 여름의 무덤은 처음부터 있지도 않았다. 서른 명이나 되는 나가의 배를 가르고 다행히 소화되기 전에 '온전한' 원형을 유지하고 있는 그녀의 신체를 수습했다. 나가의 피 냄새가 진동하는 자리에서 아내의 조각들을 하나하나 짜 맞추었지만 아무리 뛰어난 재봉사가 와도 봉합하지 못할 수준이었다.

그녀를 안전한 곳으로 옮기고 싶었다. 그 방법이 사냥물을 담는 커다란 자루에 넣어 옮기는 것밖에 없다는 사실을 알았을 때 케이건은 미쳐 버렸다.

키탈저 사냥꾼 마을로 여름을 짊어지고 돌아왔을 때 이웃들은 걱정스러운 눈길로 안부를 물었다. 그 앞에 피로 흠뻑 물든 자루를 내려놓았다. 안을 들여다볼 수는 없게 했다. 별비의 정복자가 한낱 고깃덩이가 된 모습을 보이고 싶지 않았다. 케이건은 자루째로 아내를 화장했다.

사모는 혼자 멍하니 상념에 빠진 케이건을 물끄러미 보았다. 무슨 말이 하고 싶은 듯 망설임으로 달싹이던 입술이 끝내 침묵을 택했다.

이윽고 사모는 얼음 토막이 된 것 같은 몸을 끌어 원추리 시체를 줍기 시작했다. 다른 모든 냄새를 짓누를 만큼 진하게 피어오르는 원추리 향기가 짙은 피 냄새처럼 느껴졌다. 꽃에 마음으로 사과하며 사모는 한 송이 한 송이 정성스레 품에 안았다.

흔해 빠진 들꽃을 대하는 것치고는 과도하게 정성스러운 몸가짐을 취하는 사모를 케이건은 불가해한 눈빛으로 좇았다. 죽은 꽃에 대한 동정심인가.

"한 번은 나무를 죽인 적이 있지. 제대로 된 장례 절차도 생략하고."

"……왜지?"

"두억시니들이 계곡을 건널 수 있게 하려고."

꽃의 시신을 전부 거두어들인 사모가 허리를 곧추세우며 바로 섰다. 아내가 좋아한 꽃이 나가의 품에 있다는 사실을 용납할 수 없었다. 그러나 죽은 꽃을 안타까워하면서 나무를 죽였다고 하는 나가의 심리가 궁금했다.

"자보로의 성에서 대호가 나를 데리고 달아난 직후, 다시 너희를 쫓아 시구리아트로 가기 전 나는 폭우를 만났어. 계곡물이 엄청나게 불어났지. 신을 잃은 자들에게는 지성이 허락되지 않았고, 다리라는 개념도 당연히 없었어. 두억시니들은 격류로 뛰어들어 무의미한 자살 행위를 반복했다. 나는 그 광경을 도저히 지켜볼 수 없었어. 그렇다고 그 자리를 그냥 떠날 수도 없었어. 그래서 마루나래와 함께 계곡을 가로지를 정도로 커다란 나무 한 그루를 잘라 쓰러뜨렸어. 그 외나무다리를 통해 두억시니들은 계속 나를 쫓아올 수 있었지."

사모는 죄인처럼 고개를 숙였다. 그녀의 입술이 가슴팍 근처에서 한들거리고 있는 원추리에 닿았다.

"그래, 나야. 네가 지상으로 하늘치를 끌어내려 두억시니를 짓밟도록 만든 것은. 내 알량한 동정심이 스물만 남기고 삼천을 죽였어."

"두억시니를 죽인 것은 나다. 네가 아니다, 사모 페이."

케이건은 덤덤한 사실을 이를 뿐이지만 그 말이 큰 위안이 된다는 게 자못 우스웠다. 나가 살육자에게, 두억시니 살육자에게, 원추리 살육자에게 위로를 받다니. 이상한 일이었다.

사모는 꽃송이에 입술을 묻고 가냘프게 웃었다. 케이건은 사과하듯 지면으로 내리깔린 사모의 눈꺼풀을 보며 고개를 비뚜름하게 기울였다.

"너는 역시 이상한 나가로군."

"그래. 나도 내가 이상해."

사모는 꽃밭에 쭈그리고 앉았다. 한팔로 꽃다발을 받쳐 들고, 꽃송이가 유독 크고 탐스러운 원추리 한 떨기에 나머지 한 손을 뻗어 꽃잎을 어루만졌다.

"아무래도 이해 못 하겠어. 어째서 추도하기 위해 초목의 죽음을 담보로 삼아야 하지?"

"그건 사모 페이 네가……."

"나가이기 때문이라고?"

단호하게 '그렇다'고 즉답할 줄 알았던 케이건은 묵언이었다. 사모는 그 침묵에 조금 더 희망적인 기분을 맛보며 잠시 눈을 감고 심호흡했다. 조심스레 꽃대로 손을 미끄러뜨렸다. 그리고 외나무다리를 끊어 내는 심정으로 원추리를 꺾었다.

케이건은 움찔하며 사모를 살폈다. 순수한 슬픔이 거기 있었다. 사모의 커다란 눈망울이 곧이라도 꽃에 눈물을 떨어뜨릴 것 같았다.

사모가 자리에서 일어나 방금 꺾은 원추리 한 송이를 케이건이 꺾은 무수한 한 송이들에 더했다. 그렇게 완성한 꽃다발을 케이건에게 내밀었다. 사모 페이는 인간의 예를 따라 케이건의 아내를, 나가가 죽인 그의 여름을 애도하려 하고 있었다.

케이건은 미세하게 떨리는 손으로 사모가 내민 원추리 다발을 받았다. 고요한 폭풍이 이는 까만 눈동자가 꽃과 사모를 번갈아 보았다. 주체 못 할 고통에 심장이 먹힌 순간 케이건은 두 팔로 그녀를 껴안았다.

소스라치게 놀란 사모는 케이건을 뿌리친다는 발상조차 하지 못했다. 아직 북부인들만큼 자유자재로 청력을 사용하지는 못하지만 어느 정도 귀를 열어 두는 데 익숙해진 사모였다. 사납게 뛰는 케이건의 심장 소리가 적나라하게 귓가를 침범했다.

하텐그라쥬에서 륜과 재회했을 때 나누었던 포옹이 떠올랐다. 사모에게는 낯선 륜의 맥박이 자신의 것인 양 느껴졌던 그때와 비슷했다.

따뜻하다. 여름밤 추위에 노출되어 있던 몸에 케이건의 체온이 옮아 들었다. 딱딱하게 굳었던 관절이 풀려 조금은 편안해졌다. 심장을 가진 나가라고는 해도 륜의 피는 차가운 편에 속했다. 그와 대조적으로 인간의 체온은 이토록 뜨겁다는 데 사모는 경이마저 느꼈다. 나가에 대한 증오로 뛰고 있을 심장일 텐데. 철혈과 같은 그의 피에도 온기가 있다는 사실이 지금 느끼는 당혹스러움과는 별개로 크나큰 환희를 선사했다.

"너희 나가에게는 심장이 없지."

케이건의 말대로 사모는 심장을 적출한 나가였다. 그러나 맞닿은 몸을 통해 케이건의 심장은 사모의 것이 되었다.

"고집스레 살아나기를 거부하던 너를 불이 난 무학당에서 구해 낸 그 밤, 나는 우스운 짓거리를 했다."

"우스운 짓거리?"

"네가 살아 있는지 아닌지를 알아보기 위해 맥을 짚었다."

케이건은 '과연, 쓸데없는 짓이었네.'라는 말을 기다렸으나 품에 묻힌 사모는 잠잠했다.

"나가를 생명으로 대하는 스스로를 용서할 수 없었다."

사모는 땡볕이 내리쬐는 마당에서 자학처럼 바라기를 휘두르던 케이건을 떠올렸다. 돌이켜 생각해 보면 나가 살육자가 스스로에게 혹독한 형벌을 주고 있었던 것이라는 해석이 가능했다.

'너도 혹 아젤키버인가?'

케이건은 곧 품속의 사모를 떼어 냈다. 사모는 무안해져 케이건을 보았다. 케이건의 눈빛은 공허했다. 탁한 눈 거울은 아무것도 비추지 않았다.

"너는 내게 용의 수호를 맹세케 했어야 한다."

"생각을 바꿀 마음은 없는데."

"나는 네 목숨을 보장할 수 없다. 어떤 나가도 내 앞에서는 불사성을 자랑할 수 없어."

"괜찮아."

무엇을 괜찮다고 하는지 알 수 없었다. 케이건은 사모가 흑사자 모피를 주워 들어 다시 걸치는 것을 눈으로 따라갔다.

"나는 눈물을 마시는 새잖아?"

사모가 엷게 웃었다.

왜 웃는가. 있지도 않은 웃음의 저의를 파헤치려 들며, 케이건은 화석화된 심장에서 갓 움튼 심상에 대한 책임을 회피했다.

케이건 드라카는 오랜 과거의 숙주였다. 현재를 비껴 나 케케묵은 기억 속에 표류하며 한평생 난파선처럼 떠돌았다. 지금 한순간 세월의 정박지가 어른거린 것은 착각에 불과할 터.

혼란을 느끼며 사모와 눈길을 얽던 케이건은 매몰차게 뒤돌아 원추리를 또 꺾었다. 사모는 원성을 지르고 싶었다. 안색이 어두워진 그녀를 철저히 무시하며 케이건은 꽃을 들고 어둠 속으로 몸을 숨겼다.

사모는 홀가분하고도 복잡한 심경으로 케이건의 뒷모습을 배웅하다 몸을 감싼 흑사자 모피를 들춰 보았다. 검은 털을 붉게 적신 케이건의 피가 어느새 식어 있었다.

* * *

"진혼제 말씀이십니까?"

하늘누리가 한계선에 들렀다 다시 라호친으로 돌아왔을 때 왕은 이미 복귀한 상태였다. 한눈에 봐도 만신창이인 그녀는 제 몸 하나 건사하기 힘든 와중에도 본인 키에 가까운 거대한 상자를 뺏기지 않으려는 것처럼 껴안고 있었다. 새로 발명된 난방 기구일 거라고 진지하게 믿고 싶었지만 왕은 보기 좋게 믿음을 저버렸다. 그것이 금속제 칼집 두 개를 보관한 함이라는 사실을 확인했을 때는 목숨 아까운 줄 모르고 옆의 멀대 같은 레콘 덩치에게 화를 냈다. 비형이 바라기의 칼집이라고 해명했을 때는 기가 막혀 할 말을 잃었다.

칼도 없는 칼집을 만들어서 무엇을 하려는지 짐작하기 어려웠다. 칼집의 주인을 유인하기 위한 미끼라도 된다는 말인가. 최후의 대장간에 간 목적은 알았으되 이유는 도무지 오리무중이었다. 괄하이드에게 답답한 심정을 토로하자 '나는 알 것 같군.'이라는 말만 하고서 부연 설명은 일절 없었다. 라수는 세상이 작심하고 자신을 속이려 드는가를 의심해 봐야 했다.

추위에 침식된 몸을 빠듯이 회복하고 정상적으로 정무를 돌보기 시작하는 차에 왕은 라수에게 의외로운 명령을 내렸다. 구아라짓의 선조를 기리고 오늘의 신 아라짓이 세워지기까지 전쟁에서 희생된 넋을 기리는 진혼제를 준비하라는 것이었다.

라수는 왕이 바라기의 칼집을 만들어 온 것과 진혼제 사이의 상관관계를 생각하지 않을 수 없었다. 현시점에서 바라기의 주인은 케이건 드라카이지만, 그것이 원래 영웅왕의 검이었음을 떠올렸다. 관련 문헌을 독파하고 나서야 바라기의 칼집이 소실되었다는 것도 알았다.

영웅왕의 잃어버린 칼집을 되찾아 준다는 것은 신 아라짓이 구 아라짓의 정통성을 이어받는다는 상징성을 피력하기에 좋았다. 바라기는 레콘인 영웅왕의 검이었던 만큼 최후의 대장간에 칼집 제작을 의뢰한 것도 타당하다. 칼이 칼집과 한 몸으로 여겨지는 오랜 풍조는 모종의 낭만성까지 품고 있으니 더욱 전략적 완성도가 높았다. 그리 냉정히 분석하면서도 명줄을 깎아 먹을 만한 사안은 아니었다는 의구심은 떨쳐지지 않았지만.

"짐이 친히 주관할 이 진혼제는 기존 풍습과 전혀 색다른 것이었으면 한다. 구 아라짓과 키탈저 사냥꾼의 상장례가 결합된 형태였으면 좋겠군. 짐은 신 아라짓의 시조로서 키탈저 사냥꾼에 대한 권능왕의 사과를 대신하고자 한다. 그들의 전통으로 그들의 죽음을 위로하고 싶다. 양자의 장례 풍습이 기록된 책을 읽고 생각해 낸 몇 가지가 있기는 한데, 이는 국가 대사이니 아무래도 짐 혼자만의 생각으로 치를 수는 없겠지."

"괜찮군요. 실제로 과거에는 왕이 제사장이 되어 신께 제의를 올렸으니까요. 그 전통을 부활시키는 것은 신 아라짓의 정통성을 대외적으로 널리 알리는 기회가 될 것입니다. 이제는 발자국 없는 여신도 포함시켜야 할 테지만요."

"그렇지. 남부는 이제 우리의 적이 아니다."

"진혼제에 초대할 내빈 목록 작성부터 제단을 세울 장소 선정과 택일까지 할 일이 이만저만이 아니겠군요. 암살 기도 가능성이 좀 걸리기는 하지만 어지간히 머리가 나쁘지 않은 이상 국

내외 요인들이 모이는 자리에서 그런 짓을 자행하지는 않겠지요. 알겠습니다. 폐하의 구상을 정리하여 교지로 내려 주시면 그를 바탕으로 장례와 상례에 해박한 각 지역 전문가를 불러 모아 의례를 구성하도록 하겠습니다."

왕은 믿음직한 사도를 보며 윤허할 것도 없다는 듯 고개를 끄덕였다.

회의 내용을 문장으로 정리하며 대화를 나누던 라수는 양피지와 문방구를 챙겨 자리에서 일어났다.

"그런데 폐하, 신이 하나 여쭈어도 되겠습니까?"

"허한다."

"나가 사회에서는 장례를 어떻게 치릅니까?"

남부와의 교역이 시작되고 누구보다 빠르게 키보렌에 있는 서판이란 서판은 죄다 끌어모아 종이책으로 만든 라수였다. 그 안에 나가 사회의 장례 풍습을 정리한 책은 없었나 보다.

라수는 참전 시기에 읽지 못했던 만큼 독서에 매진하겠다고 작심한 것처럼, 한때 하늘누리에 오르고 내리는 순간에도 손에서 책을 놓지 않았다. 왕은 금독령을 내릴까도 했지만 라수가 누구처럼 책에 취해 넘어지지는 않을 것 같아 참작했다. 오랜 습관인지 이동하면서 책을 읽는 재주가 일품이었다. 키보렌에서 가장 방대한 장서량을 자랑하고 희귀 서적 또한 많은 것으로 유명했던 도서관이 하텐그라쥬 심장탑 안에 있는 특수 도서실임을 알면 라수가 어떤 표정을 지을지 왕은 공연히 궁금했다.

"권태를 느낄 정도로 충분한 삶을 누리고 죽음이 두려움보다 안식으로 다가올 때쯤 가문의 구성원들이 지켜보는 앞에서 조용히 임종을 맞이하지. 시신은 가문 소유의 숲에 매장하고. 묻힌 자리 위에는 새로이 나무를 심는다."

"일종의 수목장이군요. 관은 짜지 않습니까?"

"나무를 잘라 죽은 육신을 감싸는 것에 무슨 의미가 있는지 짐은 이해를 못 하겠군. 그대도 알다시피 나가는 나무를 사랑한다. 땅에 묻혀 나무의 양분이 되는 것이야말로 나가의 마지막에 어울리는 일이지."

"가문이 없는 남자들은 어디에 묻힙니까?"

"나가들은 죽을 때를 알지. 함께 묻힐 묘목을 들고 주인 없는 키보렌 밀림으로 들어가 임종을 맞이한다. 일행이 있으면 일행이 그를 매장하고, 고독사한 경우에는 정찰대가 시신을 발견하는 즉시 그 자리에 매장해 주지."

"나가 남자들은 불쌍하군요. 객사나 마찬가지 아닙니까. 그런데 가문 소유의 숲은 무엇입니까? 나가는 인간들이 숲의 주인인 것처럼 마구잡이로 나무를 잘라 쓰는 것을 혐오하지 않습니까."

"소유라고는 하지만 북부에서 말하는 사유지의 개념이 아니라 삼림 보호 구역이라고 이해하면 된다. 얼마나 더 넓은 숲을 훌륭하게 가꾸고 번성시키는가에서 가문의 역량이 드러나기 때문이지. 숲에는 누구나 드나들 수 있다. 다만 제대로 관리되지 않은 곳을 발견하면 정식으로 해당 구역을 관할하는 가문에 항의를 넣어 관리 권한을 뺏어올 수 있다."

"정말이지 나가들의 자연 사랑은 상상을 초월하는군요. 폐하의 장례는 남부의 방식으로는 치러 드리지 못하겠지만요."

"그때까지 짐이 왕위에 있다면 말이지."

"……."

앞으로 17년, 불현듯 그 세월의 거리감이 짧아졌다.

얼마간 대화가 방치되었다. 왕은 차분한 목소리로 다시 말문을 텄다.

"라수."

"말씀하소서."

"짐은 더 이상 케이건 드라카를 찾지 않을 것이다."

듣던 중 반가운 소리라고 한마디 할 줄 알았던 라수는 아무 말도 하지 않았다.

왕은 자리에서 일어나 창가로 다가갔다. 창밖으로 펼쳐지는 것이 풍경이 아니라 날씨뿐인 일상이 이제는 익숙했다. 하늘누리 상공에는 어느새 비가 내리고 있었다.

하인샤 대사원은 평소보다 짙은 적요로 채워져 있었다. 도깨비불이 타는 거대한 횃대가 산사에 찾아든 밤을 환하게 밝혔다. 수많은 홰와 나란히 열병한 형형색색의 깃발은 신 아라짓의 문장을 내걸고 정월 초하루의 을씨년스러운 바람에 흔들리고 있었다. 오래전 전소되었다가 코네도 빌파의 보시로 으리으리하게 재건된 무학당 마당에는 넷이 하나가 되는 진풍경이 펼쳐지고 있었다.

대수호자 키베인과 수호자 여럿 그리고 시모그라쥬 칸비야 고소리 의장, 소메로 마케로우 등 남부 도시 주요 나가 가문의 가주들. 그리미 마케로우와 그녀의 아버지 스바치, 하늘누리의 유일한 나가 정찰병이 된 카루. 하텐그라쥬 진격전에서 혁혁한 공을 세운 레콘 즈라더. 즈믄누리의 바우 머리돌 성주와 무사장 사빈 하수언. 쥬타기 대선사와 오레놀 대덕 등 하인샤 대사원의 승려들, 사도 라수 규리하와 괄하이드 규리하 태위, 무핀토 추장과 세미쿼 추장, 발케네의 빌파 삼부자 그리고 키베인의 옆에서 입을 헤 벌리고 제단을 보는 데오늬 달비 대사까지. 세계의 변화에 흘러가고 있는 이들이 모였다.

제단 앞에서 생동하는 면면을 둘러보며 사모는 판사이의 베미온 굴도하를 생각했다. 위대한 육형제 탑이 수장되자 미쳐 버렸던 가엾은 마립간은 륜이 회오리에 집어삼켜진 그날 함께 모습을 감추었다. 나무 방패에 씨족의 복수를 새겨 놓고 사모를 대신해 륜을 죽였던 자보로의 말예 키타타 자보로를 생각했다. 가혹한 긴장 속에서 이성을 잃고 괄하이드에게 처형당한 칼리도 성주 지코마 펠독스를 생각했다. 파괴당한 페로그라쥬와 악타그라쥬의 심장탑도 잊지 않았다. 사모는 그들 모두를 지금도 선명하게 기억하고 있었다.

비형과 티나한은 제단 양옆을 삼엄하게 지키고 있었다. 비형은 붉게 물들인 양털이 채워진 금속 받침대에 놓은 황혼을, 티나한은 푸른색으로 염색한 새의 깃털을 깐 나무 받침대에 놓은 새벽을 들고 있었다.

바람이 멎었다. 깃발이 나부끼고 횃불이 타는 소리마저 고요에 묻혔을 즈음 음악이 연주되었다. 가면 쓴 사모는 장식품처럼 미동도 않고 있다가 춤을 추기 시작했다. 그녀의 한 손에는 춤채가, 다른 한 손에는 쉬크톨이 자리하고 있었다.

대호왕의 춤사위는 난해했다. 적을 공격하기 위해 검을 휘두르는 무사 같기도 하고, 회초리로 학생의 종아리를 때리는 훈장 같기도 했으며, 나풀나풀 봄바람을 타고 나는 나비 같기도 하고, 날카로운 발톱으로 먹이를 낚아채는 맹금 같기도 했다. 분노에 가득 찬 손짓에서는 슬픔이 느껴졌고, 환희를 표현하는 발재간은 농밀한 우울을 동반했다.

나늬 같은 춤이었다. 보는 사람에 따라 다르게 보이고, 천차만별의 감정을 느끼게 하는 그 춤의 이름은 필시 〈나늬〉일 것이다.

남겨진 수명을 헤는 일도 두렵고
썩어들어가는 수족을 추스리는 짓도 포기한 지 오래.
지상에서 가장 외로운 고목 아래에 걸터앉아
빛나던 이들을 생각한다.

북부인들의 눈에는 인두와 칼을 든 미치광이의 난삽한 춤으로 보이기도 했다. 남부의 것에는 없는 기하학적인 문양이 춤채에 정교하게 음각되어 있었다. 손잡이 밑둥에는 왕의 동작에 따라 날뛰는 화려한 술 장식이 달렸다. 치장을 통해 옥수에 들린 것이 인두라고 여길 무엄한 자들을 경계한 듯했다.

남부인들은 자신들과 마찬가지로 초목을 사랑할 왕이 온몸에 원추리를 휘감고 있다는 사실에 경악했다. 적의가 없던 나가라도 꽃의 시체를 주렁주렁 달고, 그들의 비밀스러운 전통 검 쉬크톨을 북부인 앞에 드러낸 대호왕에게 없던 반감도 생길 지경이었다.

제각기 다른 욕과 정에 빠져 대호왕의 춤을 감상하는 이들 중 사모가 입은 제의(祭衣)를 보고 그리움에 사무치는 것은 티나한뿐이었다. 티나한은 원추리가 어떤 꽃인지 사모가 알고 있다는 게 그리 놀랍지 않았다. 조화(弔花)로서는 화려하고, 왕을 꾸미기에는 수수한 꽃이지만, 오늘의 진혼제에 가장 어울리는 꽃이었다.

사랑하는 나의 왕이여, 내 주인이여.
질투 많은 운명조차 일벗지 못할 영광을 주신 분이여.
어버이께서 주신 내 육은 이곳에서 썩어들어가나
왕께서 일깨워주신 내 영은 영광 속에서 영원하리라.

일정한 음률에 맞춰 춤을 추는 것은 지금도 사모에게 낯설었다. 음악은 춤에 많은 제약을 낳았다. 박자라는 틀은 분방한 춤의 구상을 속박했다. 이런 부자연스러움이 경건한 제의의 춤을 표현한다며 사모는 거듭 자신을 타일러야 했다. 이는 혼자만의 즐거움에 골몰하는 몸짓이 아니라 륜과 케이건에 대한 추모인 까닭이었다.

어떤 춤을 출지 사전에 정해 둔다는 것은 실로 기이했다. 소리와 움직임을 동일시하는 북부인들을 위해 안무를 미리 짜야 했다. 난항을 겪을 것이라 생각했던 작업은 의외로 빨리 진척되었다. 추모 대상이 대상인 만큼 동작은 요스비가 가르친 검술을 바탕으로 했다. 사모는 제단 위에서 요스비가 되어 요스비를 사랑했던 두 사람을 기렸다.

지금 이곳에 모인 내빈에게, 무엇보다 네 신께 이 제의는 가증스러운 기만에 지나지 않을지도 모른다. 겉으로는 그럴싸한 명분을 들먹였지만 지금 사모는 왕이되 왕이 아니었다. 신전에서 신이 아닌 그녀가 사랑하는 두 사람을 추도한다는 것은 어불성설이었다. 그럼에도 사모는 하인샤 대사원에 제단을 세우고자 했다. 케이건이 자신을 왕으로 추대한 이곳에.

대사원은 제사를 흔쾌히 수락했다. 케이건 드라카의 육신에서 이미 전령이 이루어졌을 가능성도 있지만, 사제들은 그토록 오랜 세월 동안 결부되었던 신이 쉽사리 떨어져 나갔을 것이라고 생각하지 않았다. 케이건 드라카에 대한 진혼은 어디에도 없는 신에게 북부의 왕이 바치는 경건한 의례이기도 하다는 것이 그들의 답변이었다. 왕의 막무가내를 위해 고매한 변명을 대신해 준 그들에게 사모는 감사했다.

하인샤 대사원뿐만 아니었다. 이 진혼제의 진정한 목적이 무엇인지 같은 전쟁을 겪은 이들은 암묵적으로 깨달았다. 나가의 절멸을 막고 왕의 생명을 범접할 수 없는 힘으로 지키고 있는 한 아라짓 전사에 대한 극진한 애도임을 알았다.

천 년이 넘도록 전승되는 연군가에 맞춰 춤을 추는 왕은 아름답지만 참혹하리만큼 슬펐다. 눈물로 범벅된 춤사위, 아픔에 뒤덮인 발버둥이었다. 왕이 신하를 위해 연주하는 마지막 장송곡은 비창을 자아냈다. 생애 전반 사선을 넘나든 백전노장과 속세의 감정에 평정해야 하는 승려들은 본분을 잊고 눈물을 훔쳤다. 신하들은 은연중에라도 그 자신이 왕명을 받들어 수행하다 전사했을 때 왕이 같은 진혼가를 불러 주기를 기대하지 않았다.

아름다운 벗이여. 내 형제여.
살았을 적 언제나 내 곁에, 죽은 후엔 영원히 내 속에 남은 이여.
다시 돌아온 봄이건만, 꽃잎 맞으며 그대와 같이 걸을 수 없으니
봄은 왔으되 결코 봄이 아니구나.

춤의 황홀경 속에서 사모는 케이건이 자신을 왕으로 추대한 또 하나의 이유를 자각했다. 나가들에게 배신당하고 배신당했

음에도 다시금 나가를 믿어 보기로, 사랑하기로 결심한 것이다. 사모 페이가 나가가 아닌 다른 무언가가 될 수 없는 한.

사모를 왕으로 섬기기 시작한 이후에도 케이건의 나가 살육은 그치지 않았다. 멈추려고도 하지 않았다. 왕의 동족을 살해하는 습관을 지닌 신하에게 왕명을 내려 막지도 못했다. 그가 나가에게 하는 짓을 용인할 수 없어도 이해할 수는 있었다. 륜도 그러했기에 그를 의지하며 마음을 나누고자 했다.

'케이건 드라카.'

지금 춤추고 있지만 사모의 의식은 이미 다른 차원에 계류하고 있었다.

'너는 어찌하여 끊임없이 속죄하며 살아가지?'

음악이 절정으로 치달았다. 춤사위가 격화되었다.

'네가 사랑하는 사람들이 너로 인해 죽었다고 생각하는 거야?'

아득해진 의식 속에 바라기를 짊어진 뒷모습이 보였다.

'그만 자유로워지도록 해. 우정을 믿지 않는다면 왕인 나를 믿었으면 해.'

비길 데 없는 고통과 숙명을 걸머진 사내가 천천히 뒤를 돌아보았다.

'내가 네게 줄 수 있는 것은 고작 이뿐이구나.'

의식의 눈앞이 흐릿했다. 그의 얼굴은 보이지 않았다.

'나는 언제나 네 친구가 되고 싶었어.'

아마도 나는 흩어져 먼지가 될 것이다.
칼을 휘두르며 피를 찾아 걷고 또 걷는 사이
깨지고 부서진 넋, 바람에 맡긴다.
쓰러져 죽는 대신, 걸으며 먼지가 될 것이다.

음악이 끝났다. 춤이 멈췄다. 사모는 가면을 벗었다. 인간이었다면 긴 독무 끝에 얼굴이 온통 땀으로 범벅되어 있을 테지만 나가의 얼굴에는 땀 한 방울 흐르지 않았다. 그녀가 고행에 가까운 춤을 완결지었다는 증거는 헐떡이는 호흡뿐이었다.

설령 나가가 조금이라도 땀을 흘릴 수 있을지라도 북부의 정월 초하루 날씨는 인간에게도 녹록지 않았다. 나가 손님들을 위해 상당한 고온의 도깨비불로 사방을 둘러치지 않았다면, 사모는 흑사자 모피를 껴입었다 하더라도 졸도했을 것이다. 레콘과 인간은 엄동설한에 때아닌 더위를 호소하고 있었지만 누구 하나 불평하지 않았다.

사모의 춤이 끝나자 비형과 티나한이 곁으로 다가왔다. 황혼과 새벽이 잠자는 받침대를 왕의 발치에 두고 양옆으로 물러났다.

바라기의 칼집 앞에 사모가 무릎을 꿇자 비형이 손재간을 부려 도깨비불을 일으켰다. 황혼과 새벽 위로 떠오른 큼지막한 불덩이가 작은 불꽃 다섯 개로 분열되었다.

하나는 창을 든 거대한 레콘이었고, 하나는 딱정벌레를 탄 도깨비, 하나는 기이하게 생긴 검을 든 인간, 하나는 용을 타고 있는 나가였다. 그리고 맨 마지막으로 완전한 형태를 갖춘 화염은 모피를 두른 나가였다. 먼저 생겨난 네 선민 종족의 불꽃은 다섯 번째 형상에 머리를 조아렸다.

사모는 가면을 황혼과 새벽 위로 드높였다. 다시 합쳐진 불꽃이 맹렬하게 가면으로 달려들었다. 가면은 순식간에 불타올라 재가 되었다.

재티가 흩날리는 허공을 응시하던 사모가 춤채를 한편에 밀어두고 쉬크톨을 황혼과 새벽 앞에 내려놓았다. 티나한이 히참마 잎과 커다란 돌을 내밀었다. 나가 사이에서 경악을 표하는 니름이 터져 나왔다. 남부의 유구한 전통을 북부인의 앞에서 피로(披露)하는 것이 마음에 들지 않겠지.

사모는 아랑곳하지 않고 히참마를 쉬크톨의 칼몸에 정성껏 발랐다. 풀물이 충분히 도포되자 양손으로 돌을 들어 올려 힘껏 내리쳤다. 견고함을 자랑하는 쉬크톨은 깔끔하게 두 동강 났다.

가면을 사른 후 공중에서 둥둥 떠다니고 있던 도깨비불이 부러진 칼날로 낙하해 들러붙었다. 측정 못 할 정도로 온도가 높은 불꽃이 눈 깜짝할 새에 칼 조각을 녹여 쇳물로 만들었다. 금속 액체는 뱀처럼 스르륵 땅을 기더니 흙으로 스며들었다. 땅속에 흡수된 철은 오랜 기간 대지와 동거하며 칼이었던 과거를 잊고 서서히 부식될 것이다.

이윽고 제의는 파했다. 손들은 모두 하늘누리로 돌아갔다. 대낮처럼 훤히 경내를 밝히던 도깨비불은 꺼졌다. 힘차게 펄럭이던 신 아라짓의 깃발이 내려졌다. 높게 쌓은 제단도 해체되었다. 모진 추위가 감도는 무학당 마당 한가운데에는 원추리에 파묻힌 칼집 두 개만이 덩그러니 놓였다.

샛별이 스러지고 첫닭이 울자 대사원의 수행승은 무학당을 걸어 잠근 빗장을 열고 비질을 하려고 들어섰다. 이 계절에는 볼 수 없는 노란 꽃은 동사체로 발견되었다. 황혼과 새벽은 자취를 감추고 없었다.

* * *

한 사람이 사막을 걷고 있었다. 길손은 남쪽에서 오는 중이었다. 황량한 푼텐 사막의 터줏대감 마지막 주막의 주인은 여행자가 당도하기 두 시간도 전부터 그를 주시하고 있었다. 밤이 이슥하지만 사막의 밤하늘을 뒤덮은 별은 주인의 유일한 취미 생활인 과객 관찰을 적극 지원했다.

이제 주인은 동쪽과 서쪽 그리고 북쪽만큼이나 남쪽을 신경 쓰기 시작한 지 오래였다. 동쪽, 서쪽, 북쪽에서 오는 길손은 예전과 다름없었고 남부와 공식적인 교역이 시작되면서 남쪽에서 오는 손님도 생겨났다. 그가 난생처음 본 나가는 토막 난 고깃덩어리였지만, 지금은 사지가 멀쩡하게 붙은 나가들도 귀한 흑사자 모피를 구해 입고 드물게 찾아왔다.

마침 나가 손님 하나가 묵고 있는 참이었다. 주인은 마구간 한편에 환경의 영향을 덜 받고 생존력이 강하며 새끼를 많이 치는 사막쥐를 사육하고 있었다. 흑사자 모피를 구했을 정도이니 부자임이 분명한 나가는 쥐 한 마리당 은편 스무 닢이라는 무지막지한 액수를 바가지라고 생각도 않았다.

양심의 가책 따위를 느끼기에 사막은 척박했다. 환경적 요인은 제쳐 두고서라도 어쨌거나 세상의 반을 독식한 것으로도 모자라 다시 한번 일어난 전쟁에서 무자비하게 북부군을 살해한 나가가 아닌가. 주인은 지금 저기 오는 여행객 또한 나가라면 쥐를 내어 주면서 은편 스물다섯 닢을 불러 볼까 생각하며 문간으로 다가가 미리 문을 열어 두었다. 나그네가 사막 위에 검붉은 선을 남기는 커다란 자루를 질질 끌고 오지 않는다는 사실에 안심하면서.

얼마 지나지 않아 온몸을 검은 방풍복으로 감싼 여행자가 주막으로 들어왔다. 전신 화상을 입은 환자처럼 얼굴까지 칭칭 동여매고 있었다. 눈이 있음직한 자리에는 최소한의 시야 확보를 위해 빈틈이 있기는 했지만, 눈을 마주치고 있는지 어떤지도 모를 개미구멍이었다. 신장을 보건대 인간 남자 같지만 겉모습으로 사람을 판단하는 것이 얼마나 어리석은 일인지 산전수전 다 겪은 사막의 사내는 알고 있었다.

객은 의례적인 인사도 없이 물그릇이 놓인 주전자로 저벅저

벽 다가갔다. 주인이 물 한 대접의 가격을 부르기도 전에 잔뜩 구김이 간 망토 사이로 나온 손은 은편 두 닢을 탁자 위에 올려 두었다. 철저하게 장갑까지 끼고 있어 변함없이 종족을 알아볼 단서는 주어지지 않았다.

행동거지로 보아 이 주막에 최소 한 번 이상 머무른 적이 있는 듯했다. 자주 찾아오는 손과는 안면을 트고 이런저런 세상 돌아가는 이야기를 전해 듣거나 함께 술 한 잔 기울이는 정도의 친목은 도모했지만 이런 여행객을 받은 기억은 없었다.

그럼에도 주인은 그가 낯익었다. 팔짱을 끼고 탁자에 기대선 채로 기시감의 정체를 떠올리려 용썼다. 문득 기억 속에 고이 묻어 두었던 무시무시한 식인귀가 떠올라 급히 헛숨을 들이켰다.

물을 마시다 말고 방문자가 쳐다보는 것이 느껴졌다. 주인은 딴청을 피우며 괜스레 헛기침을 했다. 왜인지 그자가 웃은 것 같았다.

"밤이 깊었으니 바로 잠자리에 드실 작정이오? 그렇다면 왼쪽 두 번째 방에 묵으면 되오. 첫 번째 방에는 나가 손님 한 명이 묵고 있으니까."

"여기 나가가 왔소?"

줄곧 한마디도 없던 이가 대뜸 말문을 열자 주인은 황급히 그를 쳐다보았다. 남자 목소리였다. 마성적인 나가의 목소리는 아니다. 아무리 봐도 레콘과 도깨비의 체구는 아니니 인간 남자인 것이 분명해졌다.

"그렇소만. 무슨 문제라도 있소? 경고하건대 분란을 일으키는 짓은 삼가 주시오. 시구리아트 유료도로당 놈들처럼 이 주막 안에서는 누구나 평등하다, 이런 쓰잘데기없는 말을 늘어놓으려는 것이 아니오. 사막에서의 분쟁은 공멸이오. 무사히 사막을 건너고 싶다면 적어도 여기에서만큼은 나가 혐오든 뭐든 멈춰 주기를 바라오."

"그러지."

"그럼 됐소. 아무래도 시간이 시간인지라 안사람은 자고 있기 때문에 간단한 것이라도 괜찮으면 요깃거리를 만들어 드리리다. 물론 숙박비와 별도로 추가 요금이 붙지만."

사내는 고개를 가로저었다. 목도 축였고 피곤하니 바로 쉬고 싶다는 뜻인 것 같았다.

방으로 곧장 향하려던 남자가 문을 열다 말고 주인을 돌아보았다. 주인은 의아함을 담아 고개를 옆으로 기울였다.

"나가는 살아 있는 것만 먹는데. 식사는 어떻게 해결하지?"

"마구간에서 사막쥐를 치고 있소."

"철두철미하군."

"나가 손님이라고 굶길 수는 없잖소. 나는 돈을 벌 수 있으니 일석이조지."

남자는 아무런 대꾸 없이 객실로 홀쩍 들어가 버렸다.

주인은 두 번째 손님이 방문 너머로 사라지자 입을 쩍 벌리며 하품하고는 대문을 걸어 잠갔다. 사람들이 주막에 찾아오는 시각은 제각각이지만 하루 종일 목 빼고 기다릴 수는 없는 노릇이었다. 주인은 탁자 위의 등불 하나만 남겨 두고서 잠자리에 들었다.

밤이 새벽을 향해 가는 시간이었다. 선잠을 잔 사내는 침상에서 몸을 일으켜 조용히 방 밖으로 나섰다. 그는 나가가 묵고 있다는 방 앞에 섰다. 그러고는 소리를 내지 않으려 애쓰며 문고리를 잡아 돌렸다. 문은 잠겨 있었다.

남자는 품속에서 단검을 꺼냈다. 문고리 바로 오른편 문과 문틀 사이로 칼날을 쑤셔 넣었다. 낡아 빠진 잠금쇠가 손쉽게 존재 의의를 저버리며 불청객을 들였다.

발소리를 죽이고 좁은 객실로 들어선 사내는 곧장 침대로 접근했다. 소음을 최소화하려 노력은 했지만 누군가 침입했다는 사실은 알 수 있을 정도의 인기척은 났다. 그러나 이 나가 여행자는 귀를 열어 두는 것이 미숙한지 세상모르고 자고 있었다.

침입자는 잠자는 나가를 어슴푸레한 어둠 속에서 말없이 내려다보았다. 해질 대로 해진 커튼 사이로 새어 드는 별빛에 제대로 날이 선 검신이 살의 깃든 빛을 발했다.

사내의 눈은 잘 때조차 풀지 않은 얼굴을 감싼 천 때문에 보이지 않았다. 나가를 보고 있는 것은 확실하지만 그가 어떤 눈빛을 띠고 있는지는 불분명했다.

한참을 꿈쩍 않고 나가 여자를 바라보던 남자는 이내 등을 돌려 문밖으로 나갔다.

마지막 주막의 주인은 몸에 익은 대로 동이 트기 직전 기상했다. 기지개를 켜며 침실에서 나오자마자 객실 문 두 개가 활짝 열려 있는 것을 발견했다.

주인은 앞뒤 생각 않고 왼쪽 첫 번째 방으로 들이닥쳤다. 나가 손님은 속 편한 단잠에 빠져 있었다. 두 번째 방을 잡았던 인간 남자는 간밤에 꿈이었나 싶을 정도로 종적도 없이 사라졌다.

"허, 귀신이 곡할 노릇이군."

주인은 나가 손님이 쿨쿨 잘 자는 방문을 안쪽에서 걸어 잠그고 나왔다. 그녀는 밤사이 신변에 어떤 일이 일어났는지도 모를 것이다. 그것으로 되었다. 이 사막의 평화는 위태롭게라도 지켜지면 그만이었다.

늘 그래 왔듯이 주인은 탁자 위의 주전자에 물을 가득 채우고, 손님이 오는 것이 훤히 내다보이는 커다란 창을 열어젖혔다. 메마른 사막의 냄새가 주막 안으로 밀려들었다.

저 멀리 아침이 오고 있었다.

왕을 위한 장송곡

유백하

"이만 죽어도 된다."

"……."

"듣고 있느냐?"

"듣고 있소, 왕이여."

"그래, 너의 왕이 죽음을 허락하였다."

"불충하겠소."

"흑사자 가죽을 두르고 북부로 온 나에게 더 이상의 권위가 필요하단 말이냐?"

"불충한 내가 더 이상 신하일 수 없소. 존대를 쓰지 못하는 무례를 용서하시오."

"무례를 용서하며 다시 명한다. 너의 왕으로서 죽음을 내린다."

"그렇다면 다시 불충하겠소. 내 장례식에는 원추리를 놓아 주시오."

"용의 마지막 자손답게 저주하는군."

"감히 청하니 눈물에 익사하지 마시오."

"왜? 원추리를 엮어 뗏목 삼으라 짐에게 바치기라도 할 셈인가."

"아니오. 원추리를 엮으며 통곡하리다. 그 곡조를 바칠 터요."

"빌어먹을, 내 장례식에서나 들려주지 그래."

"세상 어딘가에는 폐하께서 마시지 않아도 되는 눈물이 있소. 그것이…… 나의 왕에게 바치는 내 초라한 공물이오."

"……"

"부디 만수무강하시오, 폐하."

"이제 또 다른 저주를 하는군. 이리 불충한 신하를 보았나."

"그리고 폐하는 가장 너그러운 왕이오."

— 밤의 다섯째 따님이 비호한, 어느 불충한 신하와 너그러운 왕의 대담

지배자, 상인, ――――――의 권능을 소원하는 말은 이들이 분명히 ――――야 하는 사실이 있다. 용인들 중에는 영웅이나 위인은커녕 이름이 좀 알려진 ―――조차 없다. 용인의 권능은 타인을 지배하거나 타인이 소유한 정보를 얻어내는 데 ――――이 되지 않는 것이다. 오히려 ―――에게 지배당할 위험에 노출되게 만드는 것이 용인의 능력이다. ――――들은, 둔감함이라는 것이 얼마나 강력한 ―인지 알지 못하고 있다. 그리고 ―――――는 이 사실에서 사람들의 마음이 역시 마움으로 가득하다는 사실을 확인할 수 있다.

그리미 마케로우는 여섯 살이다.

이젠 사어가 된 고(古) 아라짓 왕실의 문안 인사를 해독하여

왕에게 바치고 환상벽을 사용해 라수 대사의 논리를 격파해 버린 불세출의 천재이나 한계선 이남의 모든 도시와 혹한의 북부, 개중 악명 높은 저 발케네에서 세어 보아도 여섯 살인 어린아이.

너무나 걸출한 재목—혹은 핏덩이를 평할 때, 대부분은 그가 자신의 조그만 몸뚱이에 분개하리라 걱정한다. 하나 그리미 마케로우는 나이를 구속구처럼 여긴 적이 없다. 레콘이 걸머진 무기의 무게를 걱정하는 천치도 있는가? 모든 사람이 받는 삶의 부피는 제각각이다. 어째서인지 주위 사람들은 그녀의 삶을 더 잘게 재단해 주려 안달이 나 있었다. 그녀는 세상에서 가장 여섯 살답지 않은 여섯 살로 사는 일이 가끔 지긋지긋했다.

2차 대확장 전쟁이 끝나고 밤의 딸들은 원시림이 도적질한 밤의 조각들, 잃어버린 영광을 돌려받았다. 더 이상 키보렌의 어둠은 수목 애호가들을 편애하는 보금자리가 될 수 없었다. 모든 나가의 도시는 역설로써 삶을 증명해야 했다. 혼란의 시대와 격동의 시대였다. 그런 시대에 여섯 살 같지 않은 여섯 살 하나쯤 있다고 크게 호들갑을 떨 필요가 있을까.

그러나 세상은 여섯 살 천재에게도 호락호락하지 않았다. 시모그라쥬의 하늘이 어슴푸레 밝아 오는 새벽, 그리미는 늘상 있는 호들갑을 몇 번이나 뿌리치고 나서야 응접실에 앉아 손님을 맞을 채비를 할 수 있었다. 잠은 중요하다, 어린 몸에는 특히. 그러나 조금이라도 늑장을 부렸다가 오늘의 손님을 놓칠 순 없었다.

그리미 마케로우를 여섯 살인 사람으로 대하는 이는, 한계선 남쪽 아래서 오로지 한 명뿐이었다.

저 멀리서 힘찬 발걸음 소리가 들렸다. 한 번 넘어졌다가, 다시 일어서서 달려오는 기척이 온몸으로 느껴졌다. 둥, 둥. 그 소리는 맥박처럼 그리미의 몸을 타고 올랐다.

"안녕하십니까, 그리미 님!"

벙긋, 솜털만 매달린 연약한 피부가 그리미를 보고 주름졌다. 얇은 거죽 아래서 열기가 꿈적대는 꼴을 지켜보며 그리미는 무표정으로 고개를 끄덕였다. 시모그라쥬의 원색적인 소음 아래서 나가의 빈약한 청력으로는 말을 알아듣기가 힘들지만, 그리미는 특유의 영리함으로 더운 혀의 열기를 읽어 낼 수 있다.

"대사. 어제는 잘 잤어?"

"예, 저는 잘 잤습니다. 그리미 님. 아침인데도 목소리가 정말 아름답습니다, 그리미 님!"

그리미의 마땅한 대답에도 데오늬의 낯은 정오의 햇살처럼 환해졌다. 선민 종족들이 서로의 표정을 읽기 힘들어하는 건 사실이나, 혼란의 도시에서 자라 온 아이는 능숙하게 타 종족의 얼굴을 독해했다. 이제 그리미는 데오늬를 관찰한다. 자신의 성장 궤적이 선이라면 아마도 그 끝의 소실점일 이목구비를 유심히 뜯어보았다.

"왜 그러십니까, 그리미 님?"

"아, 아무것도. 대사 달비, 이번 파견 임무가 얼마 남지 않았지?"

"예, 그리미 님! 대수호자님은 이번엔 참가할 수 없다고 말씀하셨습니다!"

이 대답에는 두억시니조차도(관례적 표현이다.) 의아해할 터이다. 하지만 그리미 마케로우는 한계선 이남에서 두 번째로 빨리 데오늬의 말을 이해하는 사람이었다. 첫 번째는 역시 대수호자였으며, 이는 불세출의 천재도 집념이 담긴 노력을 이길 수 없었다는 말과 동일했다.

"맞아, 뇌룡공과 회오리를 시찰할 때는 늘 대수호자님과 함께 갔었지."

막힘없는 대화 앞에서 대부분의 선민 종족은 두억시니처럼 느껴지는 자신을 발견할 수도 있겠다. 하지만 그리미는 이런 대화가 참으로 편하다고 생각했다.

〈대수호자가 허물벗기를 하려나 봐.〉

데오늬가 눈을 몇 번 깜빡거리자 그리미는 문득 자신이 널렸다는 사실을 깨달았다. 동시에 허물벗기라는, 남자로서는 가장 수치스러운 약점을 인간 여자 앞에서 까발리지 않았음에 안도했다.

"미안, 대사. 습관처럼 그만……."

"괜찮습니다, 그리미 님! 저도 이제는 니름에 익숙해졌습니다. 그런데 절 부르신 이유가 무엇인가요?"

"아, 그건."

그리미의 미간이 살짝 움직였다. 복도를 가로질러 응접실로 오는 발걸음 소리는 둘이었다.

'조금 늦는다더니 불청객을 달고 오나 보네.'

그리미가 생각했다.

발소리들은 개성이 넘쳤다. 하나는 나가라고는 니르기 힘들 만큼 조용했으며 다른 하나는 나가만큼이나 육중했다. 그리미는 후자의 주인을 단번에 알아맞힐 수 있었다. 전쟁의 여파를 몸소 곱씹어야 하는 나가와 흔적을 남기고도 살아남을 자신이 있는 자의 조합이 대체 몇이나 되겠는가.

"륜을 보러 가야겠다."

"절대 안 됩니다."

데오늬는 첫음절부터 놀랐으나 그리미는 전혀 놀라지 않았다. 왕과 나늬를 사이에 두고, 두 천재가 눈을 마주쳤다. 그들이 동시에 입을 열려는 찰나였다.

"폐하, 사도님! 정말 반갑습니다! 그런데 오늘은 하늘누리 후보를 시찰하시는 날이 아닙니까? 티나한이 돌아왔다고 들었는데요."

"……사정이 좀 깁니다."

라수가 마지못해 대꾸했다. 그야말로 웃는 얼굴에 침 뱉기의 대명사 같은 존재일진대, 데오늬 앞에서는 어째 대호를 상대하던 자보로인의 성벽처럼 속수무책이다.

"폐하. 절대 가시면 안 됩니다. 저번 시찰의 암살 시도로부터 이제 막 1년이 지났을 뿐입니다. 저는 폐하의 안위를 보호할 책임이 있습니다."

"그리미가 짐에게 지난밤 륜의 꿈을 꾸었다고 고했다."

라수 규리하는 마루나래에 필적하는 기세로 그리미를 돌아보았다. 화신의 딸을 기죽게 할 만한 유일한 이가 있다면 그녀의 어미거나 보호자거나 그에 필적하는 위치여야 하고, 신 아라짓 제국의 사도야말로 스승에 부합하는 이였다. 그리미는 영리했고, 영리한 여섯 살 아이답게 최선의 선택을 했다. 그녀는 데오늬 뒤에 숨어 슬쩍 딴청을 부렸다.

"1년 전의…… 그때처럼 말입니까?"

"그렇다."

"그래도 안 됩니다. 고소리 의장이 뱀단지를 통하여 극비리에 연락해 왔습니다. 쥬어 센의 암살자들 중 몇몇으로 의심되는 흔적이 발견되었다고요. 제가 소드락의 효과에 대해 말씀드린 사실을 기억하시지 않습니까."

뱀단지라는 말에 왕이 웃었다. 조소에 가까운 미소였다. 그 단어는 오래된 숙적처럼, 과거에서 손을 뻗어 왕의 책임을 벗기고 순진한 긴장을 씌웠다. 그 순간 왕은 사모였다. 흑사자 가죽을 입고 북부로 온 나가이자, 순수하게 죽음만을 열망할 수 있었던 나날의 그녀.

"사도 라수, 그리미는 그대의 제자보다 짐의 신하로서 논한 것이네. 양해해 주게."

"당최 어떤 신하가 자신의 왕에게 존대조차 쓰지 않습니까?"

"어린아이에게 과장이 너무 심……."

사모는 말을 끝내지 못했다. 아마도 숙적은 그녀의 뒷덜미에 소름이 돋게 하는 정도로 부족했던 모양이다. 밤의 딸은 기어코 지난밤의 아득한 춘몽을 헤집어, 선명한 기억을 내놓고야 만다.

"짐의 마지막 아라짓 전사가 있잖은가."

라수는 말을 잇지 못했다. 데오늬는 6년 전 심장탑에서와 똑같은, 예의 냉막한 표정을 지었다. 그리미만이 물끄러미 그 장면을 관찰했다. 널찍한 응접실에 적막이 내려앉았다. 그 공간 안에서 유일한 객체는 그리미뿐이었다.

"나도 꿈을 꾸었어, 라수."

라수 규리하는 누구의 꿈을 꾸었냐고 묻지 않았다.

"고 아라짓의 역사는 나가와의 전쟁사로 동치해도 무방할 정도라는 걸 잘 알 테지, 라수. 나가의 피로 쓰인 나라의 왕자는 그 오랜 세월을 걸어 나가 왕을 귀환시켰다. 때로 키탈저 사냥꾼들의 무대가 이 세상 전체였다는 사실을 상기하게 되는군."

"저는 사도로서 듣겠습니다. 폐하께서 원하는 바를 말씀하십시오."

"나는 륜에게 가겠다. 밤의 딸께서 허락한다면, 한 번 더 그와 이야기 할 수 있겠지."

"뇌룡공과 이야기하고 싶으신 게 아니군요."

"……."

사모는 그녀의 충신에게 진실을 말하지 않았다. 1년 전에 날아온, 몸빠진살에 꿰인 도깨비지의 진위를 직접 확인하겠다는 말은 권능왕의 길에 작게 내딛는 한 걸음이나 다름없다. 하나 지금 사모는 밤의 딸의 영향 아래 놓여 있었다. 그녀는 불충한 신하가 그리웠다.

"라수."

더 이상 어떤 말도 필요치 않았다. 라수 규리하는 왕이 마시지 못한 눈물을 기억하지 못할 이가 아니었다. 그의 왕이 전쟁에서 내린 유일한 명령은 살아서 돌아오라는 한 마디였다.

"……듣지 않겠습니다. 저에게서 라수 규리하와 폐하의 사도 지위를 저울질하자면 단연코 후자입니다. 케이건 드라카는 가장 완벽하게 폐하를 지켜 내고 있습니다. 저는 그 공적에 어떤 흠집도 내지 않을 겁니다."

"결국 내 삶이 케이건의 가장 큰 고통에 기생하고 있다고 해도?"

"폐하. 저는 전쟁에 이기기 위해 북부군을 몰살시켰습니다. 윷놀이에 이기기 위해서라면 제 동정심 따위는 갈바마리에게 내주겠습니다."

"라수, 자기완성을 위해 살아가는 자를 조심하라고 했지. 나에게는 자네가 그치 같이 느껴져."

"하나 신 아라짓의 왕께는 바라기가 되겠지요."

"짐의 유일한 검은 하텐그라쥬에 있다."

"폐하, 사도님. 이야기 중에 실례합니다만…… 여름 땅에서 해는 짧습니다."

대사 특유의 화법은 잠깐의 침묵을 가져 왔지만, 모순을 이해하지 못한 이는 없었다. 전쟁이 끝난 지 6년이 지났지만, 마지막 전장을 잊기엔 너무 적은 시간이었다. 살아남은 연합군이라면 원시림의 해가 얼마나 빨리 저무는지 잊을 수 없으리라.

그리미의 샐쭉한 한마디가, 무력하게 과거에 젖어 있던 어른들을 깨웠다.

"마루나래의 등은 충분히 넓어."

라수가 그리미를 향해 눈을 흘겼다.

"딱정벌레를 타고 가지 않으실 생각이군요."

"무엇 때문에? 마루나래는 이미 짐의 당당한 금군이다. 나는 나의 대호가 슬퍼하는 모습을 보고 싶지 않아."

사모의 말투는 어느새 장난스럽게 바뀌어 있었다. 신 아라짓 제국의 사도는 무례도 잊고 길게 한숨을 쉬었다.

"뇌룡공에게 다가가지 않겠다고 약속해 주십시오, 폐하."

입을 열어 답하려던 사모가 시야 옆을 스치는 온도에 눈을 가늘게 떴다. 테오늬가 그리미를 데리고 어색한 자세로 그 자리를 모면하려 하고 있었다. 왕은 대사의 발이 엇나가는 모양을 보고 있다가 다시 사도에게로 고개를 돌렸다.

"반드시 돌아오겠다, 라수."

내가 마셔야 할 모든 눈물에 대고 맹세하마. 뒤돌아 나가는 왕의 뒤로 흑사자 모피가 휘날렸다. 라수 규리하는 필요하다면 누구에게도 반기를 들 수 있는 인물이었으나, 진실을 부정하는 멍청이는 아니었다. 사모 페이는 진실로 왕이었다.

　하텐그라쥬로 향하는 길목에는 전쟁의 흔적들이 도사렸다. 키보렌의 억센 나무들은 '그 도시'의 위세를 기억하는 유일한 증인인 듯, 오만한 고개를 꺾은 채 자리하고 있었다. 대호의 거대한 발이 디디는 곳마다 하늘이 성기게 드러났고 그 자리마다 햇살이 비쳤다. 어린 풀과 연두의 잎사귀 따위가 빛의 장막을 헤치고 대호와 일행에게 와 닿았다.

　사모는 전쟁 전의 키보렌을 기억했다. 나가의 눈에는 농담을 조절한 어둠처럼 보이던, 칼날을 모르고 불길을 모르던 오만한 원시림은 오직 나가에게만 허락된 낙원이었다. 하나 지금은 이름 모를 꽃과 잡풀들이 봄볕을 받으며 왕의 시찰을 온몸으로 반기고 있었다. 아스화리탈이 파괴한 질서 아래서 자라나는 혼란을 보며 사모는 양가의 감정을 동시에 느꼈다. 영원한 여름의 땅에도 사계는 빗물처럼 스며들었다.

　"폐하, 저길 보십시오, 원추리가 피었습니다―!"

　귓가를 향해 밀어닥치는 바람 때문에 데오늬는 비명처럼 소리를 질렀다. 어쨌든 그녀는 나가처럼 우아하게 니를 수 있는 재주는 없었으니까. 무의식중에 고개를 끄덕이려던 사모는 문득 고개를 돌려 데오늬를 쳐다보았다.

　"그 꽃을― 좋아하나―?"

빨갛게 달아오른 얼굴이 무어라 입을 벌린 순간, 대호가 거목을 거칠게 뛰어넘었다. 그 탓에 사모와 그리미는 정신적 비명을 내질렀고 데오늬는 나가의 목소리에 비하면 짐승의 울음 같은 소리를 낼 수밖에 없었다. 쾅, 산노인은 감히 자신 앞을 가로막는 무엄한 것들에게 분노의 포효를 내뱉었다. 온갖 더운 피 도는 것들이 그 기세에 눌려 주위를 뛰어다녔다. 사모는 도깨비 장난 같은 사태를 진정시키려 마루나래의 목덜미에 손을 얹고 토닥였다. 데오늬 또한 사모의 허리를 죽어라 붙들고 있는 탓에 둘 모두 이전의 대화를 떠올리지 못했다.

왕의 모피 안에 들어앉은 조그만 천재만이 홀로 눈을 빛내고 있을 뿐이었다.

그들의 기억처럼 원시림의 해는 짧았다. 금군 하나와 왕과 신하들은 저 멀리 솟아 있는 회오리의 윤곽만을 본 채로 노을을 맞았다. 숲에서는 해가 더 빨리 진다. 한때 이 어둠 덕에 나가 보병들은 두려움을 모르고 진군하였다지만, 키보렌은 이제 여타의 숲처럼 침입자들 앞에 무력해지리라.

사모는 서둘러 몸을 누일 만한 곳을 찾아야 했다. 데오늬는 여전히 좀 커 흘러내리는 투구를 쓴 상태로 사방을 두리번거렸다. 흑사자 망토 속에서 그리미의 머리가 쏙, 하고 올라왔다.

"비가 올 것 같아."

나가 아이들은 더운 피의 불신자들과는 달리 체온이 그리 높지 않다. 아마도 나가 특유의 날씨에 관한 예민함이 그리미를 지배한 것이리라.

"수호자들이 그리 두지 않을 것이다. 라수가 단단히 엄포를 놓았을 테니."

사모의 미소 끝에는 웃음기가 걸려 있었다.

"그렇지만 폐하, 제 안위는 걱정해 주셔야 할 것 같습니다."

데오늬의 말에 사모는 또 미묘한 표정을 짓고야 말았다. 그녀가 알기로, 인간들은 도깨비만큼이나 비에 대해 아무런 거부감이 없을 터였다. 그리미는 마루나래에게 기댄 채, 졸음기 겨운 목소리로 달비 대사의 말을 통역했다. 실상은 중언부언 읊는 쪽에 가까웠지만 말이다.

"달비 대사는 사모의 옥체가 상할 경우를 말한 거야."

이제 마루나래는 그리미가 누워 있기 좋도록 몸을 침대처럼 납작하게 펴고 있었다. 그 줄무늬에 고개를 파묻다시피 한 어린 나가의 얼굴이 졸음으로 녹진하게 늘어졌다. 세상에서 가장 무서운 침대에 태연하게 누운 그 천진한 미소를 사모는 한참 동안 응시했다. 밤이 밀려오고 있었다. 이제는 나가들의 것이 아닌 키보렌의 밤에서, 사모는 기꺼운 단절을 느꼈다. 영원히 돌아올 수 없는 시절의 반추는 무엇을 위한 걸까.

먼 곳을 응시하는 왕의 시선을 따라 데오늬의 고개도 돌아갔다.

"걱정 마세요, 폐하. 뇌룡공은 더 이상 춤지 않을 겁니다, 폐하."

사모는 뇌룡공을 생각한 것이 아니었으나 데오늬의 위로가 퍽 기꺼웠다.

"상당히 낭만적인 위로도 할 줄 아는군, 달비 대사."

"감사합니다, 폐하. 사실 대수호자님이 말씀해 준 겁니다, 폐하."

하하, 사모는 또다시 비스듬히 웃음을 흘려보냈다. 언제부턴가 대수호자는 그토록 바쁜 일정에도 불구하고 데오늬의 파견 임무에 꼬박꼬박 동참하곤 했다. 그리미의 말이 옳았다. 청명하지 않은 밤하늘은 과거의 많은 비밀들을 품은 채로 원시림을 둘러싸고 있었다. 신체의 말단부터 살짝 둔해지는 감각에 사모는 조용히 몸을 떨었다. 쥬어 센의 잔당들이 쳐들어온다고 해도, 라수가 정말 사모와 일행들을 혼자 보낼 리 없었다. 사모는 라수 규리하를 잘 안다. 분명 '누군가' '어딘가에서' 지켜보고 있을 터였다. 그러니 걱정할 필요 없으며 그녀는 안심해도 괜찮았다. 하지만 그녀가 정말 안심하고 싶은가? 다시 한번 도깨비 지 묶인 화살을 보고 싶은 마음이, 조금도 없나?

"제 옷이 조금 넓었으면 좋겠습니다."

여전히 의도를 조금도 추측할 수 없는 말이었다. 사모는 목소리가 들려오는 쪽으로 고개를 돌렸고, 그제야 데오늬가 한 아름 안아 들고 오는 꾸러미를 볼 수 있었다.

"그걸 전부 옷자락으로 닦은 건가, 달비 대사?"

데오늬 달비는 깨끗이 닦은 커다란 나뭇잎을 겹겹이 깔아 놓고 사모를 그 위에 앉게 했다.

"예, 폐하. 저도 이제는 제법 방값을 한다고 생각합니다, 폐하."

"음, 그러니까, 자네의 방이……."

"제 방은 시모그라쥬에 있습니다, 폐하."

"아하, 모닥불을 피우지 않고 다른 방법을 찾을 만큼 어느새 나가의 생태에는 백발백중이라 이거군."

자네 같은 사람이 또 있었지……. 왕의 말은 홀린 듯 이어졌다. 충신의 표정은 어둠에 가려 보이지 않는다.

"사모, 그 아저씨 얘기를 하면 늘 슬픈 표정을 짓더라."

세상에서 가장 무서운 침대 위, 어딘지 불퉁한 말이 들려왔다. 사모와 테오늬는 그쪽을 향해 고개를 돌렸다. 사모가 가라앉은 정신으로 닐렀다.

〈어찌 아니? 내 쪽을 보지도 않았으면서.〉

〈줄곧 봤어. 이제는 보지 않고도 알 만큼.〉

〈……그랬어?〉

"사모가 슬퍼하는 건 싫어. 1년 전의 꿈 이야기를 해 주면 그런 표정을 짓지 않을 거야?"

바스락거리는 소리가 제법 크게 났다. 그리미는 멀리에서도 길게 솟구치는 온기의 모양에, 사모가 일어섰음을 알았다. 예상대로 사모는 정확히 그리미 쪽을 향한 상태였다.

"내가 1년 전에 물었을 때는 대답해 주지 않았잖니. 당최 그때 륜의 꿈이 이것과 무슨 상관이 있다고?"

"그야 1년 전에도, 어젯밤 꿈에도 그 아저씨를 봤으니까."〈정

확히 말하자면 그 아저씨는 아니지만.〉

"네가 점점 달비 대사를 닮아 가는구나."

그리미의 조그만 입술이 호선을 그렸다.

"뇌룡공이 나에게 말하길 달비 대사를 잘 지켜보라고 했어."

데오늬는 끊김이 심한 나가들의 말에서 자신의 이름이 연거
푸 나오자 놀란 표정을 지었다. 사모는 데오늬의 말에 어쩐지 심
장 안이 저릿해지는 느낌이 들었다. 그건 어설픈 질투 따위가
아니었다. 오래전 잊었던 이름을 전혀 낯선 이의 입에서 들은
듯 가슴이 먹먹했다.

그리미는 사모의 표정을 보지 않은 채로 말을 이었다.

"그러니까 꿈의 시작은 분명 뇌룡공이었어. 분명 나에게 네
가 누님의 후계자구나, 네게 보여 줄 게 있다 하고 말했었는
데……"

* * *

남자는 분명 여자를 아주 오랫동안 응시했다. 어느 초여름의
일이었다.

[당신, 나를 아주 이상하게 보고 있네요.]

여자는 손에 주홍 꽃을 가득 들고 있었다. 여자의 머리 위로
햇살이 들이치는 탓에 그 말간 낯과 그을린 팔뚝에도 주홍의
색채가 어른거렸다. 남자는 입을 몇 번 벌렸다가, 고개를 주억거

렸다.

[예, 나는 당신을 보고 있었어요.]

[내가 방금 말했잖아요.]

정말 이상한 사람이네. 여자는 노래하는 것처럼 웃었다. 남자는 노래라는 걸 알고 있었다.

[당신 말이 꼭 노래 같아요.]

여자는 남자의 말에 눈썹을 슬쩍 찌푸렸다. 휘어지는 아미에도 여름 햇살이 배어 있다. 남자는 그 눈썹을 만져 보고 싶다고 생각했다. 만지면 안 될 이유가 있었나? 남자는 자신에게—또는 누군가에게—물어보았다.

이봐, 네가 사랑에 빠진 것도 무리는 아니야. 그렇지만 생각해 봐.

남자는 자신의 안—또는 밖—에서 들려오는 소리는 무시하기로 했다. 더군다나 그 목소리는 남자 자신의 것도 아니었지만, 남자는 깡그리 외면해 버렸다.

어떤 신도 신체 그 자체가 되지는 않아. 이 정신 나간 녀석아. 더군다나 그 이유가…… 자신의 종족에게 사랑에 빠져서라니.

누군가의 목소리는 계속 그를 만류한다.

지켜보는 것만으로 만족하기로 한 것 아니었어?

만지지 말아야 할 이유는 많고 만지고 싶은 이유는 단 하나였다. 남자는 성큼, 성큼 다가가 여자에게 손을 뻗었다.

[함부로 사람을 만지면 안 되죠.]

여자가 남자의 손목을 붙잡았다. 남자는 여자의 따스한 살갗

이 닿는 느낌이 좋았다. 둥, 둥. 그녀의 맥이 남자의 것을 타고 들끓었다. 서로의 심장 박동이 맞춰지는 느낌은 환상적이었다. 남자는 고개를 들어 여자를 보았다.

[당신 이름을 알고 싶어요.]

[음, 내가 태어날 때 하늬(서쪽의 옛말. 때로 북쪽을 이르기도 한다. ─작가 주)에서 바람이 세게 불었다죠.]

해가 지는 방향에서 바람이 불었다. 여자의 짧은 머리칼이 나부꼈다. 초록의 여름을 배경으로 여자가 나지막이 웃고 있었다.

[하늬를 따서 나늬. 나늬라고 해요.]

남자는 목소리에게 말했다.

나 이것으로 하겠어.

목소리가 답했다.

미친 자식아.

남자가 여자를 닮은 표정으로 웃었다.

이처럼 아름다운 이를 본 일이 없어. 나늬가 있는 세상을 그들에게 주겠어.

* * *

"나는 늘 알고 있었어. 뇌룡공도 마찬가지고."

"무엇을 알고 계셨단 말씀입니까, 그리미 님?"

데오늬가 물었다.

"각 신들은 자신의 아이들에게 선물을 내리지. 레콘은 무기. 도깨비는 불. 나가에겐 신명. 그러면 인간들은? 어디에도 없는 신이 인간들에게 내린 건 뭘까?"

세상에는 답을 들을 필요 없는 질문도 있었다. 모두가 답을 알았다. 그 순간 키보렌의 숲은 조용했다. 그렇지만 데오늬는 답해 줄 이 없는 질문 같은 건 외롭기만 하다고 생각했다. 그래서 데오늬는, 그 시대의 나늬는 물었다.

"그게 무엇인가요?"

그리미는 물끄러미, 이 시대의 나늬를 보다가 답했다.

"⋯⋯나늬가 있는 세상."

나늬는, 고개를 한 번 기울였다가⋯⋯ 그렇군요, 하고 대답했다. '나늬군요, 혹은 나늬가 선물인가요.'라는 흔한 되물음 하나 없이 그저 수긍했다. 나늬와 나늬가 있는 세상의 차이. 어린 천재는 그 간극에서 순진하고 형이상학적인 애정을 넘어선 무언가를 발견했다. 나늬가 있는 세상, 그리미가 한 번 중얼거렸다. 꿈속의 이야기처럼 두 사람의 언어가 나지막이 맞춰졌다.

그리고 왕은 아무 말도 하지 않았다. 그저 어둠에 가려진 데오늬와 그리미의 얼굴을 한 번씩 확인했다. 저 멀리에서 회오리가 황혼마저 빼앗긴 채 밤 속으로 잠겨 들고 있었다.

* * *

왕은 외로움에 사무쳐 눈을 떴다. 주위는 여전히 농담 짙은 어둠뿐이었다. 사모는 태어나서 이토록 완벽하게 혼자라고 느껴 본 적이 없었다. 멀리서 색 옅은 보석처럼 반짝이는 것들이 움직였다. 아마도 쥐나 쥐보다 좀 더 큰 소동물이리라. 그러고 보니 그제부터 입맛이 없어 굶은 것 같았다. 배가 고팠다. 어쩌면 목이 마른 것일 수도 있었다. 하지만 움직이고 싶지 않았다. 사모는 옆으로 돌아누운 채 말없이 어둠을 응시했다. 암살자나, 사슴이나, 도깨비나, 인간이나…… 하여튼 살아 움직이는 것들의 체온은 조금도 보이지 않았다.

사모는 문득 깨달았다. 그리미와 데오늬, 마루나래가 모두 보이지 않았다.

그녀는 공포에 질린 채 일어났다. 팔다리를 제대로 가눌 수도 없었다. 발이 땅을 박차는 대로 달려 나가며 사모는 자신이 불침번을 서고 있었다는 사실을 자각했다. 대체 어떻게 그리 무방비하게 잠들 수 있었을까? 허리춤을 더듬어보자 손안에 꼭 감겨드는 사이커는 그대로였다. 제발, 발자국 없는 여신이여. 그녀는 흔적 없는 신에게 제발 무슨 흔적이라도 찾게 해 달라고 기도했다. 그때, 나가의 예민한 시각에 아직 옅게 빛나는 발자국이 보였다. 독특한 윤곽으로 뭉쳐 있는 원 덩어리에 사모는 마루나래의 발자국임을 알았다.

발자국은 '그 도시'를 향해 나 있었다.

사모는 그 도시를 홀로 밟는 날이 올 것이라고는 상상도 하지 못했다. 냉혹의 도시, 그녀가 나고 자란 도시, 그녀를 내쫓은 도시, 동생이 죽은…… 아니, 마지막 말은 틀렸다. 그 도시는 찬란했던 시절에도, 모든 게 부서진 후에도 이름으로 스스로를 증거했다. 늙은 맹수에게 남은 잇몸처럼, 썩어 버린 몸뚱이 아래의 뼈대처럼 드러난 건물들의 열주가 달빛에 희미하게 빛났다. 평생 동안 걸어온 것 같았다. 아니, 어쩌면 한 걸음도 걷지 않았을 수도 있다. 사모는 울렁이는 가슴팍으로 시야를 가리는 초록의 장막을 걷어 냈다.

하텐그라쥬, 영원히 잃어버린 도시가 거기에 있었다.

이상하리만치 넓디넓은 공터, 혹은 기억 속에서 조금도 달라지지 않은 공터가 있었다. 성역을 짓밟힌 원시림은 흉터처럼 널찍한 밤하늘을 드러내었고, 별빛은 여린 풀과 도시를 향해 쏟아졌다.

사모의 인생에서 대확장 전쟁이 빼앗은 것은 많고 많았다. 그녀는 인간의 왕이었고 도깨비들의 왕이었으며 레콘의 왕이었다. 나가의 도시를 도륙하기로서는 그녀만치 잘 아는 이가 없을 터였다.

그러나 그것과 별개로, 평생 보아 왔던 광경을 뇌리 한구석에서 쉽사리 지워 버릴 수도 없었다. 키보렌이 음험하도록 짙은 신록 외에 아무것도 허락하지 않았던 시대가 있었다. 머리는 어서 그리미와 데오늬, 마루나래를 찾아야 하는 걸 잘 알았다. 그러나 사모는 한 걸음도 내디딜 수가 없었다. 이 모든 순간이 언제쯤 사그라들까? 아주 지독한 초여름의 꿈에서 언제쯤 나갈 수 있을까?

왕 따위의 웃긴 개념은 모르고 동생 손에 묻힐 피만 알던 시절로 되돌아간 기분이었다. 시야로 은루가 부옇게 번져 왔다. 그녀는 류이 그리웠다. 비형과 티나한이 그리웠다. 그녀의 수탐대가 그리웠고…… 가장 불충한 신하가 그리웠다.

어디선가 바람이 불었다. 그리고 남자가 거기 있었다.

사모가 눈을 느릿하게 감았다 떴다. 남자는 두건을 쓰고 너풀거리는 방풍복을 입고 있었다. 서쪽에서 바람이 줄곧 불었다. 그 바람에 사모의 망토와 남자의 방풍복이 나부꼈다.

남자가 물었다.

"금군은 어디에 두고 홀로 다니시오?"

사모가 웃었다.

"참으로 암살자 같은 소리를 하는군그래."

사모는 남자의 양손을 확인했다. 독특한 모양의 칼도, 도깨비지를 묶어 날릴 활도 없었다. 남자는 빈손으로 그녀를 마주 보고 있었다. 사모는 남자에게서 시선을 떼어 하늘을 확인했다. 사모는 이 하늘을 알았다.

"일행들을 찾아가야 하지 않소?"

"더는 그럴 필요가 없지."

"어찌 그리 생각하오?"

남자는 줄곧 물었다.

"그야 네가 누구인지 알고 있기 때문이다, 케이건 드라카."

왕이 답했다. 그녀는 어젯밤 꿈속의 한가운데 서 있었다. 환몽이라고 치기에는 지나치게 생생했다. 몹쓸 꿈이었다. 남자는 아무 말도 하지 않았고 왕은 그가 웃었을 거라고 생각했다.

"두건을 벗어라."

남자는 순순히 두건을 벗었다. 무정한 달빛 아래 수척한 얼굴이 그대로 드러났다. 하인샤 대사원에서의 어느 열대야, 한계선 북쪽에서만 볼 수 있었던 것들이 잃어버린 도시에 와 있었다. 밤하늘의 별자리도, 남자의 묘한 미소도.

"그리고 죽어라."

"그건 안 되오."

그들은 오래된 버릇처럼 전혀 여상하지 않은 대화를 여상하게 나눴다. 왕좌를 안기고 왕관을 안기고 기이한 우정 또한 안겼던 그때처럼.

"이제는 내 명령을 따르는 줄 알았더니."

"그보다 더 중요한 게 있소."

"여전히 말이 짧구나."

"불충한 신하를 그리워하는 왕께서 하실 말은 아니오."

"내가 너를 그리워함은 알고 있니?"

남자가 슬며시 눈을 감았다가 떴다. 왕은 자신의 얼굴이 그리미가 본 만큼 슬퍼 보이지 않길 빌었다.

"다시 한번 말한다, 케이건 드라카. 너는 나를 지킬 필요가 없다. 이만 자유로워져도 좋다."

"설마 내가 내 죽음의 함의조차 알아듣지 못해 폐하를 귀찮게 하고 있다고 생각하는 건 아니길 비오."

"음, 짐이 군주의 미덕을 발휘하지 않아 나의 신하가 이토록 무례한 줄 알았지."

쏴아아, 다시 바람이 불었다. 땀으로 가닥가닥 붙은 남자의 머리칼이 밤바람에 나부꼈다.

"오늘 네 사랑의 이야기를 들었다."

"……나를 놀리는 것이오?"

"그래 보이나?"

왕은, 사모는 웃었다. 가슴 저미는 애가였지. 남자가 투덜거렸다. 폐하의 후계자는 정말 무섭기 짝이 없소.

"케이건."

왕이 말했다.

"나는 아직 6년 전, 심장탑에서의 마지막을 생생히 기억한다."

남자는 아무 말도 하지 않았다.

"나는 인간의 왕이고 도깨비의 왕이고 레콘의 왕이다. 그리고 대호의 왕이며 두억시니들의 왕이며 나가의 왕이 되려 했던 왕이다. 나는 북부의 왕이고 현재의 왕이며 돌아온 왕이다. 그러나 발에 채도록 많은 칭호들 사이에도 너의 왕은 없었다."

"……."

"나는 너에게 사과하지 못했다. 나는 네 눈물을 마시지도 못하고 너를 죽여 주지도 못했다. 네 가장 큰 고통 위에 기생하며 살고 있다."

"……."

"내가 정말 너의 왕인가?"

왕이 하문했다. 남자는 말이 없었다. 왕은 더 이상 불충한 신하를 나무랄 기운도 없었다. 더 이상 나가의 낙원이 아닌 숲의 밤바람은 싸늘했다. 왕의 비늘이 작게 부딪혀 기묘하게 흐느끼는 소리가 났다.

"너를 그리워했다. 그러나 네 삶을 바라지는 않았다. 어젯밤 꿈에 네가 나왔을 때 나는 울면서 웃고 싶은 기분이었다. 네가 죽지 않았음에 안도하며 제발 죽기를 기원했다."

"……."

"하나 죽지 않고 또 나타났구나."

남자는 여전히도 말이 없었다. 사모는 차라리 화를 내고 싶었다.

"결국 나는 너의 무엇이었느냐?"

그러나 아름다운 목소리는 분노조차도 하나의 노래처럼 들릴 뿐이었다. 남자가 번쩍, 고개를 들어 왕을 보았다. 그 왕은 시선을 피하며 한계선 북쪽의 별자리를 바라보았다.

"너를 한 번도 친우라고 논한 적 없고 요스비 이래 네가 나가를 친우라 칭한 적도 없었지."

"……"

"알고 있다. 나가에게는 아비가 없고 내가 요스비의 딸 따위라는 이유로 너의 친우라는 자리를 획득하겠다는 것이 아니다."

"……"

"긍정도 부정도 하지 않는구나."

남자는 지독히도 말이 없다. 말 못하는 짐승의 것처럼 슬픔이 검게 눌어붙은 눈동자가 왕을 응시했다.

"나는 모든 것에서 도망치며 살았다. 쉬크톨을 쥐고 내쫓기는 과정은 실은 죽음을 종착지로 둔 여행과 같았다. 한계에 다다를 때 사람은 더욱 간절해짐을 모르진 않을 것이다. 부평초처럼 흐르는 인생에서 만난 너희만이 내게 의미 있는 전부였다. 나는 가장 사랑한 동생도 잃고 가장 불충한 신하도 잃었다."

남자가 고개를 숙였다.

"내가 세상을 구하기 위해 왕이 되었다고 생각하니? 천만에, 나는 정의에는 문외한이다. 나는 참을 수가 없어 왕이 된 것이다. 무엇이라도 지켜내 보려고 왕이 되었어. 네가 인간에게 준 것이 왕이라는 확신이 들 때는 차라리 기뻤다. 나를 왕으로 만들고 왕좌에 앉히고 왕관을 씌우고, 내게 경배한 모든 것들이 비로소 이 순간만을 위해서였구나. 거대한 명분들이 하나의 소실점에 모였고 나는 네 눈물을 마시고 죽으면 되는구나, 생각했지. 그러나 아니었다."

"……."

"나는 너를 위해 아무것도 해 주지 못했어. 빌어먹을 왕 따위는 나가의 멸망에도, 네 구원에도 무용했다. 나는 네가 준비한 선물도 네가 안배한 무엇도 아니었다. 그리고 지금 나는 너를 설득하는 것조차 실패했구나."

사모의 뺨으로 눈물이 흘러내렸다. 꿈에서 흘리는 눈물처럼 무용한 것이 있으랴. 사모는 꼭 6년 전의 절망을 다시 곱씹는 기분이었다. 하늘치 위에서, 모조리 실패한 흔적을 곱씹으며 륜을 삼키고 모두를 삼킬 회오리를 보던 그때도 꼭 이런 무력감을 느꼈다.

"아니오, 사모."

남자는 꼭 6년 전과 똑같이 말했다.

"결국 모든 신들이 죽는 날이 올 것이오."

왕이 조소했다.

"지나치게 거시적인 이야기군."

"신은 단지 죽을 수 있다는 이유로 죽을 것이고 신이 죽은 시대에도 어떤 이들은 살아갈 것이오."

"알고 있어, 끔찍한 실패의 날 이후에도 윷놀이는 계속되었고 내 수치스러운 삶도 이어졌지."

"그리고 신이 죽어도 왕은 존재하리라."

남자가 긴 한숨을 쉬었다.

"나의 왕이시여."

그의 왕이 고개를 돌려 그를 보았다.

"당신은 내 선물이 아니오. 당신은 어떤 신 따위의 자비도 아니고 누군가 안배한 판의 말도 아니오. 당신은 무엇으로 인한 어떤 것도 아니며 다만 모든 종족, 모든 이의 왕일 뿐이외다."

"무정한 게 달빛인 줄 알았더니 너인 줄은 몰랐구나."

"나는 죽지 않을 것이오. 그리고 당신 또한 죽지 않을 것이오."

"저주냐?"

분노 가득한 목소리였다. 왕은 그녀의 신하에게 날을 세워 획책했다.

"어젯밤과 똑같이, 네 이름답게 나를 저주하는 것이냐? 마지막 아라짓 전사와 키탈저 사냥꾼으로서 나를 증오의 구렁텅이로 기어코 밀어 넣는 거냐!"

남자가 희미하게 웃었다.

"아니오, 왕이여. 축복이오."

왕은 그 미소에 돌처럼 굳었다. 비늘이 부딪치는 소리가 그들을 날카롭게 에워쌌다.

"뭐라고?"

"당신을 축복하오, 모든 이들의 왕이여. 어떤 신성도 없이 멸망 너머 존재할 왕이시여."

"……."

"신의 시대가 져도 왕의 시대는 올 것이오. 눈물이 존재하는 한 왕이 있고⋯⋯."

순환하는 사계에도 영원한 여름은 있소. 왕은 언제나 돌아올 것이오. 남자가 속삭였다.

"그러니 사모, 부디 나의 초라한 공물을 받아 주시오. 당신은 언제나 나의 왕이었고⋯⋯ 앞으로도 영원한 나의 왕일 것이오."

사모는 남자의 눈에서 희미하게 반짝이는 눈물을 보았다.

"네 장례식에 원추리를 놓아 주마. 내 장례식에는 그걸 엮으며 곡해 다오."

"⋯⋯폐하."

착각이 아니었다. 남자는 울고 있었다.

"불충한 신하가 북부의 왕에게 마지막 경배 올립니다."

사모는 남자의 숙인 등을 바라보았다가, 하늘로 시선을 돌렸다. 영원한 여름의 땅에도 달빛은 무정하였다.

* * *

"어⋯⋯."

"그래. 달비 대사. 자네가 알아들은 것이 맞다."

사모는 나지막이 웃었다. 데오늬 달비가 말을 잇지 못하고 놀란 모습이라니, 아마 한계선 이남에서 그녀를 아는 사람들이 알면 죄다 뒤집어질 소식일 터였다.

"그러니까, 가지 않으셔도 괜찮다는 말씀이십니까, 폐하?"

"그래, 이번 시찰은 가지 않아도 괜찮다."

"하지만 묻고 싶다고 한 게 있으셨잖습니까, 폐하. 뇌룡공을 보러 가겠다고도 말씀하셨습니다, 폐하."

"그렇지만 정말 괜찮은걸."

나는 이미 얻고 싶은 것을 모두 얻었으니. 사모는 환하게 웃었다. 원시림의 흉터 사이로 막 터오는 동이 왕의 눈가를 찌푸리게 했다. 문득 사모의 머리 위로 커다란 나뭇잎 하나가 얹혔다.

"사모, 해를 바로 보는 건 눈에 좋지 않아."

"음, 과연 나의 첫째가는 충신이야. 라수 사도와는 비교도 할 수 없군."

데오늬가 키득키득, 웃었다. 정신 억압된 쥐를 그리미에게 전해 주던 사모는 데오늬 쪽으로 고개를 돌리고, 그녀의 웃음을 보았다. 속눈썹 밑으로 작게 솟은 광대에 조각난 연두가 희미하게 어렸다. 따라 웃게 되는 미소였다.

"데오늬 대사, 기분이 좋아 보이는군."

"아, 예. 그렇습니다, 폐하. 폐하께서 기분이 좋아 보이셔서 저도 좋습니다, 폐하."

"음?"

내가? 사모는 멍하니 되물었다.

"네. 어제 라수 사도와 말다툼을 하실 때는 정말 힘들고 지쳐 보이셨습니다, 폐하. 그런데 하룻밤 푹 주무시고 나니 폐하께서 기운을 되찾은 것 같아 다행이라고 생각했습니다, 폐하."

늘어지게 식사를 끝낸 마루나래가 옆에서 기운차게 하품을 했다. 흑사자 모피에 남아 있는 열이 아직 사모의 어깨를 따뜻하게 덥히고 있었다. 문득 왼쪽 눈에 쨍하게 해가 탔다. 날씨가 참 좋습니다, 폐하. 데오늬가 쾌활하게 말을 이었다.

"그렇군, 달비 대사. 날이 참 좋아."

지평선을 볼 수 없는 키보렌에서도 여름 하늘은 기어코 비집고 들어오고야 만다. 사모는 해가 떠오는 동쪽 하늘을 멍하니 바라보았다.

"이런 날이 있어야 윷놀이도 계속하지 않겠어?"

그리미가 사모를 따라 마루나래의 등에 푹 주저앉으며 말했다. 사모는 그 말에 경탄하며 웃을 수밖에 없었다.

"자, 그러면 조금 쉬었다가 출발해 볼까."

약간 늦장 부릴 시간은 있겠지만, 너무 늦어지면 라수가 우리를 잡아먹으려고 할 거…… 사모의 말이 급속도로 잦아들었다. 쉿, 왕은 솜씨 좋은 사냥꾼으로 돌아가 그리미와 데오늬에게 입술에 손가락을 대 보였다.

〈뭐야? 사모, 왜 그래?〉

〈쉿, 그리미. 나가일 수도 있어.〉

〈난 사모에게만 닐렀어. 설마 왕이 되면 니르는 법도 잊어버리는 거야, 사모?〉

〈이런, 네게 면목이 없구나. 암살자치고는 지나치게 큰 기척이야. 쥬어 셴의 잔당을 직접 대면한 적은 없지만, 이런 수준이라

면 걱정할 필요도 없겠는걸.〉

데오늬는 여전히 눈을 동그랗게 뜬 상태로, 마루나래에게 기대어 나가 두 명이 니르는 꼴을 지켜보았다. 사모는 마루나래 뒤에 납작하게 숨어 빈틈을 노렸다. 망토 뒤로 사이커를 잡고 조용히, 숨을 고르다가 단숨에 뛰어나갔다. 나무의 옹이와 덩굴 따위와 한 몸인 듯, 재게 몸을 놀렸다. 도깨비불에 홀리기라도 한 듯 멍하니 일행만 보고 있던 누군가의 목이 사이커로 노려진 건 순식간이었다.

"누구냐!"

"폐, 폐, 폐하!"

"······대수호자?"

자네가 왜 여길······. 사모가 속삭이는 와중이었다. 어디선가 탁, 땅을 박차고 달리는 소리가 들렸다. 사모는 소리가 나는 쪽으로 고개를 돌렸다. 그리고 사모는, 데오늬가 달려오는 모습을 보았다. 그녀는 키베인을 향해 곧게 뛰어오고 있었다. 키보렌에는 길이 없다. 그것은 원시림의 자존심과도 같다. 그런데도 사모가 나무의 옹이를 밟고 거목의 뿌리를 넘은 게 거짓말이라는 듯, 데오늬는 달렸다. 사모가 가볍게 오른 나무뿌리에 걸려 넘어져도 일어나서 다시 달렸다.

사모는 문득 6년 전, 심장탑에서 키베인의 보고를 생각했다. 모두가 신의 분노를 샀을 때, 데오늬만이 탑을 향해서 직진할 수 있었다고. 동이 트는 곳에서 바람이 불어왔다. 데오늬의 머리칼이 이지러지는 광경이 눈에 선했다. 왕의 비늘이 가볍게 부딪쳤다.

"대수호자님!"

데오늬 달비는 아무리 오래 뛰어도 숨이 차지 않는 유일한 사람일 것이다.

"지금 당장 하늘누리를 불러야 합니다, 폐하."

그래서 데오늬의 진지하고 단정한 호흡으로 나온 말에는, 감히 왕조차도 토를 달 수 없었다. 쏴아아아, 바람 소리에는 유난히 크고 불안정한 대수호자의 비늘 소리만이 들렸다.

"……."

사모는 이 소리를 알았다. 그리고 머리까지 덮은 방풍복 아래의 대수호자가 어떤 상태에 처했는지도 알았다. 그러나 나가 여자는 허물벗기 기간을 지내는 나가 남자의 모든 행동들을 점잖게 용인해야만 했다. 여전히 소름 끼치는 비늘 소리가 키베인의 옷 안에서 가닥가닥 울렸다. 바람 소리만이 이 어색한 분위기를 몰아내려 용을 쓰고 있었다. 데오늬의 말을 통역해 줄 키베인이 이런 상태이니 결국 사모가 입을 열 수밖에 없었다.

"음, 그러니까…… 달비 대사. 하늘누리를 왜 불러야 한다는 거지?"

"그야 저희 모두가 잠을 적게 잔 탓에 컨디션이 좋지 않습니다, 폐하."

"……."

데오늬가 약간 답답하다는 듯 추가로 말을 꺼냈다.

"그리고 하늘누리는 폐하가 가장 안전한 곳입니다, 폐하."

사모는 이해하기를 포기했다. 멀리서 마루나래가 늘어지게 기지개를 켜며 이쪽으로 다가오는 모습이 보였다. 사모는 문득 지금 이 순간, 마루나래가 말을 한다면 얼마나 좋을까, 하는 생각이 들었다. 적어도 마루나래의 코털 움직임이 데오늬의 말보다는 이해하기 쉬우리라.

"달비 대사. 대수호자는 하늘누리로 가고 싶어 하지 않을걸."

적어도 대사가 생각하는 이유로는 말이야. 마루나래와 같이 다가온 그리미가 태평하게 기지개를 켰다.

"……그리미 님의 말이 맞습니다."

키베인이 덜덜 떨리는 목소리로 말했다. 데오늬는 방풍복 아래에서 흘러나오는 목소리에 눈을 둥그렇게 떴다.

"그렇지만 대수호자님."

"제가 믿고 의지할 수 있는 여자는 폐하가 아닙니다, 달비 대사."

이번에는 사모가 눈을 크게 뜰 차례였다. 그리미는 저 표정이 더운 피의 종족들 것임을 알았다. 저런 식으로 표정을 짓는 나가는 대확장 전쟁 이후에나 가능한 일이었다. 그러나 세상은 그리미의 심도 있는 고찰보다는 더 가볍고, 더 말랑거리고, 더 뜨거운 무언가를 향해 집중했다. 데오늬의 입술이 벌어졌다.

"대수호자님."

"남자답지 못한 것은 알고 있습니다. 그렇지만…… 제가 믿고 의지하고 싶은 여인은, 폐하가 아닙니다."

동은 어느새 환하게 떠 그들의 머리 위를 비추고 있었다. 간밤의 어둠도 꿈도 모조리 스러져 버리고 모든 것을 명명백백히 드러내 놓겠다는 의지 가득한 여름 햇살만이 열대의 숲을 데웠다.

"제가 수호자가 된 이유는 단 하나입니다. 저는 키보렌이 싫습니다. 이 불결하고 무정하며 원시와 수치의 시절로 회귀하는 듯한, 습기 찬 원시림에는 발도 들여놓고 싶지 않습니다. 저에겐 탐험가적인 기질도 없고 조금의 여자다운 모험심도 없습니다. 저는…… 그런 남자입니다."

"……."

왕도, 그리미도, 데오늬도, 심지어 마루나래마저도 조용했다. 그 순간만은 새 울음이나 짐승의 기척이 모조리 죽어 버린 듯 고요했다. 꼭 세계가 이 고백에 귀 기울이는 듯.

"조용히 허물벗기 기간을 준비하려 했습니다. 여자 없이도 남자는 허물벗기를 준비할 수 있습니다. 당신은 시찰을 가셨고 돌아오려면 시간이 걸리니까요. 저는…… 저는 여자에게 투정을 부리는 남자는 아닙니다. 그렇지만 군사들에게 명령을 내리는 라수 사도의 말을 우연히 듣게 되었습니다. 공터에 누군가 오래 머문 것처럼, 불을 피운 흔적이 발견되었다고 했습니다. 잊힌 도시에 보금자리를 틀 만한 인간이 쥬어 셴의 잔당 말고 누가 있겠습니까?"

왕의 눈초리가 가늘어졌다. 그러나 어린 천재 말고는 그걸 주시할 여력 되는 사람이 없었다. 그리미는 이조차도 너무나 나가답지 않다고 생각했다.

"그 말에 정신을 차릴 수가 없습니다. 분명 폐하는 완벽하게 대사를 지키실 것이다 생각했는데도, 도저히 참을 수가 없어 결국 여기까지 왔습니다. 두려워하던 키보렌과 결코 즐기지 않는 소드락과는 이제 친우가 된 것 같습니다."

"대수호자님."

"달비 대사, 오늘의 무례를 사과드립니다. 부디……."

"허물벗기가 끝나면 한계선 북쪽으로 출발해야 해요."

"예……?"

대수호자가 고개를 들었다. 방풍복 두건 사이로, 비늘이 벗겨지는 얼굴이 희미하게 비쳤다.

"엄마에게 물어봐야 해요, 대수호자님."

데오늬가 환하게 웃었다. 대수호자는 인간의 얼굴을 읽는 데는 대호왕 다음가는 나가가 자신일 거라 단언했지만, 지금 이 순간만은 자신의 눈을 믿을 수 없었다.

"하지만 저도 밥값은 할 줄 안답니다, 대수호자님."

"그, 그, 그거. 그러니까 설마……."

"음, 큼. 저와 교제해 주시겠어요?"

동쪽에서 바람이 불어왔다. 사모는 희미한 초여름의 냄새를 맡았다.

〈사모.〉

〈왜 부르니.〉

〈어쩌면 이번 나늬의 재능이 달리기인 데는 이유가 있었을지도 몰라.〉

〈그럴지도 모르겠구나.〉

그리미와 사모는 마루나래 위에 타고 다시금 원시림을 질주했다. 사모는 마루나래의 갈기를 꽉 붙잡고 멀리 날아가는 풍뎅이를, 정확히 말하자면 그 위에 앉은 군사들 새로 이제 막 시작하는 연인들을 보았다. 나가 사회에서 그것은 아주 기묘한 개념이었고, 보수적인 나가들이라면 상상조차 하지 못했을 무엇이었다. 하지만 시모그라쥬는 전통이란 전통은 모조리 바수어 버리는 게 미덕이라는 듯 굴고 있었으며, 네 종족은 하늘치 위에 올랐고 빛은 탄로 났다. 원시림은 정복되고 밤의 딸들은 영토를 되찾은 시대였다. 해가 물처럼 녹아 흐르는 날이 올 테고 변화는 완전을 목표로 하지 않는 때가 오고 있었다.

그르렁, 오만한 산노인이 자신 앞을 가로막는 모든 것에 분노했다. 사모는 바람이 스쳐 지나가며 흐느끼는 소리를 들었다. 여름 바람에 묻은 신록에서는 오래된 슬픔의 냄새가 났다. 세계가 부서지는 날에도 이 흐느낌은 존재하리라.

사모는 예감했다. 어떤 단절은 자체로 완결될 것이다.

그리고 윷놀이는 계속된다.

숲의 애가 눈물을 마시는 새 팬픽 앤솔러지

1판 1쇄 찍음 2022년 12월 26일
1판 1쇄 펴냄 2023년 1월 2일

지은이 | 서여로, 흰비단, 하울림, 지한결, 김영혼, 유백하
발행인 | 박근섭
편집인 | 김준혁
책임편집 | 정미리
펴낸곳 | 황금가지

출판등록 | 2009. 10. 8 (제2009-000273호)
주소 | 06027 서울 강남구 도산대로 1길 62 강남출판문화센터 5층
전화 | 영업부 515-2000 편집부 3446-8774 팩시밀리 515-2007
홈페이지 | www.goldenbough.co.kr

도서 파본 등의 이유로 반송이 필요할 경우에는 구매처에서 교환하시고
출판사 교환이 필요할 경우에는 아래 주소로 반송 사유를 적어 도서와 함께 보내주세요.
06027 서울 강남구 도산대로 1길 62 강남출판문화센터 6층 민음인 마케팅부